Droemer
Knaur®

Howard Blum

# Gangland

## Die Jagd auf den Paten John Gotti

Übersetzt von Karl Heinz Siber

Droemer Knaur

Titel der Originalausgabe:
Gangland
Originalverlag: Simon & Schuster, New York

Die Deutsche Bibliothek – CIP-Einheitsaufnahme

**Blum, Howard:**
Gangland: Die Jagd auf den Paten John Gotti/Howard Blum.
Übers. von Karl Heinz Siber. – München: Droemer Knaur, 1994
ISBN 3-426-26747-0

Die Folie des Schutzumschlages sowie die Einschweißfolie
sind PE-Folien und biologisch abbaubar.


Umschlaggestaltung: Agentur Zero, München
Satz: Ventura Publisher im Verlag
Druck und Bindung: Mohndruck, Gütersloh
Printed in Germany
ISBN 3-426-26747-0

5 4 3 2 1

# Danksagung

Dieses Buch hätte nicht geschrieben werden können ohne die Unterstützung des FBI. Ich erhielt Zugang zu allen Personen, die an den Ermittlungen gegen John Gotti beteiligt waren. Ich konnte Beamte in Washington und New York befragen, Mitglieder der Special Projects Group in Quantico (Virginia) und Angehörige der Sonderkommission C-16, die vor Ort die Beweise gegen Gotti zusammengetragen hatten. Ich traf mich mit den Männern, die bei Nacht in die Räumlichkeiten des Ravenite-Clubs eingedrungen waren und die Wanzen gesetzt hatten. Ich lernte die Techniker kennen, die die für dieses Ermittlungsverfahren unerläßlichen elektronischen Hilfsmittel entwickelt hatten. Ich unterhielt mich mit den Beamten, denen es gelungen war, Sammy »the Bull« Gravano umzudrehen, und mit ihren Kollegen, die ihn abgeschöpft und mit ihm geboxt haben. Ich konnte Gespräche mit den Männern führen, die jahrelang dem für Gotti arbeitenden »Maulwurf« im Polizeiapparat nachspürten. Und ich hatte Gelegenheit, einige der Beamten zu befragen, die im Lager der Mafia V-Männer angeworben hatten. Viele erteilten mir ihre Auskünfte mit Brief und Siegel, manche bestanden auf Vertraulichkeit und Anonymität. In ihrer Gesamtheit erlaubten mir diese Gesprächskontakte (die meisten begannen in der Zeit, als ich für das *New York Times Magazine* über den Fall schrieb), die Geschichte des erfolgreichen FBI-Feldzugs gegen John Gotti zu rekonstruieren und aus der Sicht der beteiligten Behörden zu beschreiben.

Ich befragte auch Vertreter der Strafverfolgungsbehörden des Staates New York und des Bundes, Beamte der Stadtpolizei von

New York City und Anwälte der Beschuldigten. Ich durchforstete Tausende Seiten der Vernehmungs-, Verhandlungs- und Abhörprotokolle und viele Ordner der bis dahin unter Verschluß gehaltenen Polizei- und FBI-Berichte aus den einzelnen Stadien des Gotti-Ermittlungsverfahrens.
Einen wesentlichen Beitrag zu diesem Buch leisteten auch einige Mitglieder der Mafiafamilie Gambino, die sich, aus welchen Motiven auch immer, zu Gesprächen mit mir bereit fanden. Auch ihre Geschichte wird auf den folgenden Seiten erzählt. Detaillierte Quellennachweise finden sich im Anhang.

Ich widme dieses Buch meiner eigenen Bande: Jenny, Harold Anthony und Anna – in Liebe!

Teil I

# Das Maulwurf-Dossier

Die Rache ist ein Gericht,
das man am besten kalt genießt.
*Altes sizilianisches Sprichwort*

# Kapitel 1

Aus seinem Appartementfenster, fünf Stockwerke über der Spielhalle *Soho Billiards,* hatte Scott Behar eine hervorragende Sicht. Als Sitzgelegenheit diente ihm ein Metall-Klappstuhl, auf dem ein Kissen lag, das mit dem Emblem der *New York Mets* bedruckt war. Der Stuhl stand direkt am Fenster, und wenn Behar die senkrechten weißen Lamellen nur einen Spalt weit öffnete, hatte er die ganze Mulberry Street im Blickfeld.

Durch das Fernglas konnte er das Treiben auf dem koreanischen Markt an der Ecke beobachten, wo selbst an diesem düsteren Winternachmittag bunte Blumenarrangements den Gehsteig säumten, und jenseits davon den hohen, spätgotischen Turm der katholischen Kirche und das Straßencafé, in dem jeden Tag dasselbe verliebte junge Paar händchenhaltend an dem runden Tisch am Fenster saß. Ins Visier nahm Behar schließlich die stählerne Eingangstür zu einem fast drei Blocks entfernten Wohngebäude mit Ziegelsteinfassade.

Behar gehörte seit neun Monaten der FBI-Sonderkommission an, die die Aufgabe hatte, die Personen zu beobachten, die in den zwei schmalen, dunklen Zimmern im Erdgeschoß des Hauses Mulberry Street Nr. 247 ein und aus gingen. Es waren die Räume des *Ravenite-Clubs.* Dieses heruntergekommen wirkende Domizil war das Hauptquartier der Gambinos, der reichsten und mächtigsten Mafiafamilie Amerikas.

Beobachtung war eine ermüdende Arbeit. Behar hatte seine Schicht heute um 15.47 Uhr angetreten. Es war der 17. Januar 1990, kurz vor Einbruch der Dämmerung. Schon jetzt war das Fernglas keine große Hilfe mehr. Dafür stand auf einem Stativ eine Videokamera bereit, die dank eines Spezialobjektivs und eines Restlichtverstärkers auf bis zu 800 Meter Entfernung »im Dunkeln sehen« konnte. Behar stellte die Kamera ans Fenster, öffnete eine Dose Tonic Water und wartete.

Kurz vor 17 Uhr kamen die ersten. Ihre großen Limousinen, meist Cadillacs und Lincolns, parkten zweireihig zu beiden Seiten der Mulberry Street. Behar stand ein arbeitsreicher Abend bevor: Bei diesem Treffen sollten, wie er wußte, fünf neue Mitglieder in die Gambino-Familie aufgenommen werden. Sie sollten als »Gesellschafter« in eine Organisation eintreten, die mit ihren Geschäften jährlich Hunderte Millionen Dollar umsetzte und zu deren Unternehmen Speditionen, Betonwerke, Baufirmen, Müllentsorgung, Fabriken, der Handel mit Drogen und Pornographie, das Kreditgewerbe und andere Branchen gehörten. Jeder der fünf »Geweihten« würde für den Rest seines Lebens ein gemachter Mann sein. Die einzige Gegenleistung, die von ihnen erwartet wurde, war die Bereitschaft, bedenkenlos jeden Befehl auszuführen, den John Gotti erteilte, das Oberhaupt der Familie.

Auch John Gotti hatte an diesem Nachmittag etwas im Visier. Der Chef der Mafiafamilie Gambino saß, keine zwei Kilometer südlich von Scott Behars Beobachtungsposten, in einem holzgetäfelten Gerichtssaal und las höchst konzentriert in einer Taschenbuchausgabe von Friedrich Nietzsches *Also sprach Zarathustra*. Gotti schien so versunken in das Werk des deutschen Philosophen, daß er von der Verhandlung offenbar nichts mitbekam, obwohl ihm, falls er wegen schwerer Körperverletzung verurteilt werden sollte, eine Strafe von 25 Jahren Gefängnis drohte.

»Ich wette drei zu eins, daß diese Anklage platzt«, hatte Gotti, für bissige Sprüche immer gut, am ersten Verhandlungstag den sich im Gerichtssaal drängenden Reportern zugerufen. Nun, da der Prozeß knapp drei Wochen lief, gab es unter den Reportern viele, die sich wünschten, sie hätten die Wette angenommen. Die Ankläger hatten Beweise dafür vorgelegt, daß Gotti die Erschießung eines unbequemen Gewerkschaftsfunktionärs angeordnet hatte. Es existierte eine Tonbandaufnahme, auf der zu hören war, wie Gotti, außer sich vor Wut, schrie: »Jagt ihn in die Luft! Steckt ihm eine Bombe in die Hose!« Als diese Aufnahme im Gerichtssaal abgespielt wurde und Wort für Wort laut und deutlich zu vernehmen war, waren die Geschworenen beeindruckt.

John Gotti jedoch zeigte keinerlei Bewegung, auch nicht im weiteren Verlauf der Verhandlung. Der berühmteste Gangster Amerikas, der Pate, dessen Foto das Titelblatt von *Time* geziert hatte, trat im Gerichtssaal wie ein Gentleman auf: 2000-Dollar-Maßanzug von DeLisi, vollendet frisiertes Silberhaar, die goldgeränderte Brille mit den zweigeteilten Gläsern weit vorgeschoben, Nietzsche lesend.

Es gab einen Grund für Gottis stoische Ruhe: Er hütete ein großes, kostbares Geheimnis. Er hatte einen Trumpf im Ärmel.

Als der Richter die Verhandlung vertagte, hatte Behar auf seinem Posten schon eine Menge Material verdreht; bald würde er eine neue Kassette einlegen müssen. Um 18.24 Uhr zeigte die Kamera, wie er in seinem Protokoll pflichtgemäß festhielt, »Joe Butch« Corrado beim Betreten des Ravenite-Clubs, einen elegant gekleideten, schlanken, grauhaarigen Mafiahäuptling. Ihm folgte einer, der sich im letzten Moment linkisch nach vorne drängte, um die Eingangstür aufzureißen: George Helbig, ein Bär von einem Mann. Selbst durch das Objektiv wirkte er noch groß und fett und böse.

Die beiden hielten sich nicht lange im Club auf. Nach nur sechs Minuten verließen sie das Haus. Wieder war es Helbig, der die Tür aufhielt, doch dieses Mal kam Salvatore Gravano mit heraus, ein Unterboß der Gambino-Familie. Er war trotz seiner hochhackigen Stiefel nur knapp 1,70 m groß, hatte aber seinen Körper so lange mit Deca-Durabolin im Wert von wöchentlich 3000 Dollar vollgepumpt, daß er nun muskulöse 80 Kilo wog und Unterarme dick wie Magnumflaschen hatte. Die Leute im Viertel nannten ihn »Sammy Bull«.

Als die drei Männer die Mulberry Street hinaufgingen, tastete Behar nach seinem Handfunkgerät, das auf dem Fensterbrett lag. »Hier Co-op«, meldete er sich über einen verschlüsselten

Kanal. »Nr. 3 ist herausgekommen und läuft mit zwei Begleitern Richtung Prince Street.«

Empfängerin dieser Botschaft war eine Beamtin, die in einem ockerfarbenen Pontiac ein Stück weiter südlich auf der Lafayette Street parkte. Nach so vielen Abenden vergeblichen Wartens erschrak sie erst einmal. Für New Yorker Verhältnisse war es tiefster Winter; nie und nimmer hatte sie damit gerechnet, daß einer von den Burschen auf die Idee kommen würde, einen Spaziergang zu machen. Es sei denn, fiel ihr ein, es gebe etwas sehr Wichtiges zu besprechen.

»Roger«, bestätigte sie und ließ den Motor an. Der Pontiac bog nach links in die Spring und dann noch einmal nach links in die Mulberry Street ein. Mit nur einer Hand am Steuer ließ die Beamtin den Wagen durch die schmale Straße rollen. In der rechten Hand hielt sie ein schwarzes Plastikgehäuse in der Größe einer TV-Fernbedienung, versehen mit einem 25 cm langen Antennendraht. »Deep Street« – auf diesen Namen hatte die Special Projects Group des FBI ihre neueste technische Errungenschaft getauft – war bereit zum ersten Ernstfalleinsatz.

Um etwa dieselbe Zeit saß auf der anderen Seite des East River, im fünften Stock eines kastenförmigen Bürogebäudes am Queens Boulevard, Bruce Mouw an seinem Schreibtisch. Er mußte einen Entschluß fassen: Entweder die Stewardeß anrufen, mit der er ein Verhältnis hatte, und damit wieder einmal eine Auseinandersetzung über die Frage riskieren, warum er vom Heiraten nichts wissen wollte. Oder aber allein nach Hause fahren und hoffen, daß im Fernsehen ein Spiel der *New York Knicks* übertragen würde. Doch als das rote Telefon läutete, wurde dem Chef der FBI-Sonderkommission Gambino, des sogenannten C-16-Teams, schnell klar, daß er an diesem Abend keinen Spielraum für private Entscheidungen haben würde.

Behar meldete Mouw die Aktivierung der Lauschapparatur am Straßenrand.

Mouw war voller Spannung: Wenn das von den FBI-Technikern entwickelte Verfahren zum Belauschen von Gesprächen außer-

halb des Ravenite-Clubs funktionierte, dann war auf interessante Ergebnisse zu hoffen. Denn draußen rechnete keiner mit elektronischer Überwachung.
Die Techniker hatten im Verlauf der Jahre einige Wunderdinge vollbringen müssen, um die bisher erzielten Ermittlungserfolge zu ermöglichen. Vielleicht, dachte Mouw, würde sich jetzt bei dieser Operation eine neue Spur ergeben. Als er erfuhr, daß ausgerechnet »Joe Butch« Corrado und George Helbig den bulligen Gravano begleiteten, konnte Mouw seine Erregung kaum noch verbergen.
Doch sein Gesprächspartner Behar bemerkte nichts; er las routinemäßig von seiner langen Liste die Namen aller Mafia-Mitglieder ab, die an diesem Abend den Ravenite-Club betreten hatten. Mouw hörte geduldig zu, während, wie er später einem seiner Mitarbeiter anvertraute, sein Herz so stürmisch klopfte »wie bei einem, der in der letzten Spielminute zu einem spielentscheidenden Strafstoß anläuft«.
Bruce Mouw hatte seit drei Jahren ein einziges ehrgeiziges Ziel: Er wollte John Gotti zur Strecke bringen. Was trieb ihn dazu, sich fast zwanghaft der Jagd auf diesen Mann zu widmen? – Es war nicht die Stellung Gottis als Boß aller Bosse, es war nicht die Publizität, die dieser Mörder immer wieder erhielt. Mouw war nach den dramatischen Erlebnissen seines Berufslebens, nach den Jahren im Dienst des Bureau (wie das FBI von Mitarbeitern gern genannt wird) zu einem Verständnis der Gesellschaft gelangt, in dem sowohl die Räuber als auch die Gendarmen ihren Platz hatten. Was seiner Wut immer neue Nahrung lieferte, war die Frage, wie Gotti es geschafft hatte, so total über seine polizeilichen Gegenspieler zu triumphieren. Gotti war den Hütern des Gesetzes immer einen Schritt voraus. Seine Unantastbarkeit lieferte den Stoff für Legenden, die Regenbogenpresse nannte ihn den »Teflon-Paten«.
Im Verlauf der letzten drei Jahre hatten Anklagebehörden der Stadt und des Bundes Gotti siegessicher vor Gericht gebracht, doch am Ende beider Prozesse hatten der alte Stratege und seine aalglatten Anwälte wie Olympioniken ihre Fäuste geballt und vor die Fernsehkameras gereckt.

Auch das aktuelle Bild vom Tage, Gotti während seines jüngsten Prozesses seelenruhig in einem Buch lesend, hatte Mouws Ärger neu geschürt. Er war überzeugt, daß kein Mensch so clever sein – oder so viel Glück haben – konnte. Es mußte jemanden geben, der ihm Informationen zukommen ließ, Informationen, die es ihm erlaubten, sich immer wieder der Strafe für seine Verbrechen zu entziehen. Aber wer? Gotti mußte, dieser Verdacht hatte sich bei Mouw verdichtet, über einen hochgestellten Maulwurf innerhalb des Polizeiapparats verfügen.

Dieser Verdacht war freilich kaum mehr als eine Vermutung. Der Hinweis eines Informanten, eine indirekte Anspielung in einem abgehörten Telefonat, das war, wie Mouw wußte, nicht gerichtsverwertbar; es wirkte nicht einmal auf die Kollegen vom Bureau überzeugend. Einer der Innendienstler aus der Kriminalabteilung der Washingtoner Zentrale hatte sich schon ironisch über Mouws »panische Phantasie« geäußert: »Vielleicht sollte der Mann einmal Ferien machen.« Und aus dem Büro der Bezirksstaatsanwaltschaft von Queens, die allenfalls eine vage Ahnung davon hatte, welche brisante Spur Mouw verfolgte, war der Presse (selbstverständlich vertraulich) die Einschätzung zugespielt worden, das FBI sei wieder einmal auf dem Weg zu einer Blamage. Gotti sei einfach zu schlau für das Bureau.

Mouw hatte gelernt, seinen Verdacht für sich zu behalten. Er sammelte jedoch weiter. Und im vergangenen Jahr war ihm ein Muster aufgefallen, das sich mit faszinierender Regelmäßigkeit wiederholte: Jedes Mal, wenn ein neuer Hinweis auf das Wirken des Maulwurfs ruchbar wurde, tauchten zwei Gambino-Handlanger kurz aus ihrer Schattenwelt auf: Capo Corrado und der Gorilla Helbig erschienen im Ravenite-Club.

Als Scott Behar seinen Vorgesetzten fragte, ob er ihn später zu Hause anrufen solle, um ihm die Ergebnisse der Straßen-Lauschaktion mitzuteilen, antwortete Mouw trocken, er werde im Büro warten und wolle verständigt werden, sobald die Operation beendet sei. Dann legte er grußlos auf.

Die nächste Stunde verbrachte Bruce Mouw, eigentlich ein Mann für die Front, ungeduldig an seinem Schreibtisch. Er rauchte Pfeife und wartete auf das Klingeln des roten Telefons. An der Wand gegenüber dem Schreibtisch hing ein Organigramm, das er im Verlauf von zehn Jahren in mühsamer Arbeit zusammengesetzt hatte. Es waren Fotografien – Schnappschüsse und Polizeifotos aus Überwachungsaktionen – von Mitgliedern der Gambino-Familie. Die Bilder waren zu einer hierarchischen Pyramide arrangiert. Von der Spitze blickte mit finsterem Gesicht John Gotti herab, erfaßt vom wenig schmeichelhaften Blitzlicht eines Polizeifotografen. Mouw starrte immer wieder auf dieses Bild, ein Gedanke kehrte ständig wieder: Gottis Glückssträhne konnte nicht ewig dauern.

Oder doch?

# Kapitel 2

Mafiosi bei Gesprächen auf offener Straße zu belauschen war, wie Mouw fünf Monate zuvor hatte einsehen müssen, ein besonders schwieriges Unterfangen.

Mouw hatte in seinen vier Jahren auf der Marineakademie in Annapolis ein bißchen über Motivation gelernt und daher die Techniker bei ihrem Ehrgeiz gepackt: »Als ich als Maschinenoffizier auf einem Atom-U-Boot diente und wir direkt unter dem Nordpoleis durchtauchten, waren wir in der Lage, Funkbotschaften um den halben Erdball zur Kommandozentrale in Norfolk zu schicken. Und jetzt erzählt mir nicht, daß ihr keinen Weg findet, eine verdeckte Übertragung aus Little Italy hinzukriegen.«

Der Leiter des New Yorker Technikteams, Jim Kallstrom, ein ehemaliger Offizier der Marineinfanterie, hatte sofort angebissen: »Wir werden es hinkriegen.« John Kravec, der Mann, der die Aufgabe dann konkret lösen mußte, war ein bärbeißigerer Typ. Nach der Besprechung mit Mouw grummelte er immer wieder vor sich hin: »Man sollte glauben, sechs Monate in einem gottverdammten U-Boot unter dem gottverdammten Meeresspiegel würden einem Mann ein bißchen Geduld beibringen.« Dennoch arbeitete Kravec, ein kleines technisches Genie, die ganze Zeit verbissen an einer Lösung.

Er begann damit, daß er ausgiebige Spaziergänge durch die Mulberry Street machte. Dabei prägte er sich alle Parkuhren, Straßenlampen und Ampelmasten ein, also genau die Stellen, die er sonst als Verstecke für Lauschmikrofone benutzte. Doch er kam zu dem Ergebnis, daß für die vorgegebene Aufgabe keiner der erprobten Kniffe gut genug war. Als die neuen Ideen endlich zu einem Plan herangereift waren, bestieg er eine FBI-eigene Cessna und flog nach Quantico (Virginia). Er wußte, was er wollte.

Das Technische Forschungszentrum des FBI ist in einem halbhohen, modernen Gebäude untergebracht, das sich in einem abgelegenen Winkel der Marinebasis Quantico befindet. Der Name ist von bürokratischer Unauffälligkeit. Diejenigen, die hier arbeiten, sprechen vom »Q-Gebäude«, eine Anspielung auf das Technikgenie aus den James-Bond-Filmen. Als Pendants in der realen Welt fühlen sich die Mitarbeiter der Special-Projects-Abteilung im ersten Stock.
Die Mitglieder der SP-Abteilung empfingen Kravec in einem funkelnden Labor. Auf der einen Seite gewährte eine gläserne Fensterfront freien Blick auf einen kurzrasierten Rasen, der sich bis an den Rand eines dichten Waldes erstreckte. Die andere Fensterseite öffnete sich zu einem von diffusem Sonnenlicht erhellten Atrium. Eine andere Welt als die Mulberry-Street, dachte Kravec. Doch dann verdrängte er sein Unbehagen und setzte die Techniker rasch ins Bild über die ihm von Mouw gestellte Aufgabe.
In einem zweiten Durchgang zählte Kravec alle von ihm diagnostizierten »Schwachpunkte« auf: Die zu installierenden Mikrofone müßten leistungsstark genug sein, um Gespräche unabhängig von der Gehrichtung der zu Belauschenden aufnehmen zu können. Man wisse ja nicht im voraus, ob sie sich in nördliche oder südliche Richtung wenden würden. Die Mikrofone müßten nach Möglichkeit so klein sein, daß kein Passant sie wahrnehmen könnte. Noch problematischer sei der Installationsvorgang als solcher; die Mikros müßten in einer schmalen Großstadtstraße angebracht werden, in der zu jeder Tages- und Nachtzeit Betrieb herrschte. Vor den Kunden der Lebensmittelgeschäfte oder der Bäckerei, in der die ganze Nacht Kuchen gebacken wurde, könne man sich vielleicht noch tarnen, auch vor den Kirchgängern, die eine der zahlreichen Messen besuchten. Aber

dann blieben noch immer die Wohnblocks auf beiden Straßenseiten. Da wohnten jede Menge Großmütter, die offenbar den größten Teil ihrer wachen Stunden damit zubrachten, aus dem Fenster zu spähen und jeden im Auge zu behalten, der kein »Landsmann« war.

Dazu kämen dann, erläuterte Kravec, all die bekannten Probleme einer Großstadt. Ein batteriebetriebenes Funkgerät müsse hier schon außerordentlich leistungsstark sein, um nicht im Rauschen der unzähligen Funksignale unterzugehen. Und selbst dann dürfe das Empfangs- oder Basisgerät nicht allzu weit entfernt sein. Natürlich gäbe es auch die Möglichkeit, über Draht zu gehen, die Mikrofone an ein bestehendes elektrisches Leitungssystem anzuschließen, an die Straßenbeleuchtung oder die Telefonleitung, und darauf dann das eigene Signal als blinden Passagier aufzusetzen. In diesem Fall wäre der Empfang des Signals relativ unproblematisch. Diese Lösung erfordere allerdings verhältnismäßig auffällige Verdrahtungsarbeiten in einer belebten Straße. Eine zusätzliche Schwierigkeit bestehe darin, daß die eingesetzten Mikrofone einerseits empfindlich genug sein müßten, um Konversation im Flüsterton aufzufangen, andererseits aber müßten Autohupen und Sirenen von Krankenwagen oder Feuerwehrautos ausgeblendet werden.

Kravec schloß seinen Vortrag mit einem Hinweis: Nach amerikanischem Recht gilt in allen Fällen elektronischer Überwachung das Gebot der Minimierung: Mikrofone dürfen nicht dauerhaft oder auf gut Glück »scharf« gemacht werden; es muß möglich sein, sie in jedem Augenblick an- oder abzuschalten, denn belauscht werden dürfen nur die vom Richter abgesegneten Zielpersonen und nicht irgendwelche anderen Passanten. Damit nicht genug. Das Gesetz schreibt vor, daß die Aufnahmegeräte abgeschaltet werden müssen, wenn die Belauschten sich einem Thema zuwenden, das mit dem laufenden Ermittlungsverfahren nichts zu tun hat – wobei hier allerdings der Ermessensspielraum der Beamten großzügig bemessen ist.

»Also dann«, wandte Kravec sich an seine Zuhörer, »was würden Sie vorschlagen?« Selbst in seinen freundlichsten Augenblicken wirkte Kravec wie einer, der mit der Welt fertig ist; an diesem Morgen aber übertraf er sich selbst. Seine Stimme klang griesgrämig, mißmutig. Kravec wartete zwei Sekunden. Und noch ehe einer der SP-Tüftler ihm das Wort aus dem Mund nehmen konnte, gab er selbst die Lösung vor: »Ein Auto«, sagte er. »Besser gesagt, mehrere Autos.«

Kravecs Plan sah vor, eine kleine PKW-Flotte mit Mini-Richtmikrofonen auszustatten. Die zeitaufwendige und komplizierte Installationsarbeit konnte so an einen sicheren Ort verlagert werden. Jeden Tag frühmorgens würde dann ein Beamter in der höchst glaubwürdigen Pose eines parkplatzsuchenden New Yorkers eines der Autos möglichst nahe am Haus Mulberry Street 247 abstellen. Das Fahrzeug, ein Aufnahme- und Übertragungsstudio auf vier Rädern, würde den ganzen Tag stehenbleiben. Wer sollte sich etwas dabei denken? Spätabends, nach Torschluß im Ravenite-Club, würde jemand das Auto zum Hauptquartier zurückfahren, damit die Bandaufnahmen ausgewertet werden konnten. Was das Gebot der Minimierung anging: Die Automikrofone sollten nur dann per Funkfernsteuerung aktiviert werden, wenn der Ausguck über dem Billardsalon meldete, daß die Zielpersonen sich auf einen Spaziergang begaben.

»Ist das klar? Könnt ihr mir so etwas basteln?« fragte Kravec.

Es dauerte eine gewisse Zeit, dann aber lieferte das SP-Team. Mehrere Autos aus dem Beschlagnahmefundus der US-Drogenbehörde wurden mit hochempfindlichen schwarzen Richtmikrofonen ausgerüstet, die etwa die Größe und Form von Bleistiften besaßen. Untergebracht wurden die Mikros in Radkästen, Stoßstangen und Radkappen. Von jedem Mikrofon aus verliefen zwei dünne, gut getarnte Kabel am Fahrzeugunterboden und verschwanden durch ein kleines, eigens zu diesem Zweck gebohrtes Loch im Fahrzeuginneren. Dort mündeten sie in eine batteriebetriebene FBI-Standardeinheit aus Funk- und Tonbandgerät. Diese Anordnung ermöglichte es, daß die Beamten in dem drei Straßenblocks entfernten Appartement live mithören konnten, während das Tonbandgerät das belauschte Ereignis sozusagen für die Ewigkeit festhielt. Die Aktivierung durch eine Fernbedienung erwies sich als eine etwas vertracktere Aufgabe. Die

Techniker hatten zunächst mit einem Funkempfänger operiert, der vom Beobachtungsposten aus gesteuert werden konnte. Doch in einer Stadt, in der so viele Signale durch den Äther schwirren, war die Übertragung eines Signals selbst über eine relativ kurze Strecke immer Glückssache. Sie beschlossen, das Risiko nicht einzugehen. Es sollte stets ein Beamter bereitstehen, im Bedarfsfall an dem geparkten Auto vorbeigehen oder vorbeifahren und mit einem Minisender dem Empfangsteil im Autoinneren gezielt das Startsignal übermitteln.

Als Tüpfelchen auf dem i lieferten die SP-Techniker etwas mit, was Kravec gar nicht angefordert hatte: Sie statteten einige der Autos zusätzlich mit einer Videoeinheit aus. So war zum Beispiel die Schachtel mit Reinigungstüchern, die auf der Hutablage des silberfarbenen Buick Riviera lag, wesentlich mehr als ein Haushaltsrequisit; sie verbarg eine Mini-Videokamera, die mit einem Videorecorder im Kofferraum verbunden war.
Nach einem erfolgreichen Testlauf in den Straßen Washingtons in der Nähe des Hoover-Gebäudes wurden die Autos in die FBI-eigene Tiefgarage Federal Plaza 26 im »alten« Manhattan überführt. Als der Konvoi in Quantico abgefahren war, hatten sich die Labor-Ingenieure zu einer kleinen Feier versammelt. Ein Witzbold machte einen Namensvorschlag für das Projekt: Deep Street.
Am Abend des 17. Januar 1990 um 18.30 war es soweit. Deep Street wurde als Waffe in den Kampf des FBI gegen John Gotti eingeführt. Der nervös in seinem Büro auf einen ersten Bericht wartende Mouw war überzeugter denn je, daß fast alles vom Erfolg dieses Projekts abhing.

Es verlief alles nach Plan. Von dem Appartement im vierten Stock aus hielt eine Videokamera den Hergang im Bild fest: Gravano, der zweite Mann in der Familienhierarchie, stand mit seinen stämmigen Beinen auf dem Gehsteig und blickte mit freudlosen Augen zu Corrado auf. Dieser bestritt die Unterredung fast alleine. Seine langen Arme vollführten ausladende Bewegungen. Von Zeit zu Zeit warf Helbig, dessen Gesicht müde

wirkte, ein paar Worte ein; hinter ihnen, nur einen oder zwei Meter entfernt, stand ein silberfarbener Buick Riviera.
Die Kamera blieb auf diese Dreiergruppe fixiert. Sie erfaßte nicht den ockerfarbenen Pontiac, der sich im fließenden Verkehr näherte. Sie erfaßte auch nicht die unauffällige Bewegung, mit der die Beamtin am Steuer des Pontiac mit einem kleinen schwarzen Kästchen auf den Kofferraum des Riviera zielte. Als sie den Knopf drückte, gingen die am geparkten Wagen angebrachten Mikrofone in Horchstellung, das Tonbandgerät im Kofferraum begann zu laufen, aus einem Lautsprecher im Horchposten war ein Hörspiel zu hören. Aber was für eins!
Aus dem Lautsprecher kam nur ein andauerndes Brummen. Hin und wieder ein vereinzeltes Wort, ein Beamter glaubte etwas von »Wanze« gehört zu haben, der andere meinte, Corrado habe etwas von einem »Wälzer« gesagt. Ein Ratespiel.
Während das dumpfe Brummen den Raum erfüllte, spähte einer der Beamten aufmerksam die Mulberry Street hinunter; plötzlich ging ihm ein Licht auf. Er entdeckte einen Schwachpunkt, den Kravec nicht voraussehen konnte: die Gangster hatten es mit den Parkvorschriften nicht sehr genau genommen; den Gehsteig zu blockieren war nach ihren Maßstäben kein Vergehen.
An diesem Abend nun hatten sich so viele der 21 Gambino-Häuptlinge eingefunden, um die Einführung von fünf neuen Mitgliedern mitzuerleben, daß die parkenden Autos sich in der schmalen Straße gegenseitig fast blockierten. Einige Wagen ragten schräg auf den Gehsteig und bildeten so einen »Metall-Keil« zwischen dem Buick Riviera und den drei Zielpersonen. Richtmikrofone, die um die Ecke horchen konnten, gab es auch in Quantico noch nicht.
Man habe Pech gehabt, erfuhr Mouw, als die Leute vom Beobachtungsposten ihm Bericht erstatteten. Es würden sicher noch andere Abende kommen, an denen in der Mulberry Street kein solches Gedränge herrschen würde; irgendwann werde Deep Street, so versicherten die Beamten ihrem Chef, schon Ergebnisse liefern.
Für Bruce Mouw war das ein schwacher Trost. Nie zuvor in den

drei Jahren, seit er aus Washington die Order erhalten hatte, Gotti zur Strecke zu bringen, hatte er sich so niedergeschlagen gefühlt. Wenn das Bureau mit all der Technik und all dem Personal weiterhin nur Beinahe-Erfolge erzielte, könnte sich der Gegner am Ende vielleicht wirklich als unverwundbar erweisen.

# Kapitel 3

Auch John Gottis Laune verschlechterte sich an diesem Abend zusehends. Er ahnte nicht, daß ein glücklicher Zufall ihm gerade zu einem Punktsieg gegen das FBI verholfen hatte.
John Gotti hatte ein launisches Naturell, an diesem Abend erregte seinen Zorn das Verhalten seines *Consigliere* Frank Locascio, eines ältlichen, unsicher wirkenden Mannes, der aus seinem Unbehagen über seine Rolle beim bevorstehenden Ritual keinen Hehl machte.
»Ist es in Ordnung, wenn ich sie frage: ›Gibt es irgendwelche Gründe, die dagegen sprechen, daß ihr bei uns eintretet?‹«, fragte Locascio seinen Boß. Er hatte noch nie eine »Weihe« vorgenommen und wollte keinen Fehler machen.
Locascios Lampenfieber ärgerte Gotti. Es war unprofessionell, schlimmer: es verriet Schwäche. »Ich habe keine Zeit für Trokkenübungen«, bellte Gotti. »Dies ist keine Spielerei. Ich bin nicht in der Stimmung für Kindereien, ich bin nicht in der Stimmung für Cliquen, ich bin nicht in der Stimmung für Banden, ich bin nicht in der Stimmung für irgend etwas von diesem ganzen Quatsch. Dies hier soll eine Cosa Nostra bleiben bis an mein Lebensende. Ob das in einer Stunde ist, ob es heute abend ist oder in hundert Jahren, wenn ich im Knast sitze. Es wird immer eine Cosa Nostra sein!«
Der Wutanfall Gottis, ein Plädoyer für die Zukunft seiner Familie, schien kein Ende zu nehmen. Niemand traute sich, ein Wort einzuwerfen. Als er sich endlich beruhigt hatte, wandte er sich an Gravano und sagte, es sei jetzt höchste Zeit, zur Tagesord-

nung überzugehen. »Also dann«, sagte Gotti fordernd, »wo ist der Sensenmann, dieser verdammte Saftsack?«
Eilends wurden George Helbig und Joe Butch Corrado vor ihren Boß bugsiert. »Was gibt's Neues, Bruder mit der Sense?« fragte Gotti in parodistischem Singsang und setzte eine seiner einstudierten Grimassen auf. »Gute Nachrichten?«
George Helbig, der Sensenmann, wirkte wie ein aufgeregter Schuljunge, der es kaum erwarten konnte, dem Lehrer zu zeigen, was er wußte. »Ich habe schlechte Nachrichten für Sie«, brach es aus ihm heraus.

Stunden später begann das Ritual. Johnny Rizzo, Richie, Fat Dom, Tommy Cacciopoli und Fat Tony Pronto standen stramm. »Würdest du jemanden umbringen, wenn ich es dir sage?« fragte Gotti.
»Ja«, sagte Johnny Rizzo.
»Ja«, sagte Richie.
»Ja«, sagte Fat Dom.
»Ja«, sagte Tommy Cacciopoli.
»Ja«, sagte Fat Tony Pronto.
Die Kandidaten standen vor einem langen Tisch, auf dem ein Revolver und ein Messer mit spitz zulaufender Klinge lagen. Beide Waffen bildeten ein Kreuz. Und auf diesem Kruzifix lag ein Heiligenbild.
»Das ist die Kanone für euer Leben, und das ist das Messer für euren Tod«, sagte Locascio.
Jeder der fünf wiederholte die Worte des *Consigliere*.
»Gebt mir euren Abziehfinger«, sagte Locascio.
Er ritzte jeden der ihm zugestreckten Finger mit der Messerspitze an. Dann wischte er das Messer an dem Heiligenbild ab. Ein Streichholz wurde angezündet und an das Heiligenbild gehalten. Während es verbrannte, sprach Locascio die rituelle Mahnung: »Wenn ihr je die Cosa Nostra verratet, wird eure Seele verbrennen wie dieser Heilige.«
Die Anwesenden stimmten in einen Sprechgesang ein: »Du bist jetzt neu geboren. Du bist ein neuer Mensch.« Von dem Heiligenbild waren nur noch schwarze Aschenreste übrig.

Die fünf Geweihten traten einzeln auf ihren Paten zu und gaben ihm einen feierlichen Kuß, zuerst auf die eine, dann auf die andere Wange. Gotti schloß sie alle in die Arme. Von diesem Augenblick an waren sie in die Tradition, die Macht und den Reichtum der Gambino-Familie eingebunden. Sie hatten sich zu immerwährender Loyalität verpflichtet.

Noch während der Zeremonie erhielt Bruce Mouw, mittlerweile in seinem kleinen Häuschen in der Nähe der Oyster Bay, einen Anruf. Am Apparat war Carol Kaczmarek, eine Mitarbeiterin des Stabes, der die Gespräche mithören und protokollieren mußte, die fast jeden Abend im Gebäude Mulberry Street 247 von FBI-Wanzen aufgefangen wurden.
»Bruce«, sagte sie aufgeregt, als ihr Chef sich meldete. »Bruce, wir haben heute abend Glück gehabt.« Die Worte des Sensenmanns waren auf Tonband verewigt!
Eine vor drei Monaten von John Kravec eingepflanzte Wanze hatte, erfuhr Mouw, das gesamte Gespräch aufgefangen. Versteckt war das Mini-Mikro im Gehäuse eines Videorecorders, der auf einem chromblitzenden rollbaren Fernsehtischchen stand. Per Phantomspeisung mit Netzstrom versorgt, war es über eine Phase des Netzkabels an die Leitungen der New Yorker Telefongesellschaft angeschlossen, die hinter dem Gebäude des Ravenite-Clubs vorbeiführten. Über eine Reihe zweckmäßig plazierter Relais und Koppelstellen fand das Signal seinen Weg zu einem Tonbandgerät, das auf einem Schreibtisch in einer abgeteilten Kammer im 27. Stock des Gebäudes Federal Plaza 26 stand. Jedes Wort war laut und deutlich vernehmbar.

Am Morgen nach dem ereignisreichen Abend des 17. Januar fand sich ein ungeduldiger Bruce Mouw schon vor Tagesanbruch in seinem Büro in dem noch menschenleeren Haus am Queens Boulevard ein. Aus dem Tresor gegenüber seinem Schreibtisch entnahm er die Tonbandspule, die Carol Kaczmarek irgendwann nach Mitternacht hier deponiert hatte. Er fädelte das Band über die Rollen seines Geräts, setzte die Kopfhörer auf, zündete seine Pfeife an und hörte eine Stunde lang konzentriert zu. Als er mit dem Band durch war, fühlte er sich wie ein Forscher, dem nach jahrelangen fruchtlosen Experimenten endlich die große Entdeckung gelungen war. Doch er vollführte keine Freudensprünge. Seine Stimmung verdüsterte sich sehr schnell wieder, als er sich zwang, über die Probleme nachzudenken, die jetzt vor ihm und seinen Leuten lagen.

Dann raffte er sich auf und nahm den Hörer ab: »Ich habe etwas für euch auf Band«, ließ er die aus dem Schlaf gerissenen Beamten des C-16-Teams mit leiser Stimme wissen.

Kurz nach acht Uhr an diesem strahlenden Wintermorgen versammelten sie sich in seinem Büro: die wichtigsten Mitglieder seiner Abteilung, der »harte Kern«, wie sie selbst sagten. Rücklings an der geschlossenen Tür lehnend, als gelte es, jeden Zugang zu vereiteln, stand George Gabriel. Der gutaussehende Schlaks aus griechischer Familie mit seinem pechschwarzen Lockenhaar und seinem dichten Oberlippenbart trug stets eine ironisch wirkende Miene zur Schau. Er war der mit Abstand Jüngste im Raum; seine komplizierte Beziehung zu Mouw bewegte sich zwischen den Rollen eines Schützlings, eines jüngeren Bruders und eines weisungsgebundenen Mitarbeiters. Gegenüber von Mouw saß, wie selbstverständlich sein aus einer Tasse schwarzen Kaffees und einem Butterhörnchen bestehendes Frühstück auf dem Schreibtisch des Chefs ausbreitend, Andy Kurins. Klein gewachsen und durchtrieben wirkend, war Kurins ein Mann für alle Fälle. Er und Mouw hatten im Polizeidienst gemeinsam angefangen und im Verlauf von zehn Jahren einen Teamgeist entwickelt, der auf Freundschaft, Respekt und vielen gemeinsam verbrachten Abend- und Nachtstunden beruhte. Auf der Fensterbank saßen, den Blick auf eine große Reklameaufschrift gegenüber verdeckend, die Zwillinge: Matty Tricorico und Frank Spero sahen einander nicht ähnlich. Der eine war groß, der andere klein; der eine hatte Haare auf dem Kopf, der andere nicht. Doch die beiden arbeiteten schon so lange Seite an Seite und waren unzertrennlich.

Mouw schenkte sich eine Vorrede. Er hatte das Tonband bereits vorgespult und drückte jetzt die Abspieltaste. Aus den Lautsprechern erklang raumfüllend John Gottis müde, belegte Stimme: »Also dann. Wo ist der Sensenmann, dieser verdammte Saftsack?«

Gespannt verfolgten die Beamten, welche »schlechte Nachricht« Helbig seinem Boß hinterbracht hatte. Es sei, so Helbigs Stimme auf dem Tonband, eine polizeiliche Abhöraktion im Gange: Die Sonderkommission des Staates New York zur Bekämpfung der Organisierten Kriminalität habe auf Sammy Bull Gravano zwei Wanzen angesetzt, eine in einem Container an der 64. Straße in Brooklyn, in dem das Büro seiner Baufirma untergebracht war, die andere bei *Tali's,* einer Bar in Brooklyn, in der er sich jeden Dienstagabend mit seinem Mitarbeiterstab traf.

Mouw und seine Mitarbeiter wußten, daß die Information stimmte – und daß es sich um ein streng gehütetes Geheimnis handelte. Nur ein hochgestellter Beamter konnte dies an die Mafia verraten haben. Der Maulwurf hatte wieder zugeschlagen!

Kurins war der erste, der das Wort ergriff: »Das Ungeheuer hat sein häßliches Haupt wieder erhoben. Du hattest von Anfang an recht. Johnny Boy hat tatsächlich einen Maulwurf, und zwar einen verdammt guten.«

»In flagranti erwischt«, pflichtete Mouw bei.

Er ging zu dem hohen Aktenschrank rechts von seinem Schreibtisch, drehte am Kombinationsschloß und holte einen Aktenordner heraus. Der Deckel trug die Aufschrift »Gotti – Geheimnisverrat durch Unbekannte«. Der Papierstapel zwischen den Deckeln bestand überwiegend nicht aus den regulären FBI-Formularen, sondern aus neutralen Blättern, die Mouw in seiner akkuraten und sauberen Handschrift beschrieben hatte. Es waren die von ihm über Jahre hinweg gesammelten Hinweise und Beobachtungen, die seinen Verdacht genährt und bestärkt und sich zu einer Theorie verdichtet hatten. Die Mitglieder des harten Kerns nannten diesen Ordner: »Das Maulwurf-Dossier.«

»Das bringt uns noch auf keinen grünen Zweig«, gab Gabriel zu bedenken. Das war eigentlich klar, aber Gabriel war einer, der alle Unklarheiten beseitigte; er hielt diese Feststellung nun einmal für angebracht. Er wies darauf hin, daß sich an keiner

Stelle des Bandes irgendein Hinweis auf den Namen des Verräters, seinen Tätigkeitsbereich, seinen Rang oder auch nur auf sein Motiv für die Zusammenarbeit mit Gotti fand.
Mouw stimmte zu. »Vielleicht werden wir ihn nie identifizieren. Aber zumindest wissen wir jetzt, daß er existiert, daß wir ihn uns nicht nur einbilden.«
»Schöner Trost«, sagte Kurins.
Mouw ignorierte die Bemerkung und skizzierte seinen Schlachtplan. Da sie nicht wußten, wem sie noch vertrauen durften, der Verräter konnte ebensogut für die Anklagebehörde wie für die New Yorker Polizei wie für den Staat New York und sogar für das FBI arbeiten, würden sie niemandem mehr trauen. Sie würden nicht einmal der Sonderkommission Organisierte Kriminalität mitteilen, daß die beiden Wanzen aufgeflogen waren; zu groß war die Gefahr, daß auch diese Information zur Kenntnis des Maulwurfs gelangen und von ihm aus schnellstens zu Gotti zurückfließen würde. Die im Raum Versammelten sollten die Sache für sich behalten. Die fünf Männer des C-16-Teams sollten die einzigen bleiben, die das Geheimnis kannten. Den Maulwurf zu identifizieren sei nun die große, vielleicht unlösbare Aufgabe dieser kleinen Gruppe. Falls sie es nicht schafften, würde John Gotti vielleicht für immer unerreichbar sein.

Ein Mitglied des Teams trug einige Zeit später in die umfangreiche amtliche Chronik der Ereignisse dieser langen Nacht vom 17. auf den 18. Januar 1990 eine Fußnote nach:
Von einem meistens zuverlässigen Spitzel im Gefolge John Gottis erfuhr das Team, daß der Boß nach Ende der Einweihungszeremonie in seinem schwarzen Mercedes zur Diskothek *Régine's* an der Park Avenue gefahren war. Dort hatte er sich, wie geplant, mit einer großen, schmollmündigen Blondine getroffen, die gerade unter großem Presserummel von einem der prominentesten New Yorker geschieden worden war. Seit einigen Monaten trafen sie und Gotti sich regelmäßig jeden Mittwoch. Gewöhnlich beschlossen sie die Nacht im Luxusappartement des Bekannten eines Bekannten am Beekman Place, und so war es auch diesmal geschehen. Das Appartement stand

mittwochs immer leer, der Schlüssel war beim Pförtner hinterlegt. Im Deckenspiegel des Schlafzimmers konnten die beiden die Lichter der nahen Queensborough Bridge sehen.
Dieses Mal allerdings hatte die frisch geschiedene Blondine vorher reden wollen. Gewiß sei sie für die Geschenke dankbar, sagte sie, für das Goldarmband, das Diamantcollier. Doch das sei ihr nicht genug; eine Nacht in der Woche sei zu wenig. Sie müsse ein Ultimatum stellen: Entweder sei er bereit, seine Frau zu verlassen und zu ihr zu ziehen – oder es sei aus zwischen ihnen.
Gotti war aufgestanden und hatte ohne ein weiteres Wort das Appartement verlassen. Er war zu stolz, um den Versuch zu machen, sie umzustimmen, er war zu mächtig, um sich mit ihr anzulegen. Er mußte tun, was sein Ehrgefühl ihm eingab.
Einige Minuten später hatte es an der Tür geklopft. Sie war sicher, daß es John war. Wenn er irgendeine, noch so durchsichtige Erklärung parat hatte, war sie bereit, ihr Ultimatum zurückzuziehen.
Doch es war nicht John, es war Iggy Alogna, Gottis Chauffeur. »Her damit«, befahl er. Sie verstand nicht gleich, aber dann deutete er auf das Armband und das Collier. »Ich soll Ihnen von John ausrichten: ›Fair geht vor‹«, sagte Iggy in einem Ton, der sie frösteln machte. Sie beeilte sich, den Schmuck abzulegen.
Der Morgen graute schon, als John Gotti auf dem Rücksitz seines Mercedes in sein Anwesen in Howard Beach zurückkehrte. Die Juwelen seiner Ex-Geliebten hatte er wie einen Schatz in seiner Hosentasche vergraben. Er war in diesem Augenblick mit dem Stand der Dinge wohl nicht allzu unzufrieden. Er war der Boß aller Bosse, und niemand konnte ihm etwas anhaben, nicht die FBI-Beamten, die ihn beschatteten, nicht der Bezirksstaatsanwalt, der ihn abhören ließ, nicht der Staat mit seinen Mikrofonen und schon gar nicht eine Ansprüche stellende Blondine.

Teil II

# Straßenkämpfe

# Kapitel 4

Sie nannten sich die *Sun-Luck-Mafia,* doch waren sie weder eine kriminelle noch eine straff organisierte Vereinigung. Der Name entsprang einfach einer Neigung zur Ironie. Es handelte sich schlicht um eine Gruppe von Zechkumpanen, von ziemlich jungen, draufgängerischen FBI-Beamten, die sich nach der Arbeit im chinesischen Restaurant *Sun Luck* einfanden, um sich zu entspannen.

Der Feldzug des FBI gegen das organisierte Verbrechen mag seine historischen Wurzeln in so viel publizierten Ereignissen gehabt haben wie den Enthüllungen des geständigen Mafioso Joseph Valachi 1963 vor einem Senatsausschuß oder dem Safe Streets Act von 1968, der den Sicherheitsorganen einen größeren Spielraum bei elektronischen Überwachungsoperationen eröffnete. Oder in den 1970 verabschiedeten Gesetzen gegen die organisierte Kriminalität, die mit der Bewilligung von tausend neuen Planstellen für Mafia-Ermittler einhergingen. Man könnte aber auch gute Argumente für die These finden, daß die hochprozentigen Sitzungen an der hufeisenförmigen Bar des besagten China-Restaurants in den frühen siebziger Jahren einen nicht weniger bedeutsamen Beitrag geleistet haben.

Abend für Abend nach Büroschluß fanden sich die Beamten, von denen viele Neulinge im FBI und in New York waren, in dem fast stockdunklen Vorderteil des *Sun Luck* an der Ecke 68. Straße und Third Avenue ein, nur einen Block von ihrem Hauptquartier entfernt. Charlie, der Barmann mit der Fliege, hatte ein großes Herz. Noch verlockender war jedoch, daß man dort immer Kameraden traf, die auch nichts Besseres zu tun hatten,

als die halbe Nacht zu verquatschen. Häufigstes Thema war der Krieg.
Vietnam erfüllte ihr Denken. Sie hatten zu den Burschen gehört, die in den Krieg gezogen waren, weil sie es für ihre patriotische Pflicht hielten. Jim Kallstrom zum Beispiel hatte sich direkt von der University of Massachusetts zu den Marines gemeldet und an der Front als vorgeschobener Beobachter gekämpft. Das war zu einer Zeit, als ein Oberleutnant an der Front eine mittlere Lebenserwartung von drei Wochen hatte. Doch Kallstrom überlebte und schaffte die Beförderung zum Hauptmann.
Auch Jules Bonavolonta, ebenfalls Stammgast der Bar, war als Hauptmann zurückgekehrt, er hatte zu einer Spezialeinheit gehört, den Green Berets. Jim Moody war nach Abschluß seines Studiums an der Universität von Oklahoma Fronteinsätze in einem Kampfhubschrauber geflogen. So hatten sie alle ihre Kriegserfahrung. Von den 50 Männern seines Ausbildungsjahrgangs im Jahre 1970 hatten 45 in Vietnam gedient.

Sie waren Überlebende, aber sie hatten auch einen Preis bezahlt. Keiner war aus Vietnam ohne Narben zurückgekommen. In dem höhlenartigen Vorderraum des *Sun Luck* konnten sie unter dem trostreichen Zuspruch des Alkohols und der Kameraden ihre Erlebnisse nochmals durchleben. Sie teilten die Gefahr miteinander, die Risiken, die sie eingegangen waren, die Nähe des Todes. Sie versuchten, Vietnam irgendeinen Sinn abzugewinnen. Aber wenn sie die Bar verließen, mußten sie erneut feststellen, daß es ihnen noch immer nicht einleuchten wollte, weshalb die großen, willig dargebrachten Opfer so wenig gebracht hatten. Der Stachel saß tief.
»Als wir zum FBI kamen«, erklärte Kallstrom in Erinnerung an die von Selbsterforschungs-Abenden im *Sun Luck* geprägten frühen Tage, »brannten viele von uns Jungtürken darauf, noch einmal in einen Krieg zu ziehen. Wir waren Patrioten. Wir wollten unserem Land dienen. Nur wollten wir dieses Mal einen Konflikt austragen, in dem die Dinge klar definiert waren. Gut und Böse, Freund und Feind. Einen Kampf, an den wir glauben

konnten. Das ist der Grund, warum so viele von uns Vietnam-Veteranen sich zur Abteilung Organisierte Kriminalität gemeldet haben. Der Krieg gegen die Mafia war unsere zweite Chance – ein Krieg, den wir bis zur wirklichen Entscheidung führen wollten. Dieses Mal sollten uns die Politiker nicht betrügen oder uns die Hände hinter dem Rücken zusammenbinden. Das war ein Krieg, in den wir uns stürzen konnten, bis nur noch eine Seite aufrecht stand – sie oder wir.«

In diesen Jahren sammelten die Jungtürken der Sun-Luck-Mafia ihre Erfahrungen. Sie beschatteten in den Straßen von Little Italy kleine und große Gangster und schleppten Akten durch die Korridore des Hoover-Gebäudes in Washington. In den achtziger Jahren gelangten sie in leitende Positionen; jetzt konnten sie bestimmen, wo es langging. Und sie nutzten die ihnen zuwachsende Macht, um zum Angriff überzugehen.

Jules Bonavolonta wurde, als er sich anschickte, Leiter der Abteilung Organisierte Kriminalität und Drogenhandel in der New Yorker FBI-Zweigstelle zu werden, mit der Nase auf das strategische Konzept gestoßen, nach dem die Sun-Luck-Mafia ihren Feldzug gegen den Mob antreten konnte. Bonavolonta hatte sein Aha-Erlebnis im Seminarraum einer juristischen Fakultät.

Es war ein lauer, luftiger Tag im Juni 1980 auf dem idyllischen Campus der Cornell University im Norden des Staates New York. In einem der Seminarräume schien trotz des guten Wetters Gewitterstimmung aufzukommen bei den jungen Strafverfolgern und Polizeibeamten, die in einem Seminar über organisierte Kriminalität dem Vortrag Robert Blakeys lauschen mußten, eines Strafrechtsprofessors von der Universität Notre Dame. Blakey hatte seinen Auftritt zu einem äußerst leidenschaftlichen Plädoyer genutzt. Ohne sich um die finsteren Mienen der FBI-Beamten auf der anderen Seite des ovalen Besprechungstisches zu kümmern, erklärte er, der Krieg des Bureau gegen den Mob sei eine Verschwendung von Steuergeldern. Das FBI sei auf einem völlig falschen Weg. Das FBI müsse »die kriminellen Organisationen zerschlagen und nicht einzelne Kriminelle abschießen«. Die derzeitige Praxis des Bureau, Einzeltäter aufs Korn zu nehmen und Sonderkommissionen zur Aufklärung einzelner Verbrechen zu bilden, sei zum Scheitern verurteilt. Es könne selbst im Fall eines kleinen Kreditwucherers oder Glücksspielers Jahre dauern, bis ausreichende Beweise für eine Anklageerhebung zusammengetragen seien. Und was würde dann als Ergebnis unzähliger Arbeitsstunden auf Steuerzahlerkosten herauskommen? Daß am nächsten Tag ein neuer »Soldat« der Organisation die Karten mischen oder die Wucherzinsen eintreiben würde. Auf diese Weise könne man, folgerte Blakey, der Cosa Nostra nie beikommen, denn sie sei ihrem Wesen nach eine auf Kontinuität angelegte kriminelle Organisation.

Aus dieser Argumentation leitete Blakey seine Kernforderung ab: daß es notwendig sei, die Organisation in ihrer Gesamtheit zu attackieren. Der Krieg solle, erklärte er, gegen die Mafiafamilien geführt werden. Kleine Mafiafische gebe es im Dutzend billiger. Die diversen FBI-Sonderkommandos gegen Glücksspiel und Kreditwucher leisteten, egal wie viele Anklagen sie zustande brächten, immer nur Stückwerk. Nur wenn es gelinge, die Organisation selbst zu zerschlagen, werde die Mafia entscheidend getroffen.

Blakey war ein schauspielerisches Naturtalent und verstand etwas von der Kunst der Steigerung: Der Hammer, mit dem man dem organisierten Verbrechen die tödlichen Schläge versetzen könne, existiere bereits. Seit einem Jahrzehnt gebe es ein Gesetz zur Bekämpfung korrupter, von der Unterwelt beherrschter Organisationen, den Racketeer-Influenced and Corrupt Organizations Act (abgekürzt RICO Act). Dieses gesetzliche Instrument sei bislang mit Erfolg gegen von der Mafia unterwanderte Gewerkschaften und Firmen angewandt worden. Die Tatbestandsmerkmale der »kriminellen Vereinigung« und der »gangstertypischen Methoden« ließen sich aber, so Blakey, ohne weiteres auch gegen Mafiafamilien ins Feld führen. Mit Hilfe des RICO Act werde das FBI in der Lage sein, mit seinen gebündelten Kräften nicht nur auf einzelne Mafialeutnants loszugehen, sondern auf die ganze Familie. Die Sache habe nur einen Haken:

Man müsse diese Waffe mit einem Mindestmaß an Intelligenz einsetzen.
Als Blakey geendet hatte, richteten sich alle Augen im Raum auf Jules Bonavolonta. Er war klein und untersetzt und mit einem Temperament ausgestattet, das FBI-intern wohlbekannt war. Über Jules sagte man im Bureau, nichts sei schlimmer, als sich mit ihm anzulegen. Er war bei den Green Berets gewesen und hatte nach wie vor die Angewohnheit, keine Gefangenen zu machen. Auch über seinen durchdringenden Blick wurde gesprochen: daß er in der Lage sei, seinem Gegenüber gleichsam Blitze ins Gesicht zu schleudern, seine ganze Energie in einen glühenden Blick zu legen.
An jenem Nachmittag aber gingen Bonavolonta, wie er Jahre später erzählte, »die Augen einfach über«: »Kaum war Blakey zu Ende, da sprang ich auf und rief: ›Sie haben vollkommen recht! Jetzt zeigen Sie uns noch, wie wir vorgehen müssen.‹«
In den folgenden drei Tagen führten Bonavolonta und sein Vorgesetzter James Kossler vertrauliche Unterredungen mit Blakey. Als sie aus Cornell abreisten, waren sie überzeugt, daß das FBI sich strategisch neu orientieren müsse. Diese Überzeugung dem US-Justizministerium und den Führungsetagen des FBI zu vermitteln war ein Problem für sich. Doch die beiden Beamten wollten es versuchen. Nicht lange nach dem Seminar an der Cornell University erhielt Professor Blakey von dem ungeduldigen Bonavolonta die Einladung, seinen Vortrag im neuen FBI-Hauptquartier in Manhattan, Federal Plaza 26, zu wiederholen.
Wieder sprach Blakey mit so schneidender Schärfe, daß bald spannungsvolle Stimmung aufkam. Ein hoher Beamter der Bundesstaatsanwaltschaft fühlte sich angegriffen und ritt heftige Gegenattacken; ihm kam zugute, daß er es als langjähriger Prozeßanwalt gewöhnt war, Schläge sehr gezielt auszuteilen. Er warf Professor Blakey vor, die Paragraphen des RICO Act sowohl dem Buchstaben als auch dem Geiste nach zu vergewaltigen. Diese Gesetzesvorschriften seien für rein gegen Mafiafamilien gerichtete Ermittlungen nicht brauchbar.
Blakey widersprach: Formulierungen wie »kriminelle Vereini-

gung« oder »bandentypische Methoden« seien ausdrücklich mit Blick auf die mögliche Verfolgung ganzer Mafiafamilien in den Gesetzestext eingeführt worden.
»Das bezweifle ich voll und ganz«, entgegnete der Staatsanwalt. »Woher wollen Sie das denn wissen?«
Blakey: »Ich bin der Verfasser dieses Gesetzes.«
Von diesem Augenblick an waren die Bedenken verflogen. Entscheidungen und Beschlüsse folgten sehr bald. Eine neue Strategie wurde ausgearbeitet: Der Krieg gegen das organisierte Verbrechen sollte von FBI-Teams geführt werden, die jeweils auf eine bestimmte Mafiafamilie angesetzt würden. Und der RICO Act sollte die rechtliche Grundlage sein.
Es gab aber noch eine andere juristische Streitfrage. Seit der Kongreß 1968 den Safe Streets Act verabschiedet hatte, konnte das Bureau (nach vorheriger Genehmigung durch ein Gericht) die Telefone von Mafiafiguren abhören oder in deren Wohnungen Wanzen unterbringen. Anfangs hatten jedoch nur wenige im FBI den Wert dieser elektronischen Waffen erkannt.
Als Jim Kallstrom einmal auf höhere Anweisung in der Technischen Abteilung der New Yorker FBI-Filiale arbeiten mußte, sah er schon das Ende seiner Karriere in der Abteilung Organisierte Kriminalität gekommen. Er mußte feststellen, daß die FBI-Techniker vorwiegend die Telefone sowjetischer Diplomaten anzapften oder ihre Wanzen in den Schlafzimmern irgendwelcher Ostblock-Kulturattachés anbrachten in der Hoffnung, etwas Pikantes einzufangen. In der Mehrzahl der Fälle gingen die Operationen daneben. Die Technik war höchst primitiv, oft kam im Empfangsgerät nur ein Rauschen an. Kallstrom hatte daher zunächst wenig Hoffnung, als Neuling in dem vierköpfigen Technikerteam etwas Nennenswertes bewegen zu können.
Doch bald schon entwickelte Kallstrom Führungsqualitäten. 1976 wurde er, zu seiner eigenen Überraschung, zum Leiter der New Yorker Technik-Abteilung befördert. Und nun, da er das Sagen hatte, ging er mit aller Kraft daran, seiner Abteilung »ein wirkliches technisches Arsenal« zu verschaffen; er handelte nach einem Spruch, den er in seiner Militärzeit von einem

Sergeanten übernommen hatte: »Wenn du schon dazu verurteilt wirst, etwas zu machen, dann kann es nicht schaden, es gut zu machen.«

Zunächst einmal ging Kallstrom in Washington auf Lobbytour für Forschungs- und Entwicklungsgelder. In seiner lockeren, schulterklopfenden Art beschwatzte er die Leute so lange, bis er Mittelzuweisungen in der geforderten Höhe erhielt. Er gab das Geld schnell und anspruchsvoll aus und klopfte dann ungeniert wieder an die Türen mit der Bitte um mehr Geld – das er ebenfalls bekam. Kallstrom bestand darauf, seine Mannen mit modernstem Gerät auszustatten. Wenn es etwas nicht gab, das er haben wollte, suchte er jemanden, der es entwickeln konnte. Er gab einige bemerkenswerte technische Neuheiten in Auftrag: in Cocktailoliven verborgene Minisender, in Diplomatenkoffer eingebaute Mini-Aufnahmestudios, als Wanduhren getarnte Video-Aufnahmeeinheiten.

Als er mit seinem Team die ersten Erfolge hatte, konnte er das Bureau zur Bewilligung neuer Planstellen bewegen. Kaum waren die Neulinge eingearbeitet, beantragte er weitere Stellen. Er bildete Überwachungskommandos und rüstete sie mit Nachtsichtgeräten und verschlüsselt arbeitenden Walkie-talkies aus. Er forderte Sondertrupps aus den Reihen des »Fingernagel-Klubs« an, der FBI-eigenen Scharfschützenriege, deren Mitglieder in der Lage waren, auf 200 Meter mit drei Schüssen dreimal ins Innere eines Kreises vom Durchmesser eines Fingernagels zu treffen. Diese Männer standen Wache, wenn die Teams von Jim Kallstrom in »feindliches Territorium« eindrangen, um Wanzen zu plazieren. Er überredete Dutzende Ingenieure und Techniker, sich trotz der anderswo gebotenen höheren Gehälter für den, wie er gerne auftrumpfend sagte, »aufregendsten Job der Welt« zu entscheiden. Innerhalb eines Jahrzehnts baute er so ein kleines Imperium auf. Die Technische Abteilung des New Yorker FBI bestand bald aus 350 Mitarbeitern und hatte ein Jahresbudget von rund 20 Millionen Dollar. Kallstrom verlor nie sein Ziel aus den Augen: »Ich habe meinen Jungs einen Wahnsinns-Pfahl angeschafft, den sie der Mafia ins Herz bohren können.«

Mehr aber als irgend jemand sonst im FBI war es Jim Moody, der erkannte, wie ein Angriff angesetzt werden mußte. Auf seinen Ideen vor allem beruhte die neue Taktik der FBI-Sonderkommissionen gegen Organisierte Kriminalität – ob der ursprüngliche Einfall dazu direkt von ihm stammte oder von Jim Kossler, kann wohl nur von FBI-Archäologen geklärt werden. Das neue Konzept sah die direkte Ausspähung von Mafiafamilien auf deren eigenem Territorium vor. Beamte der verschiedenen Sonderkommandos sollten sich in der Nähe der Wohnviertel etablieren, in denen die Mafiafiguren lebten und operierten, in den Vierteln abseits der grellen Lichter Manhattans, in die die Fußtruppen sich nach einem schweren Arbeitstag im Dienste des Verbrechens zurückzogen.
»Die Grundidee war, daß wir uns sozusagen anschlichen und mitten im feindlichen Territorium Brückenköpfe errichteten«, erklärte Moody in der bedächtigen Sprache, die der Bauernsohn auch nach zwanzig Jahren in New York und Washington nicht abgelegt hat.

Als die achtziger Jahre anbrachen, begannen die Früchte der nächtlichen Diskussionen im *Sun Luck* zu reifen. Die Zechbrüder von damals hatten eine völlige Neuorientierung des FBI-Vorgehens gegen die Mafia erreicht. Der Staat begann einen Feldzug, der, so schien es, gewonnen werden konnte.
In der Erinnerung an jene Zeit verwandelte sich Jim Moody, heute Chef der FBI-Abteilung Organisierte Kriminalität und in einem großen Büro in Washington residierend, wieder in einen ehrgeizigen jungen Offizier, der seine Truppen ins Zentrum der Schlacht führt. Im Kommandoton listete er noch einmal die Elemente der damaligen Strategie auf: »Erstens: Wir wollten die Offensive auf die Straße tragen. Wir wollten den Gegner identifizieren und ihn ins Visier nehmen. Zweitens: Wir wollten den Kampf in ihre Häuser tragen. Wir wollten ihnen elektronische Überwachungsmittel unterjubeln, wo sie am wenigsten damit rechneten. Und drittens: Wir wollten dem Feind den Kopf abreißen. Wir wollten den RICO Act dazu nutzen, jeder Mafiafamilie den Kopf abzuschlagen.«

Somit blieb 1980 nur noch eins zu tun: es mußte jemand gefunden werden, der die Offensive gegen die Mafia befehligte. Das Bureau brauchte einen Beamten, der das gerade eröffnete Büro am Queens Boulevard beziehen und die Leitung der Sonderkommission Gambino übernehmen konnte. Dieser Agent mußte ein Team führen, dessen Aufgabe die Ausschaltung der reichsten, mächtigsten und skrupellosesten Kriminellenvereinigung in Amerika sein sollte.
Die Wahl fiel auf einen hochgewachsenen, geselligen, eher akademisch wirkenden Mann. Er war Pfeifenraucher und trug Hemden mit geknöpftem Kragen und Ripskrawatten. In seine breite Stirn fiel eine vorzeitig ergraute Haarlocke. Geboren war er auf einer Farm in der nordwestlichen Ecke von Iowa, wo er gelebt hatte, bis der Militärdienst ihn nach Annapolis brachte. Seine Mutter war Bibliothekarin gewesen, und in einem anderen Leben wäre er vielleicht Geschichtslehrer geworden. Von seinem Auftreten und seinem Hintergrund her schien er für diese Aufgabe denkbar ungeeignet. Doch Bruce Mouw, so hieß der Mann, hatte sich felsenfest vorgenommen, den Auftrag zu erfüllen.

# Kapitel 5

Für Bruce Mouw war der Ruf an die Spitze der Sonderkommission Gambino ein doppelter Glücksfall: Rettung und Rückkehr. Drei Jahre zuvor hatte man ihn aus der Abteilung Organisierte Kriminalität in New York abgezogen und ins Washingtoner Hauptquartier versetzt; er war in einem »Würfel« (einem abgeteilten Büro) gelandet, der, so schien es, meilenweit vom nächstgelegenen Fenster entfernt war; er hatte eine Arbeitsplatzbeschreibung vorgefunden, die ihm dunkel vorkam.

Weil Mouw bei der Marine eine Ausbildung als Elektrotechniker erhalten hatte, war er im Alter von 36 zum Abteilungsleiter befördert und mit der Aufsicht über die unzähligen Bauarbeiter betraut worden, die dem neuen FBI-Hauptquartier den letzten Schliff geben sollten. Nach drei Jahren Aufsichtstätigkeit war er sich noch immer nicht sicher, was sein Arbeitgeber von ihm eigentlich erwartete: ob er sich um die Funktionsfähigkeit der Elektroinstallation im Hoover Building kümmern und für jedwede elektrische Eventualität vorsorgen sollte oder ob man ihn einfach nur als allgegenwärtigen Kontrolleur sah, der durch seine bloße Anwesenheit die Techniker der Firmen daran hindern sollte, an Billiglösungen auch nur zu denken. Das einzige, was er sicher wußte: Dies war kein Job für ihn, er wollte zurück an die Front.

Wenn man Mouw, einen nachdenklichen, fast grüblerischen Typ, gefragt hätte, was hinter seinem Wunsch nach einem aufregenderen Job stecke, hätte er zugegeben, daß es sich nicht um einen plötzlichen Impuls handele; in seinem Leben hatte es immer bewußt durchgeführte Sprünge gegeben. Den ersten hatte er mit vierzehn Jahren gemacht – »die große Flucht«, wie er rückblickend ohne jede Ironie sagte.

Nachdem sein Vater an einem Schlaganfall gestorben war, war die Familie in die Stadt gezogen. Schon das Farmerleben war nicht leicht gewesen, aber in Orange City war es für die junge Witwe und ihre vier Kinder richtig ungemütlich. Der junge Bruce fand, daß es an der Zeit sei, sich auf eigene Faust durchzuschlagen. Zu seiner eigenen Überraschung setzte er den Gedanken wirklich in die Tat um. Er war groß und mager, ein Schuljunge mit einer Bürstenschnittfrisur; und doch fand er auf Anhieb einen Job als Nachtportier in einem kleinen Hotel. Seine Schicht begann am Spätnachmittag nach Schulschluß, das Hotel entlohnte ihn für seine sechs Arbeitsstunden mit warmen Mahlzeiten und kostenlosem Logis in einem zellenartigen Zimmer.
Es war ein verdammt hartes, einsames Leben. Mouw konnte bei keiner Schulmannschaft mitspielen und nicht mit den Kameraden umherziehen. Statt dessen las er viel. Hinter seiner Portierstheke und in seiner Zimmerzelle hatte er immer ein Buch griffbereit. Jeden Abend, sobald er seine Hausaufgaben für die Schule gemacht hatte, vertiefte er sich in Bücher über die Seefahrt. Er hatte nie das Meer gesehen, war nie auf einem Schiff gewesen, trotzdem war er schon Seemann mit Leib und Seele. Er verschlang Biographien berühmter Seefahrer, las alles, was C. S. Forester geschrieben hatte, versuchte sich sogar an Melville. Wenn er nachts in seinem kleinen Hotel in seiner kleinen Stadt auf seinem Bett lag, schipperte er im Geist in eine Phantasie-Welt hinaus, in der bedeutende Männer aufregende Abenteuer durchlebten. Mouw war überzeugt, daß dies seine Bestimmung sei.
Wie fast alle Einwohner der Nordwestecke von Iowa gehörte Mouw der Niederländischen reformierten Kirche an und war in ihrem Geist erzogen worden. Von früher Kindheit an hatte man ihm Tugenden wie Fleiß, Hingabe, Streben nach materiellem Erfolg sowie einen ausgeprägten Sinn für die Vorbestimmtheit des Lebens nahegebracht. *»Für den Erwählten wird aus Vorstel-*

*lung Wirklichkeit werden.«* Dieser Spruch war für den Teenager mehr als eine theologische Weisheit. Er hatte das Bedürfnis, daran zu glauben; er dürstete nach Veränderung.
Bruce Mouws Glaube an seine Bestimmung erfuhr eine Bestätigung, als er gegen alle Wahrscheinlichkeit die Aufnahmeprüfung für Annapolis bestand. Er hatte zwar damit gerechnet, daß er, ginge es allein nach Zeugnissen und Testergebnissen, eine faire Chance haben würde, doch Zweifel waren geblieben. Der Direktor der Oberschule von Orange City hatte einmal sogar die Mutter von Bruce angerufen, um ihr zu berichten, ihr Junge habe so hohe IQ-Werte erzielt, »daß wir es einfach nicht glauben konnten«. Doch als er daranging, das Antragsformular für die Marineakademie auszufüllen, wurde ihm plötzlich die Naivität seiner Hoffnungen klar. Er war »ein Niemand aus Dingsda«. Er fühlte sich ohnmächtig. Doch am Ende wehrte er sich – mit Erfolg – gegen das kleinmütige Sichbescheiden.
Der Wettbewerb um den einzigen noch offenen Platz hatte sich auf zwei Kandidaten zugespitzt: der eine war Mouw, der andere ein junger Mann, dessen Vater die Marineakademie absolviert hatte und der persönlich mit dem Kongreßabgeordneten Charles Hoeven befreundet war. Mouw glaubte trotzdem an seine Chance. Als die Wahl dann doch auf den anderen fiel, behielt Mouw die Kontrolle über sich. Dann geschah das Unerwartete. Der Sieger bestand den körperlichen Eignungstest der Akademie nicht, Mouw machte doch noch das Rennen. Er verkniff sich jedes Triumphgeheul. Auch als seine Aufnahme in die Akademie bei der Schulabschlußfeier öffentlich verkündet wurde und die gesamte Abschlußklasse ihm stehend Beifall klatschte, gestattete Mouw sich nur eine kleine Gebärde der Genugtuung. Er war überzeugt, daß er einen vorbestimmten großen Sprung in Richtung Abenteuer gemacht hatte.
Als Mouw, gerade siebzehn geworden, mit dem Studium in Annapolis begann, hatte er »Todesangst«. Alles war neu. »Doch meine größte Angst war es, daß ich versagen würde und nach Orange City zurückgehen müßte.« Der Blick in den Spiegel war kaum geeignet, sein Selbstvertrauen aufzupäppeln. Mit knapp 70 Kilo Gewicht bei 1,90 Meter Größe schien seine schlackernde

Fähnrichsuniform ihn eher für einen Einsatz als Vogelscheuche auf den Maisfeldern von Iowa zu qualifizieren. Mouw stürzte sich in sein Studium, und als das Abschlußexamen kam, hatten sich die Mühen gelohnt. Das ernste Gesicht auf dem Gruppenfoto seines Jahrgangs ist das eines Mannes: runder geworden, aber auch selbstbewußter und entschlossener. Einer seiner Kommilitonen schrieb: »Seine Fähigkeit, ein Ziel ins Visier zu nehmen und dafür zu arbeiten, daß er es erreicht, wird ein Garant für seinen Erfolg sein, gleich für welche Laufbahn er sich entscheidet.«

Mouw entschied sich für die U-Boot-Flotte. Zutreffender: Er wurde für diese Laufbahn ausgewählt, und zwar von Admiral Hyman Rickover, der den jungen Mann unbedingt für die neue Waffe haben wollte. Nach einjähriger Ausbildung stach der mittlerweile pfeifenrauchende, mit 96 Kilogramm sehr kräftige Mouw an Bord der *U. S. S. Lapon,* eines U-Boots mit Nuklearantrieb, in See. Kapitän war der legendäre Whitey Mack, und für den jungen Leutnant zur See gab es Abenteuer zu bestehen, die atemberaubender waren als jene, über die er in seiner Hotelbude in Orange City gelesen hatte.

Es war in der Zeit des Vietnamkrieges. U-Boote wie die *Lapon* befanden sich immer in Gefechtsbereitschaft. Auf jeder Reise spürten sie russischen U-Booten nach, die mit genügend Atomsprengköpfen ausgerüstet waren, um eine amerikanische Großstadt zerstören zu können. Manchmal verfolgten sie ein entdecktes Feindboot monatelang, wobei sie selbst im »ultraleisen« Betrieb fuhren und versuchen mußten, das russische Boot kontinuierlich im Visier ihrer Torpedos zu behalten. Die beiden Atom-U-Boote operierten in Tiefen von mehr als 100 Metern und durchpflügten oft auf längeren Strecken unkartierte Tiefenreviere. Das Jagen und Suchen ging so lange weiter, bis entweder die Russen durch ein unerwartetes Manöver aus dem Blickfeld gerieten und auf Nimmerwiedersehen verschwanden, oder bis eines der Boote, die mit nahezu 30 Knoten durch die dunkle Tiefe rasten, mit einem Wal oder einem Eisberg zusammenprallte oder die messerscharfe Kante eines unterseeischen Berges rasierte.

Über lange Abschnitte dieser Katz-und-Maus-Jagden hinweg war Bruce Mouw der Navigator der *Lapon*. Nach vier Jahren jedoch zeigten sich bei ihm erste gesundheitliche Folgen des ständigen Einatmens der Luft aus den Sauerstofftanks. Als noch bedenklicher empfand Mouw allerdings die Aussicht, für den Rest seiner Marinelaufbahn zum Dienst auf U-Booten verdammt zu sein: die Zöglinge Rickovers besaßen eine zu einseitige Qualifizierung; sie galten in der Navy als ungeeignet für Überwasser-Kommandos.
Mouw hatte Dutzende hochgefährlicher Missionen absolviert, darunter eine, die der Besatzung eine Belobigung durch den Präsidenten einbrachte – und deren Umstände bis heute als geheime Verschlußsache gehütet werden. Er war überzeugt, daß es für ihn an der Zeit war, sich neue, größere Herausforderungen zu suchen. Im September 1970 reichte er seinen Abschied ein.
Einen Monat später schon war er sicher, einen Riesenfehler gemacht zu haben. Die zivile Welt hatte für einen Mann mit seiner Abenteuerlust nichts zu bieten. Nach Vorstellungsgesprächen bei Xerox oder Western Electric, bei denen er, um seine Kurzfassung zu zitieren, erfahren hatte, daß er »x Dollars verdienen könnte, wenn ich y Kinkerlitzchen pro Jahr ausbrüten würde«, schlich Mouw mit einem flauen Gefühl in der Magengegend von dannen. Die Dinge liefen nicht so, wie sie laufen sollten. Mitten in diese düstere Phase platzte ein weiterer Beweis für Mouws Glauben an die Vorbestimmung. Es war ein Anruf aus Sioux City (Iowa), vom Leiter des dortigen FBI-Büros: »Ihre Dienstakten sind mir auf den Schreibtisch geflattert, und ich habe mich gefragt, ob Sie, als Patriot und so weiter, wirklich abseits stehen wollen, wenn bei uns die Post abgeht?«
Nach einer Fahrt quer durch die halben Staaten in seiner signalgelben Corvette meldete Bruce Mouw sich am 16. August 1971 an der Pforte der FBI-Akademie in Quantico (Virginia). Das nächste große Abenteuer seines Lebens stand bevor.

Nach Abschluß der FBI-Akademie wurde er, sehr zu seinem Verdruß, in New York City stationiert. Er mietete in einem weißen Backsteinhochhaus an der East Side eine Wohnung mit einer Dachterrasse von der Größe einer Tischtennisplatte, schaute nach Feierabend hin und wieder im *Sun Luck* vorbei, verbrachte aber die meisten Abende in einem überfüllten Lokal an der Second Avenue, in dem Singles verkehrten. Trotzdem schaffte er es jeden Morgen, früh genug aufzustehen, um im Central Park eine Runde um den See zu joggen, bevor er ins Büro ging. Es war ganz allgemein eine paradiesische Zeit für ihn. Und als er in die Abteilung Organisierte Kriminalität versetzt wurde, stellte er fest, daß ihm dies großen Spaß machte.

Das Eigenartige an der Arbeit war, daß sie in ihren aufregendsten Momenten nahe an seine Erfahrungen als Jäger sowjetischer U-Boote herankam. Gewiß, es handelte sich um eine andere Art der Verfolgung. Andererseits: auch in New York konnte man in ziemlich trübe und gefährliche Gewässer geraten, wenn man sich beim Beschatten von Mafiafiguren durch die Straßen bewegte. Auch hier war es ratsam, alle Fertigkeiten, alle Intelligenz einzusetzen, um den Job mit heiler Haut zu überstehen.

Bruce Mouw ertappte sich häufig bei dem Gedanken, daß er die Mafia »faszinierend« fand. »Wir leben hier im Amerika des ausgehenden 20. Jahrhunderts«, sagte er nach zwei Jahrzehnten in Diensten des FBI noch immer mit allen Anzeichen der Verwunderung, »und doch hat es diese Clique ungebildeter Italiener irgendwie geschafft, eine kriminelle Geheimgesellschaft am Leben zu erhalten, die genug Macht besitzt, um Gewerkschaften, Wirtschaftsbranchen und sogar Politiker zu kontrollieren. Es will mir einfach nicht in den Kopf.«

In dieser Faszination schwang auch eine moralische Komponente mit; sie war das eigentliche Motiv seines kämpferischen Engagements. Eine Episode, die er wenige Tage nach seiner Ankunft in New York mitbekommen hatte, war für ihn ebenso aufwühlend wie lehrreich. Ein Kreditwucherer hatte zwei seiner Handlanger zu einem seiner Kunden geschickt, der mit seinen Zahlungen in Rückstand geraten war. Sie redeten ihm erst zu; als er trotzdem kein Geld herausrücken wollte oder

konnte, begannen sie ihre Knüppel zu schwingen. Sie zielten zuerst auf seine Knie und dann höher und höher. Als sie mit ihrem Mann fertig waren, lag der zusammengekrümmt auf dem Gehweg, die Täter trollten sich. Es war vier Uhr nachmittags auf einer belebten Straße in Brooklyn.
Mouw sah die Tatortfotos und las die ärztliche Diagnose: Knochenbrüche, innere Verletzungen. Richtig wütend wurde er, als er bei Bewohnern der Straße ermittelte:
»Ich fragte sie: ›Haben Sie gesehen, wer es war? Können Sie die Burschen identifizieren?‹ Da schauten sie mich mit vor Angst triefenden Augen an und sagten: ›Ich habe nichts gesehen. Ich will in nichts hineingezogen werden.‹ Oder ich klingelte an einer Tür, zeigte meine FBI-Papiere vor, und sie sagten, ich solle verschwinden. Wenn man in Iowa jemandem sagt, daß man von der Polizei ist, daß man für die Regierung arbeitet, laden sie einen in ihr Wohnzimmer ein und bieten einem ein Bier an. Hier haben sie Angst, zu reden. Und das war nicht gut. Daß es heute hier in Amerika Menschen gibt, die in solcher Angst leben, machte mich wirklich fertig. Ich konnte es nie mehr vergessen.«
Bruce Mouw, der für die Arbeit an der Front geschaffen war, stürzte sich in den Kampf gegen das organisierte Verbrechen, getrieben sowohl vom Pflichtgefühl als auch vom Instinkt des Jägers. Dann kam die FBI-Leitung in ihrer unerklärlichen Weisheit auf die Idee, ihn als Überwacher von Elektroarbeiten nach Washington zu schicken. Drei Jahre später hatte er die Nase voll.
Die Versetzung nach New York als Leiter der Sonderkommission Gambino war seine große Chance; er war bereit, sie zu ergreifen. Er hatte dasselbe Gefühl wie damals beim Abschied aus Orange City: er konnte etwas tun, das eine Spur hinterlassen würde.

# Kapitel 6

Die Wetten standen schlecht für Mouw, und das behagte ihm nicht. Unmittelbar vor seinem ersten Arbeitstag im Büro am Queens Boulevard hatte er erste Berechnungen angestellt und war zu einem ernüchternden Ergebnis gekommen.
Er sollte die Leitung der Sonderkommission Gambino übernehmen, FBI-intern als C-16-Team bekannt. Das bedeutete, daß er, genau wie jede andere FBI-Soko, fünfzehn Beamte zur Verfügung haben würde – wenn man ihm die volle Sollstärke bewilligte. Diesem kleinen Team stand als Gegner die Mafiafamilie der Gambinos gegenüber, deren Hierarchie wie folgt aussah:
An der Spitze ein allmächtiger Pate mit einem zweiten Mann als Stellvertreter und rechte Hand, dazu der *Consigliere,* der Berater des Familienoberhaupts. Dann kam die Rangstufe der Hauptleute. Bei den Gambinos gab es rund zwanzig dieser *Capos,* von denen jeder eine Gruppe, *Decina* genannt, von zehn, vielleicht fünfzehn »Soldaten« befehligte. Das waren die geweihten Mitglieder der Familie, die das Aufnahmeritual durchlaufen hatten. Auf jeden »Soldaten« kamen vielleicht noch zehn oder mehr Mitläufer, die für die *Decina* arbeiteten und die bereit waren, alles zu tun, um in die Familie aufgenommen zu werden.
Mouws nüchterne Bilanz: er sollte mit fünfzehn Beamten rund dreitausend Mitglieder der Gambino-Familie hinter Schloß und Riegel bringen. Ziemlich unerfreulich, das Ganze, und doch nur ein kleiner Teil des Problems.
Da war zunächst einmal die Sache mit den Dossiers über die Gambino-Hierarchie – es gab keine. Zwar hatte das Hauptquartier ihm pflichtgemäß eine Aktenmappe mit der imposanten

Aufschrift »Hierarchie der Gambino-Familie« herübergeschickt, eine »92er«, wie es im FBI-Jargon hieß, aber sie war schon äußerlich deprimierend dünn, und die paar Quentchen Information, die sie enthielt, waren mindestens zehn Jahre alt und damit wertlos. Die wenigen namentlich identifizierten Mitglieder der Familie, auf die Mouw in dieser Akte stieß, waren eine Gefahr allenfalls für ihre Mitbewohner im Altersheim. Den Gipfel stellten die in der Mappe enthaltenen Fotografien dar. »Verdächtiger Nr. 1 im Gespräch mit Verdächtigem Nr. 2« lautete eine typische Bildunterschrift.

Die vordringlichste Aufgabe, beschloß Mouw, war das Sammeln von Informationen. Bevor er eine Offensive planen konnte, mußte er aufklären und den Gegner identifizieren. Welche Männer standen an der Spitze der Gambino-Familie? In welchen Branchen und Firmen waren sie aktiv? Wo wohnten sie, wo verkehrten sie? Welche Gruppen waren am aktivsten?

Als Mouw seine Leute auf erste Erkundungsgänge in sein Gambino-Revier schickte, mußte er eine schreckliche Feststellung machen: Seine Truppe war von trauriger Qualität! Die Personalabteilung hatte ihm, von wenigen Ausnahmen abgesehen, Beamte zugeteilt, die entweder für die Arbeit im OK-Bereich untauglich oder anderswo als Versager aussortiert worden waren. Je genauer er seine Leute unter die Lupe nahm, desto klarer wurde ihm, daß die meisten zur letzteren Kategorie zählten. Es gab Beamte, und dafür hatte Bruce Mouw volles Verständnis, die am liebsten in einem, wie es FBI-intern hieß, »reaktiven Dezernat« arbeiteten, zum Beispiel nach einer Entführung oder nach einem Bankraub. Das interessierte mehr als die unspektakuläre, systematische Überwachungstätigkeit, die im C-16-Team gefordert war. Zwei der jüngeren Beamten ließ Mouw bald mit besten Wünschen ziehen. Wütend machte ihn hingegen die Faulheit, Unfähigkeit und Inkompetenz vieler Mitarbeiter des Teams. Was für Leute hatte man ihm da untergejubelt?

Da gab es diesen Speckkloß aus Mississippi, der seinen Gutenmorgengruß in so ätzend langsamer Südstaatenmanier herausquetschte, daß schon die Vorstellung, er könne einem der alerten Gambino-Leute nützliche Informationen entlocken, nachgerade lächerlich erschien. Dann gab es da den Beamten, der schon seit zwei Jahren in New York arbeitete und noch immer nicht wußte, wie man nach Staten Island hinüberkam. Da gab es die spindeldürre, tiefreligiöse Beamtin, die in Tränen aufgelöst ins Büro zurückkehrte, nachdem sie zwei Gambino-Figuren zur Abnahme von Fingerabdrücken begleitet und stundenlang nur dreckige und obszöne Witze gehört hatte. Der erstaunlichste Fall: Ein Mann erklärte, er sei »psychisch nicht in der Lage«, italienische Namen auszusprechen.

Trotz dieser Widrigkeiten mußte Mouw versuchen, seine bunte Truppe auf Vordermann zu bringen. Schließlich wußte er noch, wie sein Herz gehämmert hatte, als damals auf der *»Lapon«* zum erstenmal die Alarmleuchten geblinkt hatten. Nach Bestehen dieser Feuerprobe war er Veteran und ruhiger. Er wollte seinen Leuten daher Gelegenheit für Erfolgserlebnisse zur Stärkung des Selbstvertrauens verschaffen und verkündete die folgende Regel: Wenn Mitglieder der Gambino-Familie zur Befragung aufzusuchen waren, sollte dies immer durch einen Beamten allein geschehen.

Mouws Leute reagierten auf diese Anweisung mit Protesten. Sie hatten Angst. »Ihr seid laut Ausweis Beamte des Federal Bureau of Investigation«, brüllte er sie, fassungslos vor Wut, an. »Ihr repräsentiert die Regierung der Vereinigten Staaten von Amerika. Schämt ihr euch nicht, Angst zu haben vor einer Bande von Primitivlingen, die nicht einmal einen Volksschulabschluß geschafft haben?«

Nach dieser Konfrontation kehrte Mouw mit einem eisernen Besen. Er beschloß, fast seine gesamte Truppe auszuwechseln. Sollten sie sich doch pensionieren oder versetzen lassen oder unter ihre Schreibtische verkriechen. Er würde keinem von ihnen eine Träne nachweinen. Er wollte ein neues Team aufbauen aus Leuten, die sich auf die Straße trauten, eine Truppe mit Mumm, die es mit einer Bande gewalttätiger Mafiosi aufnahm. Das einzige Problem: Wo die Leute finden? – Er fand sie.

Andy Kurins war in Riga auf den Vornamen Andris getauft worden, bevor es ihn und seine Eltern auf eine Hühnerfarm in

Indiana verschlug. Seine Muttersprache war das Lettische; er sprach Englisch und Russisch, auch das Deutsche war ihm nicht fremd. Als das Bureau ihn von der Außenstelle Tampa (Florida) nach New York in die Abteilung Internationale Spionageabwehr versetzte, war er zwar nicht glücklich, mußte aber zugeben, daß es angesichts seiner Sprachkenntnisse eine vernünftige Idee war. Blödsinnig wurde es jedoch, als er nach seiner Ankunft an der Federal Plaza erfuhr, daß er der China-Gruppe zugeteilt worden war. Er verbrachte zwei mürrische Wochen damit, die Liste der Überwachungsobjekte mit ihren exotisch klingenden Namen auswendig zu lernen, dann entschloß er sich, nach Versetzungsmöglichkeiten Ausschau zu halten.

Bei einem Bier wandte er sich hilfesuchend an Dave Steckle. Die beiden kannten sich eine Ewigkeit und hatten schon in Indiana im selben Oberschulteam gerungen. Steckle, nicht mehr der Mittelgewichtler von einst, leitete eine auf Eigentumsdelikte spezialisierte Sonderkommission. »Ja, ich kann dich bei mir unterbringen«, erklärte er spontan, als sein alter Sportskamerad ihm von den Leiden in der China-Gruppe erzählte. Kurins hatte damit gerechnet, antwortete jedoch sehr undiplomatisch: »Ich hatte eigentlich an etwas Aufregenderes gedacht.«

»Ach so«, entgegnete Steckle und dehnte die letzte Silbe so lange aus, daß Kurins sich an die aus einem kaputten Reifen pfeifende Luft erinnert fühlte. »Was würde dir denn Spaß machen?«

Über diese Frage hatte Kurins in den vergangenen Tagen heftig nachgedacht. »O.K.«, sagte er. Er habe in Tampa einmal in einem FBI-Team ausgeholfen, das auf Santos Trafficante angesetzt war. Der prominente Altmafioso war, wie sich herausstellte, nur zum Sonnenbaden nach Tampa gekommen. Dennoch hatte er mit allen Tricks versucht, die Beschatter abzuschütteln. Kurins aber hatte es geschafft, ihm auf den Fersen zu bleiben. Und er hatte festgestellt, daß dieses Spiel ihm gefiel.

Steckle hörte sich das an und nahm einen Schluck aus der Bierdose. »Hast ganz ordentlich Krieg geführt, wie ich gehört habe.«

Kurins nickte und nahm sich vor, das Gespräch nicht in unfruchtbare Richtungen abdriften zu lassen. Er erzählte nur, er habe sich nach der militärischen Grundausbildung der Luftwaffe angeschlossen in der Hoffnung, Düsenjägerpilot werden zu können. Seine Kurzsichtigkeit habe ihm jedoch einen Strich durch die Rechnung gemacht, und so habe er sich mit einem Vietnam-Einsatz als Navigator eines B-52-Bombers begnügen müssen. (Was er nicht erzählte, war, daß seine Maschine an der Spitze der Staffel flog, die im Rahmen der Operation Arc Light die ersten Bomben auf Kambodscha abwarf. Aber das ist eine andere Geschichte, über die er noch immer nicht gern redet.)

»Na schön«, meinte Steckle nach einer Pause, die Kurins wie eine Ewigkeit vorkam, »da gibt es diesen Typ drüben in Queens, der gerade eine neue OK-Soko zusammenstellt. Hat auch ganz schön Krieg gespielt. Nach allem, was ich höre, hat er noch immer Biß. Will unbedingt etwas bewegen. Sorgt schon jetzt für Unruhe. Es geht das Gerücht um, daß er dabei ist, sich im Bureau alle möglichen Feinde zu machen.«

»Das zeigt, daß er irgend etwas richtig macht«, sagte Kurins.

»Ich könnte ihn anrufen ...«

Kurins ließ ihn nicht ausreden; er griff in die Hosentasche und warf dem Freund Kleingeld zu: »Warum nicht gleich?«

Im Besprechungszimmer seines Büros in Queens saß Bruce Mouw, hemdsärmelig, auf der Kante des langen Konferenztisches aus Nußbaumholz. Kurins stand vor ihm, in Hab-acht-Pose. »Wir haben nichts«, sagte Mouw. »Wir wissen null über den Gegner. Wir haben nicht das geringste Material für eine Anklageerhebung, wir fangen wirklich beim Nullpunkt an.«

Kurins versuchte, den Mann einzuschätzen. Was er sah, gefiel ihm: Mouw war ein imposanter Typ. Er hatte eine ruhige, fast leise Art zu sprechen, doch was er sagte, klang entschlossen und überzeugend. Kein Mistverzapfer, sagte Kurins sich. Einer, der führen konnte.

»Es wird viel zu tun geben. Achtstundentage können Sie vergessen. Wir werden rund um die Uhr arbeiten«, verkündete Mouw. Auch er versuchte, den Bewerber einzuschätzen: Der 1,80 Meter große Körper steckte in einem weiten, dunklen Anzug; das lammfromm wirkende Gesicht zierten Apfelbäckchen und ein dünner Schnurrbart. Ein Blick in seine FBI-Akte hatte verraten, daß er einer war, der Ergebnisse wollte. Kurins' farbloses Äußeres und sein Pokergesicht verrieten nicht, daß in seine Arbeitsmethoden im allgemeinen ein Teil Originalität und zwei Teile Übermut einflossen. Ein Staatsanwalt, der lange mit ihm zusammengearbeitet hatte, sagte später: »Wenn man dem Andy sagte, er müsse übers Wasser gehen, um einen Fall zur Anklage zu bringen, dann kriegte er das irgendwie hin. Nur daß er nicht ging, sondern den ganzen Weg hüpfte.«

Einen ersten Vorgeschmack auf den Kurinsschen Kampfgeist erhielt Mouw, als er mit seiner düsteren Schilderung der Lage durch war. »Klingt, als könnten Sie einen wie mich gebrauchen«, sagte Kurins trocken.

Mouw zog an seiner Pfeife: »Ich behalte gleich Ihre Papiere.«

Mouw war sich seiner Sache gar nicht so sicher. Deshalb mußte Kurins sich gleich am ersten Tag einem Test unterziehen. »Ich setze Sie hiermit auf Joe Gallo an«, sagte Mouw seinem neuen Mitarbeiter. »Finden Sie über ihn heraus, soviel Sie können.«

»Wird gemacht«, antwortete Kurins und fragte nach der »92er« über Gallo.

»Haben Sie sonst noch Träume?« fragte Mouw zurück. Alles, was er habe, sei ein knappes Dossier der New Yorker Polizei. Demzufolge sei Gallo der *Consigliere* der Gambinos, die Nummer drei in der Familienhierarchie.

»Aber ein Foto haben Sie doch, nicht wahr?« hakte Kurins nach.

»Wissen Sie noch, daß ich gesagt habe, wir müssen bei Null anfangen?« fragte Mouw. »Das war nicht bloß so dahingesagt.«

»Okay«, erwiderte Kurins in verbindlichem Ton, »jetzt haben Sie mich überzeugt.«

In den folgenden Wochen war Kurins viel in der Stadt unterwegs. Mouw saß wie eine Sphinx in seinem Büro und wartete; er sah aus dem Fenster über eine Filiale des Kaufhauses Alexander's in Richtung des Long Island Expressway.

»Ob Bruce auf meinen Bericht wartete oder darauf, daß ich das Handtuch werfen würde, das war eine Frage, die mich schon ziemlich stark beschäftigt hat«, gestand Kurins später.

Die unausgesprochenen Bedenken seines Chefs stachelten Kurins an. Er arbeitete viele Stunden. Und eines Nachmittags stieß er, nachdem er mit einem Wachtmeister aus der Truppe des Bezirksstaatsanwalts von Manhattan Kriegserinnerungen ausgetauscht hatte, auf eine Information: Joe Gallos Stammlokal war eine Cafeteria in Astoria, einem zu Queens gehörenden Viertel am Ostufer des East River.
Am nächsten Morgen ging Kurins zum Kameralager des FBI im 25. Stock des Hauptquartiers und ließ sich eine Kleinbildkamera mit 300-mm-Objektiv geben. Dann faltete er seinen großen Stadtplan auseinander und suchte sich, da kam der alte Navigator durch, sorgfältig eine günstige Fahrtroute zur Kreuzung Broadway Avenue und Crescent Street in Astoria heraus. Nachdem er auf dem Weg dorthin ein Dutzend fremde Kulturen durchfahren hatte, entdeckte er *Sperraza's Cafeteria* und suchte sich einen Block weiter einen diskreten Parkplatz.
Der Wachtmeister hatte ihm einen mindestens zwanzig Jahre alten grobkörnigen Schnappschuß von Gallo mitgegeben. Besser als nichts, sagte er sich und befestigte das Foto am Armaturenbrett. Dann griff er unter seinen Sitz und holte eine Thermoskanne hervor, die mit schwarzem Kaffee gefüllt war. Seine Frau Sharon hatte ihn gekocht, bevor er an diesem Morgen um sechs Uhr das gemeinsame Domizil in Connecticut verlassen hatte. Es war inzwischen Mittag, der Kaffee war noch warm. Er beobachtete die Szenerie.
An diesem Tag bekam Kurins keinen Gallo zu sehen, auch am nächsten Tag nicht. Am dritten Tag erspähte er einen kleinen, älteren Mann mit weißem Lockenhaar, der die Crescent Street herunterkam. Der Mann trug Jeans, auf einer Seite hing ihm das Hemd aus der Hose, seine Füße steckten in grellblauen Turnschuhen. Er hätte irgendein Großvater sein können, der ausgegangen war, um in der Apotheke ein Rezept einzulösen. Doch Kurins kam, nach einem längeren Blick auf das Foto und einem kürzeren ins Gesicht des alten Mannes, zu der Überzeugung, daß es niemand anders als sein *Consigliere* war, der in diesem Moment *Sperraza's Cafeteria* betrat.

Eine Woche später hatte Kurins seinen Bericht für Mouw fertig. Der Chef saß an seinem Schreibtisch, als er in das kleine Eckbüro kam. Ohne eine Aufforderung abzuwarten, ließ er sich in einen der Stühle fallen: »Ich habe heute mit Joe Gallo gesprochen.«

»Soso«, murmelte Mouw ebenso leise wie sarkastisch. Was immer er gerade auf dem Schreibtisch liegen hatte, es schien seine Konzentration zu beanspruchen.

»Ich habe sogar mit ihm Kaffee getrunken«, fuhr Kurins fort. »Er hat Anginaanfälle, nimmt Tabletten. Wußten Sie das?«

Mouw blickte vom Schreibtisch auf. »Sie belieben zu scherzen?«

»Aber nein, wer würde mit dem Vorsitzenden Mouw Scherze treiben? Sehen Sie sich das an.« Kurins zog aus einem großen Kartonumschlag vier Fotografien heraus; mit einer Bewegung wie beim Ausspielen von Karten warf er sie nacheinander auf die Schreibtischplatte. Alle vier Bilder zeigten den alten Mann mit den blauen Turnschuhen.

»Das soll Joe Gallo sein?« fragte Mouw. Er war aufgesprungen und hielt eines der Bilder in der Hand.

»Der *Consigliere* der Gambinos, wie er leibt und lebt«, sagte Kurins.

»Das ist super. Einfach super, Andy.« In seiner Begeisterung wedelte Mouw mit dem Bild, als sei es eine Fahne. »Jetzt haben wir einen ersten Mosaikstein, etwas, woran wir uns festhalten können.«

Plötzlich kam Mouw eine Idee: Er heftete die vier Fotos an die weiße Gipskartonwand auf der anderen Zimmerseite. Eine hübsche kleine Galerie in Augenhöhe. Mouw studierte stolz sein Werk: »Wir werden hier einen Familienstammbaum zusammentragen. Wir werden diese Wand mit den Gesichtern aller Gambino-Bosse schmücken. Jeder dieser häßlichen Wichte wird hier hängen. Was halten Sie davon, Andy?«

»Wird viel Spaß machen«, sagte Kurins.

# Kapitel 7

Überwachung, auch die perfekte, ist nur *ein* Teil der FBI-Arbeit. Mouw mußte jetzt erfahren, was die Gambino-Capos vorhatten. Er brauchte einen Informanten im Inneren der Familie.

Die Schulweisheit der FBI-Ausbilder lautete: »Informanten werden nicht geboren, sie werden herangezogen.« Sie deckte sich mit Mouws eigener Erfahrung. Er hatte aus der Erbmasse des Bezirksstaatsanwalts von Queens einen zum Gambino-Lager gehörenden V-Mann übernommen, einen gewalttätigen Vollstrecker von halb indianischer, halb italienischer Abstammung mit dem Namen Willie Boy Johnson.

Einen Mafioso so weit zu bringen, daß er unter Bruch seines mit Blut besiegelten Schweigegelöbnisses seine Familie verrät, dazu gehört mehr als das Winken mit Belohnung. Ein potentieller Informant muß, so egoistisch seine Beweggründe auch sein mögen, langsam aufgebaut werden. Er muß lernen, seinem Betreuer zu vertrauen und ihn zu respektieren; schließlich legt er sein Leben in die Hände eines Fremden. Am wichtigsten ist: Der Informant muß überzeugt werden, daß er kein Verräter ist, sondern ein wichtiger Mann. Der Betreuer muß also in einer Person Psychologe, Erpresser und väterlicher Freund sein. »Zuckerbrot-und-Peitsche-Männer« nennen sich diese Spezialisten FBI-intern in aller Bescheidenheit. Die besten von ihnen besitzen eine angeborene Begabung für ihre Tätigkeit. Mouw fragte sich in den schwierigen Anfangsmonaten daher oft, wo er solche Beamte finden konnte. Andy Kurins half ein wenig nach.

Die Geschichte begann an einem Nachmittag, an dem Kurins wieder einmal den Spuren Joe Gallos auf dessen heimatlichem Territorium in Queens folgte. An diesem Tag war Gallos Ziel nicht die Cafeteria. Vor dem bescheidenen Mietshaus, in dem er lebte, wartete an diesem Vormittag ein schwarzer Lincoln. Am Steuer saß ein Winzling mit einem strahlenden Lächeln auf seinem Mondgesicht und einem großen schwarzen Filzhut auf dem kahlen Kopf; es war, wie Kurins später herausbekam, Frankie Di Stefano, genannt »der Hut«, ein Gambino-Soldat, dessen Spezialität es war, mit einem Hammer Kniescheiben zu zertrümmern. Ohne mit dem Fahrer ein Wort zu wechseln, kletterte der betagte *Consigliere* mit sichtbarer Mühe in den Wagenfond, die Karosse setzte sich in Bewegung.
Kurins, einem Abenteuer nie abgeneigt, nahm die Verfolgung auf. Als der Lincoln den Weg über die Verrazano-Brücke nahm und damit in das Kurins relativ unvertraute Revier von Staten Island wechselte, beschloß er, vorsichtshalber Unterstützung zu erbitten. Er rief die FBI-Funkleitstelle und bat, ihn zum Außenbüro Staten Island durchzuschalten. »Ich fahre in einem grünen Chevy Richtung Hylan Boulevard und könnte Verstärkung gebrauchen«, sagte er.
»Schon unterwegs«, antwortete eine tiefe Baritonstimme; es war der FBI-Agent Matty Tricorico.
In den nächsten zwanzig Minuten veranstalteten die beiden Verfolger ein Katz-und-Maus-Spiel mit dem großen Lincoln, wobei zuerst Kurins in seinem Chevy den Vorreiter machte und dann an den gelben Ford übergab. Di Stefano merkte nichts. Er fuhr in gleichbleibendem Tempo weiter und bog schließlich auf den Parkplatz eines Restaurants mit weißer Stuckfassade ein. Eine breite steinerne Freitreppe, flankiert von Säulen, führte zu einer massiven, ledergepolsterten Eingangstür. Ein Namenszug in Leuchtschrift auf dem Flachdach identifizierte die Lokalität als *J's Villa.* Der Lincoln fand eine Parklücke unweit des Eingangs; Sekunden später zog Kurins seine Kiste etwa zwanzig Meter weiter rechts in eine weitere Lücke, während der gelbe Ford sich ans hinterste Ende des Parkplatzes verzog.
Frankie und Joe Gallo stiegen aus. Der alte Mann bewegte sich

plötzlich, wie Kurins registrierte, mit erstaunlicher Behendigkeit. Dann kam ein zweiter Lincoln angerauscht und stellte sich neben den ersten. Geduckt und gespannt warteten die Beamten auf das Aussteigen der Neuankömmlinge. Zunächst kam der Fahrer zum Vorschein, ein großer, muskulöser Bursche mit einem absurd schlecht sitzenden Toupet. Tommy Bilotti, legte Kurins sich augenblicklich fest. Und wo Bilotti ist ...

Schon stieg, wie aufs Stichwort, ein stämmiger Typ mit einprägsamer Habichtsnase aus dem Wagen: Paul Castellano, zu jener Zeit der Boß aller Bosse, das Oberhaupt der Gambino-Familie. Lächelnd ging er auf Joe Gallo zu.

Um Himmels willen, dachte Kurins, als er Zeuge der Umarmung zwischen dem Paten und seinem *Consigliere* wurde, um Himmels willen, was für einen Treffer habe ich da gelandet?

Bevor er sich weitere Gedanken machen konnte, begann plötzlich Tommy Bilotti laut zu schimpfen und zu gestikulieren und deutete auf den gelben Ford am hinteren Parkplatzende. Vor den Augen des verdutzten Kurins wurden die beiden Ober-Gambinos von ihren Begleitern rasch in die beiden Autos bugsiert; mit wütendem Krachen fielen die Türen ins Schloß, die Lincolns rasten davon und tauchten in den Verkehrsstrom auf dem Hylan Boulevard ein.

Kurins hatte dies ungläubig mitverfolgt. Schließlich lief er zu dem Ford hinüber. Zwei Männer saßen darin. »Wie zum Teufel haben die euch gerochen?« rief er, als der glatzköpfige Mann am Steuer seine Fensterscheibe herunterdrehte.

»Wie? Das kann ich Ihnen sagen«, brüllte der Beamte aufgebracht zurück. »Jeder Mafiatyp in Staten Island kennt diesen scheißgelben Ford. Die wittern uns aus einem Kilometer Abstand.«

Kurins stand da wie erstarrt. »Sinnlos, sie jetzt noch zu verfolgen«, sagte der Glatzkopf.

Als Kurins sich etwas beruhigt hatte, sagte er sich, wenn schon jeder Mafioso in Staten Island diese beiden Beamten kannte, könne es wohl auch ihm nicht schaden, sie kennenzulernen. »Taugt das Lokal etwas?« fragte er mit einem Nicken in Richtung des Eingangs.

»Wenn's gut genug ist für Paul den Großen«, ließ sich aus dem Wageninneren eine tiefe Stimme vernehmen, die Kurins als die von Tricorico erkannte. »Eine bessere Empfehlung kann es in Staten Island nicht geben.«
»Ich bin nämlich am Verhungern«, sagte Kurins. »Wie wär's mit einem Bissen?«
»Immer«, sagte der große, schwarzhaarige Beamte auf dem Beifahrersitz. Er tänzelte bereits die Freitreppe hinauf, bevor sein Partner ausgestiegen war.

Der trübe erleuchtete Gastraum war so weitläufig wie ein Flughafen-Terminal; ein Oberkellner führte sie auf langen Wegen zu einer Nische mit dick gepolsterten Bänken. Durch eine rosafarbene dreieckige Scheibe hindurch sah man ein Stück vom Parkplatz. Während der Wanderung über den in königlichem Rot gehaltenen Teppichboden hatte Kurins angestrengt über einen möglichst guten Eröffnungszug nachgedacht. Er wollte mehr über die beiden Beamten wissen, ohne sich jedoch seine Neugier anmerken zu lassen. Ein Dutzend unauffälliger Fragen ging ihm durch den Kopf, doch am Ende fragte er einfach: »Seid ihr beiden schon länger zusammen?«
Die Frage erwies sich als Volltreffer. Kaum hatte er sie gestellt, begannen die beiden zu erzählen und fanden bis zum Nachtisch kein Ende mehr. Es war wie bei einem alten Ehepaar: Jeder der beiden sprach ausschließlich über den anderen.
Der kleine Glatzkopf war Frank Spero. Nach drei Jahren bei den Marines hatte er sich dem Football verschrieben und nebenbei, soweit es sich mit seinem Training vereinbaren ließ, am Wagner College in Staten Island ein paar Kurse absolviert. Er war nur 1,71 Meter groß, hatte aber die Schulter- und Brustpartie eines bulligen Innenverteidigers. Er konnte, behauptete Matty Tricorico, alle vier Spielviertel eines Football-Matches mit Volldampf durchspielen.
Auch Tricorico hatte sich sportlichen Ruhm erworben: als Offensivspieler der Basketballmannschaft des Wagner College. »Reiner Techniker, keine Muskeln«, kommentierte Spero. Der Zufall wollte es, daß die beiden College-Kameraden sich für den

Beitritt zur selben Studentenvereinigung entschieden hatten; seit diesem Zeitpunkt waren sie unzertrennlich. Als Spero sich dem FBI anschloß, dauerte es nicht lange, bis Tricorico nach einem kurzen und unerfreulichen Ausflug als Englischlehrer an einem College seinem Beispiel folgte.

Nicht ohne Stolz berichtete Tricorico, daß sich um die FBI-Karriere Speros bereits Legenden rankten. Er war als erster Beamter in der Geschichte des FBI als verdeckter Ermittler in die Mafiawelt eingedrungen – er hatte die Rolle eines großkotzigen, mit Geld um sich werfenden Dunkelmannes gespielt. Dicke Zigarren paffend, war er mit Bündeln aufgerollter 50-Dollar-Scheine durch die Hinterzimmer der Stadt gezogen und hatte sich an die Würfeltische gedrängt. Stundenlang hatte er die Mafiatypen, die ihm über den Weg liefen, in Gespräche verwickelt; im richtigen Augenblick hatte er sich dann aus einem Fenster oder Hinterausgang verdrückt und ein diskretes Signal gegeben. Zeit zur Flucht blieb nicht, die uniformierte Staatsmacht konnte zuschlagen. »Furchtlos« sei Spero, sagte Tricorico. Ein »Glückspilz« sei Tricorico, sagte Spero.

Vor ein paar Jahren hatte das Bureau alle Hebel in Bewegung gesetzt, um einen Bankraub mit einer Beute von 2,2 Millionen Dollar aufzuklären; außer ein paar verschwommenen Bildern, aufgenommen von den Überwachungskameras der Bank, gab es keine Spuren. Als Tricorico die Bilder zu sehen bekam, machte ihn irgend etwas stutzig. Er fixierte das Gesicht eines der Bankräuber und dachte lange und konzentriert nach. Er stand auf, ging durchs Zimmer, kehrte mehrmals zu den Bildern zurück, betrachtete sie aus verschiedenen Blickwinkeln, und plötzlich hatte er die Lösung. »Ich kenne diesen Kerl«, rief er. Es war einer der Schüler, denen er bei seinem kurzen College-Gastspiel Englischunterricht erteilt hatte. Den Namen herauszubekommen war nur noch Formsache, die Räuber konnten dingfest gemacht, die Beute konnte sichergestellt werden.

Seit diesem Erfolg hatte das FBI Spero und Tricorico weitgehend freie Hand für die Polizeiarbeit in Staten Island gelassen. »Es ist ungefähr so, als wären wir hier in Dodge City und hießen Wyatt Earp und Doc Holliday«, witzelte Tricorico. Seltsam sei

nur, beklagte sich sein Freund, daß sie von aller Welt »die Zwillinge« genannt wurden.
»Dann seid ihr beiden also«, warf Kurins ein, als das Essen sich seinem Ende näherte, »so etwas wie Allrounder. Ihr wißt nie, was euch morgen auf den Schreibtisch flattert.«
»Wenn in Staten Island etwas vorfällt, sind wir zur Stelle«, pflichtete Tricorico bei.
»Ist da nicht viel OK-Arbeit dabei?« fragte Kurins.
»Hast du schon gehört, daß es in Rom in jeder Straße eine Kirche gibt?« fragte Spero zurück. »In Staten Island haben wir dafür in jedem Block mindestens einen Mafiatyp.«
»Wir kennen die Burschen, und die Burschen kennen die Zwillinge«, sagte Tricorico.
Als die drei die Freitreppe zum Parkplatz hinuntergingen, beschloß Kurins, die entscheidende Frage zu stellen. Er hielt unvermittelt inne, lehnte sich an eine der Säulen und fragte so beiläufig wie möglich: »Hättet ihr beiden nicht Lust, meinen Chef kennenzulernen?«
Tricorico und Spero sagten keinen Ton; sie blickten sich an, ohne sich um Kurins zu kümmern.
»Er will die Gambinos fertigmachen, die ganze Familie, von der Spitze angefangen«, fuhr Kurins fort. »Wir könnten noch ein paar Jungens gebrauchen, die ihr Geschäft verstehen. Was meint ihr? Ihr solltet mal mit ihm reden.«
Die Zwillinge warfen sich stumme Blicke zu. Kurins konnte nur raten, welche Botschaften zwischen ihnen hin- und herflogen.
»Glaubst du, dein Chef könnte uns was anderes bieten als diesen scheißgelben Ford?« fragte Spero.
»Könnte sein«, antwortete Kurins; er war nicht ganz sicher, ob sie ihn auf den Arm nehmen wollten. »Könnte sein.«
Mouw deichselte die Sache. Wenige Tage nach seiner Unterredung mit den Zwillingen brachte er den Chef des Fahrzeugparks dazu, ihnen ein altes graues Oldsmobile-Schlachtschiff zu überlassen. In einem zweiten Husarenstreich erreichte er, daß die beiden in Staten Island stationierten Beamten Matty Tricorico und Frank Spero dem C-16-Team zugeteilt wurden. Vom ersten Tag an kam ihnen eine entscheidende Rolle zu.

»Besorgt uns einen von den Gambinos«, sagte Mouw in einer Besprechung in seinem Büro zu den Zwillingen. »Wir brauchen einen Spion.«
Spero und Tricorico wußten natürlich, daß man einen Zuträger nicht aus dem Hut zaubern kann. Sie wollten versuchen, langsam einen Spion aufzubauen. »Man darf nie drängeln«, erläuterte Spero. »Man legt einen Keim, das ist alles. Man gibt dem Mann diskret, sehr beiläufig, zu verstehen, daß man, falls er je ein Problem bekommen sollte, vielleicht etwas für ihn hat, was für beide Teile von Vorteil ist.« Tricorico konnte seine Angebote sogar in Witze verpacken: »Sie zahlen Ihre Steuern, zumindest teilweise. Warum sollte der Staat Ihnen nicht einen Teil davon zurückgeben?«
Es kam auf die Wahl des Zeitpunkts an. Man mußte wissen, wann ein Mann reif war – und dann sofort zugreifen. Als den Zwillingen zu Ohren kam, daß der Sohn eines für die Gambinos arbeitenden Kredithais in einer Bar einen Mann ziemlich übel zugerichtet hatte und daß ihm daher eine schwere Strafe drohte, suchten sie seinen Vater auf.
»Vielleicht können wir Ihnen helfen«, sagte einer der Zwillinge.
»Ich brauche keine Hilfe«, gab der Vater ungerührt zurück.
»Na ja«, sagte Spero, »vielleicht ist es Ihr Junge, der Hilfe braucht.«
Am Tag darauf baten die Zwillinge Mouw um die Erlaubnis zur Eröffnung einer »137er«-Akte. Das war die innerbürokratische Voraussetzung dafür, daß ein Informant auf die Lohnliste des FBI gesetzt werden konnte.
Mouw war erfreut. Der Kreditwucherer würde sicher kein Topspion werden. Nach FBI-Maßstäben mußte ein Informant mindestens dem Kreis der Eingeweihten angehören, um als erstklassige Quelle zu gelten. Doch es war ein Anfang. Mouws Team hatte jetzt aus eigener Kraft einen Informanten installiert. »Wir haben die Kurve gekratzt«, erzählte Mouw jedem, der es hören wollte. »Wir sind auf dem Weg.«

Die Kunde von Mouws neuem Team sprach sich im Bureau herum. Ein Beamter erinnerte sich später: »Da stellt so ein harter Hund, der in Annapolis war, ein OK-Team zusammen, das wirklich Dampf macht.« Diese Werbung bescherte dem C-16-Team einige ungewöhnliche Zugänge.

Da war zum Beispiel der selbstsichere Schnellsprecher Joe O'Brien, bis vor kurzem noch Leiter eines Teams im Bereich der internationalen Spionageabwehr. Als seine Vorgesetzten ihn drängten, einen farbigen Beamten, den er für unqualifiziert und faul hielt, zu befördern, zog er es vor, von seinem Posten zurückzutreten. Er entschied sich für einen der wenigen Männer im FBI, die sich seinen Respekt erworben hatten.

»Bruce Mouw scherte sich keinen Deut um Personalpolitik oder Öffentlichkeitswirkung«, sagte er später. »Ihn interessierten nur Ergebnisse.«

Dann war da der kraushaarige, blauäugige Scott Behar, ein unverbesserlicher Frauenheld, für den im Büro des C-16-Teams so viele Anrufe von so vielen Frauen eingingen, daß Mouw ein Machtwort sprechen mußte. Doch Behar machte seinem Chef auch Freude, weil er viel Enthusiasmus für den Job und, besser noch, großes Talent für Überwachungsaufgaben mitbrachte.

Und da war Mike Balen, der unaufhörlich über irgendwelche Beschwerden oder Schmerzen klagte, aber keine seiner Krankheiten mit seiner Kettenraucherei in Zusammenhang brachte. Mouw war jedoch willens, Balens persönliche Macken hinzunehmen, solange der Mann sich völlig verausgabte und sich immer wieder freiwillig für beschwerliche Überwachungsaufträge meldete.

Vollzählig war der harte Kern jedoch erst, als George Gabriel kam. Ausgerechnet er mußte zum Eintritt in das C-16-Team regelrecht gezwungen werden. Als der lockere, muskulöse Gabriel, der stets ein gutmütiges Lächeln zur Schau trug, seinem späteren Chef erstmals gegenüberstand, war er keineswegs angetan. Er empfand Mouw als einen »großen, bierernsten Steifkragen«.

Gabriel war ein Mann der Tat. Aufgewachsen in Deer Park auf Long Island, in einem Haus, in dem noch vorwiegend griechisch gesprochen wurde, mußte er eine religiöse Schule besuchen, Gitarrenunterricht nehmen, zum Football-Training gehen und auch noch im Imbißrestaurant seines Vaters mithelfen: als Küchenjunge, als Kellner, als Koch. Der stolze Vater hatte große Pläne mit seinem Sohn, der zur Freude der Familie ein kräftiger, ein richtiger amerikanischer Junge geworden war. Als Gabriel sein Studium am Allegheny College in Pennsylvania begann, war der Vater sicher, daß sein Junge als Jurist zurückkehren würde. Doch Gabriel hatte eigene Ideen. Als Jugendlicher hatte er immer fasziniert vor dem Bildschirm gesessen, wenn Efrem Zimbalist einmal wöchentlich in der Rolle eines tatkräftigen, stets makellos gekleideten FBI-Beamten die bösen Buben zur Strecke brachte. Gabriel wollte zum FBI. Er bewarb sich schon während seines letzten Studienjahrs, gleich nach der Abschlußprüfung schrieb er sich in Quantico ein.

Das FBI bot ihm genau das, was er sich erträumt hatte. Er war bei aller Fröhlichkeit und Liebenswürdigkeit einer, der harte Bandagen liebte; nachdem einer seiner Ausbilder gesehen hatte, wie er in einem Selbstverteidigungskurs seinem Sparringspartner fast den Garaus gemacht hätte, wurde er für das SWAT-Team des FBI ausgewählt. In einem mehrmonatigen Sonderlehrgang wurde er an verschiedenen Waffen geschult, seine auf dem Schulhof entwickelten Kämpferqualitäten wurden um ein Arsenal raffiniert-brutaler Tricks vermehrt. Dann landete er jedoch bei einem Dezernat für Wirtschaftskriminalität, wo er vergeblich darauf wartete, seine hochkarätigen SWAT-Fertigkeiten anwenden zu können. Nach einiger Zeit teilte sein Vorgesetzter ihm mit, daß er zur neu ins Leben gerufenen Sonderkommission Gambino versetzt würde.

»Ohne mich«, antwortete Gabriel. OK-Arbeit bestand, soweit er wußte, in stundenlanger Beschattungstätigkeit und dem Notieren von Autokennzeichen. Er hingegen sah sich im Geiste eher als ein Drogenfahnder, der verschlossene Türen eintritt.

Der Vorgesetzte machte Gabriel klar, daß das Gambino-Team anders war – eine Mannschaft, die sich vorgenommen hatte, für Furore zu sorgen. »Ausgeschlossen«, sagte Gabriel.

Der Vorgesetzte, der sich der sympathischen Ausstrahlung dieses kantigen jungen Beamten nicht entziehen konnte, machte einen Kompromißvorschlag. »Wie wäre es mit sechs Probemo-

naten?« fragte er. »Wenn es Ihnen nicht gefällt, besorge ich Ihnen eine Versetzung zur Drogenpolizei.«
»Aber keinen Tag länger als sechs Monate«, antwortete Gabriel. Nach einem halben Jahr war es Mouw trotz seiner oft unpersönlichen und stets auf Geheimhaltung bedachten Art gelungen, dem neuen Mitarbeiter beizubringen, wie spannend die Mafiajagd sein konnte. Außerdem ergaben sich aus der Zusammenarbeit gewisse persönliche Affinitäten.
War es der Umstand, daß Gabriels Neigung zum Starker-Mann-Spiel so trefflich mit Mouws eiskalter Intelligenz harmonierte? Oder war es der Altersunterschied von rund zehn Jahren, der den weißhaarigen Mouw in die Rolle des Mentors und Gabriel in die seines loyalen Günstlings drängte? – Aus welchen Gründen auch immer: zwischen Mouw und Gabriel entwickelte sich eine tiefe Freundschaft; sie war eine wichtige Energiequelle für ihr nie nachlassendes Engagement.
Der harte Kern war komplett: der Vorsitzende Mouw, der listenreiche Kurins, die mit allen Wassern gewaschenen Zwillinge, der griechische Hüne. Eine Fünferbande gegen dreitausend.

Schon bevor sein Team vollzählig war, hatte Mouw erste Angriffspläne entworfen. Trotz der Enttäuschungen der ersten Monate war er entschlossen, seinen ersten Schlag nicht zu lange hinauszuzögern. Er fing an, rund um die Uhr in seinem Büro zu bleiben; er nahm jeden neu eingehenden Bericht aus den Reihen seiner Beamten und Informanten genauestens unter die Lupe; er führte, ganz gegen seine sonstige Art, lange, grüblerische Gespräche mit Kurins und den Zwillingen. Und da er fürchtete, eine wichtige Nuance zu übersehen, wenn er nur die trockene Prosa der »209er«-Berichte studierte, setzte er persönliche Begegnungen mit Willie Boy und mit dem von den Zwillingen geangelten Kredithai durch. Diese Treffen waren nicht ungefährlich.
Als sich Mouws erstes Jahr in dem neuen Job seinem Ende näherte, als schon ein halbes Dutzend grimmige Gesichter das Gambino-Organigramm an der Bürowand zierten und die Zwillinge ihren ersten Topinformanten an Land gezogen hatten,

hielt der Chef die Zeit für gekommen. Er visierte als erstes Ziel eine der produktivsten Untergruppen der Gambino-Familie an. Es handelte sich, nach allem, was er über sie gehört und gelesen hatte, um hartgesottene, vor nichts zurückschreckende Burschen, die sich mit Entführung, Kreditwucher, Glücksspiel und Mord befaßten. Ihr Hauptquartier, der *Bergin Hunt and Fish Club,* befand sich nur zehn Autominuten von Mouws Büro entfernt. Den Ausschlag gaben die vielen einlaufenden Berichte, die davon sprachen, daß der frisch ernannte Capo der Gruppe ein »kommender Mann« sei, einer, der einschlägige Begabungen mit einem grenzenlosen Ehrgeiz vereinte. »Der mächtigste Capo, den es in irgendeiner Familie gibt«, hieß es in einer unter dem Aktenzeichen BQ 11766-OC geführten Quelle.

Der Name dieses Capos war John Gotti.

# Kapitel 8

John Gotti weinte. Der zwölfjährige Junge, der im offenen, mit Satin ausgekleideten Sarg lag, war sein Sohn. Den Direktor des Bestattungsinstituts hatte er hinausgeschickt. Er wollte sich selbst um Frank kümmern und ihn für das Begräbnis präparieren.

John Gotti und einige Mitglieder seiner Bande aus dem *Bergin* waren unter sich im Hinterzimmer des Bestattungsinstituts. Willie Boy, Tony Roach, Fat Angelo, Joe Piney, Skinny Dom, Joe Butch und der schöne Jack kauerten im hintersten Winkel des fensterlosen Raums und waren still. Nicht nur wegen des toten Jungen, der in einem dunklen Anzug mit einem noch blühend und hübsch aussehenden Gesicht im Sarg lag. Sie hatten Angst. Sie fürchteten, ihrem Boß könnten die Nerven durchgehen.

Schon seit einer Stunde umkreiste Gotti den Sarg, die Augen starr auf seinen Sohn fixiert; sein Schluchzen wirkte unkontrolliert und für die Zuhörer unangenehm. Von Zeit zu Zeit beugte er sich über den Sarg, griff hinein und berührte seinen Frank, um sich zu vergewissern, ob der Junge nicht vielleicht doch nur schlief. Dann auf einmal platzte er: »Jesus Christus, welches Arschloch sollte ihn frisieren?« Ein Mann rannte herbei, einen Kamm in der Hand; er frisierte das schwarze Haar des Knaben zum vielleicht zwanzigsten Mal. Gotti fluchte: »Du hast Mist gebaut mit dem Haar! Ich bring' dich um, du dummer Wichser!« Als Gotti am Fußende des Sarges stand, fluchte er erneut: »Seht euch diese Schuhe an! Ich werde euch Wichser umbringen, wenn ihr diese Schuhe nicht auf Hochglanz poliert!« So ging es Stunde um Stunde. John Gotti war ein wilder Stier, und die Jungs aus

dem *Bergin* fanden nicht gut, was sie zu sehen und zu hören bekamen. Sie kannten ihren Johnny seit Jahren und wußten, wozu er fähig war, wenn er sich in etwas hineinsteigerte.
Es war so plötzlich gekommen und so sinnlos gewesen. Am späten Nachmittag des 18. März 1980 hatte Frank, Gottis mittlerer Sohn, bei einem Freund ein Moped geliehen, um eine kleine Ausflugsfahrt zu machen. Howard Beach, das propere, gutbürgerliche Wohnviertel unweit des John-F.-Kennedy-Flughafens, war eine aus solide gebauten Einfamilienhäusern bestehende Enklave. Man klingle an irgendeiner Tür und lasse sich von der Dame des Hauses herumführen: zum Hobbyraum im Untergeschoß mit der Tischtennisplatte und den Trophäen und Pokalen; ins Fernsehzimmer mit dem Großbildschirm-Gerät und der Wandvertäfelung aus Pseudostuck; ins Wohnzimmer mit dem Sofa und dem dekorgleichen Zweisitzer.
Frank war bis zu dem Zaun gefahren, der Howard Beach von der Stadtautobahn abgrenzte; es dämmerte schon, als er in die 157. Avenue einbog und wieder nach Hause wollte. John Favara, 51jähriger Kundendienstleiter einer Möbelfirma, der mit seiner Frau und zwei adoptierten Kindern in dem Haus hinter den Gottis wohnte, befand sich zu diesem Zeitpunkt ebenfalls auf der Heimfahrt. Als Frank, der eine Abkürzung genommen hatte, auf die Straße hinausschoß, verdeckt von einem in zweiter Reihe haltenden Müllfahrzeug, prallte er voll auf Favaras Wagen. Favara sah den Jungen erst, als es krachte. Er konnte nicht mehr bremsen oder ausweichen. Der Junge, dessen Zeugnis Gotti nur wenige Wochen zuvor stolz im Kreis seiner Bergin-Bande herumgezeigt hatte – »Schaut euch das an, vier verdammte Einser! Schaut her, was diese Lehrerin über ihn schreibt!« –, lag tot auf der Fahrbahn. Wer konnte einem Vater verdenken, daß er die Beherrschung verlor? – »Warum muß das gerade jetzt passieren? Da hat man um jeden Dreck so schwer gekämpft, und dann nimmt gerade alles Formen an und fängt zu laufen an. Warum, verdammt noch mal, gerade jetzt?«

Im Frühjahr 1981 war Bruce Mouw auf dem besten Weg, zum John-Gotti-Experten zu werden. Er hatte ein Dossier angelegt über den Mann, der einen Monat vor dem Tod seines Sohns zum Capo der Bergin-Gang befördert worden war. Das Dossier enthielt vorwiegend Routinematerial: Vorstrafenregister, Berichte von Bewährungshelfern, die Niederschrift eines abgehörten Telefonats aus dem Jahr 1969 (Gottis Gesprächspartner damals war zufällig ein Mafioso, gegen den ermittelt wurde), »209er«-Berichte von Informanten, Beschattungsprotokolle. Mouw hatte den Eindruck, daß Gotti ein kommender Mann war.

John Gotti war als fünftes von dreizehn Kindern am 27. Oktober 1940 auf die Welt gekommen. »Niemand hat es im Leben schwerer gehabt als ich«, pflegte er später zu sagen, eine Aussage, die trotz ihrer Absolutheit einen guten Teil Wahrheit enthielt. Sein Vater, ein Einwanderer aus Neapel, versuchte mit seinem Hilfsarbeiterlohn von 1,25 Dollar pro Tag seine große Familie satt zu kriegen, was ihm erst später einigermaßen gelang, als er eine Stelle bei der Straßenreinigung erhielt. Das Leben der Gottis war stets ein harter, aussichtsloser Kampf, und der junge Gotti lernte früh daraus. Er fand, was er suchte, auf der Straße. Er war ein kluger Junge mit einem Intelligenzquotienten von 140, fast ein Genie.

Einige Lehrer vermuteten, Gotti habe es irgendwie geschafft, den Intelligenztest zu manipulieren. Doch für die Schule hatte Gotti weder Interesse noch Zeit. Sein Vorbild war nicht Albert Einstein, sondern Albert Anastasia, der König der Brooklyner Unterwelt; er wußte, daß man kein Diplom braucht, um bei der Killerfirma Murder Inc. Karriere zu machen. Mit sechzehn ging er ohne Abschluß von der Oberschule ab und schloß sich einer Jugendbande an, die sich die Fulton-Rockaway Boys nannte.

Es waren Halbstarke, die Autos klauten und sie nach einer Spritztour wieder stehenließen. Oder die aus Baustellen Kupferdraht stahlen. Gotti, der nach Höherem strebte, überredete einige bekannte Mafiosi des Viertels, seine Gang für Auftragsarbeiten einzusetzen. Es dauerte nicht lange, und der kräftige, vorlaute Teenager mit der Schmalzlocke trug für die örtlichen Buchmacher Wetten aus und sammelte für Kredithaie Ratenzahlungen ein. Er erwarb sich Reputation auf den Straßen von

Brooklyn: Johnny Boy, der harte Knochen mit dem explosiven Temperament, der schon morgens um elf herumstolzierte wie vor einer Tour durch die Nachtbars: blütenweiße Hemden mit breitem Kragen, enge Röhrenhosen. Ein Junge, der – und dies überzeugte die örtlichen Mafia-Statthalter – seine halbstarken Gefährten mit einem einzigen Wort zum Schweigen bringen konnte.

Er war erst siebzehn, voller Tatendrang und überzeugt, ein wirklich harter Brocken zu sein, als er durch eine tollkühne Aktion einige wichtige Bekanntschaften machte. Ein kleiner Gauner schuldete ihm Geld. Als ihm zugetragen wurde, daß dieser Mann ihn verhöhnt hatte, dachte er nicht lange nach, sondern machte sich auf die Suche nach ihm. Er fand ihn im örtlichen Mafiaclub beim Kartenspielen. Vor Wut kochend, stürzte der junge Gotti in das Lokal, kippte den Tisch um, stieß dem Mann das Knie zwischen die Beine und warf sich, als er zu Boden stürzte, auf ihn. Seine großen Hände umklammerten den Hals seines Opfers mit so wütender Kraft, daß der kleine Ganove wohl erstickt wäre, wenn nicht die anderen Gotti zurückgerissen hätten. Es war ein großer Auftritt. Er sprach sich bis zum Abend im ganzen Viertel herum.

»Du bist ein strammer Knabe, weißt du das?« fragte ihn Angelo Bruno, der Gambino-Leutnant, der das Glücksspielgeschäft in diesem Teil Brooklyns unter sich hatte. Er hatte von dem jungen Kerl gehört und ihn zu sich bestellt. Er war neugierig. »Das hätte dich das Leben kosten können.«

»Oder einem anderen«, sagte Gotti.

Von nun an arbeitete Gotti für Angelo Bruno. Der junge Mann war intelligent, war bereit, seine Fäuste zu gebrauchen, er hatte Stil. Bruno merkte bald, daß er einen guten Fang gemacht hatte. Er stellte Gotti seinem Capo vor, Carmine Fatico.

Fatico, der als Autoräuber angefangen hatte, war ein Mafioso der alten Schule: dunkler Anzug, schmale Krawatte, Schlapphut. Hof hielt er an einem riesigen Schreibtisch im Hinterzimmer eines Clubtreffpunkts in East New York. Als er den jungen Halbstarken, von dem Bruno ihm so viel erzählt hatte, hereinstolzieren sah, das rosafarbene Hemd bis fast zum Bauch aufgeknöpft, die Beine in engen Röhrenhosen, die mit Pomade gesalbte Haarlocke in der Stirn, biß er die Zähne aufeinander und begann zu mahlen.

»Du siehst aus wie ein Scheiß-Meerschweinchen«, höhnte der Capo.

Gotti wollte die rüde Kritik zunächst schlucken, doch dann kam ihm plötzlich der Gedanke, dieser Scheißkerl mit seinem Scheißhut könne ihn mal: »Mag sein, aber ich bin ein unverwüstliches Scheiß-Meerschweinchen.«

Fatico stutzte, dann endlich glitt ein Lächeln auf sein Gesicht. »Das glaub' ich dir aufs Wort.« Die Türen waren offen. Gotti wurde in Faticos Bande aufgenommen.

Die Beziehungen seines Mentors nutzend, startete Gotti seine Mafiakarriere mit Überfällen auf die vom Flughafen Idlewild kommenden Transportfahrzeuge. Richtiges Geld jedoch, das wußte er, würde er erst als geweihter Soldat der Mafia verdienen können. Als Fatico ein Exempel an zwei farbigen Glücksspielern statuieren wollte, die selbstherrlich einen Teil der dem Boß zustehenden Gewinnanteile in die eigene Tasche gesteckt hatten, ergriffen Gotti und Willie Boy Johnson die Chance, sich unentbehrlich zu machen. Sie zogen los, um den beiden eine Lektion zu erteilen. Beide Glücksspieler wurden tot aufgefunden, mit durchschossenem Hinterkopf.

Mit zwanzig Jahren beschloß Gotti zu heiraten; dabei spielte der Umstand eine Rolle, daß seine Freundin im siebten Monat schwanger war. Victoria DiGiorgio war eine hübsche Schulabbrecherin mit rabenschwarzem Haar, Tochter eines italienischen Bauunternehmers und einer russisch-jüdischen Mutter. John Gottis Tochter Angela kam im April 1961 zur Welt.

Gotti arbeitete zu dieser Zeit als Beifahrer für die Barnes Express Company. Das war nur ein Teilzeitjob, den er angenommen hatte, um einen Teil der sich stapelnden Rechnungen bezahlen zu können. Bald kamen drei weitere Kinder hinzu: noch ein Mädchen, Victoria, und zwei Knaben, John jun. und Frank. Der Vater widmete sich hauptberuflich seinem Ehrgeiz, in die Familie seines Gönners aufgenommen zu werden. Schon hatte er sich einen guten Ruf als Kleingangster erworben, als

Experte für Überfälle und Einbrüche. Es sprach sich herum, daß man, wenn man jemanden für einen groben Job brauchte, für das Ausliefern eines Pakets, wie es im Jargon hieß, auf Johnny Boy zählen konnte.
Gotti hatte freilich ein Problem: Er war als Räuber und Dieb nicht besonders gut. 1963 wurde er in einem gestohlenen Auto verhaftet, das der Firma Avis gehörte. Das brachte ihm zwanzig Tage Gefängnis ein. In den nächsten zwei Jahren wurde er zweimal bei Jobs geschnappt, die er im Auftrag von Carmine Fatico ausführte. Diese Einbrüche brachten ihm weitere sechs Monate hinter Gittern ein. Während er seine Zeit absaß, wandte sich seine wütende Frau, die nicht mehr wußte, wie sie die vier Kinder durchbringen sollte, um Hilfe an das Sozialamt. Sie verklagte ihn vor einem Familiengericht in Brooklyn wegen Vernachlässigung der Fürsorgepflicht.
Nachdem Gotti wieder auf freiem Fuß war, hatte es zunächst den Anschein, die beiden könnten ihre Ehe retten. Gotti konzentrierte sich auf seine Spezialität Flughafenüberfälle. Dabei konnte gutes Geld rüberkommen. In einer Nacht konnten er und sein Bruder beispielsweise Fernsehgeräte im Wert von 20 000 Dollar abschleppen. Doch 1969 erwischte es ihn wieder, diesmal bei dem Versuch, auf dem Autobahnzubringer zum Flughafen Newark (New Jersey) zwei Lastwagen in seine Gewalt zu bringen. Zu dieser Zeit lief noch seine Bewährungsfrist. Gotti bekannte sich schuldig und wurde zu vier Jahren Haft im Bundesgefängnis von Lewisburg (Pennsylvania) verurteilt. Er verbrachte dort eine lockere und vor allem lehrreiche Zeit.
Gottis Zelle befand sich im »Mafiablock« des Gefängnisses, er schloß enge Freundschaft mit den anderen einsitzenden Mafiafiguren. Carmine Galante, der unförmige Boß der Bonanno-Familie, der eine Rauschgiftstrafe verbüßte, fand Gefallen an Gotti, und so kam es, daß der junge Mann in Galantes *Club Lewisburg* aufgenommen wurde und damit in den Genuß vieler Annehmlichkeiten kam: zarte T-bone-Steaks, edler Whisky, lange Pokernächte.
Als Gotti nach dreißig Monaten wieder auf freien Fuß kam, erneuerte er seine Beziehung zu Fatico. Dieser hatte inzwischen

dem zunehmend von Farbigen bevölkerten Stadtteil East New York den Rücken gekehrt und sein Hauptquartier in Ozone Park aufgeschlagen, einem gutbürgerlichen italienischen Wohnviertel in Queens. Dort, an der 101. Avenue, hatte er zwei aneinanderstoßende Ladenlokale gemietet und die kahlen und verrauchten Räumlichkeiten, inspiriert vielleicht durch eine Sehnsucht nach einem Leben nach Gutsherrenart, auf den Namen *Bergin Hunt and Fish Club* getauft. Diese Bezeichnung änderte jedoch nichts daran, daß der Bergin-Club zum Reich der Großstadtmafia gehörte; er war das Hauptquartier eines Zweiges der Gambino-Familie, der sich mit illegalem Glücksspiel, Kreditwucher und Raubüberfällen beschäftigte – und mit Mord. Es war ein Auftragsmord, der Gotti wieder ins Gefängnis brachte. Doch in seiner Weltsicht war dies kein hoher Preis: der Mord machte ihn zum »Geweihten«. Der Auftrag war von Aniello Dellacroce gekommen, einem stiernackigen Gangster mit Reibeisenstimme und Zigarre im Mundwinkel, der einen hohen Rang in der Gambino-Familie bekleidete und auf direkte Weisung des Paten Carlo Gambino selbst handelte. Ein offenbar lebensmüder Bandit irischer Herkunft, James McBratney, hatte sich ausgemalt, er könne mühelos 100 000 Dollar verdienen, indem er Gambinos Sohn Manny entführte und ihn gegen ein schnelles Lösegeld zurückgab. Die Verhandlungen zogen sich über einen Monat hin und waren in dem Augenblick beendet, als Mannys Leiche gefunden wurde. Jetzt stand McBratney auf der Abschußliste.

Gotti und zwei seiner Kumpel aus dem *Bergin,* der fette Angelo Ruggiero und der toupettragende Ralph Galione, spürten McBratney in einer Bar in Staten Island auf. Sie hielten ihm Polizeimarken vor die Nase und erklärten ihm, er sei verhaftet; doch aus irgendeinem Grund ließ McBratney sich nicht davon überzeugen, daß sie echte »Cops« waren. Ein Handgemenge brach aus, bei dem die drei Todesengel eine ganze irische Bar gegen sich hatten. Während Gotti behende die Fäuste schwang und der bärenstarke Ruggiero zwei Betrunkene packte und ihre Köpfe wie zwei Becken gegeneinanderschlug, verlor Galione die Nerven und feuerte aus kürzester Entfernung drei Kugeln in

McBratneys Brust. Der Ire sackte tödlich getroffen zu Boden, die drei »Cops« suchten das Weite.
Drei Monate später wurde Gotti verhaftet. »Wen sucht ihr, etwa mich?« fragte er mit ungläubigem Grinsen, als 20 Polizisten mit gezogenen Pistolen in eine Bar in Brooklyn stürmten und ihn einkreisten. Als Wiederholungstäter mußte er im Falle einer Verurteilung mit einem schmerzhaft langen Freiheitsentzug rechnen. Dellacroce bedeutete ihm jedoch, er solle sich keine Sorgen machen. »Carlo sagt, du nimmst die Sache auf dich, basta«, befahl Mr. Neil, wie Dellacroce genannt wurde. Der Optimismus Dellacroces war gerechtfertigt. Mit Hilfe des von Gambino engagierten Staranwalts Roy Cohn kam ein wundersamer Kuhhandel mit der erstaunlich entgegenkommenden Bezirksstaatsanwaltschaft von Staten Island zustande: Gotti bekannte sich schuldig des versuchten Totschlags; dafür mußte er weniger als zwei Jahre Gefängnis absitzen.
Nachdem er auf Bewährung entlassen worden war, im Sommer 1977, wurden Gotti, der fette Angelo Ruggiero und sieben weitere Mitglieder der Bergin-Gang feierlich in die Cosa Nostra aufgenommen. Dellacroce erteilte ihnen die Weihe. Gotti gelobte, wie die anderen, lebenslange Treue zur Mafia und zum neuen Paten der Gambino-Familie. Carlo war an Krebs gestorben. Sein Schwiegersohn, Big Paul Castellano, ein gelernter Metzger mit Volksschulabschluß und einem Hang zu kleinlicher Habgier, war zum Boß aller Bosse aufgestiegen.
Gotti galt weiterhin als Ziehkind Dellacroces. Mr. Neil, dem nach dem Tod Carlo Gambinos auch die Aufsicht über Faticos Bergin-Gang zugefallen war, hatte eine spontane Zuneigung zu seinem neuen Soldaten gefaßt. Gotti war bei allem jugendlichen Ungestüm klug genug, zumindest äußerlich Respekt vor den aus der Alten Welt überlieferten Familientraditionen zu zeigen, und er war, ein vielleicht noch wichtigeres Argument, ein großer »Umsatzbringer«. Die Beziehung zwischen den beiden Männern wurde enger, als Gotti mithalf, Dellacroce vor einer Gefängnisstrafe zu bewahren. Der Unterboß war, zusammen mit seinem angeblichen Komplizen Anthony Plate, 1979 wegen Beteiligung an organisierter Kreditwucherei in Florida angeklagt worden.

Wenn Plate auspacke, klagte Mr. Neil, könne die Aussage beide hinter Gitter bringen. Gotti gab die Parole aus: »Vielleicht sollten wir Anthony zu einer Strategiesitzung einladen.« Dann verschwand Gotti von der Bildfläche; und wie es sich so traf: Eines Tages verließ Tony Plate sein Hotel in Miami und wurde nie wieder gesehen. Dellacroce wurde nicht verurteilt, Johnny Boy kehrte, von der Floridasonne gebräunt, ins *Bergin* zurück. »Neil und ich«, sagte er von da an jedem, der es hören wollte, »wir sind wie Vater und Sohn.«

Dennoch kam es für viele Familienmitglieder überraschend, als Dellacroce den 40jährigen Gotti zum »geschäftsführenden« Capo der Bergin-Gang ernannte. Johnny Boy war erst zwei Jahre zuvor »geweiht« worden; ein so schneller Aufstieg war, so meinten viele aus der Szene, nicht nur ungebührlich, sondern auch unklug: Gotti war nach weitverbreiteter Meinung noch nicht reif für den Job.

Johnny Boy ging daran, das Gegenteil zu beweisen. Er war entschlossen, zu herrschen und, falls nötig, seine Jungs Staub fressen zu lassen.

Als Anthony Moscatiello, ein besonders dümmliches Mitglied seiner Gang, sich einmal herausnahm, der Bitte um einen Rückruf nicht nachzukommen, statuierte Gotti ein Exempel. »Ich habe gestern fünfmal in deiner Scheißbude angerufen«, sagte er, als er den unglücklichen Moscatiello vor sich hatte. »Wenn deine Frau vielleicht glaubt, du seist ein verfluchter Graf Rotz und meine verdammten Telefonanrufe könnten dir gleichgültig sein, dann werde ich dein verdammtes Haus und dich in die Luft jagen!« Moscatiello stotterte eine Entschuldigung, doch Gotti war nicht nach Zuhören zumute. »Wir sind hier nicht zum Spielen. Meine verdammte Zeit ist wertvoll. Und wenn ich erfahre, daß jemand anders für dich angerufen hat und du nicht innerhalb von fünf Tagen reagierst, werde ich dich verdammt noch mal umbringen!«

Als Gotti einmal ein Restaurant in Queens betrat und Mike Couro, ein für die Bergin-Gang arbeitender Anwalt, es nicht für nötig hielt, Messer und Gabel hinzulegen und Gotti seine Aufwartung zu machen, ging auch dies dem neuen Capo gegen den

Strich. Am nächsten Tag bestellte er Couro zu sich in den Club. »Als ich dich aufgelesen habe, warst du ein 50-Dollar-Winkeladvokat. Du bist ein Stück Scheiße! Ich erwarte, daß du Männchen machst, wenn du mich siehst. Du bleibst einfach sitzen – stehst nicht einmal auf, um mir guten Tag zu sagen! Ich lass' dich über die Klinge springen!«

Noch mehr als die Fähigkeit, sich Respekt zu verschaffen, beeindruckte die Familienoberen der brennende Ehrgeiz Gottis. Die Bergin-Gang wurde zur Goldgrube. Eine erste Anerkennung wurde Gotti zuteil, als er eines Nachmittags im Winter 1980 bei seiner Ankunft im *Bergin-Club* vor der Tür eine blitzblanke schwarze Lincoln-Limousine vorfand, ein rotes Band quer über die Motorhaube gespannt. Es war ein Geschenk von Big Paul. Einen Monat später fuhr Gotti in diesem Wagen zu Castellanos Villa in Staten Island und nahm an einer Veranstaltung teil, auf der offiziell bekanntgegeben wurde, daß Fatico in den Ruhestand getreten sei. John Gotti war jetzt auch de jure Capo der Bergin-Gang.

Wenig später mußte er sich in seiner Limousine zum Begräbnis seines Sohnes chauffieren lassen. Er ahnte nicht, daß das C-16-Team inzwischen mit der Anlage eines Gotti-Dossiers begonnen hatte. Unter dem FBI-Material befand sich eine aus der New Yorker Tageszeitung *Daily News* ausgeschnittene Traueranzeige. Sie war den Ermittlern durch einen Zuträger übermittelt worden:

> Frank
>
> Der Schmerz über Deinen Verlust wird
> nie aus unseren Herzen weichen.
> Mit Liebe, mit Sehnsucht und mit nie
> nachlassendem Schmerz.

Die Anzeige war am 18. März 1981 erschienen, dem ersten Jahrestag des Todes von Frank Gotti. Zehn Wochen später entschloß sich Bruce Mouw, sein C-16-Team in Marsch zu setzen.

# Kapitel 9

Der Schlachtplan für die Einnahme des Bergin-Clubs, entworfen in einer Reihe spätabendlicher Besprechungen in Mouws Büro, sah drei Stufen der Eskalation vor.

In der ersten Stufe sollte das C-16-Team zusammen mit einem Kommando hartgesottener New Yorker Stadtpolizisten den Club stürmen unter dem Vorwand, gesetzlich verbotene Feuerwerkskörper zu suchen, die laut Bericht eines Top-Informanten in einem der Hinterzimmer gelagert waren. Während die Cops die Kisten hinausschleppen (und sich dabei auf Mouws Anweisung hin Zeit lassen) sollten, sollten die Männer des C-16-Teams die Nischen des Clubs unauffällig nach Möglichkeiten zum Anbringen von Wanzen absuchen.

In der zweiten Stufe sollte ein Technikerteam des FBI bei Nacht in den Bergin-Club eindringen und, gestützt auf die von der Mouw-Truppe gelieferten Vorinformationen, schnell und diskret die elektronische Klempnerarbeit tun.

Wenn die Ermittler direkt lauschen konnten, würden sich mit der Zeit, da war Mouw sicher, genügend verwertbare Beweise für Anklageerhebungen finden lassen. Dabei hatte Mouw es letzten Endes nicht so sehr auf die Bergin-Jungs oder auf ihren ehrgeizigen neuen Capo abgesehen. Er wollte »auf ihre Schultern steigen«, wie er sagte, um sich von da aus in der Hierarchie der Gambino-Familie weiter nach oben hangeln zu können – bis ganz oben, bis zu Big Paul Castellano.

In diesem Plan steckte, wie sich herausstellte, ein praktischer Fehler: Die Beschlagnahme der Feuerwerkskörper wirkte lächerlich. Das C-16-Team schreckte die Gambinos bei der ersten

Aktion nicht mit einem Donnerschlag, sondern allenfalls mit einem Knallfrosch. »Der große Bruder FBI macht sich Sorgen, daß sich jemand beim Feuerwerk die Finger verbrennen könne«, stichelte einer der Bergin-Jungs. »Habt ihr nichts Besseres zu tun?«

Die Ironie wirkte ansteckend. Auch die Stadtpolizisten begannen Witze zu reißen. »Respekt ist das A und O im Dschungel der Straße«, urteilte Joe O'Brien rückblickend, »wir aber sahen läppisch aus wie Hundefänger.«

Das war kein Unglück, aber eine Peinlichkeit, mit der Mouw leben konnte. Was aber dann passierte, erschütterte ihn wirklich in seiner Zuversicht; es vermittelte ihm erstmals einen Eindruck davon, wie fest sein Feind im Sattel saß und wie viele Kräfte sich gegen die Ermittlungen verschworen.

Als die Razzia dem Ende zuging und die Feuerwerkskörper – Gesamtwert rund 20 000 Dollar – abtransportiert waren, klemmte sich Donnie McCormick, einer von Mouws begeisterungsfähigen Jungtürken, an ein an der Wand befestigtes Münztelefon. Er wollte Mouw, der von seinem Büro aus die Aktion dirigierte, einen ersten Einsatzbericht übermitteln.

»Vorsicht beim Telefonieren von diesem Apparat«, rief einer von der Bergin-Gang und fügte flüsternd hinzu: »Santucci läßt es abhören.«

Das fanden die Bergin-Jungs zum Totlachen: den Polizisten zu sagen, daß ihr Telefon vom Bezirksstaatsanwalt von Queens abgehört wird. Die Burschen hauen nur auf den Putz, dachte sich McCormick und wählte Mouws Nummer.

Mouw indes erhielt, nur wenige Minuten nachdem er aufgelegt hatte, einen weiteren Anruf. Am Apparat war Remo Franceschini, Chefinspektor des Ermittlerteams des Bezirksstaatsanwalts von Queens. »Herzlichen Glückwunsch«, platzte der Anrufer ohne lange Vorrede heraus. Er war voll des Lobes für das, was das C-16-Team gerade vollbracht hatte; doch plötzlich wurde Mouw klar, was Franceschini ihm mit diesem Anruf zu verstehen geben wollte: *Er hatte das Telefonat mit McCormick belauscht.*

Mouw war wie vom Donner gerührt. Seit Monaten liefen die

Vorbereitungen und Planungen für die Verwanzung des Bergin-Clubs, jetzt erfuhr er, daß die Strafverfolgungsbehörde von Queens bereits vor Ort war. Warum hatte ihm das niemand gesagt? Viel schlimmer war, daß die Gangster längst über die Wanze Bescheid wußten. Wie hatten sie davon erfahren? Hatten sie einen Draht zum Büro des Staatsanwalts?

Als Mouw John Santucci aufsuchte, zeigte sich dieser um keinen Zentimeter entgegenkommend. Das Gespräch verlief, wie Mouw sagte, in einer »Atmosphäre der Konkurrenz«. Der Bezirksstaatsanwalt, ein lauter, pompös wirkender politischer Karrierist mit Silberblick, ließ Mouw wissen, er denke nicht daran, seine Wanzen aus dem *Bergin-Club* zu entfernen.

Mouw hatte die Angewohnheit, schweigsam zu werden, wenn er in Wut geriet. Mit zusammengepreßten Lippen saß er steif Santucci gegenüber, die Augen auf einen imaginären Punkt in der Ferne gerichtet. Er regte keinen Muskel. Am Ende sagte er mit vollkommener Beherrschung: »Wenn das so ist, werden wir allein zurechtkommen müssen.«

Ins eigene Revier zurückgekehrt, verriegelte er seine Bürotür und ließ vor dem versammelten harten Kern seines Teams seinem Unmut freien Lauf. »Wir können dem Büro des Bezirksstaatsanwalts nicht vertrauen«, sagte er mit einer Stimme, die vor verhaltener Wut bebte. »Dort gibt es eine undichte Stelle, aber das scheint die nicht einmal zu stören. Zum Teufel, eigentlich können wir niemandem trauen. Sogar die Polizisten haben uns ausgelacht. Wir müssen von vorn anfangen, vom Nullpunkt. Nur wissen wir jetzt, daß C-16 in diesem Kampf auf sich allein gestellt ist.«

Eine Meldung motivierte das Team neu. John Favara, der Nachbar, der den jungen Frank Gotti überfahren hatte, war spurlos verschwunden. Es sei unwahrscheinlich, erfuhr das C-16-Team von seinen Zuträgern, daß er je wieder auftauchen würde.

Favara hatte zunächst versucht, den Gottis sein Beileid auszusprechen. Er hatte an ihrer Tür geklingelt, doch bevor er einen Ton sagen konnte, war Victoria Gotti mit einem Baseballschläger auf ihn losgegangen. Er hatte einige Schläge auf den Kopf

bekommen und das Krankenhaus aufsuchen müssen. Nach seiner Entlassung entschloß er sich, sein Haus zum Verkauf anzubieten.
Zwei Tage bevor der Hausverkauf perfekt war, passierte es: Beim Verlassen des Schnellrestaurants *Capitol Diner,* auf dem Weg zu seinem Auto, tauchte hinter ihm ein Mann auf und schlug ihn mit einem Holzpfahl zu Boden. Der Schläger hob Favara anschließend am Gürtel hoch und schubste ihn wie einen Sack Kartoffeln in den Fond eines blauen Kleinbusses. Leon Papon, der Besitzer des Restaurants, beobachtete die Szene und lief auf den Parkplatz hinaus.
»Unserem Freund ist schlecht geworden«, sagte der Mann mit dem Holzprügel. »Wir fahren ihn nach Hause.« Er sagte dies, als handle es sich um den normalsten Vorgang von der Welt. Da er ein Hüne mit Kragenweite 50 war und einen mittleren Zaunpfahl in der Hand hatte, ließ Papon den Kleinwagen wegfahren. Dann erst rief er die Polizei.
Einen Tag später kamen drei Männer ins *Diner* und setzten sich an die Theke. In einem von ihnen erkannte Papon sofort den Mann vom Parkplatz wieder, nur daß er diesmal keinen Holzprügel bei sich hatte. Im Vergleich zu seinen beiden Begleitern wirkte er wie ein Zwerg. Die drei bestellten Kaffee, tranken aber keinen Schluck. Sie starrten nur Papon an und rührten dabei langsam ihren Kaffee um. Dann gingen sie, ohne daß ein weiteres Wort gefallen wäre.
Papon verkaufte das *Capitol Diner* noch im selben Monat. Er zog in einen anderen Bundesstaat um und hinterließ keine Nachsendeadresse.
Die Polizei verhörte John Gotti. Sie fand ihn hinter seinem Schreibtisch im Büro des *Bergin-Clubs.* Er rauchte eine Zigarre und war in Schwarz gekleidet: schwarze Mokassins, schwarzer Anzug mit breitem Revers, schwarzes Hemd mit offenem Kragen.
»Sie sollten hier mehr Diskretion walten lassen«, begann Gotti, und man merkte ihm an, daß er auf seine gewählte Ausdrucksweise stolz war. »Hier gibt es Wanzen.« Die Jungens lachten, aber die Polizisten machten rasch deutlich, daß sie in einer

ernsten Sache gekommen waren. John Favara sei verschwunden, erklärten sie, höchstwahrscheinlich ermordet.
»Sie hätten sich denken können, daß ich nicht so dumm bin«, erwiderte Gotti. »Ich weiß nicht, was mit ihm ist.« Er hatte ein Alibi. Zwei Tage vor dem Verschwinden Favaras waren er und seine Frau nach Fort Lauderdale gereist und hatten dort eine Woche Ferien gemacht.
»Wir werden das nachprüfen«, sagte ein Polizist.
»Es täte mir nicht leid, wenn ihm etwas passiert. Er hat meinen Sohn auf dem Gewissen.«
Die Polizei fand heraus, daß Gotti sich tatsächlich die ganze Woche in Florida aufgehalten hatte und daß er mit dem Auto hingefahren war, weil seine Frau Angst vor dem Fliegen hatte. Dem FBI kam noch ein bißchen mehr zu Ohren: Die Entführer Favaras hatten ihn, auf Geheiß Gottis, am Leben gelassen, bis ihr Capo aus dem Urlaub zurückgekehrt war. John Gotti wollte es sich nicht nehmen lassen, den Mann, der seinen Sohn getötet hatte, eigenhändig in Stücke zu sägen …

# Kapitel 10

Für Mouw brachen harte Zeiten an. Nach dem Fiasko im *Bergin-Club* wurde er zum Rapport ins FBI-Hauptquartier in Manhattan bestellt. Jules Bonavolonta, Chef der New Yorker Abteilung Organisierte Kriminalität und Drogendelikte, wollte ihn sprechen.

Bonavolonta residierte in einem Büro im 28. Stockwerk; Mouw blickte, als er den Raum betrat, auf eine Reihe hoher Fenster, die den Blick freigaben auf die aus dem Häusermeer ragenden Wolkenkratzer, über den schmalen grauen Streifen des Hudson-Flusses bis nach New Jersey hinein. Dieser Ausblick flößte Besuchern sogleich Respekt ein; Mouw fiel es schwer, seine Nerven zu beruhigen – zu viel stand auf dem Spiel! Er atmete tief durch und nahm eine kerzengerade Grußstellung ein.

Bonavolonta saß an seinem Schreibtisch, stand aber auf, als er den Besucher eintreten sah. Das war eine höfliche Geste, doch viele, die ihn seit Jahren dienstlich kannten, vermuteten hinter seiner Büro-Etikette Eitelkeit. Bonavolonta war von kleinem Wuchs, doch stolz auf seine sportliche Figur und seine drahtige Konstitution. Vielleicht, so vermuteten einige seiner Beamten, hatte er ein Problem mit Leuten, von denen er glaubte, sie sähen in ihm nur einen kleinen Bürokraten hinter einem großen Schreibtisch. Andere deuteten sein Verhalten freundlicher als eine ihm aus Kriegstagen verbliebene Gewohnheit. Bonavolonta hatte zu den echten Vietnam-Heroen gehört und als Offizier der Green Berets seine Kampfgruppe unter großen Gefahren hinter die feindlichen Linien geführt. Viele waren überzeugt, daß dieser Veteran sich nach wie vor als Krieger in geheimer Mission fühlte. Mouw, der um seine schlechten Karten wußte, war nicht nach Überheblichkeit zumute. Er zog sich einfach einen Stuhl heran und hörte sich an, was Bonavolonta zu sagen hatte. Es war eine Schlittenfahrt.

Die Chefs in Washington, gab Bonavolonta ihm in knappen, scharfen Sätzen zu verstehen, stellten Fragen und wollten Ergebnisse sehen. Das Gambino-Team bestehe nunmehr seit zwei Jahren. Was sei in dieser Zeit erreicht worden? Sei eine Ladung Feuerwerkskörper alles, was man vorzuweisen habe? Wo seien die großen anklagereifen Fälle? Oder wenigstens die kleinen? Eine Menge Zeit und Geld sei aufgewendet worden, gar nicht zu reden von der Zuteilung von Planstellen. Was solle er nun nach Washington berichten?

Mouw war nicht sicher, an welcher Stelle von ihm Antwort erwartet wurde; so hielt er den Mund und wartete ab, bis sein Boß sich den Ärger vom Hals geredet hatte. Tatsächlich hörte Bonavolonta irgendwann mit dem Umhermarschieren auf und fand einen Sitzplatz auf der Kante seines Schreibtisches. Mit diesem Positionswechsel schlug auch seine Laune um.

»Bruce«, fragte er in einem Ton höchster Vertraulichkeit, »bist du dir deiner Sache sicher?«

»Ja«, sagte Mouw.

»Gut, dann kann das wenigstens einer von uns behaupten.« Er lächelte über sein Witzchen. Mouw begriff, daß das Schlimmste wohl vorüber war. »Okay«, fuhr Bonavolonta fort, »warum erzählst du mir nicht, was du alles im Ärmel hast?«

Mouw drückte sich ziemlich vage aus. Er wollte seine »Betriebsgeheimnisse« nicht teilen. Vielleicht war es einfach ein Reflex. Er schaffte es, eine Viertelstunde zu sprechen, ohne konkret zu werden. Er umriß die methodischen Grundlagen seines Vorgehens: die Konzentration auf hochkarätige Fälle, auf die »Anführer der Gambino-Familie«, die Suche nach hieb- und stichfestem Belastungsmaterial, das Prinzip, »nach Gelegenheiten, nach Schwachstellen Ausschau zu halten, und dann zuzuschlagen«; er sprach von seinem taktischen Imperativ: »Geduld, Geduld, Geduld.«

»Wenn der richtige Augenblick da ist, werden wir zuschlagen. Aber nicht eine Sekunde früher«, sagte Mouw.
Bonavolonta hörte schweigend zu und stellte sich dann vor Mouw auf. Mouw erhob sich instinktiv, die beiden standen sich Auge in Auge gegenüber.
»Also gut«, sagte Bonavolonta, »ich habe die Griffelspitzer so lange hingehalten, daß ich sie wohl noch ein bißchen länger hinhalten kann. Ich kümmere mich um Washington, du kümmerst dich um die Gambinos.«

Zum Erstaunen vieler im Hoover Building erwies sich das Vertrauen Bonavolontas sehr bald als gerechtfertigt. Nur fünf Monate nach dem peinlichen Reinfall bei dem Versuch, den *Bergin-Club* zu verwanzen, hatte Mouw wieder Tritt gefaßt, bekam seine Chance und nützte sie. Er landete einen Volltreffer.
Es begann damit, daß ein Spitzel des Teams, George Yudzevich, zwei Meter groß und 180 Kilo schwer, bei einigen Abschöpfsitzungen Jägerlatein über seine Einsätze als Geldeintreiber für die Bergin-Mafia abgespult hatte. Mit allen Anzeichen des Stolzes erzählte er, normalerweise genüge es schon, wenn er im Blickfeld eines Schuldners auftauche und diesen vielsagend mustere. Nur selten müsse er grob werden. Stolz schilderte er, wie er den Uneinsichtigen die Arme abgedreht habe, »wie wenn's Hühnerschlegel wären«. Oder er habe ihnen »einfach mal ein Bein gebrochen«.
Die »209er«-Protokolle dieser Vernehmungen landeten routinemäßig auf Mouws Schreibtisch. Der zuständige Beamte bewertete sie als interessant, aber nicht umwerfend. Trotzdem studierte Mouw die Protokolle wieder und wieder; er fand darin mehr, als er auf den ersten Blick gedacht hatte. George der Riese hatte als Beigabe zu seinen selbstgefälligen Heldengeschichten Mosaiksteine zu einem Porträt der Glücksspiel- und Wuchergeschäfte der Bergin-Mafia geliefert. John Gotti, seine Brüder Gene, Richard und Pete, sein Busenfreund Angelo Ruggiero, sie alle mischten laut Riesen-George in diesen Geschäften mit. Dies war die Chance, auf die Mouw gewartet hatte. Er verfügte über so viele Insider-Informationen, daß er eine richterliche Erlaub-

nis zur elektronischen Ausforschung der im Bergin-Club laufenden Geschäfte erwirken konnte.
Eine Frage bereitete ihm freilich von Anfang an Kopfschmerzen: Auf welchen der Akteure sollten sich die Ermittlungen konzentrieren?
Die Zeit arbeitete nicht für ihn. Jules Bonavolonta gewährte ihm zwar Rückhalt, doch wie lange konnte er die Kostenkontrolleure in Washington hinhalten? Der Lauschangriff mußte vom ersten Augenblick an Erfolg bringen. Mouw mußte unbedingt die »Schwachstelle« auf Anhieb finden.
Obwohl unter Zeitdruck, ging Mouw methodisch zu Werke. Er erwog, John Gotti ins Visier zu nehmen, verwarf den Gedanken aber wieder. (»Zu schlau; ist am Telefon sicher vorsichtig«, war die vorherrschende Meinung im Team.) Gottis Bruder Richard schied aus, weil er als »zu dumm« eingeschätzt wurde. (»Niemand würde ihm etwas anvertrauen.«)
Am Ende ließ Mouw sich von einer Eingebung leiten. Ein Spitzel hatte beiläufig erwähnt, daß Angelo Ruggiero in seinem Haus in Howard Beach ein auf den Namen seiner minderjährigen Tochter angemeldetes Telefon hatte. Er betrachtete es als sein »sicheres« Telefon, wie er dem Spitzel vielsagend anvertraut hatte. Seiner Intuition folgend, entschied Mouw, daß ein Telefon, das die Gangster als sicher erachteten, für sein Team eine gute Quelle sein könnte. Eines Nachmittags in der ersten Novemberwoche 1981 klingelten zwei als Monteure des lokalen Stromversorgungsunternehmens getarnte FBI-Techniker an Ruggieros Tür. Sie sagten, sie seien auf der Suche nach der Ursache eines Stromausfalls, der den ganzen Block lahmgelegt habe. Als die beiden das Haus verließen, war die Stromversorgung wiederhergestellt und das rosarote Telefon der Ruggiero-Tochter angezapft. Mouw konnte jetzt nur warten. Seine größte Angst: daß seine Beamten mit ihren Kopfhörern dasitzen und eine Achtstundenschicht nach der anderen schüchternen Geständnissen verliebter Teenager lauschen müßten.
Doch weit gefehlt. Die Abhörwanze brachte vom ersten Tag an faszinierende Erkenntnisse. Dann erfuhren die Ermittler, daß Ruggiero in ein neues Haus in Cedarhurst, weiter draußen auf

Long Island, umziehen werde. Der fette Angelo brüstete sich, daß das FBI bald nicht mehr wissen werde, wo er wohne. Doch im April 1982 gingen drei Mikrofone, versteckt in der Lichtschiene der Sonnenveranda, ans Netz. Das C-16-Team konnte wieder mithören. Und was jetzt über den Sender kam, war sogar noch ergiebiger. Ruggiero war unvorsichtig genug, am Eßtisch seines neuen Hauses geschäftliche Gespräche zu führen. Und was bei diesen Gesprächen – auch an Ruggieros Telefon – gesagt und vom FBI mitgehört wurde, sollte bald für eine völlig unerwartete Wende der Dinge sorgen.

»Wahnsinn!« – Nicht einmal Mouw konnte seine Begeisterung verbergen. »Wirklich: Wahnsinn!« wiederholte er. Er saß, die Kopfhörer auf, im »Betriebshof« seines Teams in einem entlegenen Winkel des JFK-Flughafens. Gebannt hörte er zu, wie Angelo Ruggiero um 11.30 morgens mit einem Weckanruf bei seinem Capo seinen Arbeitstag einläutete.

»Aufwachen, Johnny Boy«, tönte Angelo fröhlich.

»Leck mich. Kannst du mich nicht schlafen lassen?« knurrte Gotti.

»Na komm schon, Johnny Boy, raus aus den Federn.«

»Schon gut, schon gut. Ich steh' verdammt noch mal auf.«

Mouw hörte, wie Gotti den Hörer fallen ließ; noch gingen die Emotionen in ihm hoch. Nach vielen vergeblichen Versuchen, ein Fenster zum Innenleben der Gambino-Familie zu öffnen, hatte er nun plötzlich einen Logenplatz. Er fühlte sich wie ein Entdecker, der nach langer ungewisser Reise endlich das lang ersehnte Land der Hoffnung am Horizont erblickt.

In den folgenden Monaten konnte das C-16-Team sowohl zu seiner persönlichen Erbauung als auch zu seiner beruflichen Genugtuung feststellen, daß Ruggiero ein Mann von fast zwanghafter Redseligkeit war. Tag und Nacht hing er am Telefon. Als Jugendlicher hatte er den Spitznamen Quackquack bekommen; das Mouw-Team hatte dies zunächst als eine Anspielung auf seinen watschelnden Gang interpretiert. Nun hatten sie eine andere Theorie. Sie erlebten, wie der fette Angelo Stunde um Stunde seinen Gesprächspartnern alles, was ihm gerade durch

den Kopf ging, ins Ohr schnatterte. »Wähl eine beliebige Telefonnummer, und die Chancen stehen fünfzig zu fünfzig, daß du Angelo an der Strippe hast«, klagte in einem abgehörten Gespräch John Carneglia, einer der Bergin-Jungs.
Angelo tratschte mit jedem. Regelmäßig rief er Robert DiBernardo an, den für die Leitung des Pornogeschäfts zuständigen Gambino-Hauptmann. Kaum hatte er aufgelegt, wählte er vielleicht die Nummer des Bosses aller Bosse, des großen Paul. Und das FBI hörte immer mit.
Bei Gene Gotti beklagte Angelo sich über Johnny Boys außer Kontrolle geratene Spielleidenschaft – der Capo hatte gerade an einem Football-Wochenende 90 000 Dollar verjubelt. Für den ganzen Monat summierten sich seine Verluste, so Angelo, auf »mörderische 200 000«. (Eine, wie das FBI anmerkte, in der Tat »mörderische« Summe für einen Mann wie John Gotti, der laut Steuererklärung als Handelsvertreter für die Arc Plumbing Company 25 000 Dollar Jahresgehalt hatte.)
Angelo verstieß sogar gegen die Mafiaregeln: Er äußerte sich am Telefon abfällig über den großen Paul. Sich in Rage redend, nannte er ihn einen »Milchtrinker«, einen »Bubi«; er machte sich darüber lustig, daß Castellano seine Abende mit seinem Chauffeur Tommy verbrachte.
Angelo konnte aber auch anders; eines seiner Gespräche mit zwei Jungmafiosi beendete er mit einer ernsten Warnung: »Wenn ich herausfinden sollte, daß irgend jemand lügt, in einem Jahr oder in sechs Monaten, dann verspreche ich euch: ihr sollt genauso sterben, wie mein Bruder gestorben ist – zerstückelt!«
Am Abend konnte er sich dann als entzückter Vater geben und seinem Freund John Gotti etwas von seiner Tochter erzählen: »Ich hab' ihr also die Geschichte von den drei kleinen Schweinen erzählt. Und dabei hab' ich vergessen, das mit dem dritten Schweinchen und dem Ziegelhaus zu erwähnen. Und du glaubst es kaum, als ich heute morgen aufwachte, fragte sie: ›Was wurde aus dem anderen Schweinchen, Papa?‹«
Die Tonqualität der Mitschnitte war hervorragend. Als der Stapel der Abhörprotokolle wuchs, war Mouw sich sicher, daß dieser Erfolg die Art seines Vorgehens gegen die Gambino-

Familie in den nächsten Jahren prägen werde. Wann und wo immer möglich: er wollte ihren Weg mit Wanzen pflastern!
Die Mafiosi diskutierten oft über die Gefahr des Abgehörtwerdens, waren aber undiszipliniert; sie konnten den Mund nicht halten. Mouw plante daher einen Lauschangriff auf Paul Castellanos großes weißes Haus auf Staten Island und auf das nur wenige Häuserblocks entfernte Schlafzimmer, in dem Neil Dellacroce, schwer von seinem Krebsleiden gezeichnet, mit letzter Kraft noch den Mafiaboß zu spielen versuchte. Doch als es an die Umsetzung dieser Pläne ging, hörte Angelo Ruggiero plötzlich zu reden auf. Das kam nicht ganz aus heiterem Himmel.
Schon im April 1982 hatte Ruggiero sich, nachdem er gemerkt hatte, daß sein Wagen von einem Beschatterteam verfolgt wurde, darüber Gedanken gemacht, daß das FBI auch sein Haus aufs Korn genommen haben könnte. Er hatte daraufhin einen New Yorker Ex-Polizisten, Jack Conroy, beauftragt, sein Wohnhaus in Cedarhurst zu untersuchen. Conroy hatte stundenlang gearbeitet und seinem Auftraggeber am Ende versichert, das Haus sei wanzenfrei. Das war nicht ganz falsch. Das FBI hatte mitgehört, wie Ruggiero den Elektronikexperten Conroy engagiert hatte, und daraufhin die Mikrofone abgeschaltet. Doch kaum war Conroy, von Ruggiero mit Dankesworten und 1000 Dollar in bar entlohnt, aus der Tür, wurden die Wanzen wieder aktiviert. Angelo schnatterte wieder drauflos.
Zwei Monate später jedoch, Ende Juni, kehrte in dem Haus wieder Stille ein. Die Mikrofone schnappten nichts mehr auf. Auf Anordnung Mouws wurde der Empfindlichkeitspegel schrittweise erhöht, aber es gab nichts zu hören. Daraufhin wurde ein Spähtrupp in Marsch gesetzt, der mit einem beunruhigenden Bericht zurückkehrte: Im Spülbecken stapelte sich schmutziges Geschirr, die Betten waren nicht gemacht, die Kleiderschränke waren voll …
Es dauerte eine Woche, bis die Polizei feststellte, daß die Frau und die Kinder Ruggieros bei Freunden in Howard Beach untergekommen waren. Vom Vater der Familie fehlte jede Spur. War er ermordet worden, Opfer eines mafiainternen Gewaltakts?

Mouws Männer schnappten im Supermarkt eine beiläufige Äußerung von Frau Ruggiero gegenüber einer Freundin auf und konnten kurz darauf Angelo ausfindig machen. Es war klar, daß er in großen Schwierigkeiten stecken mußte. Beschützt von einer Garde muskulöser Leibwächter, war er im *Hotel Gurney's Inn* in Montauk auf Long Island untergetaucht. Als Mouw die Hintergründe der panischen Flucht des dicken Angelo herausgefunden hatte, war er erschüttert.

# Kapitel 11

Über den dicken Angelo ging im *Bergin-Club* der Spruch um, er habe nie etwas bezahlt, was ihm nicht geschmeckt habe. Als Mouw in einer Serie von Blitzgesprächen mit seinen Informanten die Hintergründe von Ruggieros Verhalten zu rekonstruieren versuchte, stellte sich heraus, daß den Anstoß zur Flucht tatsächlich eine Einladung zu einem Essen gegeben hatte.

Fritzi Giovanelli, ein jovialer Capo der Genovese-Familie, der mafiaintern für seine wertvollen Verbindungen zum Parteiapparat der Demokraten bekannt war, hatte Ruggiero zu einer Mahlzeit in ein italienisches Restaurant in der Court Street im Zentrum von Brooklyn gebeten: »Ich kenne den Koch. Wir werden königlich speisen.« Die Rechnung werde er übernehmen.

Ruggiero hatte gerade die Speisekarte studiert, als Giovanelli in Begleitung zweier seiner Leutnants an den Tisch trat. Unvermittelt überreichte er seinem Gast einen braunen Umschlag. »Mit besten Empfehlungen von mir.«

Der überraschte Ruggiero legte die Speisekarte beiseite und warf einen Blick in den Umschlag, der rund dreißig Blatt Papier enthielt. Das Deckblatt trug die Überschrift: »Betreffend den Antrag der Vereinigten Staaten von Amerika auf eine richterliche Erlaubnis für technisches Belauschen der mündlichen Kommunikation ...«. Als Ruggiero weiterblätterte, las er seinen Namen und die Anschrift seines Hauses in Cedarhurst. Angelo schlug die Einladung zum Essen aus.

Ein Informant hinterbrachte dem FBI, daß Ruggiero am glei-

chen Nachmittag leichenblaß im *Bergin-Club* aufgetaucht sei. Er habe wild gestikulierend das 30seitige Dokument geschwenkt und jedem, der es hören wollte, die Worte »Ich bin am Arsch, ich bin am Arsch« ins Ohr gezischt. Vom Club aus rief er seine Frau an und befahl ihr, sofort das Haus zu verlassen. Wenig später machte sich Ruggiero – »vibrierend wie ein 150-Kilo-Wackelpudding« – auf den Weg nach Montauk. Zuvor jedoch habe er das Dokument, das er vor Wut zusammengeknüllt habe, einem seiner Jungens zur sicheren Aufbewahrung übergeben – welchem, das wisse er leider nicht, sagte der Informant.
Als Mouw diese Berichte erhielt, reagierte er »wie einer, der einen Faustschlag in den Magen bekommt«. Mouw selbst sah es im Rückblick so: »Es war ein Gefühl, als wäre man Opfer eines persönlichen Verrats geworden.« Doch dann reagierte er schnell: Er rief die engsten Mitarbeiter zu einer Krisensitzung zusammen, auf der er seinen Ärger nicht zu bezähmen vermochte. »Wie kann eine Kopie der richterlichen Genehmigung in deren Hände geraten?« brüllte er. »Wo ist die undichte Stelle? Bei der Staatsanwaltschaft? Im Büro des zuständigen Richters? Oder vielleicht im FBI selbst? Im eigenen Team?«
Er ließ die Fragen auf seine Leute wirken und gab dann eine Anweisung aus: »Treibt diese Kopie auf. Was immer ihr dafür unternehmen müßt, tut es. Was immer es kostet, bezahlt es. Aber ich will diese Kopie haben. Nur sie kann uns zu der undichten Stelle führen.«
Die genaue Höhe der Summe, die gezahlt werden mußte, blieb ein Geheimnis; sie soll zwischen fünf- und zehntausend Dollar gelegen haben.
Aktenkundig ist, daß der FBI-Beamte Bruce Mouw einen blauen Formularzettel ausfüllte und unterschrieb, der per Boten dem stellvertretenden Leiter der Citibank-Zweigstelle Rego Park in Queens zugestellt wurde. Der Bankmensch, der diese Übung kannte, unterschrieb anstandslos einen Barscheck, der später vom Konto des FBI Field Service abgebucht wurde. Er steckte ihn in ein unbeschriebenes weißes Kuvert und gab dieses dem wartenden Boten, der damit sofort zum C-16-Hauptquartier zurückfuhr. Später am Abend wurde der Barscheck einem hoch-

karätigen Informanten übergeben, der mit den Zwillingen in einem Hotel im mittleren Manhattan bei einem vom Zimmerservice aufgetischten Abendessen saß.
Mouw blieb im Büro und wartete auf die Rückmeldung der Zwillinge. Es war schon spät, als der Anruf endlich kam. Mouw war nervös. Doch was die Zwillinge zu melden hatten, klang vielversprechend. Nach Angaben des Informanten war die Kopie der Genehmigung zum Lauschangriff auf Ruggiero unversehrt – »es geschehen noch Zeichen und Wunder«, rief Mouw – im Haus von Anthony Moscatiello in Howard Beach gelandet. Wo genau das Dokument versteckt sei, wisse der Spitzel nicht. Er habe jedoch, als er den Scheck einschob, augenzwinkernd gemeint, das FBI brauche nur sorgfältig genug zu suchen …
»Darauf könnt ihr jeden Betrag setzen«, sagte Mouw.
Eddie Woods, ein kleiner, untersetzter Beamter, der wie ein Diplomat angezogen war und geschliffen wie ein Englisch-Professor sprach, leitete den Einsatz. Er sollte das Moscatiello-Haus auseinandernehmen, aber nicht offenbaren, wonach seine Leute wirklich suchten. In dem Durchsuchungsbefehl war zu lesen, es werde nach einer Ladung Walther-Pistolen gesucht, die auf dem JFK-Flughafen geraubt worden war.
»Walter? Kenn' ich nicht«, protestierte Moscatiello empört und ging in die Küche, um seinen Anwalt anzurufen.
Zur Überraschung der Beamten wurden ziemlich schnell zwei der gesuchten Pistolen gefunden: in einer Pappschachtel am Boden eines Schranks im Untergeschoß.
»Wie sind die da reingekommen?« wollte Moscatiello wissen, bevor er noch einmal in seine Küche spurtete, um erneut seinen Anwalt anzurufen.
Die Durchsuchung dauerte schon einige Stunden, als Woods, auf einem Stuhl stehend, einen Streifen verdeckt angebrachten Isolierbandes entdeckte, der zwei Teile der Asbest-Abdeckung eines an der Decke verlaufenden Heizungsrohrs zusammenhielt. Woods löste das Klebeband vorsichtig ab, tastete mit der Hand unter die Abdeckung und zog einen dicken Stapel Papiere hervor.
»Wir haben es, meine Herren«, verkündete er halblaut, nachdem

er sich vergewissert hatte, daß Moscatiello und seine Frau sich nicht in Hörweite befanden.
Erst als Woods das Dokument in einen Asservatenbeutel aus Plastik steckte, warf er einen Blick auf die einzelnen Blätter. Er erschrak zutiefst. Ein brisanter Fund!

»Wir haben ein Problem«, sagte Mouw den Mitgliedern seines inneren Kreises, als er sie später am gleichen Tag in einer vertraulichen Sitzung über den Stand der Dinge informierte. Was dem fetten Angelo Ruggiero zugespielt worden war, war weder eine Fotokopie noch das auf einer Schreibmaschine ausgefertigte richterliche Original; es konnte sich auch nicht um ein Exemplar aus dem Büro der Staatsanwaltschaft handeln. Es war – Mouws Stimme wurde tonlos – der handschriftliche Entwurf, den der FBI-Beamte Donald McCormick aufgesetzt und der Sekretärin des C-16-Teams zum Abtippen gegeben hatte. Das Papier konnte nur aus dem Aktenschrank des C-16-Teams stammen.
»Jesus Christus«, murmelte Kurins; er hatte plötzlich das Bedürfnis, ein sehr unsanftes Wort zu sprechen. Doch Mouws Stimme hatte schon wieder den gewohnten sanften Klang; es sah so aus, als habe er bereits seine Schlüsse gezogen.
Er habe, sagte Mouw, McCormick und die Sekretärin bereits befragt. Beide seien, wie nicht anders zu erwarten, vollkommen aus dem Häuschen gewesen. Sie hätten beteuert, sie könnten sich nicht vorstellen, wie irgend jemand in den Besitz der Blätter habe kommen können. Er selbst, so Mouw, glaube den beiden, »was immer es auch nützt«. Er habe dennoch die Sache mit Bonavolonta besprochen und veranlaßt, daß am nächsten Morgen mit dem ersten Flugzeug aus Washington ein FBI-Hypnosespezialist einfliegen werde. Vielleicht könne er irgendwelche Erinnerungen zutage fördern. Mouw fragte nach anderen Ideen oder Vorschlägen, doch er tat es so geistesabwesend, daß er ebensogut hätte fragen können, wie ihnen seine Krawatte gefalle.
»Wenn wir den Dieb finden«, sagte eine Stimme im hinteren Teil des Raums, »bringen wir ihn um.«

»Nein«, erwiderte Mouw scharf. »Nein, *ich* bringe ihn um.«
Der Dieb wurde nie gefunden. Der Hypnotiseur fiel allen, besonders dem zerknirschten McCormick, auf die Nerven; er bestand darauf, eine ganze Woche im Kreis des Teams zu verbringen. Unter dem Strich produzierte er mit seiner Kunst allerdings nicht einmal die Spur einer Spur.
Natürlich wurde das Dokument auf Fingerabdrücke untersucht, aber auch das erbrachte nichts Brauchbares. Ruggiero hatte wohl das Dokument der halben Gambino-Familie zum Lesen gegeben. Fritzi Giovanelli, der dem dicken Angelo die Papiere übergeben hatte, behauptete steif und fest, die herrenlosen Blätter auf der Theke eines Lokals in der Nähe des C-16-Hauptquartiers gefunden zu haben; weder durch Drohungen noch Versprechungen ließ er sich von dieser Geschichte abbringen.
Für kurze Zeit richtete sich der Blick des Teams auf zwei Kandidaten, die als Verräter in Frage kommen könnten. Einer war ein ehemaliger FBI-Kollege, der beim Transkribieren der abgehörten Ruggiero-Telefonate mitgeholfen hatte. Seine FBI-Karriere hatte einen Monat vor den geschilderten Ereignissen allerdings ein abruptes Ende genommen. Gegen ihn war der Vorwurf laut geworden, er habe mehrere Spieler einer Jugendmannschaft, die er an Wochenenden trainierte, sexuell belästigt. Der Mann hätte Gelegenheit gehabt, die Aktenordner des C-16-Teams zu durchstöbern; über seine fristlose Entlassung aus dem Dienst war er erbittert. Er hatte also ein Motiv.
Der andere Verdächtige war ein Ex-Mitarbeiter des Genovese-Teams, das seine Büros nur wenige Türen vom C-16-Team-Hauptquartier entfernt hatte; auch er war kurz zuvor entlassen worden, weil er nach einer Pechsträhne im Spielkasino Geld aus dem Spitzelfonds seines Teams veruntreut hatte. War er in einer so verzweifelten Lage gewesen, daß er bereit war, Informationen zu verkaufen?
In beiden Fällen blieb es jedoch bei unbeweisbaren Überlegungen; Mouw beschloß, jetzt nicht weiterzubohren. Er sammelte die kleinen Anhaltspunkte jedoch in einer neuen Akte und

erweiterte sie um aufgeschnappte Gerüchte, ungesicherte Hinweise, wilde Spekulationen. Er hielt diese persönliche Maulwurfs-Akte in seinem Büro unter Verschluß.

Donald McCormick stand zwar nicht unter Verdacht, doch der pickelhäutige Vater von fünf Kindern stolperte von einer Verlegenheit in die andere. Die neueste Hiobsbotschaft lautete, daß Angelo Ruggiero ihm nach dem Leben trachtete. Nach Angaben eines stets zuverlässig berichtenden Informanten hatte Ruggiero die Unterschrift McCormicks unter dem Antrag auf Abhörerlaubnis gesehen und sann nun auf Rache. Er wollte McCormick, so schien es, persönlich zur Rechenschaft ziehen. »Ich werde diesen Scheiß-McCormick umbringen! Ich schwöre, ich bringe ihn um!« hatte Ruggiero im *Bergin-Club* verkündet. »Er ist in mein Haus eingebrochen.« Nach Ansicht des Informanten gab es keinen Grund, an Ruggieros Absichten zu zweifeln. Er hatte in der Vergangenheit schon aus weniger triftigen Gründen getötet.

Diese Nachricht ging dem Team just in der Phase zu, in der die frustrierende Suche nach dem Verräter auf ihrem Höhepunkt war. Mouw war an die Grenzen seiner Belastbarkeit gestoßen. Jemand hatte ihm *seine* Unterlagen gestohlen. Die Sache bekam eine persönliche Färbung.

Als Mouw zum wiederholten Male über die Morddrohung Ruggieros informiert wurde und Frankie Spero ihn fragte: »Was tun, Chef?«, kam die Antwort: »Ich werde mich darum kümmern.«

Mouw war klar, daß es wenig Sinn hatte, jetzt Ruggiero zu suchen. Das konnte zum einen Tage dauern; zum anderen konnte eine Warnung an die Adresse eines Psychopathen vom Schlage des dicken Angelo gerade das Gegenteil bewirken: daß er einen Mord begehen würde, um es dem FBI zu zeigen. Mouw überlegte sich, daß es mehr bringen würde, gleich mit Ruggieros Capo zu sprechen; es sei ohnehin an der Zeit, sich John Gotti vorzuknöpfen.

Es war kurz vor zehn Uhr morgens, als er an der Haustür in Howard Beach klingelte; um diese Zeit, wußte Mouw, würde er

Gotti antreffen. Johnny Boy würde zwar noch im Bett liegen, aber das war nicht Mouws Problem.
Victoria Gotti sah das anders. Sie öffnete die Tür und zeigte keinerlei Regung, als Mouw seinen FBI-Ausweis zückte. »Mein Mann schläft noch«, sagte sie. Wenn er keinen Durchsuchungsbefehl habe, solle er lieber ein andermal vorbeikommen. Mouw fiel auf, daß sie diesmal keinen Baseballschläger in der Hand hatte. Dafür stand ein Rottweiler an ihrer Seite, der mächtig an seiner Leine zerrte und knurrte. Das Tier schien recht angriffslustig zu sein.
Mouw formte seine Hand zu einer Pistole, richtete sie auf den Hund und rief: »Peng! Peng! Peng!« Das brachte den Rottweiler sichtlich durcheinander; verlegen setzte er sich auf die Hinterläufe. Sein Knurren erstarb.
In diesem Moment entschied sich Victoria Gotti, ihren Mann doch zu wecken. Nach einiger Zeit kam Gotti an die Tür. Er trug einen Schlafanzug und Pantoffeln, darüber einen seidenen Morgenmantel. Mouw stand noch immer vor der Tür; den Rottweiler hatte er neben sich und tätschelte ihn.
Es wurde ein kurzes Gespräch. Mouw gab Gotti zu verstehen, daß er über Ruggieros Vorhaben, einen FBI-Beamten zu ermorden, Bescheid wisse; Gotti hörte unbewegt zu. »Es wird viel dummes Zeug geschwatzt«, meinte er dann achselzuckend. »Bedeutet nicht die Bohne.«
Mouw nutzte die Gunst des Augenblicks zu einer mit wütender Leidenschaft vorgebrachten Warnung: »Wenn einem meiner Männer irgend etwas zustößt, und wenn es nur ein Kratzer im Gesicht ist, irgend etwas, dann werde ich Sie persönlich zur Rechenschaft ziehen. Sollte einem aus meinem Team etwas passieren, werde ich Sie schnappen. Vergessen Sie das FBI. Das ist dann eine Sache ganz allein zwischen Bruce Mouw und John Gotti. Und Sie können mir glauben, John, es wird nicht gut für Sie ausgehen.«
Gotti schluckte, die Hände tief in den Taschen seines Morgenmantels vergraben. Sein Gesicht zeigte keine Regung. »Ihre Männer haben nichts zu befürchten«, sagte er dann.
Mouw nickte. Die beiden hatten einen Pakt geschlossen. Mouw

ging zu seinem Auto zurück. »He, Mouw«, rief Gotti ihm nach. »Wie wär's, wenn Sie den gottverdammten Hund mitnähmen? Wenn er hierbleibt, bringe ich den nutzlosen Köter um.«
Mouw ging weiter, ohne zurückzublicken.

# Kapitel 12

Der Lauschangriff auf Ruggiero zog noch weitere unvorhersehbare Konsequenzen nach sich. Als Mouw die Operation ausgelöst hatte, war es ihm zunächst nur darum gegangen, so viele Erkenntnisse zu sammeln, daß er gegen die vom *Bergin-Club* aus gesteuerten Glücksspiel- und Kreditwuchergeschäfte vorgehen konnte. Doch sehr bald hatte sich herausgestellt, daß die Bergin-Burschen auch mit Drogen handelten.

Auf den Tonbändern wimmelte es nur so von Hinweisen. Zeitweise hatte Ruggiero Vorsicht walten lassen und unauffällige Begriffe benutzt wie »Möbel«, »Lieferungen« oder gar »Hypothekenzahlungen«. Andere Male hatte er, direkt in die Ohren der mithörenden FBI-Beamten, über den Weitervertrieb von »H« gesprochen. Eines Abends war ein Dealer aus New Jersey zum Essen gekommen und hatte, während die Kinder am Tisch saßen und Ruggieros Frau die Schüsseln mit Spaghetti und Fleischklößchen auftrug, fröhlich verkündet: »Ich habe dreißig Dinger Heroin hereinbekommen. Deshalb bin ich hier.«

Die Berichte der Beschattungsagenten rundeten das Bild. Einige von Mouws Männern verfolgten Ruggiero und Johnny Carneglia nach New Jersey, wo die beiden drei Drogenhändler besuchten. An einem anderen Tag beschatteten sie den dikken Angelo, der höchstpersönlich einige Drogenumschlagplätze in Queens abklapperte. Viel Zeit verbrachten Mouws Leute damit, Drogendealer zu fotografieren, die das Eigenheim in Cedarhurst mit sorgsam verschnürten Päckchen unter dem Arm verließen.

Als das Frühjahr 1982 kam, herrschte im C-16-Team ein neuer

Geist. Zum erstenmal hatten die Männer das Gefühl, ihre Gegner umzingelt zu haben. Es war eine Zeit der Spannung und der Vorfreude. Die Zwillinge fühlten sich so pudelwohl, daß sie eines Morgens früh ins Büro schlichen und ihrem Chef Pfeffer in den Pfeifentabak mischten. Zur allgemeinen Verblüffung revanchierte Mouw sich nur mit einem Lächeln.
Mouw war so fest von der Stichhaltigkeit seiner gegen die Bergin-Mafia zusammengetragenen Beweise überzeugt, daß er von sich aus Bonavolonta in einige der Details einweihte.
»Und Gotti?« wollte Bonavolonta wissen.
»Wir haben Ruggiero, Johnny Carneglia, Gene Gotti – alle im Sack«, sagte Mouw.
»Und was ist mit John?«
»Noch nicht«, antwortete Mouw. »Wir wissen, daß er mit drinsteckt. Die würden ohne seine Erlaubnis nicht dealen. Aber noch können wir es nicht beweisen.«

Was wußte Paul Castellano?
Diese Frage bereitete vielen Mitgliedern der Bergin-Mafia Kopfzerbrechen, nachdem sich bei ihnen herumgesprochen hatte, daß das FBI Wanzen im Haus ihres schwatzhaften Kumpels plaziert hatte. Denn der große Paul hatte eine einfache, ihnen allen wohlbekannte Hausregel verkündet: Wer dealt, der stirbt. Dem Don ging es nicht um Moral; es war ein pragmatisches Gebot. Wenn einer seiner Jungens beim Handeln mit Drogen erwischt wurde, blühte ihm eine lebenslängliche Freiheitsstrafe. Schon viele kleine Mafiosi waren aus weit geringeren Gründen zu Spitzeln geworden. Auf lange Sicht, so seine Überlegung, sei es daher für die Gambino-Familie besser, das schnelle Geld sausenzulassen, das man im Drogenhandel verdienen konnte.
Die Regel des Bosses aller Bosse war unumstößlich. Das Schicksal eines gewissen Peter Tambone war eine Warnung. Der 62jährige, ein Familien- und Großvater, war von zwei Angehörigen einer anderen Mafiafamilie beim Dealen ertappt worden. Castellano rief daraufhin zu einer Sitzung der Kommission. Am 22. April 1982 trafen sich die Häupter der Familien, um über

das Schicksal von Little Pete zu beraten. »Macht ihn kalt«, befahl Castellano ohne Zögern.

Die Bergin-Jungens wußten, wie es Little Pete Tambone ergangen war. Sie wußten aber auch, daß sie mit Drogengeschäften mindestens drei Millionen Dollar im Monat absahnen konnten. So dealten sie weiter und hofften, nicht erwischt zu werden.

Weil er das wußte, geriet Ruggiero in Panik, als er von den Wanzen in seinem Haus erfahren hatte. Er flüchtete nach Montauk, umgab sich mit Leibwächtern und war verrückt genug, zu verkünden, er wolle den Beamten, der die Erlaubnis zum Lauschangriff beantragt hatte, umbringen. Er hatte Todesangst – aber nicht vor dem FBI. Seine Gedanken gingen zum großen Paul, und er gab die Parole aus: »Vielleicht ist es Zeit für einen neuen Kurs.«

Die Entwicklung spitzte sich zu, als die Behörden im Winter 1983, gestützt auf Hunderte abgehörter und aufgezeichneter Gespräche, eine Reihe von Anklagen erhoben. Angelo Ruggiero, John Carneglia und Gene Gotti wurden als »Initiatoren, Betreiber und Geschäftsführer« eines Heroinschmuggelrings identifiziert. Gegen John Gotti wurde keine Anklage erhoben.

Paul Castellano schöpfte Verdacht. Er ließ Ruggiero wissen, sobald die Behörden den Anwälten der Angeklagten die Abhörbänder zugänglich gemacht hätten, werde auch er sie anhören. Und dann warnte er John Gotti: »Hör zu, Johnny, ich hoffe, du kannst beweisen, daß du nichts damit zu tun hast.«

John Gotti zog daraus den Schluß, daß es jetzt nur noch darum ging, zu fressen oder gefressen zu werden.

An seinem Schreibtisch im fünften Stockwerk des Bürogebäudes am Queens Boulevard saß derweil Mouw und grübelte darüber nach, welche Entwicklung er und sein Team in Gang gesetzt hatten. An einem Abend hörte er, wie er sich später erinnerte, »den Wind des Krieges durch die Stadt pfeifen«.

In den spannungsgeladenen Monaten nach der Erhebung der Anklagen nahmen weder Bruce Mouw noch John Gotti von einer kurzen Zeitungsmeldung Notiz, die über ein tragisches Geschehen berichtete. Am regnerischen Nachmittag des 3. Dezember 1984 hatte der 39jährige Kriminalpolizeibeamte William Peist in seiner dienstfreien Zeit seine Frau und seine Schwiegermutter ins Auto geladen, um die beiden zur griechisch-orthodoxen Sankt-Barbara-Kirche in Manhattan zu fahren. Es war der Vorabend des Namenstages der heiligen Barbara, und die beiden Frauen wollten an der aus diesem Anlaß in der Kirche stattfindenden Feier teilnehmen.

Sie kamen von Brooklyn her; als sie sich mitten auf der regennassen Manhattan Bridge befanden, gab das Auto seinen Geist auf. Peist versuchte, den Motor wieder anzulassen – vergeblich. Als die sich hinter ihm stauenden Autos zu hupen begannen, stieg Peist aus, um die Warnblinkleuchten aufzustellen, die er im Kofferraum verstaut hatte.

Als Peist ausstieg und im strömenden Regen um sein Auto ging, erspähte der Fahrer des hinter ihm eingekeilten Kleinbusses eine Lücke in der benachbarten Fahrspur und gab Vollgas, um sich einzufädeln. Im letzten Moment erblickte er Peist und trat auf die Bremse. Der Kleinbus erfaßte den Wachtmeister. Am Abend amputierten die Ärzte am Klinikum der New York University Peists linken Fuß bis zur Höhe des Knöchels.

Hätte die Presse über den weiteren Fortgang der Geschichte berichtet, so hätte man lesen können, daß Peist noch zwei weitere Operationen über sich ergehen lassen mußte; am Ende war sein linkes Bein bis zum Knie amputiert. Sechs Monate lang mußte er einen bis unter die Hüfte reichenden Gipsverband tragen.

Während Peist im Universitätsklinikum auf seine Genesung wartete, erhielt er Besuch von Inspektor Aaron Rosenthal, seinem Vorgesetzten in der 7. Abteilung der New Yorker Kripo.

»Wie geht's dir, Billy?« fragte Rosenthal und merkte zu spät, was für eine törichte Frage das war.

»Man lebt«, sagte Peist.

»Na klar«, antwortete Rosenthal.

»Du sollst wissen, daß ich fest vorhabe, wieder zu arbeiten«, erklärte Peist.

»Das ist gut zu hören, Billy.« Doch Rosenthal glaubte nicht

daran. Die Ärzte hatten ihm gesagt, Peist könne von Glück sagen, wenn er je wieder auf die Beine komme.

»Ich werde es schaffen; wart's ab. Ich glaube allerdings, daß es im Außendienst kaum mehr gehen wird. Ich schätze, man wird mir irgendeinen Schreibtischjob geben.«

»Wahrscheinlich. Was für einen zum Beispiel?«

»Tja«, antwortete Peist ohne Zögern, »darüber habe ich schon nachgedacht. Ist ja fast das einzige, was ich hier tun kann. Ich hab' mir viele Gedanken gemacht über verdeckte Ermittlungen. Ich glaube, das wäre wirklich etwas für mich. Als Auswerter bei einer Sonderkommission für verdeckte Ermittlungen.«

# Kapitel 13

Das Bestattungsinstitut war in einer ehemaligen Mietskaserne untergebracht, die, wie die übrigen schmalen Ziegelsteingebäude dieses Blocks, aus der Zeit der Jahrhundertwende stammte. Damals hatte hier offensichtlich hektisches Leben geherrscht. Einwandererfamilien, Kinder, die auf den Steintreppen Ball spielten, zum Trocknen aufgehängte Wäsche, der süße Duft köchelnder Tomatensuppe.

So jedenfalls malte sich Andy Kurins die Szenerie aus, als er im Rückraum seines Dodge-Lieferwagens kauerte. Er hielt sich an eine bewährte Beschatter-Regel: Nicht die Gefahr war der schlimmste Feind, sondern die Langeweile.

Die Spring Street verlief am nördlichen Rand von Little Italy. Kurz nach zehn Uhr vormittags hatte Kurins sein Einsatzfahrzeug geparkt. Er war mehrere Stunden zu früh gekommen, auch das entsprach einer alten Erfahrung: Angenommen, er fand keinen geeigneten Parkplatz? Angenommen, sie entdeckten sein Auto? Angenommen, die Sicht zum Beobachtungsobjekt war versperrt?

Auf der Fahrt in die City von seinem Wohnort in Connecticut auf der Autobahn I 95 hatte er sich alle Eventualitäten mit zunehmender Nervosität vorgesagt. Das Risiko, daß etwas schiefgehen könnte, erschien ihm so groß, daß seine Gedanken zu den halsbrecherischen Einsätzen in 3000 Fuß Flughöhe über Kambodscha zurückschweiften. Und ihm kam das alte Fliegerwort in den Sinn: Vorbereitungszeit ist keine vergeudete Zeit.

Kurins war beruhigt, als er sein Einsatzrevier früh genug erreicht hatte und in einem Delikatessenladen an der Second

Avenue noch ein dickes Sandwich kaufen konnte. Ein glückliches Timing wollte es, daß er genau in der Minute in Little Italy ankam, als die Parkerlaubnis auf der einen Straßenseite endete und die auf der gegenüberliegenden begann. So fand er einen legalen Parkplatz, von dem aus er einen direkten Blick auf das Bestattungsinstitut hatte. Das alles war jetzt ein paar Stunden her. Es war kurz vor Mittag, das Pastrami-Sandwich längst gegessen. Kurins versuchte sich wach zu halten.

Er zog die Vorhänge vor der Heckscheibe – ein Werk seiner Ehefrau Sharon – noch zwei Zentimeter weiter auseinander und setzte seine Spähtätigkeit fort. Ihm fiel auf, daß die rissige Fassade des Gebäudes, das er im Auge hatte, erst kürzlich einen weißen Anstrich erhalten haben mußte – irgend jemand schien hier einen Kampf gegen den Verfall zu führen. Wo jetzt das Bestattungsinstitut war, hatten sich einst wohl die Souterrain-Wohnungen des Mietshauses befunden.

Kurins fragte sich, wie viele Einzimmer-Höhlen wohl zerschlagen worden waren, um Raum für eine Leichenhalle zu bekommen. Das Gebäude, witzelte er, hatte einen neuen Lebenszweck gefunden. Dann verfiel er, müde, auf einen etwas philosophischeren Gedankengang: Zum Sterben möchte jeder nach Hause kommen!

Da verbringen die Mafia-Jungens ein ganzes Leben damit, sich aus ihrem angestammten Wohnviertel herauszuhangeln und sich auf die Jagd nach den Pfründen der großstädtischen Glitzerwelt zu begeben; doch wenn von der Welt Abschied genommen werden muß, ist es ihr größter Wunsch, noch einmal an die Schauplätze ihrer Jugend zurückzukehren. Auch er, Kurins, wollte nicht hier in New York begraben werden, sondern in Short Ridge in Indiana. Was war New York? – New York war Hypothekendarlehen, Schulgeldzahlung, Dienst, Mafia.

Die Richtung seiner Gedankengänge paßte ihm nicht; so stellte er sie, ganz Soldat, einfach ein und konzentrierte sich auf seine Aufgabe. Durch sein 300-Millimeter-Objektiv konnte er erkennen, daß der Eingang zum Bestattungsinstitut sich drei Stufen unterhalb des Gehwegniveaus befand. Er hielt seine Kamera auf die doppelte Schwingtür aus geriffeltem, bernsteinfarbenem

Glas. Es würde heute einen ziemlichen Auftrieb geben, eine Gelegenheit, wie sie sich selten bot. Die Gambino-Familie wollte einem Verstorbenen die Reverenz erweisen, dazu etliche *Amici* von anderen New Yorker Familien. Sie alle, da war Kurins sicher, würden kommen, um Abschied von Aniello Dellacroce zu nehmen.

Gegen 14 Uhr kamen die ersten Mitglieder der Bergin-Gang. Dann fuhr eine schwarze Limousine vor. Dellacroces Witwe Rosemarie kletterte mit zwei Gorillas aus dem Wagen und ließ sich von den beiden die Stufen hinabführen. Tochter Sandy, verheiratet mit Ernie Grillo, folgte ihr. Ernie war nicht zugegen, da er eine Freiheitsstrafe wegen Mordes verbüßte; von Sandy war bekannt, daß sie Dellacroces einziger schwacher Punkt gewesen war. Selbst in Trauerkleidern wirkte sie aristokratisch: pechschwarzes Haar, tränenfeuchte Katzenaugen, zierliches blasses Antlitz. Eine echte Mafia-Fürstin.

Die Straße war bald verstopft. An diesem kalten, bleigrauen Nachmittag des 4. Dezember 1985, nur zwei Tage nachdem der zweite Mann in der Hierarchie der Gambino-Familie im Alter von 71 Jahren in seinem Krankenbett in Queens sanft entschlafen war, erwiesen sie ihm die letzte Ehre. Der Troß der Trauernden staute sich vor dem Souterrain-Eingang in einer Warteschlange, die bis um die nächste Straßenecke reichte.

Kurins legte eine zweite Filmrolle ein. Doch seltsam: Je länger er fotografierte, desto unwohler wurde ihm.

»Alpha-Kilo an Zentrale«, flüsterte er in sein Handfunkgerät.

Mouw antwortete unverzüglich. »Hier Zentrale. Wo warst du, Andy? Was geht vor?«

»Es ist eine Mafia-Parade«, sagte Kurins.

»Und was ist faul, Andy?«

»Wir haben Gesellschaft, Bruce.«

»Mal was ganz anderes.« Mouw war, wie Kurins merkte, stinksauer.

Den ersten Wagen hatte Kurins schon gegen 16 Uhr gesehen, eine Stunde später waren alle vor Ort. Pflichtgemäß erstattete er seinem Chef Meldung: Die Stadtpolizei von New York saß in einer schwarzen, in der zweiten Reihe geparkten Limousine,

aus deren Heckteil vier Antennen herauswuchsen. »Die hätten genausogut mit Blaulicht und Sirene vorfahren können!«
Die Kumpel von der Sonderkommission Organisierte Kriminalität des Staates New York waren nicht in einem, sondern in zwei Autos gekommen, die ständig um den Block kreisten; Kurins erkannte zwei Wichtigtuer, die ihre Teleobjektive durch das geöffnete Seitenfenster nach draußen schoben. Den Vogel aber schoß das Team der Bezirksstaatsanwaltschaft von Manhattan ab. Ihr Einsatzbus parkte, nur einen Meter von der Treppe zum Bestattungsinstitut entfernt, direkt vor einem Feuerwehrhydranten.
»Hier klicken mehr Kameras als bei einer Hollywood-Premiere«, meldete Kurins.
Mouw sagte etwas, was Kurins nicht verstand. Aber je länger er darüber nachdachte, desto sicherer war er, daß Mouw »Scheiße! Scheiße! Scheiße!« gesagt hatte.

Bei Mouw hatte sich seit langem Frust aufgestaut. Die Trauerfeier für Dellacroce war nur die Krönung. Mouw hatte Monat für Monat zusehen müssen, wie öffentlichkeitsgeile Polizisten und Staatsanwälte sich immer wieder vor den Abendnachrichten-Mikrofonen aufbauten und mit ihren Erfolgen im Kampf gegen die Mafia prahlten. Aus der Konkurrenz zwischen den verschiedenen Strafverfolgungsbehörden war weit mehr geworden als ein Gerangel um Kompetenzen, Reviere und Publizität. Die Sache war zu einem verantwortungslosen Spiel geworden. Die Arbeit vieler Jahre stand auf dem Spiel.
In Mouws von Geduld bestimmter Weltsicht lagen die Dinge so: Er und sein Team waren nach ihren Fehlstarts endlich auf dem Vormarsch. Der Lauschangriff gegen Ruggiero hatte bereits Früchte getragen – Anklage gegen einen Ring von Heroindealern. Darüber hinaus war sein Team in die hierarchische Struktur der Gambino-Familie eingedrungen. Im März 1983 hatten FBI-Techniker die Dobermänner und die ausgeklügelten Alarmanlagen, die Paul Castellanos Haus auf Staten Island schützten, überlistet und im Wohn- und Eßzimmer des Bosses der Bosse Mikrofone plaziert.

Während die Auswerter noch mit der Analyse der aus den Castellano-Wanzen resultierenden 3000 Seiten Abhörprotokolle beschäftigt waren, landete das Team einen weiteren Erfolg. Vom Juni 1985 an waren in Neil Dellacroces Krankenzimmer in seinem Haus an der West Fingerboard Road auf Staten Island für die Dauer von zwei Monaten die Mikrofone »scharf« gemacht worden. Mouw hatte ein unsichtbares Netz über die Schlüsselfiguren der Gambino-Familie geworfen. Es war nur noch eine Frage der Zeit, bis das C-16-Team alle Beweise beisammenhatte.
Doch andere Strafverfolger konnten einfach nicht warten!
Im Februar 1984 hatte die für Manhattan zuständige Sonderkommission Organisierte Kriminalität gegen Roy DeMeo losgeschlagen, einen psychopathisch veranlagten Capo der Gambino-Familie, der ein profitables Geschäft mit dem Diebstahl von Luxusautos betrieb; daß er den Befehl zur Ermordung von 37 Menschen gegeben hatte, war für ihn offenbar nur eine bedauerliche Begleiterscheinung des Geschäfts. Zum Ärger des FBI hatte die Soko auch den Namen Paul Castellano in ihren Bericht für die Anklage aufgenommen; sie warf dem Chef der Familie vor, Nutznießer des Handels mit den gestohlenen Autos und Mitwisser der von der DeMeo-Gang begangenen Morde gewesen zu sein. Nach Ansicht der Männer vom C-16-Team stimmte das zwar, war aber schwer zu beweisen.
Kurze Zeit später hatte ein Team der Steuerfahndung im *Ravenite-Club* Neil Dellacroce verhaftet; der gebrechliche Unterboß hatte sich vor den Fahndern in der Toilette verkrochen. Die Tatsache, daß der Mann Angst hatte, konnte die Zweifel des FBI an den Erfolgsaussichten der Anklage jedoch nicht vertreiben. Der oberste amerikanische Steuergerichtshof hatte erst einen Monat zuvor entschieden, daß die Finanzbehörde bei Dellacroce eine unzulässige Steuerschätzung vorgenommen hatte.
Im Februar 1985 dann hatte Rudolph Giuliani, der ranghöchste Bundesanwalt in Manhattan, ein Mann von brennendem Ehrgeiz, Anklage gegen die Bosse und Unterbosse aller fünf New Yorker Mafiafamilien erhoben wegen des Verdachts, ein illegales Unternehmen zu betreiben – die Kommission. Der Fall war

höchst kompliziert, Mouw hatte das dumpfe Gefühl, Giuliani sei zu hastig gegen Castellano und Dellacroce vorgegangen. Es mußte noch nach stichhaltigerem Belastungsmaterial gesucht werden.

Für Mouw waren das kleine Rückschläge, er war aber sicher, daß sein Team wasserdichte Beweise für die Anklage gegen die Gambinos liefern könnte. Doch mitten in die Arbeit des Teams platzte die Nachricht von einem ehrgeizigen Vorermittlungsverfahren der stellvertretenden Bundesanwältin in Brooklyn, Diane Giacalone; sie hatte es auf die Bergin-Gang abgesehen.

Mouw hatte zunächst versucht, Frau Giacalone umzustimmen. Er schickte Joe O'Brien zu ihr, einen Ausbund an irischem Charme; O'Brien beschwor die Bundesanwältin, Geduld zu zeigen und erst dann eine Grand Jury zur Prüfung des Anklagebegehrens einzuberufen. Frau Giacalone ließ sich nicht beeindrucken. Mouw versuchte es daraufhin mit einer weniger subtilen Methode; nach vielen Jahren in FBI-Diensten waren ihm bürokratische Winkelzüge nicht fremd.

Der Chef der Sonderkommission Organisierte Kriminalität für den östlichen Stadtbezirk New Yorks, Edward McDonald, verfaßte am 23. Oktober 1984 ein internes Memo-randum an die Vorgesetzten von Frau Giacalone im Justizministerium, in dem er die Erfolgsaussichten der Anklage als »gering« bezeichnete. Ein zweites, am 8. März 1985 abgefaßtes vertrauliches Memorandum sprach eine noch deutlichere Sprache; McDonald nannte die von Frau Giacalone zusammengestellte Anklage »besonders schwach«. Wenn die Verhandlung mit Freisprüchen für die Bergin-Gang enden würde, und das sei seiner Einschätzung nach sehr wohl möglich, könne dies schwere Folgen für jede weitere Strafverfolgung haben. Nach geltendem Bundesrecht könne niemand zweimal wegen derselben Straftatbestände angeklagt werden.

Das war auch Mouws größte Sorge: daß er und sein Team wieder bei Null anfangen müßten.

Frau Giacalone ließ sich nicht bremsen und, was noch schwerer wog: Ihre Vorgesetzten zeigten keine Neigung, ihr Zügel anzulegen.

Frau Giacalone war eine zerbrechlich wirkende, aber energiegeladene Frau, geboren und aufgewachsen im Viertel Ozone Park in Queens als Tochter italienischer Eltern und, wie sie gerne betonte, Erbin eines italienischen Temperaments. Sie ging in jedes Duell mit dem festen Vorsatz, kräftig auszuteilen. Als einmal ein Angehöriger des C-16-Teams, James Abbott, wütend in ihr Büro stürmte und erklärte: »Wenn Sie ein Mann wären, würde ich Ihnen eine knallen«, sprang sie hinter ihrem Schreibtisch auf und konterte: »Nur keine Hemmungen, mein Herr. Zeigen Sie, was Sie können.«

Über Frau Giacalone kursierte noch eine andere Geschichte. Als Schülerin habe sie auf dem Weg zur Our Lady of Wisdom Academy täglich den Bergin-Club passieren müssen. Für alles, was sie sich damals Tag für Tag an obszönen Sprüchen und Gesten habe anhören müssen, wolle sie jetzt Vergeltung üben. Auch wenn die Geschichte erfunden war: sie sprach für sich. Frau Giacalone war in den Augen ihrer Freunde und Kollegen eine von Sendungsbewußtsein und Arbeitseifer Besessene, für die Mitglieder des C-16-Teams war sie eine »Wildgewordene«. Mouw, von seinem Naturell her ein Gentleman, atmete immer erst einmal tief durch, wenn er nach ihr gefragt wurde: »Diane macht die Dinge auf ihre Art, wir machen sie auf unsere.«

Das C-16-Team lehnte schließlich die Zusammenarbeit mit Frau Giacalone ab, als sie – allen Einwänden zum Trotz – ihre Anklage weiter vorantrieb. Während die Ruggiero-Bänder zu diesem Zeitpunkt, wie das Gesetz es vorschrieb, bereits den Anwälten der Angeklagten zugänglich gemacht worden waren, lehnte das FBI die Weitergabe der Abhörprotokolle an Frau Giacalone ab – »aus Sicherheitsgründen«, wie die vage, aber hartnäckige Erklärung lautete. Mouw dachte nicht im Traum daran, ihr etwas über die Existenz der Dellacroce-Wanzen mitzuteilen: offiziell gab es keine FBI-Ermittlungen.

Frau Giacalone rekrutierte Ermittlungsbeamte der New Yorker Polizei, der Drogenbekämpfungsbehörde und der Post und trieb zur Eile. Am 25. März 1985 stimmte eine Grand Jury der Eröffnung der Anklage gegen »Aniello Dellacroce und andere« zu.

Dellacroce unterzog sich zu dieser Zeit gerade im Krankenhaus einer Chemotherapie; es war die dritte von einer Bundesbehörde gegen ihn eingereichte Anklage in den letzten fünf Monaten.
Am 28. März begannen städtische Polizeibeamte und Mitarbeiter der DEA mit der Suche nach den neun anderen Angeklagten. Es war vier Uhr morgens, als sie den *Bergin-Club* stürmten und dort drei der Gesuchten beim Kartenspiel erwischten: John Gotti saß mit seinem jüngeren Bruder Gene und ihrem langjährigen gemeinsamen Freund Willie Boy Johnson an einem Tisch im Hinterzimmer.
»Was haben wir angestellt?« fragte Gotti unschuldig.
»Eure Verbrechen haben euch eingeholt«, antwortete der DEA-Beamte Edward Magnuson feierlich.
Das brachte die Jungs zum Lachen. Nachdem die Anklagegründe vorgetragen und die Bedingungen für eine Freilassung gegen Kaution ausgehandelt waren, lachte niemand mehr. Nicht John Gotti, nicht Willie Boy Johnson – und auch nicht Bruce Mouw.

# Kapitel 14

Richter Eugene H. Nickerson führte in dem holzgetäfelten Gerichtssaal in Brooklyn die Verhandlung weitgehend nach gewohntem Schema; ungewöhnlich war allenfalls, daß der immer noch im Krankenhaus liegende Dellacroce sich übers Telefon für nicht schuldig erklärt hatte.
Ein anderer Angeklagter, Anthony Rampino, leichenblaß und hohlwangig und Mitglied der Bergin-Gang, hatte wieder dorthin zurückkehren dürfen, wo er verhaftet worden war – in eine Heroin-Entzugsklinik in der Bronx. John Gotti, sein Bruder und die übrigen Angeklagten kamen gegen Kaution auf freien Fuß.
Es mußte nur noch der Status von Willie Boy Johnson geregelt werden. Frau Giacalone legte dem Richter nahe, diesen Mann auf jeden Fall in Untersuchungshaft zu behalten: »Keine Kaution würde sein Erscheinen vor Gericht garantieren.«
Die im Gerichtssaal anwesenden Mitglieder des C-16-Teams trauten ihren Ohren nicht. Es war eine Sache, einen Top-Informanten unter Anklage zu stellen; es war eine andere, höchst gefährliche Sache, seine Rolle zu enthüllen. »So weit würde sie nie gehen«, hatte Mouw noch vor Tagen gesagt.
Er hatte sich getäuscht. Frau Giacalone wandte sich an Richter Nickerson und erklärte mit ruhiger Stimme: »Der Grund dafür ist der, daß Mr. Johnson fünfzehn Jahre lang als Informant für das Federal Bureau of Investigation agiert hat, und zwar bis in die jüngste Zeit.«
John Gotti drehte sich langsam zu Johnson und zischte durch seine zusammengebissenen Zähne: »Dann haben wir es also dir zu verdanken, daß wir hier stehen.«

Willie Boy gab keine Antwort. Er blickte starr auf den Richter, seine Hände aneinandergepreßt. Die Knöchel seiner linken Hand waren mit dem Wort »TRUE«, die der rechten mit dem Wort »LOVE« tätowiert. Er war 51 Jahre alt, hatte früher einmal geboxt und wurde von der Gambino-Familie eingesetzt, wenn jemandem »eine Lektion« erteilt werden sollte.
Frau Giacalone sagte seelenruhig, sie habe Mr. Johnson erklärt, ihn als Polizei-Informanten zu identifizieren sei »ein rechtliches Gebot, dem wir nur widerstrebend auf diese Weise Folge geleistet haben«. Vorher habe sie ihm das Angebot gemacht, den Status eines Kronzeugen und die damit verbundenen Schutzmaßnahmen zu beanspruchen. Er habe dies abgelehnt. Er habe auch die Aussage verweigert. »Ich werde ein toter Mann sein«, habe Johnson gesagt. »Meine Familie wird abgeschlachtet werden.«
Nach kurzer Pause stellte der Richter Fragen: »Haben Sie dem FBI Informationen über Mr. Gotti und die anderen gegeben?«
»Nein, Sir«, sagte Willie Boy mit Entschiedenheit.
»Sie haben nie über Mr. Gotti gesprochen?«
»Nein, Sir.« Johnsons Stimme klang nicht sehr überzeugend. Er zögerte kurz: »Es könnte sein, daß ich seinen Namen erwähnt habe. Ja, ja, Sie haben mich nach ihm gefragt.«
Zu weiteren Aussagen war Willie Boy nicht bereit.
Richter Nickerson sorgte sich um die Sicherheit Johnsons. »Es sieht so aus, als wäre es unverantwortlich von mir, ihn gegen Kaution zu entlassen. Daher ordne ich seine weitere Inhaftierung an.«
Willie Boy Johnson kam in die zentrale Straf- und Besserungsanstalt von Manhattan. Er wurde dort von den anderen Häftlingen getrennt und saß 23 1/2 Stunden täglich allein in seiner Zelle. Dennoch verweigerte er weiterhin die Aussage.
Doch darauf kam es, wie Mouw wußte, kaum noch an. Frau Giacalone war zu weit gegangen. »Ob sie vor Gericht gewinnt oder verliert, sie hat Willie Boy zum Tode verurteilt«, sagte er zu Mitgliedern seines Teams.
Es war eine frustrierende Zeit. Mouw begann beim Joggen

längere Strecken zurückzulegen. Er packte den Tennisschläger wieder aus und drosch die Bälle mit Wucht über das Netz. Er fand eine neue Freundin, die, aus welchen Gründen auch immer, stets in Cowboykluft ausging.

Mouw war tief deprimiert. Telefonwanzen waren gefunden worden, Abhörprotokolle aus seinen Akten verschwunden, Anklagen zur Unzeit erhoben worden. Und nun hatte man sogar einen seiner Informanten hochgehen lassen. Was konnte eigentlich noch passieren?

Auf Mouws Betreiben sonderte sich das C-16-Team noch stärker von den übrigen Bereichen der Strafverfolgung ab. Denn auch während dieser frustrierenden Monate vor der Bestattung Dellacroces taten die FBI-Wanzen ihren Dienst. Es gab sogar einen Moment, in dem das Team, wenn es nach dem Willen einiger Mitglieder gegangen wäre, einen Lacherfolg über Frau Giacalone hätte landen können.

Da Dellacroce nach Einschätzung des Gerichts zu krank war, um sich zu einer vorprozessualen Vernehmung nach Brooklyn zu begeben, hatte Richter Nickerson einen Ortstermin im Haus des Unterbosses angesetzt. Einige freuten sich diebisch darauf, den Auftritt von Frau Giacalone mitzuschneiden. Aber Mouw hatte Bedenken. Man würde in diesem Fall, warnte er, auch einen Bundesrichter belauschen und auf Band nehmen, das sei sehr bedenklich. Mouw befahl also, die Mikrofone abzuschalten, als Dellacroce mit seiner Aussage begann.

Einige Zeit davor jedoch, am 8. Juni 1985, als Angelo Ruggiero und John Gotti ihren abgemagerten und gespenstisch blassen Boß in seinem Haus besucht hatten, waren die Wanzen »scharf« gewesen. Die Besprechung galt den FBI-Bändern, die die Heroingeschäfte Ruggieros dokumentierten. Das FBI hatte sie den Anwälten Ruggieros zur Verfügung gestellt, und der große Paul Castellano war scharf darauf, sie sich anzuhören.

»Wenn ihr beiden mich nie wieder damit behelligt … Nein, ich gebe die Bänder nicht heraus, ich kann es nicht«, stammelte der dicke Angelo.

Gottis Stimme klang sachlich. »Solange er der Boß ist, mußt du tun, was er dir sagt.«

»Du verstehst die Cosa Nostra nicht«, belehrte Dellacroce den Dicken vom Krankenbett aus.
»Angelo, weißt du nicht, was ›Cosa Nostra‹ bedeutet?« fragte Gotti.
Der alte Mann gab die Antwort: »›Cosa Nostra‹ bedeutet, daß der Boß dein Boß ist.«
Ruggiero hatte Angst. Wenn Castellano in den Besitz der Bänder mit den Gesprächen über seine Drogengeschäfte gelangen sollte, würde er mit ihm kurzen Prozeß machen, vielleicht auch zuerst mit Gotti und dann mit ihm.
»Ich werde ihm nicht gehorchen«, erklärte Ruggiero entschlossen.
»Schlag dir das aus dem Kopf«, warnte Dellacroce.
»Ich werde es nicht tun«, beharrte Ruggiero.
Dellacroce klang schließlich nur noch müde. Er war 71 Jahre alt; die Chemotherapie hatte ihre Spuren hinterlassen und ihm doch nicht entscheidend geholfen.
»Ich sage Paul immer wieder: ›Der Junge kann dir die Bänder nicht geben, weil da seine Familie mit drauf ist‹«, erklärte er Ruggiero und Gotti. »Ich habe alles versucht, um dir das mit den Bändern zu ersparen, aber allmächtiger Jesus Christus, ich kann auch nichts dagegen machen, daß der Bursche immer wieder davon anfängt. Es sei denn, ich würde ihm sagen: ›Leck mich doch am Arsch.‹«
Für einen Moment herrschte Schweigen, dann ergriff Dellacroce noch einmal das Wort, seine Stimme klang plötzlich lauter, bestimmt: »In dem Fall wissen wir, was wir zu tun haben. Wir ...« Er stockte, erschrocken über das, was ihm auf den Lippen lag, fuhr nach kurzer Pause aber fort: »Wir schnüren unser Ränzlein und ziehen in den Krieg.«
Dann versuchte er, das Gesagte zurückzunehmen; in versöhnlicherem Ton verkündete er: »Warten wir ab. Nehmen wir's nicht tragisch. Das wäre nur das letzte Mittel.«
Doch er begriff auch, daß er die einmal in die Welt gesetzte Idee nicht zurücknehmen konnte: »Wenn es dazu kommen muß, wird es eben dazu kommen.« Gotti und Ruggiero pflichteten ihm bei.

Dasselbe tat auch Mouw, als er das Band am nächsten Tag abhörte.

Castellano ahnte von dem Komplott seltsamerweise nichts. Später kursierten viele Theorien über die Sorglosigkeit des großen Paul. Gewiß, er hatte eigene Probleme am Hals, zwei Anklagen gegen ihn waren anhängig. Und nachdem er von den Behörden offiziell erfahren hatte, daß in seinem Haus Wanzen waren, hatte er eine echte Sorge mehr.

»Ich muß eine Menge Dinge gesagt haben«, vertraute er Freunden bekümmert an. Dann gab es noch eine Affäre mit der kolumbianischen Küchenhilfe seiner Frau; er hatte sich, um sich dafür zu qualifizieren, eine Phallus-Prothese einsetzen lassen.

Eine andere Erklärung besagte, der große Paul habe geglaubt, sich über John Gotti keine Gedanken machen zu müssen. Die beiden Männer hatten sich am 12. Juni zusammengesetzt, um über einen »friedlichen Übergang« nach dem Tod Dellacroces zu sprechen. Der große Paul glaubte, er könne Johnny Boy ruhig von seinem Plan erzählen, den *Ravenite-Club* zu schließen, Neils Mannschaft zu verkleinern und damit basta. Er war schließlich die Nummer eins in der Gambino-Familie, der Boß der Bosse.

Was auch immer der Grund sein mochte: Am Tag der Trauerfeier für Aniello Dellacroce machte Paul Castellano einen folgenschweren Fehler. Es war Andy Kurins, der Bruce Mouw auf den Fauxpas aufmerksam machte.

»Also, wen hast du alles im Kasten von gestern?« fragte Mouw, als Kurins, einen Stapel frischer Abzüge in der Hand, ins Büro spazierte.

»Frage falsch gestellt«, antwortete Kurins.

Mouw warf ihm nur einen Blick zu; er hatte keine Zeit für Spielchen.

»Am interessantesten ist nicht, wer da war«, erklärte Kurins, »interessant ist, wer fehlte – Castellano ist nicht aufgetaucht.«

»Der Idiot«, sagte Mouw.

Doch das war fast noch ein Kompliment im Vergleich zu dem,

was John Gotti nach Aussage eines Informanten über das Oberhaupt seiner Familie geäußert hatte. »Ich hab' euch gesagt, dieser verdammte Hund ist ein Penner, ein Penner. Kommt nicht mal zum Begräbnis seines zweiten Mannes.«

Es gab ein weiteres Indiz, daß »das letzte Mittel«, wie Dellacroce sich bei der Besprechung am Krankenbett ausgedrückt hatte, ernsthaft in Erwägung gezogen wurde. Als dem FBI diese Information zugetragen wurde, schien es sich nur um ein weiteres Mosaiksteinchen zu handeln, das in die immer umfangreicher werdende John-Gotti-Akte aufgenommen wurde.
Es war drei Tage nach dem Begräbnis Dellacroces, gegen ein Uhr nachts, als Gottis schwarzer Mercedes 500 SEL vor dem *Barbizon Plaza Hotel* an der Lexington Avenue in Manhattan vorfuhr. Während Gotti, mit einer schwarzhaarigen Frau neben sich, auf dem Rücksitz wartete, gingen seine Leibwächter Iggy Alogna und Dominick Pizzonia ins Hotelfoyer.
»Ich möchte ein Zimmer«, sagte Pizzonia zu dem Empfangschef, der später die Geschichte dem FBI erzählte.
»Soll die Rechnung auf Ihre Kreditkarte gehen, Sir?«
»Nein«, sagte Pizzonia, »bar.« Um die Worte seines Kollegen zu unterstreichen, fixierte Iggy Alogna den Angestellten mit finsterem Blick.
»In bar, selbstverständlich«, sagte der Mann. »Wenn Sie bitte diesen Anmeldezettel ausfüllen möchten, mein Herr.«
»Nein«, sagte Pizzonia und wischte den Zettel weg.
»Wir unterschreiben nichts«, sagte Alogna.
Der Mann am Empfang ließ sich nicht beirren. »Tut mir leid, Sir. Wir haben unsere Anweisungen. Wenn Sie bitte den Meldezettel ausfüllen würden.« Er schob das Formular über den Tisch. Pizzonia schnippte es zurück. »Nichts werde ich ausfüllen.« Und Alogna setzte hinzu: »Wir sind hier in Amerika. Wir müssen nichts ausfüllen.« Er nahm das Formular und riß es in Stücke. Der Mann an der Rezeption hatte inzwischen auf einen verborgenen Alarmknopf gedrückt, es erschien der diensthabende Sicherheitschef des Hotels, ein ehemaliger Kriminalpolizist. Ein Blick auf die beiden Gorillas genügte ihm, wie er später dem FBI

sagte, um zu wissen, »daß das ein gefundenes Fressen für mich war«. Er erklärte den beiden sehr höflich, daß es in einem Hotel bestimmte Regeln gebe, an die jedermann sich halten müsse. Die beiden empörten sich lautstark, Amerika sei ein freies Land ...

Plötzlich betraten John Gotti und die Frau das Foyer. »Was für 'ne geile Nummer läuft hier ab?«

Pizzonia stotterte eine Erklärung, doch Gotti fiel ihm ins Wort. »Du setzt deine verdammte Unterschrift auf den verdammten Zettel. Was ist so verdammt geil daran?«

Pizzonia gehorchte, gab allerdings, wie das FBI später herausfand, eine falsche Adresse an.

Der Empfangschef händigte Pizzonia den Zimmerschlüssel aus; Pizzonia und Alogna, Gotti und die schwarzhaarige Frau schlenderten zum Aufzug.

»Brauchen Sie Hilfe für Ihr Gepäck, Sir?« rief der Empfangschef ihnen grinsend nach.

Keiner antwortete.

Der neugierig gewordene Sicherheitschef ging in der Nacht auf einem Kontrollgang noch einmal an Gottis Zimmer vorbei. Die beiden Gorillas standen, an die Wand gelehnt, im Korridor. Sie starrten ihm schweigend nach.

Am nächsten Morgen rief der Sicherheitschef beim FBI an und sagte, er habe etwas, »das Sie vielleicht interessiert«. Da der Meldezettel auf Dominick Pizzonia ausgefüllt war, landete der Hinweis auf dem Schreibtisch des C-16-Teams. Einige Tage nach dem Zwischenfall erschienen zwei Beamte im Hotel. Sie hatten einen Ordner dabei, gefüllt mit Fotos, die Kurins aus seinem Kleinbus heraus geschossen hatte.

Der Empfangschef identifizierte Gotti, Alogna und Pizzonia. Die eigentliche Überraschung aber war, daß er auch die schwarzhaarige Frau auf den Fotos wiedererkannte. Es war Sandy Grillo.

Als die Männer vom C-16-Team von dieser Identifizierung erfuhren, waren sie baß erstaunt. Gotti zeigte sich nur wenige Tage nach dem Tod von Dellacroce mit dessen Tochter in einem

Hotel! Erst nach einer Woche aber begriff Mouw, welche Bedeutung dieser Vorfall hatte: Wenn John Gotti sich sicher genug fühlte, gegen ein strenges Cosa-Nostra-Gebot zu verstoßen und sich an einer weiblichen Angehörigen eines Mafiabruders zu vergreifen, war er zweifellos auch bereit, ein weiteres Mafiagesetz zu brechen.

Als Mouw sich zu dieser Erkenntnis durchgerungen hatte, war es bereits zu spät.

# Kapitel 15

Ein Holzschuh, ein Geschenk seiner Mutter, nahm den Ehrenplatz auf dem Kaminsims von Mouws Wohnzimmer ein. Er war nicht wertvoll, nicht einmal dekorativ.

»Ich wollte Bruce etwas mitgeben, das ihn an seine Wurzeln erinnern sollte«, hatte sie später erklärt; der Holzschuh sei ein Erbstück aus Holland: »Mein Vater stammte von dort, als kleines Mädchen konnte ich holländisch sprechen.«

Jan Mouw war fromm erzogen worden. »Die reformierte Kirche ist sehr streng und ein wichtiger Teil unseres Lebens.« Und sie war kleinstädtisch: »Hier in Orange City kennt jeder jeden, und jeder kümmert sich um jeden.«

Mouw hatte den Holzschuh, ohne viel darüber nachzudenken, durch alle seine Domizile mitgeschleppt: in den Wolkenkratzer in Manhattan, in das Winzlings-Appartement in Washington und nach Brooklyn, in das leicht angegraute Haus in der Nähe der Oyster Bay. In Ermangelung eines geeigneteren Platzes hatte er den Schuh gleich beim Einzug auf den Kaminsims gestellt. Und dort stand er seither wie eine Reliquie auf einem Hausaltar. Doch auf einmal wurde der Holzschuh zu einem Ding von großer Symbolkraft.

Bei Mouw verfestigte sich in dieser Zeit die Überzeugung, in einen Vielfrontenkrieg verwickelt zu sein. War es nicht schon Herausforderung genug, die reichste und mächtigste Mafiafamilie der Vereinigten Staaten anzugreifen? Mußten ihm da andere Strafverfolger in den Rücken fallen, die für eine Schlagzeile die eigene Großmutter vor Gericht bringen würden?

Mouw wußte, daß hinter den Behinderungen der Arbeit des C-16-Teams nicht nur die Fehlleistungen von Überehrgeizigen steckten. Die Fehler waren im System. Es gab Arbeitstage, an denen Mouw sich abschottete und hinter verschlossener Tür in seiner Maulwurfs-Akte blätterte. Am Ende blieben nur Fragen; es gab keine Antworten.

Zu dieser Frustration gesellte sich eine weitere: Mouws Auswerter suchten nach wie vor in den stapelweise vorhandenen Abhörprotokollen der Lauschangriffe auf Castellano und Dellacroce nach verborgenen Goldstücken, aber das Hochgefühl des nahen Erfolgs war geschwunden. Frau Giacalone trieb zwar auch nach dem Tod von Dellacroce ihr Verfahren weiter, aber Mouw hielt es für richtiger, erst einmal abzuwarten, wie der Fall sich vor Gericht entwickelte.

Zu den beruflichen Sorgen gesellte sich noch ein persönliches Problem, das sein seelisches Gleichgewicht erschütterte. Eines Nachmittags hatte er sich aus nichtigen Gründen zu einer Tirade hinreißen lassen und einen glücklosen Beamten als »Versager« und »Rotzlöffel« bezeichnet. Er ertappte sich dabei, daß er fast jedes seiner Worte mit großen leeren Gesten begleitete. Er kündigte an, als nächstes würde er wohl den Ring der FBI-Akademie an den kleinen Finger stecken. Verrückt.

Wenn Mouw in dieser Zeit abends vom Büro nach Hause kam und eine Cola schlürfte, fiel sein Blick häufig auf den Holzschuh auf dem Kaminsims. Und der brachte ihn schließlich auf die Idee, Weihnachten 1985 in der Heimat zu verbringen. Er entschloß sich, nach Des Moines zu fliegen. Er wollte bei seiner jüngeren Schwester Happy vorbeischauen und dann mit dem Auto zu seiner Mutter nach Orange City fahren. Er wollte ein paar alte Freunde wiedersehen, ein bißchen Snooker spielen und sich berichten lassen, was er verpaßt hatte. Das C-16-Team würde eine Woche ohne ihn auskommen müssen.

Auch John Gotti schmiedete Urlaubspläne. Auch er sah sich in jüngster Zeit einem zunehmenden Streß ausgesetzt. Der große Paul forderte nach wie vor die Herausgabe der Ruggiero-Bänder; er drohte sogar mit der Auflösung von Gottis Bande. In den Tagen nach dem Tod ihres Unterbosses spürte die Bergin-Gang, wie sich die Reibungen in der Familie gefährlich aufschaukelten.

»Alle haben Schiß, John«, klagte sein Bruder Gene, als die beiden eine Woche nach dem Dellacroce-Begräbnis im *Bergin* zusammensaßen.
»Die können uns mal. Wir haben keinen Schiß«, antwortete Gotti. Für ihn stimmte das sogar. In seinem Kopf herrschte Klarheit. Er wußte, was er tun wollte; und er hatte sich entschlossen, es zu tun.
Da ihm jedoch bewußt war, daß er mit seinem Entschluß sein Leben aufs Spiel setzen würde, zügelte er sein vulkanisches Temperament. Dieses Mal ging es nicht darum, mit gezogenen Pistolen einfach loszurennen. Er brauchte eine sorgfältig durchdachte Strategie.
John Gotti wollte nicht nur Paul Castellano ermorden, er wollte sein Nachfolger werden, Boß der Bosse. Er mußte alles auf eine Karte setzen.
Es war Weihnachtszeit. In Howard Beach, wo Gotti seine Nächte verbrachte, waren die Häuser mit blinkenden Lichtern und Nikolaus-Figuren geschmückt. In Manhattan, wo er und Sandy Grillo unter den Augen des FBI wie ein zufriedenes Ehepaar bei *Da Noi's* an der York Avenue speisten oder bei *Régine's* bis in die späte Nacht hinein an einem Ecktisch französischen Cognac tranken, hatten die großen Kaufhäuser ihre Weihnachtsschaufenster enthüllt. Von der Spitze des großen Weihnachtsbaums am Rockefeller Center strahlte ein Friedensstern. Sogar im *Bergin-Club* in Ozone Park gab es einen Weihnachtsbaum, wenn auch nur einen aus Plastik mit weißen Nadeln. Hier, in der Abgeschiedenheit des Hinterzimmers, verbrachte Gotti weiterhin seine Nachmittage. Diskret, aber systematisch versuchte er, wichtige Mitglieder der anderen Familien auf seine Seite zu bringen, vermied es aber, mit seinen potentiellen Mitverschworenen direkt Kontakt aufzunehmen.

Auch für Bruce Mouw, der mit dem Flugticket nach Des Moines in der Tasche plötzlich wieder besser gelaunt war, gab es viel zu tun. Bis Weihnachten blieben nicht einmal mehr zwanzig Einkaufstage.

# Kapitel 16

Die Scharfschützen tauchten in ihre Matratzenlager ab. »John sagt, es wird ernst«, lautete wenige Tage nach dem Begräbnis von Dellacroce die verschlüsselte, im Flüsterton weitergegebene Botschaft.

Die Jungens packten ihre Siebensachen, holten nicht registrierte Waffen aus den diskreten Depots und erklärten ihren Frauen und Freundinnen, sie müßten für eine Weile weg. Sie wollten an einem Ort sein, wo Johnny Boy sie jederzeit erreichen und Paul sie nicht finden konnte.

Der Kreis der Verschwörer war immer größer geworden: Gotti mit seiner Bergin-Gang; Sammy »Bull« Gravano und die schweren Jungs, die mit ihm in *Tali's Bar* in Brooklyn verkehrten; Joe »Piney« Armone, ein ergrauter Capo, der versprochen hatte, die alte Gambino-Garde um die neue Fahne zu scharen; Robert DiBernardo, der keine eigene Gang hatte, aber das Talent besaß, Geld zu scheffeln; Frank DeCicco, ein Capo der leichtlebigen Sorte, den Castellano für einen seiner Getreuen hielt. Die Verschwörer-Koalition gab sich den Kampfnamen »Die Faust«.

Gotti war ein Befehlshaber, der sich nicht zur Eile drängen ließ. Der geborene Straßenkämpfer, der in jedem Augenblick bereit war, um sich zu schlagen, schien plötzlich zu zögern. Einer seiner Gefolgsleute aus dem *Bergin-Club* erläuterte später seinen Eindruck von der Unschlüssigkeit seines Bosses mit einem Vergleich aus der Welt des Footballs: »John kam mir vor wie einer jener Kämpfertypen, die sich erst eine Minute vor Spielbeginn klarmachen, worum es geht, dann aber wild entschlossen sind, dem gegnerischen Spielmacher alle Knochen zu brechen.«

Gotti hatte gute Gründe, es vorsichtig angehen zu lassen. Er hatte von Anfang an gesagt, daß sie nur ein einziges Mal die Chance haben würden, Castellano auf dem falschen Fuß zu erwischen. Der Anschlag mußte perfekt geplant sein – und klappen!

Das Hauptproblem war, daß der große Paul ein doppelt gesicherter Mann war. Er hatte nicht nur seine eigenen Bodyguards, vor allem seinen Chauffeur Tommy Bilotti, einen Muskelprotz mit einem pechschwarzen Toupet, das wie eine ordinäre Mütze auf seinem melonengroßen Kopf saß; da war auch noch das FBI, das dem Boß der Bosse dicht auf den Fersen war. Wo und wann Gotti auch zuschlagen mochte, er mußte damit rechnen, daß die »Feds«, wie die FBI-Beamten genannt wurden, aus irgendeinem Lieferwagen oder vom Dach eines Hauses heimlich zuschauten.

Der Plan, den großen Paul frühmorgens zu erledigen, wenn er in seinem Lincoln sein Haus verließ, war von Gotti sofort verworfen worden. Denn was würde geschehen, wenn das FBI noch immer Pauls Haus im Visier hatte? – »Bitte lächeln, Mr. Gotti, hier steht unsere versteckte Kamera« – »Kommt nicht in Frage«, sagte Gotti.

Sammy Bull meldete sich mit einem neuen Plan. Er berichtete, Castellano und Bilotti machten jetzt jeden Morgen auf dem Weg in die City (wo der große Paul in einem Autodiebstahlsprozeß vor dem Richter erscheinen mußte) zum Frühstück in einem Imbißlokal an der Ecke Seventh Avenue und 65. Straße Station. An fünf aufeinanderfolgenden Tagen hatten Sammys Leute aufgepaßt: gleiche Zeit, gleicher Tisch im rückwärtigen Teil des Lokals, gleiche Bestellung – Rühreier mit knusprig gebratenem Speck. Was wäre einfacher, als jemanden in das Lokal zu schicken, der so tat, als wolle er die hinten gelegene Toilette aufsuchen, der dann aber auf halbem Weg eine 357er Magnum unter dem Mantel hervorziehen, Castellano durchlöchern und auch Bilotti ein Geschoß in die Stirn jagen sollte? Eine Zeitlang wurde der Plan ernsthaft erwogen. Sammy hatte sogar schon mit einem Kandidaten für den Job, mit Joe Paruta gesprochen. Gotti hatte Einwände: der Plan berge zu viele Unwägbarkeiten.

Es hänge alles von einem einzigen Schützen ab, der blitzschnell feuern müsse. Man könne nicht ausschließen, daß Kellnerinnen oder Gäste den Durchgang blockierten oder gar in die Schußlinie liefen. Nein, entschied Gotti nach gründlicher Prüfung, das Imbißlokal sei nicht der optimale Platz.

Die Verschwörer warteten ab. Einige bezogen Bunkerstellung, vorzugsweise bei unverdächtigen Freunden. Sammy Gravano hatte seinem Freund Joey Watts gesagt, er und zwei seiner Jungens bräuchten vorübergehend seinen Hobbyraum. Joey hatte nicht nach dem Grund gefragt; er hatte seine Frau instruiert, seine Freunde nicht zu stören und am besten gar nicht ins Untergeschoß zu gehen. Gravano quartierte sich also mit Frank DeCicco und Frankie Botz im holzverkleideten Souterrain des Hauses in Grassmere auf Staten Island ein. Es gab dort Hanteln und, zu ihrer echten Überraschung, eine Sauna. Die drei spielten jede Menge Poker und holten sich jede Menge chinesisches Essen aus einem nahegelegenen Restaurant. Eines Abends eröffneten sie Joey, er solle sich mit seiner Frau und seiner kleinen Tochter ein Ausweichquartier suchen; dann übernahm Frank DeCicco die Küche im Erdgeschoß. Sammy und Frankie Botz hatten groß eingekauft, es sollte ein Festessen geben – Kalbfleisch mit Paprika, Pasta mit einer selbstgemachten Tomaten-Fleisch-Soße, die seit Stunden köchelte, dazu jede Menge Chianti. Sie warteten auf das Stichwort von Johnny Boy, sie warteten auf den Startschuß zur Aktion. Es gab kein Zurück mehr. »Laßt es locker auf euch zukommen«, schärfte Sammy den beiden Frankies immer wieder ein. Die Sache sei eigentlich ganz einfach: Entweder würden sie Weihnachten wieder zu Hause sein oder nie mehr nach Hause kommen.

Sammy Gravano ließ es schon eine ziemlich lange Zeit auf sich zukommen, genau seit dem letzten Frühjahr, als Gotti gerade begonnen hatte, über einen Putsch gegen den Boß der Familie nachzudenken. Sammy erinnerte sich, daß damals DiBernardo, genannt Dibby, der Pornokönig, als Überbringer einer Botschaft in sein Stammlokal gekommen war.

*Tali's Bar* befand sich an der 18. Straße in Brooklyn. Bis vor

wenigen Jahren war die Cocktail-Bar noch der ganze Stolz des Besitzers gewesen; bei *Tali's* starrten die Kellner einen Gast nicht verständnislos an, wenn er weltmännisch eine Piña Colada bestellte.
Inzwischen aber war die Bar zu einem Privatclub für Sammy und seine Gang geworden, auch wenn man am Interieur, an der S-förmig gekrümmten Theke mit schwarzem Lederbezug und an den schwarzen Rundtischen, nichts geändert hatte. Im Hinterzimmer hatte Sammy einen Poolbillard-Tisch aufstellen lassen – es gab Gerüchte, daß sich Legionen von Nutten hier bei Orgien des Mafia-Fußvolks auf den grünen Filz legen ließen. Hier also hatte Sammy, einen Queue in der Hand, seinen Besucher Dibby empfangen.
Auf Vorschlag Dibbys machten sie einen Spaziergang in der 18. Straße. Die Bewohner von Bensonhurst kannten Sammy Bull und machten ihm jedes Mal Platz.
»Es ist wegen Paul.«
»Ach ja?«
Dibby tat sich schwer, die richtigen Worte zu finden, wie Sammy sich später erinnerte. Er hatte ein Vermögen gemacht mit dem Abkassieren von Gewerkschaftsgeldern und mit dem Vertrieb von Pornographie. Das war kein schnelles und leichtes Geld, aber Sammy wußte, daß Dibby nicht gerade zu den Hartgesottenen gehörte. »Handanlegen ist etwas anderes als Mundvollnehmen«, lautete einer von Sammys Lieblingssprüchen. Er merkte, daß es dem smarten, gepflegt gekleideten Dibby sehr schwer fiel, Tacheles zu reden.
»Ich höre«, murmelte Sammy. Er sah keinen Grund, ihm die Sache leichter zu machen; Dibby wollte schließlich etwas von ihm.
»Es ist John«, sagte Dibby schließlich. »Ich habe eine Nachricht von ihm. Er möchte wissen, ob du dich mit Angelo treffen würdest, um einiges zu besprechen. Es ist wegen Paul.«
Gotti hatte DiBernardo nicht nur geschickt, um diese knappe Einladung zu übermitteln; mit der Auswahl des Sendboten hatte er noch einiges andere zu verstehen gegeben – zum Beispiel, daß der große Paul bereits einen schweren Stand hatte.

Jeder in der Gambino-Familie wußte, daß Dibby eigentlich zu Castellanos Gefolge gehörte. Er war Stammgast im Privathaus des Bosses in Todt Hill, regelmäßig eingeladen zu jenen Abendessen, bei denen, wie der große Paul sich brüstete, nur die Rindfleischstücke auf den Tisch kamen, die er in der Großmetzgerei, die ihm und seinen Söhnen gehörte, persönlich ausgesucht hatte. Wenn Dibby jetzt Johnnys Spiel mitspielte, mußte der Rückhalt für den Boß schon ziemlich geschrumpft sein. Und wenn Gotti DiBernardo auf seine Seite gezogen hatte, wußte er, worauf es ankam.

Hier ging es nicht nur um eine persönliche Fehde. Eine Mafiafamilie war ein Geschäftsunternehmen, ihr Zweck bestand darin, Geld zu machen. Mit Dibby an Bord, einem Bruder, der Jahr für Jahr Millionen scheffelte, würde die Familie, wenn sich der Staub gesetzt hatte, weiterhin gut im Geschäft sein.

Sammy, der einen nachdenklichen, analytischen Zug hatte, wog all dies ab, bevor er antwortete. Er hatte die Angewohnheit, den Kopf sehr langsam vor- und rückwärts zu bewegen, wenn er mit einem Gedanken spielte. Seine Augen, die normalerweise träge und schläfrig wirkten wie die eines Junkies, wurden dann zu schmalen Schlitzen. Bei Sammys Konstitution waren diese kleinen Ticks jedoch sehr leicht zu übersehen. Der Gebrauch von Steroiden und Nautilus hatte ihn zur Karikatur eines Bodybuilders aufgeblasen. Das war es, was den meisten Leuten als erstes auffiel; und viele irritierte es, am Körper eines nicht einmal 1,70 Meter großen Burschen so viel Muskelmasse zu sehen.

»Okay«, sagte Sammy, nachdem er alles durchdacht hatte. »Sag Johnny, daß ich mich mit Angelo treffen werde.«

Was ihm sonst noch durch den Kopf ging, sagte er nicht laut: Sprechen werde ich über alles mögliche, aber verpflichten werde ich mich zu nichts – bis ich überzeugt bin, daß sie den großen Paul wirklich absägen können. Und bis ich sicher weiß, was für mich dabei herausspringt.

# Kapitel 17

Das Seltsame war, daß John Gotti Sammy Bull kaum kannte. Zum erstenmal waren sie sich begegnet, nachdem Gotti auf Bewährung aus dem Gefängnis von Greenhaven entlassen worden war – in dem Sommer, als er seine Mafia-Weihe erhielt. Es war in einem Nachtclub in Manhattan gewesen, und Frank DeCicco und sein Vater hatten Sammy an den Tisch geführt, an dem Johnny Hof hielt.

»Möchte dir Sammy Gravano vorstellen«, hatte Frankies Vater gesagt und hinzugesetzt: »Er ist ein Freund von uns.«

Damit wußte Gotti, daß auch Sammy der Bruderschaft angehörte; andernfalls hätte der alte Mann ihn nämlich als einen »Freund von mir« vorgestellt. Das Ganze war inzwischen acht Jahre her; beide hatten ihr Leben und ihre Karriere vorangetrieben, ohne daß sich je ein Anlaß für eine engere Bekanntschaft ergeben hätte. Sie waren sich immer wieder bei Hochzeiten und Begräbnissen begegnet, hin und wieder auch bei einem von Gotti veranstalteten Würfelabend. Doch nie hatten sie gemeinsame Geschäfte gemacht, obwohl sie doch ein und derselben Familie angehörten. Von *Tali's Bar* in Brooklyn zum *Bergin-Club* in Queens waren es nur zwanzig Autominuten; doch eine solche Fahrt wäre für die hier wie dort Beheimateten so etwas wie eine Reise in eine fremde Welt gewesen. Sammy gehörte zu Toddos Bande, Gotti hatte seine Bergin-Gang. Geld zu verdienen gab es hier wie dort, jeder wußte, wo er zu Hause war.

Jetzt aber hatte Gotti sich in den Kopf gesetzt, sich ein größeres Lehen unter den Nagel zu reißen. Da erschien es ihm klüger,

Sammy Bull auf seine Seite zu ziehen. Er wollte dies zum einen, weil Gravano, wie er selbst, noch jung war, noch keine vierzig, noch keiner »dieser Mafia-Gruftis«, wie Johnny Boy sie höhnisch nannte. Außerdem war Sammy ein großer Geldbringer und hartgesottener Typ, der sich nichts vormachen ließ. Und da war noch etwas: Gravano war ein Killer, ein eiskalter Todesengel. Er hatte jeden, der ihm in die Quere gekommen war, liquidiert, ohne mit der Wimper zu zucken. 1982 war es Frank Fiala gewesen, der sich die Frechheit herausgenommen hatte, in die Diskothek *Plaza Suite* hineinzuschneien, die Sammy in Brooklyn betrieb, und zu verkünden, daß er den Laden kaufen wolle. Fiala erzählte, wie viele kolumbianische Freunde er habe, bei denen die Waffe locker sitze. Sammy hatte nur gleichgültig genickt.

Als Fiala ihm für die Diskothek etwas über eine Million Dollar bot, hatte Sammy das als Verhandlungsgrundlage akzeptiert. 650 000 Dollar wurden als Anzahlung auf ein Treuhandkonto überwiesen. So weit, so gut. Doch dann war Sammy eines Abends in sein Büro marschiert und hatte Fiala dort angetroffen, eine große Zigarre im Mundwinkel, die Füße auf dem Schreibtisch – auf seinem Schreibtisch! Sammy sagte etwas Unfreundliches, Fiala fuchtelte mit einer Maschinenpistole. In diesem Augenblick war Sammy klar, daß Fiala sofort von der Bildfläche verschwinden mußte. Noch in derselben Nacht legte er ihn um. Danach hatte er seinen Schreibtisch wieder für sich und auch noch einen großen Teil der Anzahlung. Die Kolumbianer hatten nur einen Blick auf Sammy Bull geworfen und sich dann schnell verdrückt.

Einige Jahre vor diesem Ereignis hatte ein gewisser Nick Scibetta, ein Bruder von Sammys Frau Debra, den Fehler gemacht, von Sammy eine größere Geldsumme zu borgen und dann die Rückzahlung zu verweigern. Was dann geschah, war für Sammy ein Gebot der geschäftlichen Vernunft. Er hatte viele Gläubiger, und er hätte ein gefährliches Beispiel gesetzt, wenn er sich von irgend jemandem, und sei es von seinem Schwager, auf der Nase hätte herumtanzen lassen.

Sammy und Nicky waren Jugendfreunde gewesen und hatten

jahrelang ihre Abende auf zwei benachbarten Barhockern bei *Doc's* an der 17. Avenue verbracht. Doch dann begann Nicky mit Kokain zu dealen, der zielstrebigere Sammy erhielt seine Mafia-Weihe.

Eine Zeitlang war Nicky ganz aus Bensonhurst verschwunden. Dann war er eines Abends wieder in *Doc's Bar* aufgetaucht – mit hennagefärbtem Haar und einem Ring im Ohrläppchen. Nicky benahm sich immer exaltierter, affektierter und koketter; Sammy, der in der Familie Karriere machte, konnte seine Wut kaum noch bezähmen. Es kam zu nächtlichen Auseinandersetzungen in der Bar, bei denen Sammy seinen Schwager mit Boxhieben und Fußtritten traktierte.

»Die Leute werden sagen, ihr benehmt euch wie zwei Verliebte«, sagte Frankie Stillitano, nachdem er einen solchen bösen und lauten Streit bei *Doc's* miterlebt hatte. Das heizte Sammys Zorn noch an. Er stürmte wortlos aus der Bar.

Dann setzte er den Schlußpunkt. Er schoß seinem Schwager und Freund aus nächster Nähe zwei Kugeln in den Hinterkopf. Die Leiche ließ er zerstückeln und in der Umgebung vergraben.

Es wäre eine erfolgreiche Methode der Spurenbeseitigung gewesen, wenn nicht eines Abends, als die Familie Scibetta im Wohnzimmer saß und eine Folge von *M*A*S*H* anschaute, der Hund mit Nickys Hand in der Schnauze hereingekommen wäre. Es war der einzige Überrest von ihrem Sohn. Die Scibettas kauften für die Hand einen mit Seide ausgeschlagenen Sarg und bestatteten sie mit allen Ehren. Während des Trauergottesdienstes in der Kirche stand Sammy neben seiner Frau, anschließend versprach er den Scibettas, er werde herausfinden, wer ihren Sohn getötet habe.

Sammy erwarb sich den Ruf eines Mannes, der sich nicht einschüchtern ließ; er hatte sogar einmal, rasend vor Wut, bei einem Familientreffen eine Kraftprobe mit dem großen Paul bestanden. Dellacroce, der die Szene miterlebt hatte – zuerst in sprachloser Verblüffung, dann mit taktischem Geschick die Situation entschärfend – gab später gegenüber Gotti eine bewundernde Schilderung der Konfrontation: »Der kleine Wicht hat verdammt viel Courage.«

Auslöser von Sammys Zorn war ursprünglich nicht Castellano gewesen, sondern ein anderes Mitglied der Gambino-Familie, Louie DiBono. Sammy und er waren langjährige Partner in einem schmutzigen Geschäft, das in der New Yorker Baubranche gang und gäbe war.
DiBono betrieb eine große, nach außen hin legale Stukkateursfirma, die von der Bundesregierung millionenschwere Aufträge im Bereich der Altbausanierung erhielt; in den Werkverträgen mußte die Firma sich verpflichten, ausschließlich gewerkschaftlich organisierte Arbeitskräfte einzusetzen. DiBono umging diese Vorschrift, indem er als Subunternehmer Sammys Stillwell Avenue Construction Company einschaltete. Sammys Firma beschäftigte nichtorganisierte Billiglohn-Arbeiter.
Gravano war jedoch geschickt genug, die Gewerkschaften ruhigzustellen: Er zahlte Schmiergelder an die Spitzenfunktionäre und sorgte dafür, daß die gewerkschaftlich organisierten Arbeiter auf den Baustellen ganz genau wußten, was ihnen blühte, wenn sie auf die Idee kamen, die Behörden einzuschalten. Sammy hatte 1981 diese Subunternehmer-Idee für DiBono entwickelt, die für beide Männer sehr profitabel war. Im Lauf der Jahre gewann Sammy allerdings den Eindruck, daß DiBono zu gut abschnitt.
Sammy suchte DiBono in dessen Büro auf Long Island auf und stellte ihn zur Rede. DiBono, der ebenfalls für sein jähzorniges Temperament bekannt war, reagierte gelassen, weil gerade sehr viele Leute im Büro waren.
»Niemand übervorteilt dich, Sammy«, sagte er beschwichtigend. »Wir verdienen beide gutes Geld. Reg dich ab.« Aber das verfing bei Sammy nicht. Ihm war egal, wie viele Leute zuhörten. Er schoß sofort zurück: »Ich garantiere dir: Wenn du mich über den Tisch ziehst, wirst du an dem Geld keine Freude haben. Ich werde dich umbringen.« Dann drehte er sich um und zog von dannen.
DiBono war wie vom Donner gerührt. Eine solche Drohung aus dem Munde von Sammy Bull mußte man ernst nehmen. Verstört wandte er sich an seinen Capo, Patsy Conte; beide kamen überein, daß sie etwas tun mußten, um Sammy zu stoppen. Sie

gingen zu Castellano und reichten gegen Gravano eine »Klage« ein. Sammy Bull hatte ein Mitglied der eigenen Familie bedroht und damit gegen den beim Eintritt in die Cosa Nostra abgelegten Eid verstoßen. Zur Strafe dafür müsse er, so meinten DiBono und Conte, getötet werden. Castellano prüfte die Vorwürfe und entschied, Sammy vor den Familienrat zu zitieren.

Es sah nicht gut aus für Sammy. Das erfuhr er, als Frankie DeCicco, der mit der schulterklopfenden Freundlichkeit eines Politikers zwischen den konkurrierenden Gruppen der Familie jonglierte, ihm Castellanos »Vorladung« überbrachte. Da DeCicco eine echte Schwäche für Sammy hatte, gab er ihm gleich noch einen guten Rat: Er solle einfach sagen, er habe nie irgend jemanden bedroht.

Als es dann soweit war und ein bärbeißiger Tommy Bilotti seinen Chef wie verabredet vom *Country Diner* abholte und den geräumigen Lincoln mit den getönten Scheiben wortlos zu einem unbekannten Haus in einem entlegenen Winkel von Staten Island chauffierte, hatte Sammy sich längst entschlossen, allen zu zeigen, daß er vor keinem in die Knie gehen werde. Wenn er schon untergehen mußte, dann mit fliegenden Fahnen.

Als er in das Untergeschoß des Hauses geführt wurde und die gesamte Führungsriege der Gambino-Familie ihn von der anderen Seite eines langen Tisches anstarrte, machte er keinerlei Anstalten, klein beizugeben. Castellano fragte ihn, ob er DiBono bedroht habe. Sammy schaute dem Boß der Bosse fest ins Auge und sagte mit ruhiger und kräftiger Stimme, ja, er habe DiBono bedroht. Louie sei ein Lügner, ein Betrüger, ein Dieb. Er habe den Tod verdient.

Castellanos feister Kopf wurde feuerrot, seine Augen traten vor Wut hervor. Sammy aber ging seelenruhig zu dem Ende des Tisches, an dem DiBono saß. Er ballte die Fäuste, daß alle Adern seines muskelbepackten Körpers anschwollen, beugte sich über den Tisch und sagte flüsternd: »Gebt mir die Erlaubnis, ihn umzubringen. Ich möchte den Hund abknallen, hier und jetzt. Er soll nie wieder von diesem Tisch aufstehen. Laßt mich diesen Sack jetzt sofort erledigen.«

Castellano explodierte. Er beschimpfte Gravano, zu weit gegangen zu sein. Es sei unerhört, mit der Ermordung eines Mitglieds der Familie vor den Augen des Direktoriums zu drohen. Wenn hier einer auf der Stelle umgebracht werden müsse, sei es vielleicht er.

Zum Glück für Sammy griff Neil Dellacroce ein. Geschickt besänftigte er den großen Paul und überredete den grimmigen Sammy und den erschütterten DiBono, einander die Hände zu reichen. Damit war der Konflikt zumindest für den Augenblick entschärft.

Vergessen war er nicht. Als John Gotti ein Jahr später zu überlegen begann, wen er als Verbündeten für den Putsch gegen den Don rekrutieren könnte, kam ihm Sammy Bull in den Sinn. Bedenkt man, wie gut Gotti über die Schwächen Gravanos informiert war – seine engstirnige, ichbezogene Haltung, seine Neigung, Dinge tragisch und persönlich zu nehmen –, dann ist es schon verwunderlich, welchen Fehler er sich leistete, als das von Dibby arrangierte Vorbereitungstreffen stattfand.

Als Gravano im *Bergin-Club* eintraf, war nur Angelo Ruggiero da, um ihn zu begrüßen. Gotti fehlte. Das erschien Sammy nicht angemessen. Er war gekommen, um Tacheles zu reden. Er war bereit, eine Abmachung zu treffen, bei der er Kopf und Kragen riskieren mußte, aber nicht für den dicken Angelo. Doch er beherrschte sich. Er würde schon noch klarstellen, daß er nicht der Mann war, mit dem man so respektlos umspringen konnte.

Angelo und Sammy einigten sich auf einen Spaziergang. Es war vier Uhr nachmittags vorbei, und viele Menschen waren auf den Beinen. Ruggiero kam ohne Umschweife zur Sache. »Wenn die Zeit reif ist, den großen Paul zu erledigen, bist du dabei?«

Gravano stellte zwei Gegenfragen: »Wo ist John? Wie steht er zu all dem?«

Ruggiero war ein Bär von einem Mann; aber wenn er in Aufregung geriet, trat er von einem Bein auf das andere. Gotti stehe voll hinter diesem Vorhaben, ja, er sei sogar der Regisseur, erklärte er nervös.

Gravanos Gedanken kreisten zunehmend um die Frage: Wenn dies ein von Johnny Boy inszeniertes Stück war, weshalb war der Mann dann nicht da? Und: Wie stand Frankie DeCicco zu all dem?

»Wenn du Frankies Meinung hören willst, frag ihn selbst«, schlug Ruggiero vor.

»Das werde ich tun«, versprach Gravano.

»Also dann: Bist du dabei oder nicht?« drängte Ruggiero.

Gravano überlegte, bevor er antwortete: »Ich lasse es dich wissen.« Er fand es nicht gut, daß Gotti nicht dagewesen war. Er war beleidigt.

Als er sich zu der Unterredung in Frank DeCiccos Club an der Bath Avenue einfand, hatte Gravano für sich bereits eine Entscheidung getroffen. Er würde sich aus dem Unternehmen heraushalten; er zweifelte daran, daß Gotti Erfolg haben werde. Wenn Gotti und Angelo Angst davor hatten, daß der große Paul in den Besitz der Bänder gelangen könnte, die das FBI in Ruggieros Haus aufgenommen hatte, dann war das ihre Sache, nicht seine.

Das Gespräch zwischen Gravano und DeCicco im rückwärtigen Teil des *Bath-Avenue-Clubs* zog sich über Stunden hin, ein Espresso nach dem anderen wurde gebracht, geordert durch ein fast unsichtbares Fingerschnipsen des Capos. Dieser DeCicco erwies sich als ein Überredungskünstler. In zahllosen Familienkonferenzen hatte er über die Jahre hinweg sein Verhandlungsgeschick geschult und einen spielerischen, liebenswürdigen, selbstironischen Stil des Argumentierens entwickelt. Außerdem war er hartnäckig. Bis weit in den Abend hinein konzentrierte er sich auf Gravanos größte Schwäche: seine Habgier.

Zunächst hatte DeCicco anhand von Beispielen dargelegt, wie Castellano sich auf Kosten der Familie – und damit auch auf Kosten Gravanos – bereichert hatte. So habe der Don die Baufirma Metro Concrete für sich und seinen Schwiegersohn ins Leben gerufen und mit ihrer Hilfe auf einen Schlag anderen Gambino-Firmen Aufträge in Millionenhöhe entzogen. Voll auf Kosten der Familie gehe es auch, daß Castellano von vielen Baugewerkschaften Provisionen für Schmiergeldzahlungen einstecke, ohne von dem Geld irgend etwas an seine Leutnants weiterzugeben. Außerdem sei der Don – und hier gehe es auch um die Ehre – sich nicht zu schade dafür, Deals mit der Genovese-Familie zu machen. Castellano habe es durchgehen lassen, daß die Genoveses Frank Piccolo, den Gambino-Capo in Connecticut, liquidiert hatten; dem großen Paul sei es wichtiger gewesen, weiterhin seinen Anteil an den immensen Glücksspiel- und Kreditwucherprofiten aus dem Nachbarstaat zu erhalten.

»Grünäugiger Hühnerficker«, fluchte Gravano.

Nachdem DeCicco die Wut Gravanos geschürt hatte, warf er ihm einen Köder hin. Ohne den nur seine eigenen Taschen füllenden Castellano werde nicht nur die ganze Familie besser wegkommen, sondern auch wesentlich mehr bei Sammy Bull hängenbleiben. »Schlag dich auf Gottis Seite und deine Zukunft ist gesichert. Und es wird, das kann ich dir versprechen, eine reiche Zukunft sein.«

Bevor Gravano an diesem Abend aufbrach, schlossen er und DeCicco sich mit DiBernardo kurz.

»Du kannst Johnny ausrichten, ich und Frankie werden in seinem Stück mitspielen«, sagte Gravano.

Den Boß umzulegen war das eine; es ungestraft zu tun war, wie Gotti wußte, etwas anderes. Jetzt, da er und seine Mitverschwörer die Hand zur Faust geballt hatten, galt Gottis Sorge der Frage, was nach dem Tod des großen Paul geschehen müsse. Falls die anderen Familien sich gegen ihn, Gotti, stellten, würde das Krieg bedeuten, einen langen und blutigen Krieg. Gotti hatte kaum Zweifel, daß am Ende eine große Kommission zusammentreten und ihn zum Tode verurteilen würde. Es sei denn, er konnte die Familien vorher auf seine Seite bringen.

Nachdem er Gravano für sich gewonnen hatte, berief Gotti eine Konferenz der Anführer der in die Verschwörung eingeweihten Fraktionen ein. Gotti überließ Sammy Bull die Wahl des Versammlungsorts. Das war eine kluge Geste – ein Akt der Diplomatie, dazu bestimmt, eventuell noch verbliebene Ressentiments zu beseitigen. Sammy entschied sich für Joey Watts' holzverkleideten Hobbyraum.

Am verabredeten Abend saßen die Häupter der Verschwörung zusammen: John Gotti, Angelo Ruggiero, Sammy Gravano,

Frankie DeCicco und Joe »Piney« Armone. Nur der Pornokönig DiBernardo fehlte; von ihm wurde nur ein Anteil an seinen Gewinnen erwartet.

Gotti führte den Vorsitz. Er saß rittlings auf einem der Stühle, seine ausladende Brust an die Lehne gepreßt. »Seht her«, sagte er, »wir können nicht erwarten, daß die anderen Familien uns an diesem Punkt unterstützen.« Aber nichts spreche dagegen, die Stimmung zu sondieren, auszuloten, wie sie sich verhalten würden, wenn Paul etwas zustieße.

»Leuchtet mir ein«, meinte Gravano.

Als sie Joey Watts' Haus verließen, hatte jeder der Verschwörer eine Aufgabe. Es dauerte nicht lange, bis sie Gotti Vollzug meldeten.

Joe Piney hatte mit Joe Gallo gesprochen, dem *Consigliere* der Gambino-Familie, und anschließend mit einigen der Genovese-Jungens von der West Side. »Ich werd's hinkriegen, daß sie stillhalten«, erklärte Armone. Das war zwar höchst vollmundig, genügte Gotti aber. Er wußte, daß Armone und Gallo schon eine lange Wegstrecke gemeinsam zurückgelegt hatten – seit den dreißiger Jahren, als Piney an der unteren East Side kostenlose Weihnachtsbäume an die Armen verteilt und sich damit seinen Spitznamen verdient hatte. Wenn Joe Piney etwas versprach, war die Sache für Gotti in Ordnung.

Sammy Gravano und Frank DeCicco hatten Kontakt mit Vic Amuso und Anthony »Gas« Casso von der Luchese-Familie aufgenommen. »Mit denen wirst du keine Probleme bekommen«, berichteten sie Gotti.

Gotti selbst hatte sich mit Gerry Lang kurzgeschlossen, einem Unterboß der Colombo-Familie. Lang besprach die Sache mit den Oberhäuptern seiner Familie und übermittelte einen Tag danach die Botschaft an Gotti: »Auf was zum Teufel wartet ihr?«

In den Tagen nach der Dellacroce-Beerdigung, als die Sache sich zuspitzte, fragten sich viele, wie lange sie noch in ihren Bunkern bleiben sollten. Und was würde geschehen, wenn Castellano früher oder später etwas erfuhr?

»Kein besserer Zeitpunkt als jetzt«, sagte Gravano zu Gotti.

Doch Gotti ließ sich nicht zur Eile drängen.
Als alle schon glaubten, der richtige Moment werde nie kommen, verkündete ein aufgeregter Frankie DeCicco, Castellano habe ihn für die kommende Woche zu einem Abendessen bei *Sparks,* einem Steakhaus in Manhattan, eingeladen.
»Was meinst du?« fragte DeCicco. Der große Paul werde, abgesehen von seinem Chauffeur Bilotti, alleine kommen; er werde sich auf ein köstliches Stück Fleisch und einen netten Abend mit Freunden in seinem Lieblingsrestaurant freuen und nichts Böses ahnen.
Gotti zögerte noch immer. »Laß mich die Sache durchspielen«, sagte er DeCicco.
Später räumte er ein, er habe die Gelegenheit nicht für die beste aller denkbaren gehalten – lediglich für besser als alle anderen. Doch noch am selben Tag gab er die Parole aus: »Es ist soweit.«

# Kapitel 18

Das Gebäude mit der Nummer 1809 an der Stillwell Avenue war ein flacher Quader aus roten Ziegelsteinen. Zwei kleine, durch schwere Eisengitter geschützte Fenster flankierten eine einstmals weiße Metalltür. Unzugänglich und abweisend wie eine Festung stand das Haus neben einem schäbigen Laden- und Geschäftsblock, einem der vielen in diesem tristen Teil Brooklyns, dessen Gesicht vor allem von Karosserie-Werkstätten, Großhandelsfirmen für Gaststättenbedarf und Lagerhäusern für Reifen und Autozubehör bestimmt wurde.

Nichts verriet, welche Geschäfte hinter der verschlossenen Tür des Gebäudes mit der Nummer 1809 gemacht wurden. Der einzige Hinweis, daß sich in dem Gebäude überhaupt jemand aufhielt, war ein Schild, das eines der Fenster nahezu verdeckte. Mit orangefarbenen Leuchtfarben-Buchstaben stand auf schwarzem Grund: *Betreten verboten.*

Abends wurde es in diesem Viertel schnell menschenleer. Nach dem Gewirr des Tages, dem Konzert aus aufheulenden Automotoren, kreischenden Elektrowerkzeugen und dem Dröhnen der auf unterschiedliche Sender eingestellten Radios, wirkte die abendliche Stille fast bedrückend. Immer wieder hörte man aus dem Inneren eines mit Vorhängeschlössern gesicherten Lagerhauses das Bellen eines Wachhunds.

An diesem eiskalten Abend des 15. Dezember 1985 aber schien im Gebäude Nummer 1809 Stillwell Avenue eine ganze Menge los zu sein. Im Abstand von wenigen Minuten kamen vollbesetzte Autos und hielten vor dem Haus. Die Männer, die ausstiegen, gingen flüsternd und mit schnellen Schritten zur Tür. Sie woll-

ten keine Aufmerksamkeit erregen. Anzuklopfen brauchten sie nicht. Sammy Gravano wartete bereits vor der Metalltür. Er war der Besitzer des Gebäudes. Die Räume im Erdgeschoß dienten als Büros für seine Baufirma. Seine anderen, diskreteren Geschäfte steuerte er vom Untergeschoß aus.
Immer wenn eine Gruppe eintraf, riß Gravano die Eisentür auf. Wenn dabei der Lichtschein aus dem vorderen Raum für einen Augenblick auf die Straße fiel, nutzte Sammy die Gelegenheit, aufmerksam in das kurz erhellte Dunkel zu spähen. Er hielt Ausschau nach einem geparkten Kleinbus oder vielleicht auch einem verräterischen Lichtblitz aus einem der Lagerhausfenster gegenüber. Er fürchtete, das FBI könne irgendwo dort draußen auf der Lauer liegen – oder schlimmer noch, Castellanos Getreue. In seinem Gürtel steckte eine 357er Magnum. Von Zeit zu Zeit, einer alten Gewohnheit folgend, legte er seine Hand auf den Griff des Revolvers.
Gravano erspähte nichts Verdächtiges; als alle angekommen waren, verriegelte er die Tür und führte sie die Treppe hinab ins Untergeschoß. Es war eine sehr schmale, nur schwach beleuchtete Treppe, auf der nicht einmal zwei Leute nebeneinander hinabsteigen konnten. Drunten sorgte ein Stapel Cola-Kisten für einen weiteren Engpaß.
Die Besucher kamen in einen blendend hell erleuchteten Raum. Leuchtstoffröhren, an der Decke aufgehängt, durchzogen den Raum. Ein langer, spiegelblank polierter Konferenztisch stand da, er hatte irgendwie seinen Weg in dieses schwer zugängliche Gelaß gefunden; in dem fensterlosen Raum mit dem Linoleumboden wirkte er eine Nummer zu groß.
Am Kopfende des Tisches saß wartend John Gotti, dessen weißes Haar im Schein der Leuchtstoffröhren zu funkeln schien. Die Männer nahmen ihre Plätze ein. Alle starrten auf Gotti. Ihm am nächsten saßen die von Anfang an in die Verschwörung Eingeweihten – Sammy Gravano, Angelo Ruggiero und Frank DeCicco. Sie wußten bereits Bescheid; sie hatten schon morgens eine Besprechung mit Gotti gehabt und ihm bei der Ausarbeitung des Angriffsplans geholfen.
Die schweren Jungens auf den weiter entfernten Plätzen –

Eddie Lino, Fat Sally Scala, Vinnie Artuso, Johnny Carneglia, Tony Roach Rampino, Joey Watts und Iggy Alogna – konnten nur raten, welche »ernsten Angelegenheiten« zu besprechen waren. Gravano musterte die Leute aufmerksam und spürte, wie nervös sie waren. Er konnte es ihnen kaum verdenken. Man mußte kein Hellseher sein, um zu ahnen, daß sich hier etwas Dramatisches anbahnte.
Gotti leitete die Veranstaltung nüchtern wie die Vorstandssitzung eines Unternehmens. Er versuchte nicht etwa, dramatische Akzente zu setzen, nein, er dozierte in einem gleichmäßigen Stakkato: »Wir werden morgen einen Job durchführen. Es darf nichts schiefgehen. Es muß getan werden.«
Gotti erläuterte, es handle sich um einen Anschlag auf zwei Personen. Sein Plan sehe vor, die beiden am späten Nachmittag um fünf Uhr zu erledigen, gleich bei ihrer Ankunft in einem Restaurant in Manhattan.
Er stand auf und begann den Tisch zu umrunden. »Eddie«, sagte er und legte seine Hände schwer auf Linos Schultern. Es sollte eine freundschaftliche Geste sein, aber Lino erschrak, wie an seinem Gesicht zu sehen war.
Gotti ging weiter zu Fat Sally, zu Vinnie und Johnny Carneglia. Hinter jedem blieb er stehen und legte ihm seine großen Hände auf die Schultern. Es war die feierliche Einstimmung von Offizieren auf die bevorstehende Schlacht.
»Ihr seid die Schützen«, sagte Gotti, nachdem er seine Runde beendet hatte; ihr Part bestehe darin, vor dem Restaurant auf die Opfer zu warten. Alle anderen sollten eine absichernde Rolle spielen. Wenn beispielsweise einer es schaffen sollte, sich davonzumachen, müßten sie eingreifen und den Rest besorgen. Exakte Anweisungen würden sie morgen nachmittag erhalten. Treffpunkt sei um drei Uhr im Park an der unteren East Side, unweit des Flusses. Es werde dann noch mehr als genug Zeit bleiben, alle Einzelheiten durchzusprechen. Gotti wiederholte seinen Satz vom Anfang: »Es muß getan werden.«
Dann erhob er sich und ging, ohne daß er die beiden Personen, denen die Aktion galt, namentlich benannt hätte. Er erwähnte nicht einmal den Namen und die Adresse des Restaurants. Er

ging davon aus, daß die Erfolgsaussichten der Aktion größer waren, wenn die Beteiligten die Details erst im letztmöglichen Moment erfuhren. Vielleicht dachte er auch, es sei ohnehin allen klar, wer die Opfer sein würden.
Auch Gravano hielt es für richtig, daß die Schützen nichts Näheres erfuhren. John Gotti und Sammy Bull befahlen, das mußte als Grund für einen lebensgefährlichen Einsatz genügen.

Es wurde eine lange Nacht.
Sammy Bull und Frank DeCicco kehrten in Joey Watts' Hobbyraum zurück. Sammy richtete sich im Klappbett ein, Frankie hatte eine Liege mitgebracht. Es war etwa drei Uhr morgens, als Frankie, erschreckt von einem Geräusch, aufwachte. Als er aufblickte, sah er Sammy, der in kurzen Hosen, in beiden Händen eine Hantel, vor dem Badezimmerspiegel stand und seine Stemmübungen machte.
Aus einem Bericht, den ein Top-Informant später lieferte, läßt sich rekonstruieren, daß John Gotti sich unmittelbar nach der Besprechung in der Stillwell Avenue von Alogna nach Manhattan hatte chauffieren lassen. Er ließ sich bei *Régine's* an der Park Avenue absetzen, wo Sandy Grillo auf ihn wartete. Sie saßen eine Weile händchenhaltend da und verließen dann das Lokal. Wohin sie gingen, konnte der Informant nicht sagen. Er hörte allerdings, so sein Bericht, eine nachdenkliche Bemerkung Gottis: »Man weiß nie, was der nächste Tag bringt. Jeder könnte unser letzter sein. Es ist verdammt ungewiß.«

# Kapitel 19

Am 16. Dezember 1985 kurz vor der Mittagsstunde gab Paul Castellano dem Hausmädchen Gloria Olarte (das auch seine Geliebte war) einen Abschiedskuß, durchquerte das mit schwarzen und weißen Marmorfliesen ausgelegte Foyer seiner Villa am höchsten Punkt von Todt Hill und trat durch die zweiflügelige Tür ins Freie. Draußen wartete am Steuer des schwarzen Lincoln mit den getönten Scheiben Tommy Bilotti.

Der Boß der Bosse winkte ein letztes Mal seiner Gloria zu, die jetzt auf dem Balkon des herrschaftlichen Schlafzimmers im ersten Stock stand und sich anschickte, an dem schmiedeeisernen Geländer einen Adventskranz zu befestigen. Sie hielt inne, um zurückzuwinken, der große Paul kletterte zufrieden auf den Beifahrersitz. Bilotti legte den Fahrgang ein und steuerte in Richtung Straße. Sie waren auf dem Weg zur ersten Sitzung des Tages.

Bruce Mouw saß an diesem Vormittag in seinem Büro und dachte darüber nach, wie er sich einer besonders lästigen Verpflichtung entziehen konnte. Am Juristischen Institut der New York University sollte am Nachmittag ein Seminar stattfinden. Professor Robert Blakey von der Universität Notre Dame wurde zu einem weiteren Vortrag über den RICO Act erwartet. Der bloße Gedanke, diese Veranstaltung durchstehen zu müssen, jagte Mouw kalte Schauer über den Rücken.

Es war nicht etwa der Gedanke an den Professor, der ihm so zu schaffen machte, im Gegenteil: er war ein Anhänger Blakeys und schöpfte immer wieder Ansporn aus der Forderung, gegen

die organisierte Kriminalität jedes verfügbare Mittel einzusetzen. Was Mouw um jeden Preis zu vermeiden suchte, war die Begegnung mit der »Gemeinschaft der in der Strafrechtspflege Tätigen«, wie es im Einladungs-Handzettel so schön hieß.
Die von der Bundesanwältin Giacalone erhobene Anklage quälte Mouw nach wie vor. Die Preisgabe von Willie Boy Johnson war und blieb unverzeihlich. Die Tatsache, daß sich auf seinem Terrain so viele verschiedene Behörden tummelten, war ein ständiges Ärgernis. Zu all dem gesellte sich sein weiterhin nagendes Mißtrauen: Seine Maulwurfs-Akte war ständig gewachsen. Zufälle über Zufälle! Wie unbeweisbar Mouws Theorien auch immer sein mochten, eines wußte er sicher: Seine Strategie und sein mühsam erworbenes praktisches Straßenwissen würde er nicht mit einem Hörsaal voller selbsternannter Mafiajäger teilen.
Doch wie konnte er sich davor drücken? Die Teilnahme war zwar nicht Pflicht, wurde aber erwartet. Seine FBI-Vorgesetzten würden zugegen sein und es ihm übelnehmen, wenn er sich nicht zeigte. Andererseits: es waren nur noch acht Tage bis Heiligabend. Er hatte bis zu seinem Abflug nach Des Moines noch eine Menge zu erledigen.

Auf der anderen Seite von Queens, nur zehn Autominuten entfernt, durchlebte John Gotti gerade eine kleine Krise, die bei ihm in einen regelrechten Wutausbruch mündete.
Jetzt, da der Tag der Entscheidung endlich gekommen war und das wochenlange Warten ein Ende hatte, bekamen alle Dinge etwas Dringliches.
Es hatte damit begonnen, daß Gotti zu völlig ungewohnter Stunde, nämlich um die Mittagszeit, im *Bergin-Club* aufgekreuzt war; er war eilig im Hinterzimmer verschwunden und hatte im Frisiersessel Platz genommen – auf dem Thron, wie seine Jungs diesen Stuhl ohne ironische Absicht nannten. Er hatte eine Zeitlang in den Spiegel gestarrt und war plötzlich von Angst erfaßt worden. Nach einer Weile rief er Angelo Ruggiero zu sich, um mit ihm noch einmal die Liste der zu erledigenden Dinge durchzugehen. Dabei kam es zur Explosion.

»Das nennst du weiß?« brüllte Gotti unvermittelt los. »Bist du Arsch farbenblind? Das ist gelb, du beschissener Idiot. Gelb! Beschissenes Gelb!«

Einige Tage zuvor hatte Johnny die Idee gehabt, allen Schützen Tarnkleidung zu verpassen, um es Augenzeugen schwerer zu machen, eine einzelne Person zu beschreiben. Alle vier sollten gleich aussehen. Er befahl Ruggiero, Regenmäntel und Hüte zu besorgen. Gleiches Outfit für alle, nichts Extravagantes. »Ich will nichts, was draußen so wirkt, als hätten sie ein Schild mit der Aufschrift ›Killer‹ um den Hals.«

Bei den Kopfbedeckungen hatte Ruggiero sich wirklich etwas einfallen lassen: vier Pelzmützen in russischem Stil. Gotti nickte beifällig.

Auch bei drei Mänteln hatte Ruggiero ein passendes Modell gefunden: dreiviertellang in unauffälligem Beige, weit genug, um eine Waffe verstecken zu können. Der vierte Mantel war von gleicher Machart und Länge, aber in strahlendem Gelb.

»Willst du Arsch mich auf den Arm nehmen?« fragte Gotti.

»Hör mal, John«, versuchte Ruggiero zu erklären, »ein vierter war nicht aufzutreiben, er sieht doch fast genauso aus.«

Es war das erste und einzige Mal in all den Monaten der Planung, daß Gotti sich nicht in der Gewalt hatte. Sein Ausbruch war von unerhörter, jede Verhältnismäßigkeit sprengender Brutalität. »Gelb, beschissenes Gelb!« brüllte er immer wieder.

Nach einer Weile fing Gotti sich wieder. »Wir werden verdammt noch mal damit leben müssen.« Und leicht resigniert setzte er hinzu: »Zum Teufel auch.«

Noch einmal kehrte eine bedrückende Stille ein, dann wollte John Gotti allen zeigen, daß er einer von ihnen war. »Wer zum Teufel weiß, wann wir wieder mal was Eßbares kriegen«, sagte er zu Ruggiero. »Auf geht's, bestellen wir was zu futtern.«

Um dieselbe Zeit saß Paul Castellano im *Country Diner* auf Staten Island bei einem Arbeitsessen. Seine Tischgefährten waren John Riggi, Boß der DeCavalcante-Familie aus New

Jersey, und Jimmy Failla, ein Capo der Gambino-Familie. Riggi hatte ein Problem. Irgend jemand sägte an einem der Standbeine des Unternehmens, der Geschäfts- und Finanzberatung für eine Gewerkschaft. Er suchte den Rat des großen Paul.
»Zeig ihnen, wer Chef im Ring ist«, belehrte ihn Castellano. »Laß dir nichts gefallen.«
Zusammen mit Bilotti nahm Castellano dann Kurs auf Manhattan. Der schwarze Lincoln rollte über die majestätische Verrazano-Brücke, bog rechts auf den Gowanus Expressway ab und verschwand dann im Brooklyn-Battery-Tunnel. An der Südspitze Manhattans tauchte er wieder aus dem Untergrund auf und kurvte durch eine unterirdische Verbindungsstraße zum East River Drive.

Sammy Bull Gravano und Joey Watts fuhren auf demselben Weg nach Manhattan. Sammy hatte seine 357er Magnum im Gürtel stecken, Watts war gerade beim Laden seiner Waffe. Jeder der beiden hatte ein Funksprechgerät. Unweit der South Street verließ Watts den East River Drive und folgte einer parallel dazu verlaufenden Zubringerstraße, bis er kurz nach Überqueren der Henry Street den Park sah.
»Irgendwo parken«, befahl Gravano.
Watts fand eine Parklücke direkt gegenüber einer Gruppe vielstöckiger Ziegelstein-Wohnblocks. Es waren mit Bundesmitteln errichtete Sozialwohnungen, nicht unähnlich denen, bei deren Renovierung Sammy mit seinen gewerkschaftsfreien Bautrupps so viel Geld verdient hatte. Die beiden Männer beeilten sich, die meisten der Jungs waren schon da und warteten frierend in der Kälte.

Gegen 14.45 Uhr stoppte der Lincoln vor dem Portal eines schlanken schwarzen Hochhauses an der Madison Avenue in der Nähe der Kreuzung 25. Straße. Castellano und Bilotti fuhren mit dem Aufzug in den 22. Stock. Der große Paul, schon in Weihnachtsstimmung, war gekommen, um an die Angestellten im Büro seines Anwalts kleine Kuverts zu verteilen. Er war mit dem Verlauf des Autodiebstahl-Prozesses zufrieden und dank-

bar. Der Don glaubte fest daran, daß keine gute Tat unbelohnt und keine böse Tat unbestraft bleiben sollte.
Castellano war unangekündigt gekommen. Doch als sein Anwalt, James LaRossa, hörte, daß der Boß der Gambino-Familie in seinem Vorzimmer mit den Sekretärinnen plauderte, kam er eilends heraus, um ihn zu begrüßen. LaRossa, ein Mann mit geschliffenen, gewinnenden Umgangsformen, bat seinen Mandanten zu sich ins Büro. Er ließ Castellano und Bilotti in den schwarzen Ledersesseln Platz nehmen und setzte sich hinter seinen großen Schreibtisch. Castellano konnte von seinem Sessel durch die gläserne Wand hinter LaRossas Schreibtisch den westlichen Teil Manhattans überblicken, bis zum Hudson und darüber hinaus. Die Sonne stand bereits im Westen und würde bald hinter den Spitzen der Wohntürme von New Jersey Palisades verschwinden.

Um drei Uhr nachmittags rief Bruce Mouw nach langem Zaudern im Büro von Jules Bonavolonta im FBI-Hauptquartier in Manhattan an. Er ließ sich nicht mit Bonavolonta verbinden, sondern hinterlegte lediglich bei einer der Sekretärinnen die Nachricht, er sei verhindert, an dem Seminar von Blakey teilzunehmen. Mouw wollte sein Fehlen damit begründen, daß »etwas dazwischengekommen« sei. Als er dann aber mit der Sekretärin sprach, mußte er, peinlich berührt, feststellen, daß er nicht einmal diese kleine Notlüge über die Lippen brachte.

Den Kopf unbedeckt, den Kragen seines zweireihigen Kamelhaarmantels hochgeschlagen, um sich ein wenig vor dem kalten Wind zu schützen, der vom East River blies, stand Gotti am Rand des eingezäunten Handballfelds; in einem Halbkreis um ihn herum die Männer, die an der Besprechung in der Stillwell Avenue teilgenommen hatten. Nur Frank DeCicco fehlte. Er hatte um fünf Uhr nachmittags eine Verabredung bei *Sparks*.
Ruggiero teilte die Pelzmützen und die Regenmäntel an die Schützen aus. Als Gravano seinen Mantel überzog, konnte er nicht umhin, die Cleverneß von Gotti zu bewundern. Könnte sein, daß die Sache hinhaut.

Es begann zu dämmern; unvermittelt gingen die Straßenlampen an, die den East River Drive beleuchteten. Gotti hielt den Zeitpunkt für gekommen, die Schützen in die Einzelheiten des Planes einzuweihen. Er sprach leise, als habe er Angst vor Lauschern. »Paul und Tommy müssen dran glauben«, sagte er lakonisch. Der Schauplatz der Aktion sei ein Steakhaus namens *Sparks* an der 46. Straße, zwischen der Second und Third Avenue.
Die Zeit wurde knapp. Die Verschwörer hatten noch über einen Kilometer zu fahren, und das im Feierabendverkehr. Doch Gotti bestand darauf, jedem einzelnen Schützen noch einmal sehr genau und sehr geduldig zu erklären, wo er Position zu beziehen und was er zu tun hatte.
»Mach schon, mach schon«, zischte Gravano. »Es wird höchste Zeit, John.«
Doch Gotti gab sich erst zufrieden, als er sicher war, daß jeder seinen Part verstanden hatte. Er schloß die Besprechung mit dem pragmatischen Appell, den er den Verschwörern schon am Vorabend eingehämmert hatte: »Es muß getan werden.« Die Männer eilten zu ihren Autos. »Du fährst bei mir mit«, sagte Gotti zu Gravano.
Erst jetzt, als Gravano schweigsam an der Seite Gottis zum Auto marschierte, wurde ihm plötzlich, zum erstenmal, klar, was sie eigentlich vorhatten. Sie wollten den Boß der Bosse umbringen.

»Wir waren in Ferienstimmung«, erinnerte sich LaRossa später, »in Feiertagsstimmung.« Castellano und Bilotti hatten es offenkundig nicht eilig; sie blieben über eine Stunde im Büro ihres Anwalts. Als sie kurz nach vier Uhr wegfuhren, blieb ihnen bis zu ihrer Verabredung bei *Sparks* immer noch fast eine Stunde. Castellano kam auf die Idee, noch Weihnachtseinkäufe zu machen. Gloria hatte in letzter Zeit mehrmals über »Klassefrauen« gesprochen, die »nach Geld duften«; Castellano hatte den Wink verstanden und beschlossen, seiner Geliebten ein Parfüm zu kaufen. Bilotti chauffierte ihn zu einem Geschäft an der 43. Straße, das eine von LaRossas Sekretärinnen empfohlen hatte.

Bilotti stoppte den Lincoln in einer Parkverbotszone. Er öffnete das Handschuhfach und holte eine Karte mit einer blau-goldenen Beschichtung heraus; es war ein Mitgliedsausweis des Wohltätigkeitsvereins für New Yorker Streifenbeamte. Auf den Namen eines Polizeiwachtmeisters ausgestellt, war der Ausweis auf seltsamen Wegen in den Besitz des Bosses der Gambino-Familie gelangt. Bilotti plazierte die Karte so auf die Ablage unter der Windschutzscheibe, daß jeder Verkehrspolizist sie sofort sehen mußte. Dann tauchten die beiden Männer in das Gewühl der Weihnachtsbummler auf dem breiten Gehweg der 43. Straße ein.

Der Laden war gedrängt voll, und so brauchten sie für ihren Einkauf länger als erwartet. Es war schon fünf Uhr vorbei und dunkel, als sie, beladen mit einer großen, als Geschenk verpackten Flasche Chanel No. 5, zum Lincoln zurückkehrten. Unter dem Scheibenwischer steckte ein Strafzettel über 50 Dollar wegen Falschparkens. Immerhin, es hätte schlimmer kommen können. Ohne den Ausweis des Wohltätigkeitsvereins wäre der Lincoln vielleicht abgeschleppt worden, das wäre ein wirkliches Ärgernis gewesen. Sie würden zu ihrer Verabredung bei *Sparks* zu spät kommen.

Auch für John Gotti wurde das Parken zum Problem. Er fand keine Lücke. Schließlich stellte er den Wagen an der Nordwestecke der Kreuzung Third Avenue und 46. Straße ab. Von hier aus konnte er auf der anderen Straßenseite den weit vorspringenden Eingangsbaldachin des Restaurants sehen. Doch Gotti stand nicht vorschriftsmäßig. Der vordere Teil des Wagens ragte in den Fußgängerüberweg. Einen Verkehrspolizisten aber, der ihn ultimativ aufforderte, wegzufahren, konnte er jetzt nicht brauchen. Was tun? Entweder machte er sich auf den Weg einmal um den Block, dann konnte es passieren, daß er im Verkehrsgewühl steckte, wenn der große Paul ankam. Oder er mußte damit rechnen, daß ein Polizist einen Strafzettel ausschrieb. Und dann? Dann würde vielleicht genau in dem Augenblick, in dem der Cop Gottis Führerschein und Fahrzeugpapiere überprüfte, auf der anderen Straßenseite das Geballer losgehen.

Der Polizist würde, logisch, ihn und Sammy Bull auffordern, auszusteigen; sie würden erklären müssen, wofür die geladenen Kanonen in ihrem Gürtel gedacht waren, von dem Handfunkgerät, das Sammy bei sich hatte, ganz zu schweigen.
Es war jetzt schon nach fünf Uhr. Wo zum Teufel blieben sie? War vielleicht noch genug Zeit, einmal um den Block zu fahren und eine bessere Parklücke zu suchen?
»Wir drehen eine Runde«, beschied er Gravano, als die Ampel auf Grün schaltete. Gotti bugsierte den Lincoln über die Kreuzung und fuhr die 46. Straße entlang Richtung Second Avenue, Gravano flehte um flüssigen Verkehr.

Ein Stück weiter westlich war die 46. Straße ziemlich verstopft. Es ging nur schrittweise voran. Castellanos Lincoln war seit Minuten nicht vom Fleck gekommen. Es war nun schon fünfzehn Minuten über die verabredete Zeit. Zu Fuß würde er sein Ziel schneller erreichen. Andererseits wußte er, daß seine Gäste auf ihn warten würden. Er war schließlich der Boß.

Auf dem Weg durch die 46. Straße passierten Gotti und Gravano das Restaurant *Sparks*. Der Abendhimmel war pechschwarz, in den Scheiben der Schaufenster und der Autos spiegelten sich die weihnachtlichen Lichterdekorationen, auf den Gehwegen drängten sich die Menschen. Die einen waren auf dem Heimweg, andere machten Weihnachtseinkäufe. Ein Stück weiter südlich auf der Third Avenue, näher bei der 42. Straße, läutete ein Heilsarmee-Nikolaus seine Glocke. Aus einer anderen Richtung, vielleicht von der Fifth Avenue her, war durch den Großstadtlärm hindurch ein aus einem Lautsprecher tönendes »Stille Nacht« zu vernehmen.
Gravano spähte aufmerksam durch die getönten Scheiben nach draußen und erblickte tatsächlich zwei Männer in hellen Mänteln und mit tief in die Stirn gezogenen Pelzmützen auf dem Kopf; sie standen in der Nähe des *Sparks*-Baldachins bei einem Laternenpfosten. Ein ähnlich gekleidetes Paar stand auf der anderen Seite.
Für einen Augenblick konnte Gravano gegenüber dem Restau-

ranteingang eine ihm vertraute Gestalt erkennen. Vor dem fahlen Schein einer Weihnachtslichterkette hob sich die hagere Silhouette von Tony Roach ab.
Der Lincoln schob sich weiter in Richtung Second Avenue, und plötzlich, wie durch ein Wunder, lichtete sich die rechte Spur – Gotti konnte Gas geben und gerade noch bei Grün die Kreuzung erreichen und rechts abbiegen. Dabei streifte das Licht seiner Scheinwerfer die Passanten am Straßenrand gerade lange genug, um Gravano die Sicht auf drei Reserveschützen zu erlauben. Sie standen vor dem Schaufenster eines Sportschuhgeschäfts und sahen aus wie Weihnachtseinkäufer, denen es schwerfiel, sich zwischen Nike und Reebok zu entscheiden – wenn nicht einer, wie Sammy registrierte, unverwandt nach hinten, in Richtung *Sparks,* gestarrt hätte.
Wir haben ihn prima in der Zange, beglückwünschte Gravano sich innerlich. Wenn wir jetzt nur noch rechtzeitig um den verdammten Block kommen und uns in Position bringen können.
Gotti bog bald darauf wieder in die 46. Straße ein. Das Glück blieb ihm treu; er fand kurz nach dem Abbiegen eine Parklücke, in die der Lincoln bequem hineinpaßte. Jetzt hieß es nur noch abwarten. Der Motor lief. Gotti hatte die Hände am Lenkrad. Sammy umklammerte das Handfunkgerät; am Hosenbund, unter der nicht zugeknöpften Lederjacke, spürte er die 357er.
Wo zum Teufel blieb Castellano?

Ein gut gekleideter älterer Herr war auf dem Weg zu einem koreanischen Lebensmittelgeschäft in der 46. Straße, als er den Eingang zu *Sparks* passierte und die vier Männer mit den Pelzmützen und den hellen Mänteln bemerkte. Leibwächter, dachte er. Wahrscheinlich bewachen die irgendwelche UN-Diplomaten, die bei *Sparks* speisen.
»Warum brauchen die so lange?« hörte er einen der Pelzmützen-Männer zu seinem Gefährten sagen.
Der alte Herr fühlte sich in seiner Vermutung bestärkt. Während er seinen Laden ansteuerte, beglückwünschte er sich selbst dazu, wie gut er in New York Bescheid wußte.

Gravano reagierte sofort: An der Ampelkreuzung 46. Straße/Third Avenue hatte ein Lincoln bei Rot gestoppt. Die Innenbeleuchtung brannte, Gravano erkannte Castellano und Bilotti. Bilotti war ihm so nahe, daß er ihm, wenn die Seitenfenster der Autos offen gewesen wären, das Toupet vom Kopf hätte reißen können. Es war unheimlich.
»Wurde verdammt noch mal Zeit«, sagte Gotti.
Gravano aktivierte sein Funkgerät. »Sie sind im ersten Auto«, sagte er, »direkt vor der roten Ampel.«
Die Ampel schaltete auf Grün.
»Sie kommen rüber«, rief Gravano.

Der Lincoln überquerte die Third Avenue und stoppte genau vor dem Restaurant-Baldachin. Es war eine Parkverbotszone, aber darum kümmerte sich Bilotti nicht. Er stellte den Motor ab und sprang aus dem Wagen, um seinem Boß die Beifahrertür aufzuhalten. Aber Castellano hatte es eilig und öffnete seine Tür eigenhändig.
Als Castellano aus dem Wagen stieg, näherten sich ihm zwei Männer in Regenmänteln und Pelzmützen. Beide streckten ihre Arme vor. Der eine hatte einen halbautomatischen Revolver in der Hand, der andere einen 38er. Beide feuerten, was das Zeug hielt.
Auf der Fahrerseite hatte Bilotti beim Aussteigen die beiden auf das Auto zugehenden Männer erblickt und sich leicht geduckt, um durch die Scheiben auf der Beifahrerseite einen genaueren Blick auf sie werfen zu können. Im gleichen Moment begannen die zwei anderen Pelzmützen-Männer, die sich ihm lautlos von hinten genähert hatten, zu schießen.
Die Kugeln zerfetzten Castellanos Körper. Fünf trafen den Kopf, Blut stürzte aus Ohren, Nase und Mund. Eine Kugel bohrte sich in seine Brust, knapp über der Krawattennadel. Er war bereits ein toter Mann, als er zusammensackte und mit dem Rücken gegen die offene Autotür fiel. Mit der rechten Hand umklammerte er einen schwarzen Lederhandschuh.
Als das Trommelfeuer losging, begannen die Menschen auf der Straße zu schreien. »O mein Gott! O mein Gott!« kreischte

eine Frau. Zwei Männer und eine Frau gingen hinter den steinernen Löwen in Deckung, die den Eingang zu einem chinesischen Restaurant flankierten. Andere warfen sich zu Boden, um nicht von einer umherfliegenden Kugel getroffen zu werden.

Noch dauerte das Feuer. Vier Kugeln schlugen in Bilottis Schädel ein, vier andere bohrten sich in seinen Rücken und seine Brust. Er fiel wie ein ausgewachsener Baum: Er wankte, taumelte, stürzte und fiel flach auf den Rücken. Da lag er mit ausgebreiteten Armen.

Einer der Schützen beugte sich zu Castellano hinunter. Er setzte dem Toten den Revolver an die Schläfe und feuerte noch eine Kugel ab, den Fangschuß. Das Geschoß zerriß das Gehirn des Mannes, der vor einer Minute noch der Boß der Bosse gewesen war.

Einer der Barmänner des *Sparks* wählte die Notrufnummer 911. »Da ist auf jemanden geschossen worden«, rief er in die Sprechmuschel des Telefons.

Über den Polizeifunk erging eine Durchsage: »Schießerei Nähe 46. und Third«, sagte die Stimme in der Funkrufzentrale; überall im mittleren Manhattan schalteten die Streifenwagenbesatzungen ihre Blinkleisten und Sirenen ein und bahnten sich einen Weg durch den dichten Feierabendverkehr.

Drei Minuten, hatte John Gotti gemahnt, bleiben nach dem ersten Schuß, um euch aus dem Staub zu machen. Dann trifft die Polizei ein. Jetzt wartete er, bis die Schützen in Richtung der Fluchtautos losrannten. Dann fuhr er los, überquerte die Third Avenue und steuerte *Sparks* an. Er zeigte keine Eile. Der Lincoln bewegte sich langsam. Als sie das Restaurant passierten, erblickte Gravano aus dem Fenster den reglos mit dem Gesicht nach oben liegenden Körper Bilottis. »Tommy ist weg«, sagte er.

Das schien Gotti zu genügen. Er gab Gas, die große Limousine beschleunigte. Sie waren bereits in die Second Avenue eingebogen und auf dem Weg zum East River Drive, als sie die ersten

Polizeisirenen hörten. Ein blinkender Streifenwagen kam ihnen entgegen und flitzte vorbei.

Im Restaurant *Sparks* stürzte ein Kellner an den Tisch Nummer 94 und erklärte den drei Männern, Mister Castellano werde heute abend nicht mehr kommen.
»Mein Gott«, sagte ein sichtlich erschütterter Jimmy Failla, »ich hätte in dem Auto sitzen können.«
»Dir wäre nichts passiert«, erwiderte Frankie DeCicco. Failla verstand, was geschehen war.

Bruce Mouws Piepser meldete sich, als er auf dem Weg nach Hause war. Wahrscheinlich jemand, der wissen will, warum ich bei dem Blakey-Seminar gefehlt habe, dachte er sich und hielt nach einer Telefonzelle Ausschau. Dann hörte er die Durchsage im Radio: Paul Castellano, Boß der Gambino-Mafiafamilie, sei vor wenigen Minuten auf einer Straße im mittleren Manhattan niedergeschossen worden.
Mouw wendete sofort. Auf dem Weg zurück zu seinem Büro am Queens Boulevard raste er wie ein Notarztwagen mit einem Herzinfarktpatienten an Bord. Zwei Fragen quälten ihn:
1. Bedeutete dies Krieg? War dieser Anschlag auf Castellano nur der Anfang eines allgemeinen Hauens und Stechens?
2. Wie sollte er seiner Familie erklären, daß er sie Weihnachten wahrscheinlich doch nicht besuchen konnte?

Im Seminarraum an der New York University traten so viele Piepser gleichzeitig in Aktion, daß ein anhaltender Summton entstand. Bald wußte es das ganze Auditorium: Irgend jemand hatte den großen Paul Castellano liquidiert. Rasch leerten sich die Reihen. Verlassen stand Professor Blakey am Rednerpult und starrte ins Leere.

Im Kellergeschoß des Gebäudes 1809 Stillwell Avenue schwiegen auch John Gotti und Sammy Gravano. Kein Jubel, keine Glückwünsche. Beiden Männern war klar, daß dafür genug Zeit sein würde, wenn der Lärm und der Staub sich gelegt hatten.

Sie saßen da und warteten und bedienten sich aus einer Flasche Chivas, die Gravano aus einer Schreibtischschublade hervorgeholt hatte; irgendwann stieß Frankie DeCicco zu ihnen.
»Hat ohne Panne geklappt«, sagte er. »Alle konnten türmen.«
»Super«, sagte Gotti, doch es klang, wie Gravano auffiel, nicht enthusiastisch. »Dann sehen wir zu, daß wir hier wegkommen.«

John Gotti saß in einem seidenen Pyjama in seinem Haus in Howard Beach vor dem Fernseher und sah sich einen Spielfilm an, als gegen zehn Uhr zwei Beamte der Mordkommission an der Tür klingelten.
»Paul ist erschossen worden?« fragte er die Beamten ungläubig. »Mann, das trifft mich hart.« Er zeigte, sagten die Beamten später, keine Gefühlsregung.
Doch als sie wieder fort waren, hielt ihn derselbe quälende Gedanke wach, der auch Mouw den Schlaf raubte: Bedeutete dies Krieg?

# Kapitel 20

Andy Kurins legte seine Mütze auf die Frontablage seines Oldsmobile; sie war aus Wolle, tabakbraun, eigentlich ganz und gar nicht sein Stil. Er hatte sie von seiner Frau zu Weihnachten bekommen, nun trug er sie eben.

Er schob die Mütze weit nach vorne an die Windschutzscheibe: das war das Zeichen, daß die Luft rein war. Die Botschaft lautete: Setz dich rein. Mit einem Blick vergewisserte er sich, daß die Sonnenblende auf der Beifahrerseite des Oldsmobile hochgeklappt war. Eine heruntergeklappte Sonnenblende wäre eine Warnung gewesen: Geh' unauffällig weiter, fahre am besten nach Hause zurück und schließ die Tür hinter dir doppelt ab.

Bei einem konspirativen Treffen mit einem Top-Informanten war Gastfreundschaft angesagt. Kurins öffnete die große weiße McDonald's-Tüte und machte Inventur: ein großer Becher Kaffee, schwarz; ein großer Becher Kaffee mit Milch, viel Zucker, zwei Stück Kuchen.

Es duftete verlockend. Kurins überlegte, ob er nicht schon anfangen sollte. Es war kurz vor sieben Uhr morgens, er war schon seit Stunden auf den Beinen, sein Magen knurrte. Aber das wäre unhöflich gewesen, Informanten, die stets ein schlechtes Gewissen plagte, durfte man nicht kränken.

Das Treffen war für sieben Uhr angesetzt, im Klartext hieß das, daß der Informant Punkt 7.07 Uhr an Ort und Stelle zu sein hatte. Es gab eine Absprache: Treffzeit immer genau sieben Minuten nach dem telefonisch übermittelten Termin. Nie zur vollen Stunde treffen, immer zu ungeraden Zeiten! So hatte man, wenn man bei einem Treffen beobachtet wurde, wenigstens eine winzige Chance, die Zusammenkunft als zufällige Begegnung hinzustellen.

Kurins stand in der hintersten Ecke des Parkplatzes hinter dem McDonald's-Restaurant an der Myrtle Avenue in Brooklyn. Er hatte rückwärts eingeparkt. Das hatte den Vorteil, daß sein Informant schon im Vorbeifahren die Mütze auf der Frontablage erkennen und daß Kurins notfalls schnell starten konnte. Seine Pistole hatte er aus dem Holster genommen und auf den Beifahrersitz gelegt. So weit ging er normalerweise nicht, aber heute war Vorsicht geboten: Paul Castellano war am gestrigen Abend erschossen worden. Niemand wußte, was sich daraus entwikkeln würde. Kurins hoffte, daß sein Informant ihm einiges sagen konnte.

Ein teuflischeres Timing hätte Mouw nicht wählen können. Am Vorabend hatte plötzlich das Telefon geschrillt, als Kurins gerade zum Abendessen Platz genommen hatte und seine Frau Sharon das Brathühnchen auf den Tisch stellte. Nach dem siebten oder achten Klingeln stürzte Kurins auf den Flur. »Ich gehe ran«, rief er. »Bin gleich wieder da.«

»Folgendes ist passiert«, sagte Mouw, nachdem Kurins sich etwas mürrisch gemeldet hatte. »Jemand hat Castellano erschossen. Vor etwa zwei Stunden. In Manhattan.«

»Mein Gott«, sagte Kurins. »Was weißt du noch darüber?«

»Das ist alles«, sagte Mouw. »Ich weiß nicht mehr als du.«

»Was geht da vor, Andy?« fragte Mouw nach einer kurzen Pause.

»Wir *müssen* das herausfinden. Wenn es zwischen den Familien zum Krieg kommt, müssen wir das wissen.«

»Ich bin gleich bei dir«, bot Kurins an.

Aber Mouw wollte auf etwas anderes hinaus. Die Zwillinge, berichtete er, hörten sich auf Staten Island um, Phil Scala sei zum Tatort gefahren. Kurins solle versuchen, seinen Informanten zu erreichen und auszuhorchen. »Finde heraus, ob er weiß, wer den Anschlag befohlen hat. Waren es die Gambinos, oder war es eine andere Familie?«

»Verstehe, Chef«, sagte Kurins.

»Wenn das Krieg bedeuten sollte, werden wir hier in New York eine Höllen-Weihnacht erleben. Sag' mir so bald wie möglich Bescheid.«

»Mach' ich«, sagte Kurins, doch Mouw hatte schon aufgelegt.

Als Kurins zum Eßtisch zurückkehrte, trug er bereits seinen Mantel. Er sah, daß Sharon das Hühnchen schon aufgeschnitten hatte. »Ist was passiert«, sagte er schnell, küßte seine Frau auf die Stirn und angelte sich einen Hühnchenflügel. »Ich werd' versuchen, es ganz kurz zu machen.«

Sharon warf ihm einen eisigen Blick zu. Als Kurins die Haustür hinter sich zuzog, hörte er, wie seine Frau rief: »Paß auf dich auf, Andris.«

Von seiner Wohnung bis zu dem Motel an der Autobahn mußte Kurins fast zwanzig Minuten fahren. Die Landstraßen in diesem verschlafenen Winkel von Connecticut waren kurvenreich und schlecht beleuchtet; Kurins drückte das Gaspedal durch und hoffte auf trockene, glatteisfreie Wege. Was, fragte er sich, konnte Frankie wissen?

Frankie war der Deckname des Top-Informanten, den Kurins seit dreizehn Monaten führte. Frankie war ein bulliger, dunkler, gutaussehender Typ, ein Mafioso Marke Sunnyboy, der noch vor kurzem daran geglaubt hatte, mit seinen erst 34 Jahren schon so gut wie alles erreicht zu haben: eine hübsche Frau, eine noch hübschere Freundin und eine Zukunft – so sicher wie ein Konto auf einer Schweizer Bank. Er war befreundet mit Frankie DeCicco und mit einigen aus Sammy Gravanos Clique drüben in *Tali's Bar;* man hatte ihm zu verstehen gegeben, daß seine Aufnahme in die Mafia nur noch eine Frage der Zeit sei. Doch an dem Tag, an dem Andy Kurins ihm die erste Leine zugeworfen hatte, war seine Karrierekurve bereits leicht abgeknickt.

Sie hatten sich in einem Besucherzimmer des Manhattaner Gefängnisses getroffen. Frankie saß in Untersuchungshaft, angeklagt wegen Raubes. Doch dann war es noch dicker gekommen. Ballistische Tests mit einer in Frankies Auto gefundenen Pistole hatten ergeben, daß aus dieser Waffe wahrscheinlich vor Jahren die Kugeln abgefeuert worden waren, die man im Körper

des Opfers einer Mafia-Exekution gefunden hatte. Als Mouw erfuhr, in welch brenzlige Lage Frankie geraten war, setzte er Kurins ein: »Teste ihn. Finde heraus, wo der Hase hinläuft.«
Der Hase hatte zunächst mit Zähnen und Klauen angegriffen. »Gehen Sie mir aus den Augen«, keifte Frankie, als Kurins ihm seine Aufwartung machte. »Die haben nichts gegen mich in der Hand. Ich komme auf Kaution raus, und ich wette jede Quote, daß die das mit der Kanone nicht zur Anklage bringen. Ich bin nicht verpflichtet, mit Ihnen zu reden, also lassen Sie mich, verdammt noch mal, in Ruhe.«
Zehn Tage später – Frankie war tatsächlich, wie er es vorausgesagt hatte, gegen Kaution freigekommen – hatte Kurins ihn zufällig in einem Imbißlokal in Brooklyn getroffen. »Hallo, Frankie, wie geht's? Ist das nicht ein Lokal zum Verlieben? Ich komme oft hierher. Seltsam, Sie hier zu treffen.«
Natürlich war daran überhaupt nichts Seltsames. Kurins hatte Frankie seit dem frühen Morgen beschattet. Und er zweifelte nicht daran, daß Frankie dies ahnte. Doch Frankie verstand es hervorragend, seinen Verdacht nicht zu zeigen. »Es macht Ihnen doch nichts aus, wenn ich hier Platz nehme?« Bevor Frankie protestieren konnte, saß Kurins bei ihm am Tisch.
Als Frankie schließlich redete, verströmte er weniger Zuversicht als beim ersten Treffen, sein Leben sei seit der Entlassung auf Kaution zu einer »Höllenfahrt« geworden. Zuerst habe ein Anwalt ihm unverblümt eröffnet, daß ihn eine langjährige Freiheitsstrafe erwarte. Dann habe seine Frau begonnen, ihn mit der Frage zu löchern, wer für die Miete und für ihren Unterhalt aufkommen werde, wenn er lebenslänglich hinter Gittern verschwände. Auch seine Freundin stelle ähnliche Fragen, sie halte wahrscheinlich für den Fall der Fälle bereits nach Alternativen Ausschau. Und wenn er erst einmal im Gefängnis von Attica im nördlichen Teil des Staates New York sitze, wie lange werde es dann wohl dauern, bis seine Frau sich in denselben Bars herumtreibe wie seine Freundin?
Kurins nickte mitleidig. Halte nie einen auf, der dabei ist, in ein tiefes Loch zu fallen, lautet ein FBI-Lehrsatz aus Quantico. Doch Kurins hatte den Eindruck, daß Frankie schon unten

angelangt war: »Ich wünschte, ich hätte in meinem Leben einiges anders gemacht.«
An diesem Punkt hakte Kurins ein: »Vielleicht kann ich helfen.«
Einen Monat später wurde das Verfahren wegen der Waffengeschichte eingestellt. Der Staatsanwalt hatte von sich aus Zweifel eingeräumt; die Raub-Anklage wurde auf die lange Bank geschoben. Frankie fand eine neue Freundin – und er erhielt allmonatlich verdeckt Geld von einem Sonderkonto des C-16-Teams.
Mouw und Kurins waren sich einig, daß das Geld gut angelegt war. Frankie kam viel herum und hatte, noch wichtiger, ein gutes Gedächtnis für alles, was er hörte und sah.
Am Motel angekommen, lief Kurins zu den Münztelefonen vor dem Eingang zu den Toiletten. Ein Glücksfall: Die dritte Kabine war frei; die Nummer dieses Telefons in der dritten Kabine hatte Frankie auf Kurins' Befehl für Rückrufe auswendig lernen müssen.
Kurins zog seinen Mantel aus und hängte ihn über den Münzapparat. Es war die beste Lösung, die ihm einfiel. Er hoffte, daß der Mantel potentielle Telefonbenutzer wenigstens ein paar Minuten von dieser Kabine fernhalten würde.
In Hemdsärmeln rannte er über den eiskalten Parkplatz zum benachbarten Motel und wählte von einem dortigen Telefon aus die Nummer von Frankies Cityruf-Empfänger. Frankie würde auf dem Minidisplay seines Geräts ablesen können, daß der Anruf aus der Vorwahlzone 203 in Connecticut kam und damit sofort wissen, von wem. Falls jedoch Frankies Cityrufgerät zufällig in falsche Hände geraten war, würde es kaum möglich sein, den Anrufer zu identifizieren. Denn Kurins war längst wieder auf dem Weg in das andere Motel. Dieses Mal empfand er die Kälte stärker als auf dem Hinweg. Erleichtert sah er, daß sein Mantel noch da war. Er faltete ihn zusammen, setzte sich auf den Hocker in der Kabine, schloß die Tür und wartete.
Als das Telefon schließlich klingelte, weckte es ihn auf. Er war kurz eingenickt. »Federal Express«, rief Kurins in die Sprechmuschel. Auf diese Parole hatten sie sich verständigt für den Fall, daß auf Frankies Seite jemand mithörte.

»Ich habe ein Paket«, sagte Frankie. Das bedeutete: Alles in Ordnung. Wenn er Brief gesagt hätte, hätte Kurins sofort eingehängt und die Kavallerie in Marsch gesetzt. Aber auch so machte er es so kurz wie möglich. »An den Arkaden. Morgen früh sieben Uhr.«
»So gut wie geliefert«, sagte Frankie und legte auf.

Es war 7.07 Uhr, und kein Frankie in Sicht. Als Toleranzgrenze galten vierzig Minuten nach dem verabredeten Termin. Kurins wurde mit jedem Blick auf seine Armbanduhr nervöser. Daß Frankie überfällig war, beunruhigte ihn kaum; das war schon öfter vorgekommen.
Aber wenn er bis 7.40 Uhr nicht auftauchen sollte, was dann? Vielleicht hatte der Familienkrieg bereits begonnen, vielleicht war Frankie von der Familie zu einem Job vergattert worden, zum Beispiel zu einer Vergeltungsaktion. Vielleicht war alles zu spät, vielleicht lag Frankie schon mit einer Kugel im Hinterkopf irgendwo in der Gosse.
Kurins hatte in solchen Situationen eine wuchernde Phantasie; das Warten zermürbte ihn. Doch dann erspähte er einen schwarzen Cadillac, der das Restaurant umkreiste und dann in die Myrtle Avenue einbog.
Frankie, in den vielen Monaten zu einem konspirativen Fuchs geworden, beherrschte sein Metier. Er hatte Kurins gezeigt, daß er da war, parkte aber ein Stück weiter und kam zu Fuß auf den Parkplatz zurück; es war sicherer, wenn sein Auto nicht in der Nähe von Kurins gesehen werden konnte. Schließlich kam er angeschlendert und kletterte auf den Rücksitz.
»Ich habe verschlafen«, erklärte Frankie verlegen, während er die Tür von innen verriegelte.
Kurins war nicht nach Vorwürfen zumute. Er drehte seinen Kopf und sah Frankie gerade in die Augen. »Was geht da vor, Frankie? Blüht uns ein Krieg?«
Frankie schwieg; er grinste breit und boshaft. »Heh«, grollte Kurins, »mach keinen Scheiß, ja?«
Frankie wurde etwas ernster; doch als er sprach, klang es nach wie vor belustigt. »Sind in der Familie alle ganz still über Pauls

Abgang. Sehr still. Als wär's ihnen gleich. Wie wenn sich niemand drum schert. Alles läuft wie gewohnt.«
»Kein Krieg?« setzte Kurins nach.
»Eher eine Krönung, würd' ich sagen.«
»Wer?«
Frankie kostete seinen Informationsvorsprung aus. Er wartete einen Augenblick und sagte dann trocken: »John Gotti.«
»Bist du sicher?«
Frankie konnte nicht mehr an sich halten. »Wie man hört, hat er den großen Paul versenkt. Jetzt wird er versuchen, sein Nachfolger zu werden.«
»Gotti?« fragte Kurins ungläubig. »Ist der schwer genug, um das zu schaffen?«
Frankie zuckte unschlüssig die Achseln. »Überall herrscht Ruhe. Sieht für John gut aus.«

Für Bruce Mouw war es ein langer Tag nach einer langen Nacht. Als Andy Kurins in sein Büro kam, waren seit der Erschießung Castellanos zwanzig Stunden vergangen. Mouw, von allen Seiten bedrängt, hatte fast ununterbrochen telefoniert und immer noch das Gefühl, viel zuwenig zu wissen.
Zusammen mit Beamten der Mordkommission des 17. Bezirks hatten Mitglieder seines Teams alle Straßen in der Umgebung des *Sparks* abgeklappert, in den Wohnblocks an zahlreichen Türen geklingelt, in den Geschäften Kunden und Personal befragt, immer auf der Suche nach Zeugen. Der Erfolg war mäßig gewesen. Sogar das Restaurantpersonal behauptete, nichts gesehen zu haben. Ganz zufällig habe, so beteuerten sie, gegen 17.30 Uhr eine Versammlung der Kellner in der Küche stattgefunden.
Das einzige Ergebnis der Bemühungen seiner Leute war ein vager, aber potentiell brisanter Augenzeugenbericht: ein Mann in langem schwarzem Mantel und mit breitrandigem schwarzem Hut habe genau in dem Moment, in dem Castellanos Lincoln vorgefahren war, neben dem *Sparks*-Baldachin mit einer hellblonden Frau in einem Pelz gesprochen. Und sonst? Es gab noch die den beiden Toten entnommenen elf Geschosse,

die aus drei verschiedenen Waffen stammten. Und etliche Theorien.

Walter Mack, ein stellvertretender Bundesanwalt in Manhattan, der die Ermittlungen koordinierte, hatte Mouw frühmorgens angerufen und ihm erzählt, was er gehört hatte. Es sei Roy DeMeos Bande gewesen, die die Sache mit dem großen Paul geritzt habe, und zwar in der Hoffnung, die das Autodiebstahls-Verfahren betreibenden Staatsanwälte würden in ihrem Ermittlungseifer nachlassen, wenn sie ihren prominentesten Angeklagten verloren hätten.

Ein leitender Mitarbeiter der Sonderkommission Organisierte Kriminalität der New Yorker Staatspolizei hatte mit beträchtlichem Tamtam eine andere Version angeboten: Vier rivalisierende Familien hätten den Anschlag auf Castellano befohlen, weil der mit seinem Veto ein gewinnträchtiges Drogengeschäft verhindert habe, das auf einer der letzten Sitzungen der Kommission vorgeschlagen worden sei. Der Beamte prophezeite, ein Mafiakrieg stehe unmittelbar bevor, und der Kampf um die Herrschaft in der Gambino-Familie werde lang und blutig sein.

Mouw mußte sich ebenfalls eine Theorie zurechtlegen, und als Bonavolonto ihn unter Druck setzte, mußte er sie preisgeben. Er sagte voraus, daß demnächst einer von der alten Garde – Jimmy Failla oder Tommy Gambino – die Leitung der Familie übernehmen werde – es sei denn, jemand anders räume sie vorher aus dem Wege.

Als Kurins ins Büro kam und mit großer Geste die Tür hinter sich schloß, war Mouw gespannt. Doch Kurins hatte es nicht eilig. Wortlos schlenderte er durch den Raum und blieb vor dem Gambino-Organigramm stehen, das Mouw im Verlauf der Jahre an die Wand geheftet hatte. Kurins, den Moment genießend, nahm das die Spitze der Pyramide bildende Castellano-Foto ab und ersetzte es durch den Schnappschuß eines Capos aus der dritten Reihe. Das Bild zeigte den grinsenden John Gotti.

»Mach keine Witze«, sagte Mouw. »Gotti?« Kurins nickte.

Mouw war nicht überzeugt. »Die Familie wird ihm das nicht durchgehen lassen.«

# Kapitel 21

John Gotti entpuppte sich als meisterhafter Taktiker. In den langen Wochen vor dem Anschlag hatte er einen Schlachtplan ausgearbeitet; an diesen hielt er sich nun mit konzentrierter Disziplin; sein Vorgehen pendelte, je nach Situation, zwischen Diplomatie und Härte.

Gottis erste Sorge galt der Festigung seines Rückhalts innerhalb der Gambino-Familie. Den Gerüchten über einen internen Krieg ließ er zwei Tage lang freien Lauf; als das giftige Gebräu kurz vor dem Überkochen schien, sorgte er dafür, daß Joe Gallo, der verschrobene 71jährige *Consigliere,* der nach dem Tod der beiden Familienoberhäupter nominell der höchste Mann in der Hierarchie war, eine Versammlung der Capos einberief.

Die Stimmung war gereizt. Viele Capos fürchteten, das Ergebnis werde eine Kriegserklärung sein: Gallo werde Maßnahmen befehlen, um den Tod Castellanos zu rächen. Oder es werde zu einem allgemeinen Hauen und Stechen kommen, bei dem jeder gezwungen sein werde, sich mit einer Fraktion zu verbünden, sei es mit Gotti oder sei es mit der alten Garde.

Gotti hatte diese Besorgnisse einkalkuliert. Er wollte als großer Friedensstifter in einem Augenblick des Chaos die Führung der Familie übernehmen. Als er erfuhr, daß zwei Capos, Joey Arcuri und Mike Mandaglio, ihre Teilnahme an der Versammlung unter Vorwänden abgesagt hatten, frohlockte Gotti. »Die schwitzen Blut und Wasser.«

Die Versammlung fand bei *Caesar's* statt, einem üppig ausgestatteten italienischen Restaurant an der Ecke Third Avenue und 59. Straße in Manhattan. Von hier zu *Sparks* waren es höchstens 10 Gehminuten; und wenn das nicht genügte, den geladenen Gästen einen Schauer über den Rücken zu jagen, so mußte es die Identität des Inhabers tun: Das Restaurant gehörte Sammy Bull Gravano.

Aus Gründen der Vorsicht erschienen sämtliche Capos in Begleitung, doch damit hatte Gotti gerechnet. Er hatte vier seiner Spezialisten, deren Mäntel sich an einer verräterischen Stelle ausbeulten, am Eingang postiert, wo sie die Aufgabe hatten, dem vom Gastgeber verordneten Protokoll Geltung zu verschaffen. Mit einer theatralischen Servilität, die einen der Gäste an die Manieren eines »Oberkellners in einem von diesen scheißfranzösischen Häusern« erinnerte, bedeutete Iggy Alogna den Capos, daß der Tisch im Untergeschoß gedeckt war. Ihre »Chauffeure« könnten doch, so regte er an, an der Bar warten. »Alles, was bestellt wird, geht auf Rechnung des Hauses.« Allerdings nahm Iggy sich gegenüber den »Chauffeuren« eine kleine unangekündigte Freiheit heraus: Er nahm ihnen die Waffen ab. Sehr rasch hatte sich auf einem Stuhl in der Garderobe ein kleiner Berg stahlblauer Revolver angesammelt.

Die Capos wurden im Untergeschoß in einen Saal geführt, der wohl an einen venezianischen Rokoko-Palazzo erinnern sollte. Wände und Decken waren stuckverziert, antik aussehende Wandleuchter hielten flackernde Elektrokerzen, ein ausladender Kronleuchter schwebte über der Mitte einer langen gedeckten Tafel.

Am Kopfende des Tisches saß Joe Gallo und wartete darauf, daß die 21 geladenen Capos ihre Plätze einnahmen. John Gotti und Frank DeCicco flankierten ihn. Die beiden sahen resolut aus wie zwei auf die letzten Anweisungen des Ringrichters wartende Boxer.

Es wurde, wie es den Anweisungen Gottis entsprach, der Abend Joe Gallos. Der *Consigliere* der Familie führte Regie und erweckte den Eindruck bei den Anwesenden, an einer ordnungsgemäßen Übergabezeremonie teilzunehmen.

Gallo wartete nicht, bis das Essen aufgetragen wurde. Kaum hatten die Männer Platz genommen, da hielt er eine kurze Rede, die später alle als gelungen bezeichneten. Er sprach wie ein

müder alter Mann, dem eine fast unlösbare Aufgabe zugewiesen war. »Wir wissen nicht, wer den großen Paul auf dem Gewissen hat, aber wir sind dabei, es herauszufinden«, begann er.
Die Spannung entwich aus dem Raum wie Luft aus einem Ballon. So wird die Sache also laufen, begriffen die Capos, und die meisten waren erleichtert. Keine Notwendigkeit, sich einzubunkern, keine Ballereien auf offener Straße. Die Geschäfte sollten weiterlaufen wie gewohnt.
Als der *Consigliere* mit unsäglich ratloser Miene darüber räsonierte, wer wohl den Boß umgebracht haben könnte, fanden die Capos freilich, er trage ein bißchen zu dick auf. Es erschien ihnen lächerlich, daß er sich so unwissend gab. Ein Teilnehmer der Runde wurde in einem später für das FBI angefertigten Bericht mit den Worten zitiert, das Verhalten des *Consigliere* sei ungefähr so glaubwürdig gewesen, wie wenn nach dem Überfall auf Pearl Harbor US-Präsident Roosevelt »sich am Kopf gekratzt und gesagt hätte: ›Das sind ja rauhe Sitten. Ich möchte wissen, wer uns das angetan hat.‹«
Bei aller Unglaubwürdigkeit der Pose hatte Gallos Auftritt doch unter dem Strich eine unanfechtbare Logik: Wenn die Familie nicht wußte, wer ihren Boß umgebracht hatte, konnte es auch keine Rache an den Tätern geben. Gallos Bitte: Ruhe bewahren, keine unüberlegten Reaktionen, es gebe keine Notwendigkeit, die Kanonen anzuschnallen. Niemand sei in Gefahr, niemandem werde ein Haar gekrümmt, die Familie werde weiterhin leben und gedeihen.
Gallo setzte sich und wartete. Im Raum herrschte erwartungsvolle Stille. Wenn jemand die von dem alten Herrn aufgetischte Version anzweifelte, mußte er sich jetzt melden. Wenn jemand das Versteck- und Theaterspiel nicht mitmachen und Rache nehmen wollte, mußte er es jetzt sagen.
Eine Sekunde verstrich, dann noch eine. Niemand sagte ein Wort. Endlich erhob Gallo wieder die Stimme: »Wie wäre es mit Essen?« Er klatschte in die Hände, und schon spurtete eine Kellnerschar mit Schüsseln voll dampfender Pasta in den Saal. Das erste Glas wurde John Gotti eingeschenkt. Ein Zeichen.
Nicht, daß Gotti sich seiner Sache ganz sicher gewesen wäre. Er

hatte seine beiden Vertrauten, Sammy Bull Gravano und Angelo Ruggiero, angewiesen, während der Ansprache Gallos die Anwesenden sorgfältig im Auge zu behalten und im Raum auf und ab zu patrouillieren. Die Capos wußten, was ihnen blühen könnte.

Wie aber würden sich die anderen Familien verhalten? – Hier war der Kodex der Kommission verletzt, hier war das Oberhaupt einer Familie ohne Billigung getötet worden. Darauf stand die Todesstrafe.
Gotti wußte, daß er ihr nur entrinnen konnte, wenn er schnell, sehr schnell vollendete Tatsachen schuf. Denn es war eine Sache, einen über die Stränge schlagenden Capo John Gotti zu bestrafen; es war aber eine ganz andere, sich mit dem Don der Gambino-Familie anzulegen.
So war also einerseits Eile geboten, andererseits aber auch klar, daß Gotti sich nicht einfach zum neuen Familienboß ausrufen konnte. Die anderen Familien würden eine solche Mißachtung der Gesetze der Cosa Nostra nicht zulassen. Wenn die Kommission ihn als neues Familienoberhaupt akzeptieren sollte, mußte er sich wählen lassen.
So berief Gotti für den Tag nach der Capo-Versammlung eine Besprechung des Führungszirkels der Gambino-Familie ein, um das Verfahren für die Wahl eines neuen Bosses zu erörtern. Man traf sich in einem Café im Untergeschoß eines Manhattaner Hotels – um vier Uhr nachmittags, ein Schild an der Tür verkündete, daß das Café geschlossen sei. Der dicke Angelo nahm dies nicht zur Kenntnis, sondern stieß die Tür mit einem kräftigen Druck nach innen auf. Er hielt sie offen, damit Gotti, gefolgt von Frankie DeCicco und Sammy Bull Gravano, eintreten konnte. Drinnen war es leer und dunkel. Ruggiero fand sogleich den richtigen Lichtschalter, Gotti führte die Gruppe zu einem Nischentisch im rückwärtigen Teil. Das Café hatte gläserne Wände, und er suchte sich eine Nische aus, die, so hoffte er, von den Kunden, die draußen durch die unterirdische Ladenstraße bummelten, nicht eingesehen werden konnte. Ruggiero war noch an der Tür geblieben, bis Joe Gallo und Joe Piney

Armone angekommen waren. Während sie nach hinten gingen, schloß er die Tür ab. Als er sich gerade zu den anderen setzen wollte, befahl ihm Gotti: »Schau dich in der Küche um, Angelo.«

Ruggiero ging durch die Schwingtür, und als er zurückkehrte, verkündete er: »Alles klar.« Erst dann begann die Besprechung. Heute war man unter sich, und somit führte Gotti das Wort. Wiederholt schärfte er seinen Zuhörern ein, die Wahl des neuen Bosses müsse bald stattfinden, und zwar nach hergebrachter Cosa-Nostra-Art. Alle Capos müßten benachrichtigt werden. Er wolle nicht erleben, daß sich hinterher einer beschwere, er sei nicht eingeladen worden und habe deshalb die Teilnahme an der Wahl verpaßt. »Du sagst jedem klipp und klar«, wies er Sammy Bull in strengem Befehlston an, »daß ich, John Gotti, sie alle dabei haben möchte.«

Dann wandte er sich, unvermittelt das Thema wechselnd, dem drängenderen Problem der anderen Familien zu. »Wir müssen Zeit gewinnen«, sagte er. Es müßten unverzüglich Botschaften an die Oberhäupter der anderen Familien hinausgehen. »Sie sollen wissen, daß wir noch nicht herausgefunden haben, wie das mit Paul zugegangen ist, daß aber unsere Familie intakt ist und daß wir keine internen Probleme haben. Wir müssen ihnen sagen, daß wir eine neue Leitung wählen und daß wir nicht wollen, daß sich irgend jemand in unsere Probleme einmischt.«

Joe Gallo, der die stürmische Geschichte der Gambino-Familie seit drei Generationen miterlebt hatte, war der einzige, der sich zu einem kritischen Kommentar aufraffte. »Glaubst du wirklich, sie werden uns das abkaufen?« fragte er.

»Klar«, antwortete Gotti. Doch Sammy Bull fragte sich, ob John seiner Sache wirklich so sicher war. Auch Gallo ließ nicht locker. »Weißt du, früher oder später werden wir mit einer Geschichte aufwarten müssen, wer den großen Paul auf dem Gewissen hat. Wir werden nicht bis in alle Ewigkeit sagen können, wir seien noch am Suchen.«

»Wenn ich Boß bin«, sagte Gotti, »werden wir dazu gar nichts mehr sagen müssen.«

Die Wahl fand wenige Tage vor Weihnachten statt. Ein Capo namens Jackie »die Nase« D'Amico, Statthalter der Familie im Diamond District, betrieb im Untergeschoß eines neuen Appartementhochhauses in Tribeca einen Partyraum-Service: Einen mit den nötigsten technischen Einrichtungen versehenen großen Raum vermietete er tageweise an Gruppen oder Veranstalter, die dort ein Biergelage, ein Firmenfest oder eine Kostümparty feiern wollten. Das Geschäft lief gut, weil in dem Appartementhochhaus zahlreiche Yuppies wohnten, junge Juristen und Börsenmakler, die die Nähe zum Finanzdistrikt Wall Street schätzten.
An einem Mittwochabend im Dezember reservierte Jackie den Partyraum für sich selbst; er brauche ihn, erklärte er der Hausverwaltung, für eine Weihnachtsparty, die er für ein paar Kollegen aus seinem Büro geben wolle. »Tu nichts, was ich nicht tun würde«, sagte der Hausverwalter zu ihm; es war ein Scherz, an den er sich später, bei seiner Befragung durch das FBI, mit erheblicher Zerknirschung erinnern sollte.
Wieder führte Joe Gallo den Vorsitz. Er stand am Kopfende des Tisches, und als alle Capos versammelt waren, erklärte er die Versammlung für eröffnet. Er schlug einen förmlichen, dem feierlichen Anlaß unterstreichenden Ton an. Der Zweck der Versammlung, erklärte er, sei die Wahl eines neuen Familienoberhaupts als Nachfolger für Paul Castellano. Er fragte, ob jemand einen Kandidaten vorzuschlagen habe.
Frankie DeCicco sprang von seinem Stuhl auf, alle Augen richteten sich auf ihn. Es war Gottis Idee gewesen, daß Frankie sich als erster zu Wort melden solle. Es war bekannt, daß es in der Familie einige gab, die Frankie mit seinen guten Beziehungen zur alten Garde als neuen Boß favorisierten; sie sollte, so wollte es Gotti, gleich erfahren, wessen Mann Frankie war.
»Ich schlage John Gotti vor«, sagte Frankie.
Damit war allen klar, daß es eine Abmachung gab und daß es gefährlich sein könnte, sich dagegenzustellen.
Joe Butch stand auf: »Ich schlage John Gotti vor.«
Frankie d'Apolito stand auf und wiederholte: »Ich schlage John Gotti vor.«

Ein Capo nach dem anderen erhob sich, bis alle um den Tisch Versammelten, 21 an der Zahl, gesprochen hatten.
Eine Woche nach der Ermordung Paul Castellanos wurde John Gotti, ein 45jähriger Straßenräuber aus Queens, einstimmig zum Boß der Gambino-Familie gewählt.

Die Weihnachtsfeier im *Ravenite-Club* war ein Krönungsfest. Die eisernen Feuerleitern an den Fassaden der Wohnblocks entlang der Mulberry Street waren mit Lichterketten weihnachtlich geschmückt; ihr Licht fiel auf die Menschen, die sich in Gruppen auf dem schmalen Gehweg drängten und darauf warteten, in den Club eingelassen zu werden. Es sollte eine lange Party werden. Das Vorzimmer des Clubs war um sieben Uhr berstend voll. Ein Jugendlicher aus der Nachbarschaft, der tagsüber bei der Müllabfuhr arbeitete, betreute die Bar. Er hatte in jeder Hand eine Flasche Scotch, so daß er immer zwei Gläser auf einmal vollschenken konnte; trotzdem warteten die Kunden in Dreierreihen. Auf einem langen Tisch gegenüber der Bar standen dekorativ angerichtete Platten, die schon nach kurzer Zeit geleert waren. Joe Butch schickte einen seiner Jungs in sein nicht weit entferntes Restaurant, das *Café Biondo*: »Sag' ihnen, sie sollen liefern, was das Zeug hält. Es sei für John.«
Gotti hatte es nicht eilig, zu erscheinen. Er saß im Hinterzimmer, unter einem Bild seines Förderers Aniello Dellacroce, und nippte an einem Chivas. Ihm gegenüber saß sein neu ernannter Unterboß Frank DeCicco. Es sollte sich, so wünschte es Gotti, schnell herumsprechen, daß der neue Don ein Mann war, der Loyalität zu belohnen wußte. Die beiden Männer waren allein im Raum, vornehm abgeschirmt von dem Lärm und Durcheinander in der Bar. Einige Stunden zuvor, bei der Abfahrt zum *Ravenite,* hatte Gotti stolz zu DeCicco gesagt: »Nun müssen sie alle zu mir kommen.« Gotti ließ warten.
Vielleicht ging es ihm darum, ihnen eine erste Lehre zu erteilen: daß jetzt er den Ton angab und sie seinen Launen gehorchen mußten. Vielleicht aber war Gotti auch einfach nur müde. Die letzten Tage waren sehr anstrengend gewesen. Es galt, loyale Mitstreiter zu belohnen: Sammy Bull und der dicke Angelo

waren zu Capos ernannt worden. Gotti hatte persönlich eine Delegation zusammengestellt, die auf die Reise gegangen war, um den übrigen vier Familien seine Wahl kundzutun. Die Rückmeldungen hatten nicht lange auf sich warten lassen: John Gotti hat unseren Segen, er ist willkommen, seine Familie in der Kommission zu vertreten.
Von einer Seite war allerdings eine kritische Anmerkung gemacht worden: Die Genoveses, die umfangreiche Geschäfte mit dem großen Paul gemacht hatten, ließen Gotti durch Joe Piney ausrichten, sie würden nicht vergessen, daß eine Spielregel der Kommission verletzt worden sei. Eines Tages, versprachen sie, werde jemand dafür bezahlen müssen.
Von dieser Warnung abgesehen war alles genauso gelaufen, wie Gotti es geplant hatte. Genoß John Gotti, der schweigend seinen Whisky schlürfte, in diesem Augenblick seinen lang erstrebten und schwer errungenen Triumph?
Kurz vor neun Uhr stellte er sein Glas ab und erteilte die Anweisung: Schickt sie herein! Einzeln wurden daraufhin die Capos in den Raum geführt, um dem neuen Don zu huldigen. Sie gaben John Gotti einen Kuß auf jede Wange und schworen ihm ewige Loyalität. Dafür erteilte ihnen das neue Oberhaupt der Gambino-Familie den Segen.
Jeder der wartenden Capos steckte, bevor er ins Hinterzimmer geführt wurde, Gene Gotti einen Umschlag zu. Darin befand sich ein Weihnachtsgeschenk für den neuen Don. Wenn ein Capo mit seiner Bande ein durchschnittliches Jahr hinter sich hatte, steckte in seinem Weihnachtsumschlag üblicherweise die Kleinigkeit von 50 000 Dollar. Waren ihm größere Fischzüge geglückt, oder wollte er um besondere Gunst buhlen, konnte das Notenbündel auch dicker sein. Es dauerte nicht lange, bis Gene alle Taschen und Hände voll hatte. Ruggiero mußte ihn ablösen. Als er zurückkehrte, hatte Angelo bereits alle Taschen voll, und noch immer war die Schlange der Wartenden lang.
Als der Abend sich seinem Ende zuneigte, hatte Gotti fast zwei Millionen Dollar in bar eingesackt. Das war, wie er wußte, nur der Anfang.

# Kapitel 22

Niemand wirft ewig einen Sechser«, lautete einer von John Gottis Lieblingssprüchen; die Glückssträhne des neuen Paten dauerte tatsächlich nicht lange; es begann, so schien es, eine Glücksserie für Diane Giacalone. Bei Bruce Mouw machte das Glück immer noch Pause.

Im vergangenen März, vor neun langen Monaten, waren in einer Anklage der Bundesanwaltschaft gegen Neil Dellacroce die Namen von neun Stammgästen des *Bergin*-Clubs, darunter auch der von John Gotti, aufgetaucht. Wer hätte damals voraussehen können, daß im Januar 1986, als das Verfahren endlich verhandlungsreif war, sowohl Dellacroce als auch Castellano bedeutungslos sein würden, tot und begraben alle beide? Oder daß die Gambino-Familie ein neues Oberhaupt haben würde? Oder daß Diane Giacalone, die stellvertretende Bundesanwältin, die Willie Boy Johnson als FBI-Spitzel enttarnt hatte, den neuen Boß auf die Anklagebank bringen würde?

Als am 13. Januar 1986 die Protagonisten des Verfahrens sich zu einer vorprozessualen Anhörung im Bezirksgerichtsgebäude von Brooklyn einfanden, mußte John Gotti, seit nur drei Wochen Oberhaupt der Familie, zu seiner Verwunderung feststellen, daß er zum Hauptangeklagten avanciert war. Die Presse wartete auf den Mann, von dem das Gerücht ging, er sei der neue Pate. Und Gotti kam, den Kamelhaarmantel lässig über die Schultern gehängt, in einem makellos gebügelten zweireihigen grauen Flanellanzug; sein silbergrauer Haarschopf war frisiert wie der eines Fernsehansagers.

»Es heißt, Sie seien der Boß der Gambino-Familie«, rief ein Reporter.

»Ich bin der Boß meiner Familie ...«, antwortete Gotti lächelnd. Und als die Reporter sich fragten, was es damit auf sich habe, setzte er mit perfektem Timing hinzu: »... meiner Frau und meiner Kindern zu Hause.«
Viele Reporter lächelten belustigt. Das war zu schön, um wahr zu sein! Der Mann von der *New York Times,* ein altgedienter Polizeireporter, sagte später: »Man sah auf den ersten Blick, daß Gotti nicht einer von diesen wortkargen Schnauzbart-Kaspern war. Er war, was man sich als Reporter wünscht – gut für die Auflage.«
Als Gotti nach der Klinke des Gerichtssaals mit der Nummer elf griff, kam ihm eine hübsche Reporterin des Radiosenders WCBS ins Gehege. »Meine Eltern haben mir beigebracht, daß man einer Dame die Tür aufhält«, sagte Gotti mit einem freundlichen Lächeln; dabei zog er die Tür mit einer Hand sehr behutsam auf und winkte die Frau lässig durch.
Dann verschwand der neue Boß der Bosse im Gerichtssaal. Der Anklagevorwurf gegen ihn und seine Mitbeschuldigten lautete auf Beteiligung an drei Morden.

Im April begann der Prozeß. Doch nach vier Tagen, mitten im Vorgang der Geschworenenauswahl, verschaffte Frankie DeCicco seinem Boß eine weitere Verfahrenspause. Er war von einer Bombe zerrissen worden.
Es war der 13. April 1986, ein warmer Frühlingssonntag; DeCicco hatte den Nachmittag in Jimmy Faillas Hochburg verbracht, dem Clubheim des Vereins der Veteranen und Freunde in der 86. Straße in Brooklyn. Als er sich verabschiedete, begleitete ihn Frank Bellino, ein Funktionär der Beton- und Zementarbeiter-Gewerkschaft und Leutnant der Luchese-Familie, zu seinem Buick. Der Wagen stand gegenüber von Tommasos italienischem Restaurant, DeCicco stieg auf der Beifahrerseite ein. Er wollte für Bellino eine Visitenkarte aus dem Handschuhfach holen; sein Freund spielte mit dem Gedanken, sich ein Haus zu bauen, und vielleicht konnte Bellino ihm helfen, einen wohlwollenden Bauunternehmer zu finden. Kein Problem, meinte Bellino, er werde den Mann anrufen. Er lehnte

sich an die Wagenseite, während DeCicco im Handschuhfach kramte.
In diesem Augenblick drückte jemand, der die beiden beobachtete, auf einen Knopf. Und dann explodierte der Buick.
Die Wucht der Detonation schleuderte DeCicco durch die Windschutzscheibe nach draußen. Er landete auf dem Gehweg gegenüber dem Restaurant – in Stücke gerissen. Ein Fuß wurde ein Stück weiter an einer Parkuhr gefunden, ein Arm landete auf dem Vordach einer Bäckerei.
Die Neuigkeit sprach sich schnell bis zu John Gotti herum. Loyal und neugierig wie er war, machte er sich sofort auf den Weg, um sich anzuschauen, was mit seinem zweiten Mann geschehen war. Das war ein Fehler. Als er am Tatort ankam, befand sich Bellino bereits auf dem Operationstisch im Victory Memorial Hospital und DeCicco im Leichenschauhaus. Was Gotti sah, war genug, um ihn zu erschüttern.
Eine Stunde später, im *Bergin*-Club, hatte Gotti sich immer noch nicht beruhigt. »Die Bombe hatte es verflucht in sich«, murmelte er. »Das Auto ist in die Luft gegangen, wie in Benzin gebadet. ... sie haben die Bombe unter das Auto plaziert. Ihr solltet die verdammte Kiste mal sehen, ihr würdet es nicht glauben.«
Ruggiero, den es nach Rache gelüstete, versuchte das Denken seines Bosses in strategische Bahnen zu lenken. »Wir müssen der Sache einfach auf den Grund gehen, darum geht's«, wiederholte er mehrmals.
Doch Gotti hatte sich in der Frage, wer DeCicco auf dem Gewissen haben könnte, schon festgelegt. Gleich beim ersten Blick, den er auf das ausgebrannte Wrack geworfen hatte, war ihm die Botschaft eingefallen, die Joe Piney vor Monaten von seinem Besuch bei der Genovese-Familie zurückgebracht hatte und die nun plötzlich große Bedeutung anzunehmen schien: Irgendwann würde jemand für den Tod des großen Paul bezahlen müssen.
Gotti stellte sich die Frage, ob dieses eine Schlachtopfer, ein Leben für ein Leben, zum Ausgleich der Bilanz genügte. Oder war dies eine Kriegserklärung?

Das fragten sich auch die Journalisten. Der Bombenanschlag beherrschte die Sechs-Uhr-Nachrichten. Das Aufsehen wurde so groß, daß Richter Nickerson eine mögliche »Verfälschung« des Prozesses befürchtete und seine Aussetzung bis August verkündete.
Das hätte Gotti eigentlich fröhlich stimmen müssen; doch so wie die Dinge liefen, erschien ihm der Prozeß als kleinstes Problem. Der neue Don mußte eine Menge Schläge einstecken.
Es dauerte nicht lange, bis ein Spitzel den Zwillingen verriet, welch makabren Spitznamen die *Bergin*-Jungs sich für ihren Boß ausgedacht hatten – Johannes Paul Gotti. Es seien schon einige Wetten abgeschlossen worden, daß die Tage von Johnny Boy gezählt seien. Nach noch nicht einmal sechs Monaten als Oberhaupt der Familie erinnere er an den unglücklichen Papst Johannes Paul I. Johannes Paul Gotti würde aber wohl nicht das Glück haben, einfach tot umzufallen.

Mouw zeigte sich skeptisch. Schon einmal hatte er Gotti unterschätzt; er hatte ihm nicht zugetraut, die stürmischen Tage nach der Ermordung Castellanos ungeschoren zu überleben. Außerdem lernte er Gotti allmählich besser kennen. Mouw wühlte sich noch einmal durch die Gotti-Akten. Sie zeigten die Karriere eines Mannes mit gewissenlosem Ehrgeiz. Gegen jede Wahrscheinlichkeit hatte der Junge aus Queens sich von ganz unten nach oben durchgeboxt, vom schäbigen Straßenräuber zum Boß der Bosse.
Johannes Paul Gotti? Nein, entschied Mouw, beileibe nicht. Sein Instinkt sagte ihm, Gotti werde es irgendwie schaffen, sich seine Gegner innerhalb der Unterwelt vom Hals zu halten. Gotti würde überleben, und am Ende würden Bruce Mouw und sein C-16-Team auf ihn lauern.
Doch auch ein Optimist wie Mouw konnte nicht übersehen, daß Gotti von vielen Seiten Gefahr drohte. Auch die Tatsache, daß das Hauptquartier, von dem aus er seine Verteidigung organisieren mußte, derzeit gerade eine 2,70 Meter mal 3,60 Meter große Gefängniszelle war, schien kaum geeignet, seine Erfolgsaussichten zu vergrößern. Es war ein Allerweltsvorfall gewesen,

der dafür gesorgt hatte, daß der Don sich, nur einen Monat nach dem Tod Frank DeCiccos, im Gefängnis wiederfand.
An einem Septembernachmittag des Jahres 1984 hatte Romual Piecyk, als er aus der Bankfiliale zu seinem Auto zurückgekehrt war, festgestellt, daß ein in zweiter Reihe geparkter Lincoln ihm den Weg versperrte. Piecyk war ein jähzorniger Mensch, der in seinen wilden Jahren einmal wegen Waffenbesitzes und Tätlichkeit verurteilt worden war. Er stieg in sein Auto und begann laut und ausdauernd zu hupen. Der Lärm drang in Frankie Collettas Ohr, der in der *Cozy Corner Bar* saß. Frankie ging auf die Straße hinaus, um nachzuschauen, was los war. Was er sah, gefiel ihm nicht. Was bildete dieser Clown sich ein, so auf die Tube zu drücken? Wußte der Kerl nicht, daß jemand, der mit einem Lincoln vor der *Cozy Corner Bar* parkte, Verbindungen haben mußte? Jeder, der hier wohnte, mußte sich das zusammenreimen können.
Colletta beschloß, dem Mann Manieren beizubringen. Piecyk verdiente sein Geld damit, Kühlanlagen zu reparieren, nicht Kühlschränke, sondern die großen Truhen, in denen Tierkadaver an Haken aufgehängt wurden. Er schätzte sich als harten Burschen ein. Doch Colletta war ihm in dieser Beziehung überlegen. Er war von der echten Sorte. Er und seine Freunde hängten in Kühlräumen Menschen an Fleischerhaken auf.
Colletta schlenderte zum Auto hinüber, langte durch das heruntergekurbelte Fenster hinein und verpaßte Piecyk eine Linke ins Gesicht. Das veranlaßte den überraschten Piecyk, die Hand von der Hupe zu nehmen, doch der zweite Teil der Lektion folgte sogleich: Kurz entschlossen entriß Colletta dem Düpierten das Bündel Geldscheine, das aus seiner Hemdtasche lugte.
Colletta war schon auf dem Rückweg zur Bar, als Piecyk ihm nachsetzte. Er stürzte auf ihn wie ein wütender Stier, doch Colletta, der sich rechtzeitig umgedreht hatte, verabreichte dem Angreifer zwei blitzschnelle Rechts-Links-Kombinationen. Sie schüttelten Piecyk durch, fällten ihn aber nicht. Er griff Colletta noch einmal an, dieses Mal aber langsamer und vorsichtiger. Colletta verzog keine Miene. Er hatte die Fäuste erhoben und war bereit.

In diesem Augenblick war John Gotti aus der *Cozy Corner Bar* gekommen: »Was zum Teufel geht hier vor?«
Aus irgendeinem Grund blies Piecyk seinen Angriff ab. Er wandte sich an den elegant gekleideten Mann und beschwerte sich, daß man ihm sein Geld gestohlen habe.
Gotti ging ganz nah an ihn heran und blickte ihm ins Gesicht. Einen Moment lang hoffte Piecyk wohl, er werde sein Geld zurückbekommen. Doch dann erhielt er von Gotti einen mit offener Hand, aber aller Kraft geschlagenen Hieb ins Gesicht. Seine Nase begann zu bluten. »Schaff' deinen Arsch weg von hier.«
Piecyk stand starr da. Er spürte, wie das Blut ihm übers Gesicht lief. Wer war dieser Bursche? Er wünschte sich, ihn in Stücke reißen zu können.
Gotti bewegte sich keinen Zentimeter. Mit einem eisenharten, ausdruckslosen Blick hielt er Piecyk auf Distanz. Seine Stimme klang beherrscht, nicht sehr laut, als er sagte: »Ich rate dir, schaff' deinen Arsch fort von hier.« Gotti griff unter seinen Mantel.
In diesem Augenblick beschloß Piecyk, sich zunächst einmal von seinem Geld zu verabschieden. Er trollte sich, stand aber zehn Minuten später im Polizeirevier an der Ecke 72. Straße/Grand Avenue und erzählte den Beamten Doyle und Donohue seine Geschichte.
»Zwei Burschen haben mich gerade verprügelt und mir mein Geld weggenommen«, sagte Piecyk.
»Gut«, antwortete einer der Beamten, »wir werden ein Protokoll aufsetzen.«
»Nein, nein«, drängte Piecyk mit neu entflammtem Zorn, »die sind noch da, dort drüben.«
Er führte die beiden Polizisten zur *Cozy Corner Bar*. Sie war leer. Aber während sie draußen auf dem Gehweg standen, warf Piecyk zufällig einen Blick zu einem nicht weit entfernten Restaurant. »Dort sind sie!« rief er.
Tatsächlich saßen Gotti und Colletta an einem Fenstertisch, als Piecyk mit den beiden Polizisten hereinkam; um sie herum hockten noch weitere acht kräftige Burschen. »Das sind die

beiden«, sagte der Kühlanlagentechniker und deutete auf Gotti und Colletta. Einen Moment lang sah es so aus, als wolle er ihnen auf die Schulter klatschen, doch Gotti nagelte ihn mit einem vernichtenden Blick fest.
»Stehen Sie auf«, befahl Sergeant Donohue den beiden Männern. »Sie sind festgenommen.«
Die gesamte Tischrunde erhob sich.
»Nur diese beiden«, sagte der Sergeant mit eindeutiger Geste.
Die zehn standen wie ein Mann, die Hände an der Hosennaht.
»Ich warne Sie«, sagte der Sergeant.
Die zehn rührten sich nicht. Endlich sagte Gotti: »Ihr könnt zu Ende essen.« Die Männer setzten sich.
Gotti wandte sich an den Sergeant. »Wissen Sie, wer ich bin?«
Der Beamte wußte es nicht und wollte es auch nicht erfahren.
»Treten Sie vor«, forderte er Gotti auf.
Als Gotti auf die Straße trat, wurden ihm Handschellen angelegt.
»Ich will mit diesem Mann reden«, sagte Gotti und deutete auf Piecyk.
Doch die Polizisten wollten den Festgenommenen auf dem Revier haben, bevor die acht kräftigen Burschen im Restaurant beschließen konnten, den Nachtisch ausfallen zu lassen.
»Kommt nicht in Frage«, sagte Donohue zu Gotti.
Auf dem Revier wurden Gottis Personalien überprüft, dann durfte er gehen. Eine Woche später beantragte eine Grand Jury die Anklageerhebung gegen Gotti und Colletta wegen Raubes und grober Tätlichkeit.

Es dauerte fast zwei Jahre, bis der Fall vor Gericht kam. Castellano war ermordet, Gotti sein Nachfolger. Romual Piecyk wußte inzwischen, wessen Lincoln ihn damals zugeparkt hatte. Einige Tage vor Prozeßbeginn erhielt der Hauptbelastungszeuge einen Routinebesuch von Anthony Falco vom Ermittlerteam des Bezirksstaatsanwalts von Queens.
Falco traf, wie er in seinem Bericht für den Staatsanwalt darlegte, einen völlig verängstigten Menschen an. Von Piecyks früherer Kraftmeierei war nichts übriggeblieben. Er war abge-

magert, nervös und mißtrauisch. Er erzählte von Anrufen mitten in der Nacht, von düsteren Stimmen, die ihn vor einer Aussage gegen Gotti warnten. Als er feststellte, daß die Bremsschläuche seines Autos durchgeschnitten waren, kaufte er sich eine Waffe. Daß er keinen Waffenschein hatte, war ihm egal. Er machte sich Sorgen um seine Frau und um sich selbst. »Ich werde nicht aussagen«, sagte Piecyk.

Einige Tage später gab Piecyk der *New York Daily News* ein Interview. Wenn das Gericht ihn als Zeugen vorlade, werde er in den Zeugenstand treten. Aber seine Aussage werde sich »nicht gegen Mr. Gotti« richten. »Ich will Mr. Gotti nichts Böses.«

Am 24. März 1986 trat Piecyk vor das Gericht. Er trug eine dunkle Brille und kaute an seinen Nägeln.

Der Vertreter des Bezirksstaatsanwalts war ein junger Mann, blond und von beeindruckendem Auftreten. Er fragte Piecyk, ob die beiden Männer, die ihn mit »Boxhieben und Schlägen« traktiert hätten, im Gerichtssaal anwesend seien. »Ich bitte Sie, sich umzusehen.«

Piecyk guckte erst nach links, dann nach rechts. Schließlich richtete er den Blick direkt auf die Anklagebank, in die ruhigen, ernsten Gesichter von Frank Colletta und John Gotti. »Nein«, sagte er.

Vom Anklagevertreter bedrängt, verfiel Piecyk in den Tonfall eines Menschen, der darum bittet, ihn in Ruhe zu lassen. »Ehrlich gesagt, es ist so lange her, daß ich mich nicht erinnere.«

Eine New Yorker Zeitung erschien am nächsten Tag mit der kalauernden Schlagzeile: »Ein gottisfürchtiger Zeuge!« Dem Richter blieb keine Wahl, er mußte dem Antrag der Verteidigung auf Freispruch stattgeben. Der Boß der Bosse verließ den Gerichtssaal als freier Mann.

Doch seine Freiheit währte nicht lange. Diane Giacalone, die sich gerade auf ihren Prozeß gegen Gotti und andere vorbereitete, hatte nun Sorgen um ihre Zeugen, wenn sie sich nicht beeilte. Frau Giacalone stellte im April den Antrag, die Gotti gewährte Haftverschonung aufzuheben: Gotti habe seine Freiheit dazu genutzt, einen Zeugen der Anklage in einem anderen Prozeß – Romual Piecyk – einzuschüchtern.

Der Richter stellte den Parteien seinen schriftlichen Beschluß am 13. Mai zu: »Nach Ansicht des Gerichts«, hieß es darin, »liegen gewichtige Hinweise darauf vor, daß John Gotti, nachdem er gegen Kaution auf freien Fuß gekommen war, Piecyk einschüchterte und daß er, wenn er weiterhin auf freien Fuß bliebe, auch Zeugen im vorliegenden Verfahren in unzulässiger Weise beeinflussen und einschüchtern würde. ... Das Gericht hebt die Haftverschonung für John Gotti auf und ordnet seine Verwahrung an.«

Am 26. Mai, einige Minuten nach drei Uhr nachmittags, fand Gotti sich im Gerichtsgebäude von Brooklyn ein; alle seine Einsprüche waren abgewiesen worden. Er trug Turnschuhe und einen ockergelben Safarianzug – seine Gefängniskluft. »Gehen wir«, sagte er zu den Vollzugsbeamten. »Wir sind bereit für Freddy.«

Freddy war eine Figur aus einem bekannten Comicstrip, ein Leichenbestatter. Das »Wir« war der *Pluralis majestatis,* den John Gotti, Boß der Bosse, immer häufiger für sich in Anspruch nahm.

Die Wärter legten ihm Fußeisen und Handschellen an; dann wurde er, zusammen mit fünf weiteren Häftlingen, in einem grauen Transporter über die Brücke nach Manhattan ins dortige Strafgefängnis gebracht. Es sollte für die nächsten zehn Monate seine Heimstatt sein.

# Kapitel 23

Er war immer noch der Boß!
John Gotti mochte seine Tage in einer Zelle verbringen, die kleiner war als der Schrank zu Hause, in dem er seine zweireihigen Anzüge aufbewahrte; aber er war der Chef, er hatte das Sagen.
Als sein Bruder Gene und der dicke Angelo ihm hinterbrachten, welche Parolen einige der Burschen in die Welt setzten, die Johannes-Paul-Witze, beschloß er, eine Lektion zu erteilen, eine Warnung an die Adresse aller. Seine Wahl fiel auf Robert DiBernardo; an ihm wollte er ein Exempel statuieren.
Was fiel diesem gefönten Fatzke ein? Wer erlaubte ihm freche Reden über ihn, den Boß der Familie?
Gottis Zorn hatte, wie so oft, auch eine praktische Seite: Dibby saß auf viel Geld. Er war ein Großer im Pornogeschäft, der jedes Jahr Millionen Dollars machte. Daneben quetschte er noch Geld aus den Baugewerkschaften, vor allem aus der schwarzen Kasse der Gewerkschafts-Ortsgruppe 282. Wenn es gelang, Dibby aus dem Weg zu räumen, konnte Gotti ein eigenes Geschäftsführerteam installieren und sich bei den Provisionen großzügig zeigen. Es war höchste Zeit.
Als Gotti in der letzten Maiwoche von Angelo Ruggiero besucht wurde, unternahmen die beiden einen Spaziergang im Freigelände. Sie entfernten sich von den Wärtern, die Mithäftlinge hielten von sich aus Distanz. Als sie sicher waren, daß sie von niemandem belauscht wurden, auch nicht über ein verstecktes Mikrofon, flüsterte Gotti: »Dibby muß umgelegt werden! Sofort!«

Ruggiero gab die Anweisung sofort an Sammy Gravano weiter. Der war der Mann für harte Jobs.
Doch Sammy zeigte Skrupel. Er und Dibby hatten stets zusammengearbeitet, sie waren Freunde, Kumpel. Er erinnerte Angelo daran, daß Johnny seinerzeit, beim Anzetteln der Verschwörung gegen den großen Paul, Dibby zum Anwerben einiger Mitverschwörer ausgeschickt hatte. »Er hat etwas gut.«
Ruggiero zuckte die Schultern. »Das war damals. Heute ist heute.«
Gravano, der schnell schalten konnte, versuchte es auf einer anderen Linie. »Dibby schwätzt einfach viel. Er meint es nicht ernst. Er ist harmlos.«
»Es muß sein«, erwiderte Ruggiero streng. John habe es befohlen.
Was sein muß, muß sein, erkannte Gravano. Seinem schnellen Verstand war nicht entgangen, daß nach Dibbys Tod Sammy Bull Gravano alleine die Gewerkschaften für die Familie an der Leine führen würde. »Was soll ich tun?«
Ruggiero hatte einen Plan, wie die Sache sauber und schnell erledigt werden konnte; es war keine Zeit zu verlieren. Er würde Dibby zu einem Treffen in das Haus von Tony Lees Mutter einladen. Von Gravano erwartete er, daß dieser, falls Dibby die Sache spanisch vorkäme, ihm anbieten sollte, ihn zu begleiten. Sammy war bereit.
Doch am Tag darauf erschien in Sammy Bulls Büro an der Stillwell Avenue ein aufgelöster Ruggiero. Ein Problem sei aufgetaucht, sagte er. Das Haus stehe nicht zur Verfügung. John schäume vor Wut. Er verlange die unverzügliche Erledigung des Auftrags. »Könntest du das machen?« fragte er Sammy.
Gravano dachte nach. Dibby war sein Freund, John sein Boß. »Wenn es sein muß«, sagte Gravano.

Nur die wenigsten Mafiosi stehen vor der Mittagsstunde auf; DiBernardo sah sich anders, als Geschäftsmann mit einem Ranchhaus in Hewlett Harbor auf Long Island, als Trainer einer

Jugendmannschaft. Er ging um acht Uhr morgens aus dem Haus und kehrte rechtzeitig zum Abendessen mit Frau und Kindern zurück. Daß er sein Geld mit Zeitschriften und Videokassetten verdiente, die Kinder in intimer Umarmung mit Tieren zeigten, tat nichts zur Sache. Geschäft ist Geschäft.
Auch Sammy Bull war Frühaufsteher. Auch er verließ sein Haus auf Staten Island um acht Uhr. Seine Motivation war allerdings eine andere: Er wollte zu Beginn des Tages etwas für seine Gesundheit tun. Manchmal lief er acht Kilometer, manchmal boxte er bei Stillman's Sportstudio ein paar Runden mit seinem Trainer, oder er stemmte eine Stunde lang Hanteln. Daß er seine Gesundheitsübungen mit Steroiden unterstützte, war nur einer der vielen Widersprüche, mit denen er problemlos leben konnte.
Da beide Frühaufsteher waren, hatten sie es sich angewöhnt, sich an mehreren Vormittagen in der Woche gegen elf Uhr in Sammys Haus an der Stillwell Avenue zu treffen. Als Dibby am Morgen des 5. Juni dort auftauchte, hatte Sammy keine Zeit für seinen Freund. »Ich habe eine Verabredung«, entschuldigte er sich. »Wie wär's, wenn du später wiederkämst, sagen wir zwischen 17.30 und 18 Uhr. Auf eine Tasse Kaffee. Ein paar Dinge bereden.«
»Paßt mir gut rein«, sagte Dibby.
Kaum war er in seinem weißen Mercedes Richtung Manhattan davongebraust, hing Sammy am Telefon. Er rief seinen Schwager Eddie Garafola an. »Wir haben heute nachmittag etwas zu erledigen.«
Als Dibby kurz nach fünf in die Stillwell Avenue zurückkehrte, war die Sekretärin schon gegangen. An der Tür wartete Tommy Carbonaro, »Huck« genannt. »Wie geht's?« fragte er den Ankömmling. »Sammy wartet unten auf dich.«
»Ich kenne den Weg«, sagte Dibby.
Huck überlegte fieberhaft: Ist er nur nett zu mir, oder will er damit sagen, ich solle ihm von der Pelle bleiben? Er hielt es für das Beste, Dibby einfach anzulächeln und ihn alleine weitergehen zu lassen.
Dibby fand Sammy in dem hell erleuchteten Büro im Unterge-

schoß; er saß mit Joe Paruta an dem langen Besprechungstisch. Dibby nahm gegenüber Platz, mit dem Rücken zur Tür.

»Wie wär's mit einer Tasse Kaffee?« fragte Sammy.

»Schwarz«, antwortete Dibby.

Sammy, der Capo, bedeutete dem älteren Mann, einen Kaffee zu holen. Paruta stand auf und ging zu dem Kaffeeautomaten, der auf einem grauen Stahlschrank hinter Dibby stand. Er nahm einen Becher und sah sich nach Sammy und Dibby um. Die beiden unterhielten sich. Der alte Mann stellte den Becher ab und öffnete den Stahlschrank, in dem ein .38er Revolver mit Schalldämpfer lag. Der Griff war mit schwarzem Isolierband umwickelt, die Waffe lag schwer in der Hand. Der alte Mann ging von hinten auf Dibby zu.

»Zucker?« fragte er.

Bevor Dibby antworten konnte, schoß Paruta ihm eine Kugel in den Hinterkopf.

Das Schußgeräusch war gedämpft. Der eine Treppe höher postierte Huck erklärte später, er habe rein gar nichts gehört. Nach dem ersten Schuß zeigte sich knapp unterhalb der Linie, an der Dibbys Haar sich zu lichten begann, eine rote Öffnung von der Größe eines Groschens. Der zweite Schuß zertrümmerte seinen Schädel, Knochen- und Gewebeteile flogen durch den Raum.

»Mein Gott, was für eine Sauerei«, beschwerte sich Sammy, während er sich die Gehirnfetzen seines Freundes von den Kleidern wischte.

Während Huck und der alte Mann das Büro putzten, fuhren Sammy und sein Schwager zum Burger King an der Coney Island Avenue, wo Ruggiero wartete.

»Erledigt«, sagte Sammy.

Mit vollen Backen kauend, sagte Angelo, er werde am Abend zwei Jungs schicken, die die Leiche und Dibbys Mercedes abholen würden.

»Schick' sie lieber früher als später«, meinte Sammy. Er hatte sich schon wieder in Richtung Auto gedreht, als er sich noch einmal Angelo zuwandte. »Wie kannst du dieses fette Scheißzeug essen?« fragte er angeekelt. »Du wirst daran krepieren.«

»Na und«, entgegnete Angelo. »Wenn du abtreten mußt, mußt du abtreten. Frag' unseren Freund Dibby.«
Er lachte noch, als Sammy davonfuhr. Und auch John Gotti lächelte, als er am nächsten Besuchstag die Vollzugsmeldung erhielt.

Die monatelange Haft schien John Gotti nichts auszumachen. »Zeit zum Entspannen«, prahlte er gegenüber Journalisten. »Ich kann das mit links absitzen.«
Als dann im August endlich sein Prozeß begann, tat er so, als bereite ihm die Anklage keine Sorgen, obwohl ihm die Beteiligung an drei Morden vorgeworfen wurde. Drei Mafiosi hatten ein Kronzeugen-Angebot angenommen und schienen bereit, gegen ihn auszusagen. Einer der Mitangeklagten, Neil Dellacroces Sohn Armond, hatte bereits ein Schuldbekenntnis abgelegt. Doch Gotti gab sich locker und siegessicher. Sein Grinsen wurde zu einem zähnefletschenden Lächeln, wenn er eine Kamera erblickte.
Auf der Fahrt ins Gerichtsgebäude von Brooklyn saß er im selben Fahrzeug wie Willie Boy Johnson, der, wie Frau Giacalone enthüllt hatte, fünfzehn Jahre lang Polizeiinformant gewesen war. Johnny schien es ihm nicht übelzunehmen. »Hallo, Willie Boy«, rief Gotti im Gerichtssaal, »hast du den schon gehört?« Und er erzählte irgendeinen Witz, den er gerade von einem seiner Anwälte gehört hatte; am Ende lachten beide Männer herzlich. Die Vergangenheit schien begraben und vergessen.
Richtig ärgerlich fand Gotti nur, daß er sich für die Verhandlungen nicht in Schale werfen konnte. »Mein Mandant legt großen Wert auf seine äußere Erscheinung«, erklärte sein Verteidiger dem Gericht. »Vor Gericht aufzutreten, tut seiner Fähigkeit Abbruch, um sein Leben zu kämpfen.« Dafür hatte Richter Nickerson, der persönlich eher zu sportlichen Hemden und Klubkrawatten neigte, kein Verständnis. Er lehnte den Antrag der Verteidigung ab, Gotti jeden Morgen zwei Stunden für Toilette im Büro seines Anwalts zuzugestehen. Trotzdem schaffte es der Don, jeden Tag in frischer, tadellos gebügelter Garde-

robe vor Gericht zu erscheinen. Sein Haar war perfekt frisiert, sein Teint blieb braun.
Als die Prozedur der Geschworenenauswahl vorüber war und die Verlesung der Anklageschrift bevorstand, zeigte Gotti sich immer noch zuversichtlich. »Die haben nichts in der Hand«, sagte er den Reportern, die ihn in den Verhandlungspausen umdrängten. »Wenn meine Kinder mich jemals so anlügen sollten, wie diese Burschen gelogen haben, werden sie zur Strafe kein Essen bekommen.« Bei einer anderen Gelegenheit überraschte er die Reporter mit einem Gelöbnis: »Ich verspreche euch, wir werden freigesprochen.«
Bruce Mouw fragte sich, welche Karte John Gotti in seinem Ärmel versteckt hatte.

# Kapitel 24

Nach einem gebieterischen Klopfen an der Tür schnarrte eine Stimme: »Zimmerservice.«
Die drei FBI-Beamten in dem Hotelzimmer zogen ihre Revolver.
Mouw hob den Arm wie ein Polizist, der den Verkehr anhalten will, und machte den Zwillingen ein Zeichen. »Darum kümmere ich mich. Ihr paßt auf die Frau auf.«
Mouw ging an die Tür und lauschte einen Moment. Er hörte nichts. Das machte ihn nervös. Er vermißte jene Geräuschfetzen, die normalerweise durch die Korridore eines belebten Hotels hallen.
Matty Tricorico, der seinen Revolver gezogen hatte, bemerkte Mouws Anspannung und legte, sein Gesicht der schwarzhaarigen Frau zuwendend, einen Finger auf seine Lippen, zum Zeichen, daß sie keinen Ton von sich geben solle. Sie nickte. Dann nahm er ihre Hand und führte sie ins Badezimmer.
Frank Spero hatte sich vom Bett wegbewegt und stand, mit dem Rücken zum Fenster, in einer Lücke zwischen dem Schreibtisch und einem Schrankelement, in dem der Fernseher eingebaut war. Hinter ihm zeichnete sich der erleuchtete Turm des Rokkefeller Center ab. Er starrte auf die Tür. Und dorthin zielte auch der Revolver, den er, in Kampfpose, mit beiden Händen umklammerte.
»Eins … zwei …«, zählte Mouw lautlos.
Bei »drei« riß er ruckartig die Tür auf. Ein erschrockener Zimmerkellner stand da, vor sich einen Servierwagen mit abgedeckten Terrinen und Platten. Er starrte in die Mündung von Speros Revolver. »Polizei?« fragte der Kellner hoffnungsvoll.

Spero steckte die Waffe rasch in sein Holster zurück: »Mafia.«
Der Kellner sagte kein Wort. Mouws Entschuldigung schien ihn ebensowenig zu interessieren wie das außerordentlich großzügige Trinkgeld. Erst als Mouw sagte, man werde sich selbst bedienen, zeigte er einen Anflug von Dankbarkeit. Er verließ rasch das Zimmer und schloß die Tür hinter sich.
Die Beamten im Zimmer hörten die Schritte des davonrennenden Kellners. Später mußten sie über ihr nervöses Verhalten lachen.
Doch im Augenblick waren sie noch im Zustand äußerster Gereiztheit. Die rehäugige Schönheit, die im Informantenregister des FBI unter dem Decknamen Easter firmierte, hatte so beunruhigende Informationen geliefert, daß die Zwillinge Mouw zu einem Treffen in der City überredet hatten. Sie wollten mit der Frau von 19 Uhr an im *Sheraton-Hotel* an der Ecke Seventh Avenue/53. Straße auf ihn warten. Easter sollte Mouw selbst erzählen, was sie erfahren hatte.

In der Regel ist die Rekrutierung eines Informanten das Endergebnis eines höchst heiklen und subtilen Verführungsprozesses. Doch auch diese Regel kannte Ausnahmen. Die Informantin mit dem Decknamen Easter hatte sich selbst angeboten. Sie war nach mehreren schlaflosen Nächten zu der Erkenntnis gekommen, daß das Bureau ihre letzte Rettung war. Alle anderen Alternativen hatte sie ohne Erfolg durchgespielt. Von allen anderen war sie immer nur benutzt worden: von ihrem Freund, von der Mafia, von der New Yorker Stadtpolizei. Wenn sie nicht jemanden fand, der es gut mit ihr meinte, würde sie im Gefängnis landen – oder mit einer Kugel im Kopf enden.
Easter konnte viele Schuldige nennen für ihren Leidensweg. Sie war eine kaffeebraune Puertoricanerin mit pechschwarzem Haar, einem warmen Schlafzimmerblick und höchst lasziven Bewegungen. Die obersten drei Knöpfe ihrer Bluse standen immer offen, ihre Röcke spannten sich eng um die Hüfte. Sie war klein, wohl nicht einmal 1,70 Meter groß, und trug extrem hohe Stöckelschuhe. Wenn sie einen Raum durchquerte, zog sie zahlreiche Augenpaare auf sich.

Verehrer hatte sie viele, aber zweien hielt sie auf eigentümliche Weise die Treue. Einer war reich und mächtig und »ein Schleimer«, wie sie sich nach einiger Zeit beklagte. Der andere war nicht reich und mächtig, er war nur ein Schleimer, aber »*mucho* sexy im Bett«.

Easter hatte beide Männer – und noch einige andere dazu – durch ihren Beruf kennengelernt. Sie arbeitete als Empfangssekretärin für eine Gruppe von Juwelenhändlern, die ihren Geschäftssitz im Herzen des Diamantenbezirks im mittleren Manhattan hatten, eine Treppe über dem Erdgeschoß.

Der Junge, den sie »*mucho* sexy« fand, war Bote und eines Tages mit einem Päckchen in der Hand und einem reizenden Lächeln auf dem Gesicht bei ihr aufgetaucht. Als er wieder ging, hatte er ihre Telefonnummer.

Der reiche, mächtige Mann war Italiener; sie hatte ihn bei einer Firmenfeier kennengelernt. Sie hatte gesehen, wie der Mann sich mit Jack D'Amico unterhielt, und hatte daraus gleich Schlüsse gezogen. Jedermann im Diamantenbezirk wußte über Jackie, genannt »die Nase«, Bescheid. Sie übersah auch nicht, daß der Fremde sie musterte. Als sie sich einen Drink an der Bar holte, sprach er sie an. Später flüsterte der Chef ihr zu, ihr neuer Bekannter sei ein sehr wichtiger Mann.

»Wie Mr. D'Amico?« fragte sie.

»Wichtiger«, sagte der Chef; erst Monate später begriff sie, daß das auch eine Warnung war.

An jenem Abend jedenfalls fand sie den Duft seines Herrenparfüms wunderbar; sein weißes Hemd war aus echter Seide, und sein silbergrauer Anzug saß perfekt. Er hatte bestimmt, so schätzte sie, 500 Dollar gekostet. Sie gingen zusammen nach Hause.

Easter und ihr »wichtiger« Freund verabredeten sich bald ein- bis zweimal wöchentlich. Er hatte eine Wohnung in der City, ein sparsam eingerichtetes Appartement in einem weißen Ziegelstein-Hochhaus in Greenwich Village. Sie streckte sich auf seinem großen Bett aus, genoß den Hautkontakt mit der knisternden schwarzen Seidenwäsche und blickte aus dem Fenster auf das Empire State Building. Sie hatte es geschafft.

Easter wußte, daß ihr Freund irgendwo auf Long Island eine Frau und vielleicht auch Kinder hatte, aber das machte ihr nichts aus. Er war großzügig und kaufte ihr die elegantesten Kleider, zu Weihnachten auch eine Handtasche von Gucci. Er sagte ihr, daß er ein sehr mächtiger Mann sei, mit einflußreichen Freunden. Er erwähnte John Gotti; einmal hatte er ihn in ihrer Gegenwart angerufen, und das hatte sie aufregend gefunden, weil sie schon einmal ein Bild von Gotti in der *Daily News* gesehen hatte.
Das einzige, was sie an ihrem Freund störte, war der Umstand, daß er ein paar Handschellen im Nachttisch aufbewahrte. »Die habe ich einem Polizisten gestohlen«, brüstete er sich; er hatte auch noch andere »Spielzeuge«, wie er sagte.
Manchmal, wenn sie morgens aufwachte, war sie sehr froh, daß sie ihn eine Woche nicht mehr sehen mußte. Doch nach einer besonders rauhen Nacht kam unweigerlich ein Geschenk. Dann tröstete sie sich, daß keine Beziehung vollkommen sei.
Ihre Beziehung war schon einige Monate alt, als er endlich die Frage stellte, die sie schon lange erwartet hatte: »Erfährst du vorher, wenn sie Diamanten versenden?«
»Natürlich«, antwortete sie.
Das übrige ergab sich schnell. Sie wußte von einer Lieferung ungeschliffener Diamanten im Wert von knapp 160 000 Dollar, die per Boten an einen Empfänger im Stadtgebiet gehen sollte. »Gebongt«, sagte er. Er habe Freunde, die solches Kleinvieh an den Mann bringen konnten, ohne sich groß anstrengen zu müssen. Wenn alles klappe, werde er ihr für ihren Tip zehn Riesen hinblättern. Sie fiel ihm um den Hals.
Noch im Bett liegend, entwarf er einen Schlachtplan: Wenn der Bote sich auf den Weg macht, warten meine Jungs am Aufzug; ein paar Boxhiebe, dann auf und davon mit den Steinchen. Der einzige kritische Faktor sei der Bote. Man wisse nie, wie solche Leute reagierten.
Easter dachte nach und stellte sich vor, was sie mit 10 000 Dollar alles anstellen konnte. »Den Boten kannst du mir überlassen«, sagte sie unvermittelt. »Ich werde ihn fragen; ich garantiere dir, er macht mit. Er wird deinen Jungs die Diamanten lächelnd

übergeben. Sie sollen ihn fesseln, dann wird er der Polizei erzählen, daß er nichts gesehen hat.«
»Guter Plan«, stimmte der Mann zu. »Wir werden uns gut benehmen.«
Easter war sehr aufgeregt. Im Geist gab sie das viele Geld schon aus. An diesem Abend war sie es, die, vor Begeisterung kühn geworden, die Schublade mit den »Spielzeugen« aufzog …

Der Bote, der an dem betreffenden Nachmittag Dienst hatte, war einer von Easters Geliebten, es war der, den sie so »*mucho* sexy« fand.
Er lieferte die Diamanten nicht ab.
Während zwei Italiener mit Revolvern und einem Strick im Treppenhaus auf ihn warteten, nahm er ganz cool den Aufzug und fuhr zum Erdgeschoß hinunter. Dann machte er sich auf den Weg, in seiner Mappe eine gepolsterte Versandtasche mit ungeschliffenen Diamanten im Wert von 160 000 Dollar.
Easter hatte ihm einen Floh ins Ohr gesetzt. Was Italiener konnten, konnten Puertoricaner schon längst. Plötzlich verzog er schmerzhaft das Gesicht. Das hat man davon, wenn man zuviel Kaffee trinkt, lautete die Botschaft. Er mußte schnell ein Örtchen finden. Er stürmte in das Restaurant *Charly O's* und suchte das WC auf; er wählte die am weitesten vom Eingang entfernte Kabine. Als er die Tür aufstieß, stand er einem Mann mit dem Namen Luis gegenüber, der ein Seil in der Hand hielt. Er gab Luis die Tasche, stopfte sich ein Taschentuch in den Mund und kreuzte die Arme hinter dem Rücken, so daß Luis ihm die Hände zusammenbinden konnte.
Stunden später torkelte ein betrunkener Kunde in die Kabine und stolperte über den verknotet daliegenden Boten. Als die Polizei eintraf, machte das Opfer auf sie einen überzeugend erschütterten Eindruck. Die Beamten ahnten nicht, daß es zwei große Mäuse gewesen waren, die den Mann auf der Toilette so verstört hatten.
Auf dem Revier erzählte der Junge den Beamten, er könne die Räuber nicht beschreiben. Sie hätten Skihauben getragen. Sicher sei er bereit, den Ordner mit den Fahndungsfotos durchzu-

sehen, auch wenn er nicht glaube, daß es etwas bringen werde. Ach ja – ob er seine Freundin anrufen dürfe? Er wolle ihr mitteilen, daß er später nach Hause kommen werde.
»Hier ist das Telefon«, sagte der freundliche Beamte. »Wie ist die Nummer?«
Er erreichte Easter, konnte aber nicht offen reden, weil die Beamten im Zimmer waren. Sie solle sich keine Sorgen machen. Alles werde gut ausgehen.
Für Easter klang das unglaubwürdig. Ihr waren 10 000 Dollar durch die Lappen gegangen. »Was ist passiert, verdammt nochmal?« kreischte sie.
»Wir sehen uns heute abend«, flötete er und hängte auf.
Es war kurz vor elf Uhr nachts, als er an ihrer Tür klingelte. Sie wollte erst gar nicht aus dem Bett steigen, doch er klingelte weiter. Bevor sie ihn wütend anfahren konnte, drückte er ihr die Tasche in die Hand. »Viel besser als lausige zehn Riesen, nicht?« grinste er.
Easter dachte einen Augenblick lang nach, dann legte sie ihre Arme eng um seinen Hals und gab ihm einen innigen Kuß. Es war alles noch besser gelaufen.
Zwei Tage später wurde der Bote, als er auf dem Weg zu seiner Firma war, nach Aussagen mehrerer Zeugen vor einer U-Bahn-Station in der Bronx von zwei großen, kräftigen Männern abgepaßt, die ohne jede Warnung zu schießen begannen. Er bekam sechs Treffer in den Leib, vier Kugeln zerfetzten das Gesicht. Als die Polizei eintraf, entschied sie, keinen Notarzt zu rufen, sondern gleich den Leichenwagen.
An diesem Abend traf Easter sich mit ihrem italienischen Freund. »Ich will die Diamanten«, forderte er. »Wir können nach wie vor Freunde sein. Du kannst nach wie vor die zehn Riesen bekommen. Aber ich will die Diamanten.« Er sprach mit ruhiger, freundlicher Stimme, aber seine Augen bohrten Löcher in sie. Es war derselbe glasige, drohende Blick, den sie kannte, wenn er mit seinen »Spielsachen« hantierte. Als sie es merkte, fing sie an zu frösteln. »Keine Mätzchen mit mir.«
Am nächsten Tag erhielt Easter an ihrem Arbeitsplatz Besuch von zwei Polizeibeamten. Sie gaben sich sehr sarkastisch. Der

Fall des von Kugeln durchsiebten Boten vermittle ihnen das Gefühl, an der Nase herumgeführt zu werden. Bei Durchsicht der Vernehmungsprotokolle hätten sie festgestellt daß er vom Revier aus einen Anruf gemacht habe. Sie hätten die Telefonnummer überprüft, und siehe da, sie gehöre einer jungen Frau, die zufällig genau in dem Juwelengeschäft arbeite, dem eine Tasche mit Diamanten abhanden gekommen sei. »Was für ein Zufall!«

Es könne für sie ganz schön dick kommen, sagte der Beamte warnend. Schwerer Diebstahl, vielleicht sogar Beihilfe zum Mord. Wenn sie irgend etwas wisse, tue sie gut daran, alles zu beichten. Entweder ein Geschäft auf Gegenseitigkeit – oder ein so hübsches kleines Ding wie sie müsse auf eine ganz schön lange Zeit hinter Gitter.

Kaum waren die Polizisten fort, da rannte Easter aufs Klo und spie ihr Mittagessen wieder aus. Am Abend suchte sie zitternd ihren Italiener auf und brachte ihm die Versandtasche mit den Diamanten.

»Ich wußte, ich kann mich auf dich verlassen«, sagte er väterlich; zum erstenmal nach Tagen glaubte Easter wieder daran, daß alles in Ordnung kommen werde. Sie lagen, ineinander verschlungen, erschöpft in der raschelnden schwarzseidenen Bettwäsche, als sie sich endlich getraute, ihn nach den 10 000 Dollar zu fragen.

Sein Lächeln war ohne jede Feindseligkeit: »Du kannst von Glück sagen, wenn ich dich nicht umbringe.«

»Aber du hast versprochen ...« Der Satz entfuhr ihr, ehe sie sich überlegt hatte, was sie da sagte.

»Du Nutte«, brüllte er sie an und versetzte ihr einen Schlag ins Gesicht. »Du hast versucht, mich aufs Kreuz zu legen.« Er ließ die Handschellen um ihre Gelenke schnappen.

Am nächsten Morgen hatte sie so viele Blutergüsse und Striemen, daß ihr die Kleider auf dem Leib weh taten. Er drückte ihr fünf 100-Dollar-Scheine in die Hand. »Besser als nichts«, sagte er.

»Ja«, log sie.

Nach einem weiteren Besuch der Polizeibeamten und nach

mehreren schlaflosen Nächten entschloß Easter sich, beim FBI anzurufen – sie hatte keine andere Wahl mehr. Die Polizei drohte ihr mit dem Gefängnis, die Italiener hatten ihren Geliebten erschossen und ihr die Steine weggenommen; geblieben waren ihr 500 Dollar und sehr schmerzhafte blaue Flecken. Zum Teufel mit allen, fluchte sie, als sie zum Telefonhörer griff.
Da sie bei ihrem Anruf im Bureau den Namen John Gotti erwähnte, war es kein Zufall, daß ihr Angebot, »einige wertvolle Informationen« zu liefern, auf dem Schreibtisch von Bruce Mouws landete. Matty Tricorico und Frank Spero wurden noch am selben Tag in Marsch gesetzt. Das Mädchen erschien ihnen äußerst selbstbeherrscht, allerdings auch entnervend schüchtern. Sie ließ sich nicht drängen, und die beiden Beamten waren diszipliniert genug, sie am langen Zügel zu führen. Über eine Stunde lang gab sie eine mehr oder weniger wahrheitsgetreue Darstellung ihres Lebens, erzählte von ihrem Job im Diamantenbezirk und von ihrem Mafia-Liebhaber. Sie vermied es geschickt, irgendwelche Namen zu nennen.
»Also«, fragten die Beamten schließlich, »wie können wir Ihnen helfen?«
Langsam am Faden ziehen, lautet eine der goldenen Regeln von Quantico; dann wird sich irgendwann das ganze Knäuel entwirren.
Easter erzählte von den gestohlenen Diamanten, von dem Boten, der ermordet wurde, von der Polizei.
»Wer hat die Diamanten jetzt?« wollten die Beamten wissen.
»Vielleicht sollte ich mich raushalten«, sagte sie. Doch diese Äußerung war, wie alle spürten, der Auftakt zu einem Verhandlungspoker.
»Sie sind schon viel zu weit drin«, sagte einer der Zwillinge. »Mit einem Fuß schon im Gefängnis. Oder im Grab.«
Wo die Diamanten jetzt seien, wollte der andere wissen.
Am Ende knickte sie ein und erzählte alles, was sie im Grunde schon im Augenblick ihres ersten Anrufs beim FBI sagen wollte. Sie verriet den Namen ihres italienischen Liebhabers.
Es war der Name eines Capos der Gambino-Familie; er gehörte zu den engsten Freunden John Gottis. Mindestens einmal pro

Tag sprach er mit Johnny Boy, manchmal auch öfter. Er war einer aus dem innersten Kreis, vertraut mit allem, was in der Leitung der Familie vor sich ging.
Als der Name erst einmal heraus war, war der Rest nur noch Formsache. Mouw legte der Frau eine Abmachung vor, nach einem letzten tränenreichen Aufbäumen ließ sie sich darauf ein. Sie unterschrieb einen Vertrag, den ein Rechtsexperte aus dem Justizministerium aufgesetzt hatte. Da die offizielle Registrierung in der Informantenkartei des C-16-Teams am Karfreitag erfolgte, erhielt sie den Decknamen Easter.
Keinem der beteiligten Beamten ging damals auf, daß diesem Decknamen eine beunruhigende symbolische Bedeutung innewohnte. Easter blieb auf freiem Fuß, erhielt jeden Monat einen Scheck von Vater Staat und verpflichtete sich, hin und wieder eine Nacht mit ihrem italienischen Freund und seinen Spielsachen zu verbringen und darüber zu berichten.
Ein Jahr später kam es zu jener dramatischen Sitzung mit den Zwillingen und Bruce Mouw im *Sheraton*. Als die vier die vom Zimmerservice servierten Steaks vertilgt und den unvermeidlichen Small talk hinter sich hatten, übernahm Mouw die Initiative. Er wollte wissen, was die Zwillinge in so helle Aufregung versetzt hatte.
Easter, eine talentierte Berichterstatterin, machte es kurz und bündig. Was sie zu erzählen hatte, hätte auf eine Postkarte gepaßt. Sie habe, sagte sie, ihren Geliebten nach dem Verlauf von John Gottis Prozeß gefragt – einfach aus Neugierde, schließlich seien die Zeitungen voll davon. »Sieht schlecht aus, nicht?« hatte sie gefragt.
»Kannst du abhaken«, hatte er geantwortet. »Das ist gegessen.«
»Man weiß nie«, bohrte sie.
»Doch, ich weiß es«, sagte er. »Gegessen und geschissen. Wir haben einen Geschworenen eingekauft!«

Weder Easter noch Mouw hatten die geringste Ahnung, welcher der Geschworenen bestochen worden und wie die Familie an ihn herangekommen war. Bis Mouw die ganze Wahrheit erfuhr, sollten noch Jahre vergehen.

Die Fakten, vom C-16-Team später zusammengesetzt, sahen so aus: Der Geschworene mit der Nummer 11, der 53jährige ehemalige Marinesoldat Georges Pape, war mit einem Bosko Radonjich seit frühester Kindheit eng befreundet – ein Umstand, der wirklich auf Zufall beruhte. Radonjich, ein gebürtiger Jugoslawe, war Chef einer Bande irischer Berufskiller, die als die Westies bekannt waren; er hatte hin und wieder geschäftlich mit John Gotti zu tun. Kurz nach Beginn des Prozesses war Radonjich bei Sammy Gravano aufgetaucht und hatte einen Handel vorgeschlagen: Wenn der Preis stimme, werde sein Freund auf Freispruch plädieren.
Gravano leitete das Angebot sogleich an Gene Gotti weiter, und dieser, ebenfalls angeklagt, gab die gute Nachricht an seinen Bruder weiter. Schon einen Tag später kam für Gene die Antwort an Sammy Bull: »Veranlasse das Nötige.«
Während im Gerichtssaal verhandelt wurde, zahlte Gravano 60 000 Dollar in drei Raten von je 20 000 Dollar an Radonjich aus. Die Familie hätte auch mehr gezahlt, aber Gravano hatte, wie immer, gefeilscht. Noch erfreulicher wurde die Sache für Gotti, als die Geschworenen ausgerechnet die Nummer 11 zu ihrem Sprecher wählten.
Selbst wenn Mouw dies gewußt hätte, hätte er sich wohl kaum für ein anderes Vorgehen entschieden. Von seinen Kritikern – einem Chor zorniger Staatsanwälte – mußte er sich später immer wieder vorhalten lassen, er sei mit zu großer Vorsicht zu Werke gegangen. Er hätte sofort nach Easters brisanter Enthüllung sowohl Diane Giacalone als auch Richter Nickerson informieren müssen. Dann hätte der Prozeß abgebrochen und mit einer neuen Geschworenenriege neu angesetzt werden können. Zugleich hätte gegen Gotti wegen Geschworenenbestechung ermittelt werden können. Vor allem aber habe Mouw mit seiner Handlungsweise einen gefährlichen Präzedenzfall geschaffen, der im weiteren Verlauf der Ermittlungen gegen John Gotti zu unverzeihlichen Auswüchsen geführt habe.
Die Gruppe derer, die mit Verve Mouws Verhalten billigten, führte vor allem das Argument ins Feld, daß dem FBI die Hände gebunden gewesen seien. Wie hätte Mouw die Information, daß

ein Geschworener bestochen worden war, publik machen können, ohne seine Quelle preiszugeben? Frau Giacalone hatte schon einmal demonstriert, daß sie nichts dabei fand, Informanten zu opfern, und wer konnte garantieren, daß sie vor Gericht nicht die Identität von Easter preisgab? Eine äußerst wichtige Quelle über die Gambinos würde dann versiegen, ein Menschenleben würde in Gefahr gebracht. Sowohl aus operativer wie aus moralischer Sicht sei Mouw keine andere Wahl geblieben, als sein Wissen für sich zu behalten.

Doch die Kritiker fuhren ein weiteres Geschütz auf: Mouw habe weder seine Vorgesetzten im Bureau noch den obersten Bezirksrichter Jack B. Weinstein noch den neuen US-Bundesanwalt für den östlichen Bezirk von New York, Andrew Maloney, von Easters brisanter Mitteilung in Kenntnis gesetzt. Maloney, der in seiner Zeit in West Point Boxchampion im Mittelgewicht gewesen war und ein Faible für Metaphern aus der Sportsprache hatte, ereiferte sich zwar eine Zeitlang über die Unfairneß, zeigte am Ende aber doch Verständnis für die Entscheidung Mouws.

Es gab noch eine dritte Gruppe, die sowohl Freunde als auch Gegner Mouws umfaßte: Sie vertrat die Überzeugung, Mouws Verhalten sei überwiegend von persönlichen Erwägungen bestimmt gewesen. Er habe billigend in Kauf genommen, daß Gotti als Sieger aus dem von Frau Giacalone angestrengten Prozeß hervorgehe, weil er selbst den entscheidenden Schlag gegen den Don führen wollte.

Wie auch immer: Bruce Mouw ließ Diane Giacalone ahnungslos in den Kampf gegen den optimistischen John Gotti ziehen.

# Kapitel 25

Kein an der Front eingesetzter FBI-Mann mochte seine Dienstzeit im Gerichtssaal absitzen; bei George Gabriel saß der Widerwille besonders tief. Seinem muskulösen Körper sah man seine Vergangenheit als Mitglied des SWAT-Teams des FBI an; er fühlte sich im C-16-Team als zupackender Draufgänger.
Doch gerade dieser Hang zur Rauhbeinigkeit hatte Mouw veranlaßt, den Jüngsten unter seinen Männern als Beobachter in den Gotti-Prozeß zu schicken. Sollte einer dieser Seidenfuzzys eine zu kesse Lippe riskieren, würde er bei Gabriel genau an den Richtigen geraten. Es gab noch einen zweiten Grund: Es war höchste Zeit, daß Gabriel John Gotti »in action« erlebte. Er mußte wissen, wes Geistes Kind der Mann war, gegen den Mouw ihn in Marsch setzen wollte.
Am Anfang hatte Gabriel sich nur widerwillig der Anweisung Mouws gefügt, sich im Saal Nummer 11 im ersten Stock des Gerichtsgebäudes in Brooklyn einzufinden; er empfand es fast als eine Degradierung. Doch dann erlebte er eine Überraschung nach der anderen; er brauchte nicht lange, um zu erkennen, daß seine Vorurteile gegen diesen seltsamen, mit Heftigkeit geführten Prozeß keinen Bestand hatten. Rascher als erwartet kam für ihn die Chance, John Gotti die Krallen zu zeigen.
Sein erstes Aha-Erlebnis hatte Gabriel, als die Anwälte ihre Eröffnungsplädoyers vortrugen. Gabriel besaß ein gutes Auge für die körperliche Konstitution anderer; als Bruce Cutler, Gottis Verteidiger, zur Geschworenenbank schlenderte, erkannte Gabriel auf den ersten Blick, daß er es hier mit einem gelernten

Boxer zu tun hatte: es war die Art, wie Cutler ging, wie er den Oberkörper leicht nach vorne beugte, wie er die breiten Schultern fallenließ und seine kräftigen Fäuste ballte. Cutler schien nur auf den ersten Gong zu warten.

Der Anwalt marschierte zu der Wandtafel, auf die Diane Giacalone zur Untermalung ihres Eröffnungsplädoyers ein Organigramm der Gambino-Familie gezeichnet hatte, und wischte mit einer schwungvollen Handbewegung eine breite Schneise. Es war eine brutale Geste, die ihren Zweck, die Einschüchterung der Geschworenen, erfüllte. Die Staatsanwaltschaft verfolge eine »Schimäre«, verkündete Cutler lautstark. Er habe Frau Giacalones Gemälde weggewischt, weil die Geheimwelt, von der sie spreche, »nicht existiert«.

Cutler ließ sich in einen regelrechten Wutausbruch treiben, er schien die Beherrschung zu verlieren; angriffslustig schwangen seine Fäuste durch die Luft, seine Halsschlagader schwoll so an, daß sie weit aus seinem bulligen Hals heraustrat. Die Anklage, rief er mit lauter Stimme, sei »oberfaul«. Der RICO Act sei für ihn, höhnte er, kein Gesetz, sondern ein ranzig gewordenes Salatöl, das faulig schmecke und »zum Erbrechen« reize. Er holte aus und schleuderte mit den Worten »Da gehört es hin!« das Papierbündel in einen Abfallkorb. Dann ging er an seinen Platz zurück und schüttelte John Gotti die Hand.

Am folgenden Tag fand John Gotti mitten in der Verhandlung Blickkontakt mit George Gabriel; er formte seine Hand zur Pistole und flüsterte: »Peng!«

Gabriel, der in der ersten Reihe saß, lächelte. Er fing die imaginäre Kugel mit der Hand aus der Luft und zerdrückte sie anschließend in seiner Schraubstock-Faust.

In der Verhandlungspause winkte Gotti Gabriel zu sich. »Bulle?« fragte er. »FBI«, stellte Gabriel richtig.

Der Don brauchte einen Moment, um zu begreifen. Er schien Gabriel mit etwas anderen Augen anzuschauen. »Wie heißen Sie, Herr Bundespolizist?« wollte er wissen. Gabriel nannte ihm seinen Namen.

»Nun denn, wer ich bin, wissen Sie ja«, sagte Gotti jovial. »Und ich weiß jetzt auch, wer Sie sind. Es ist besser, wenn alle wissen,

mit wem sie es zu tun haben.« Er ließ seine Worte wirken und fragte dann: »Hat Mouw Sie geschickt?«
Gabriel lächelte. Er war einen Kopf größer als Gotti; er stand mit erhobenem Kopf da und wollte aus diesem Vorteil möglichst großen Gewinn ziehen.
»Nun, Sie können Mouw ausrichten«, fuhr Gotti fort, »daß ich diesen Prozeß gewinnen werde. Wenn ich als freier Mann hier rausgehe, möchte ich, daß er zu mir kommt. Sagen Sie ihm das. Nur er und ich. Wir werden es untereinander ausmachen.«
Das Lächeln aus Gabriels Gesicht verschwand. »Bruce Mouw ist nicht Ihr einziges Problem, John. Es gibt auch noch mich, vergessen Sie das nicht. Wenn Sie hier rauskommen, verspreche ich Ihnen, Sie haben mich auf dem Hals.«
Gotti schaltete auf eine andere Tonart um, die drohende Haltung verflüchtigte sich. »Mensch«, tönte er gutgelaunt, »lehnen Sie sich zurück, und genießen Sie die Verhandlung. Sie werden sich gut unterhalten, das garantiere ich.«

Gotti hielt, was er versprochen hatte. Er sorgte für »gute Unterhaltung«. Diane Giacalone versuchte zunächst vergeblich, Willie Boy Johnson zur Aussage gegen Gotti zu bewegen. Doch dann rief sie einen reumütigen Mafioso nach dem anderen in den Zeugenstand. Sie dirigierte diese Ex-Gauner durch eine sorgfältig geprobte Abfolge von Fragen und Antworten, die Schlinge aus belastenden Aussagen legte sich immer enger um den Hals Gottis.
Dann kam der Auftritt von Bruce Cutler. Mit eingezogenen Schultern und geballten Fäusten baute er sich vor dem Zeugenstand auf. Sein Kampfstil war der eines Wirtshausschlägers: mit dem Knie in die Hoden des Gegners, mit den Fingern in die Augen, mit der Faust in die Nieren. »Ans Kreuz mit ihnen«, feuerte Gotti seinen Anwalt an.
Als ersten nahm Cutler Edward Maloney in die Mangel. Frau Giacalone hatte ihn als Zeugen dafür präsentiert, daß Gotti vor rund zehn Jahre in einer Bar in Staten Island an der Ermordung eines Mannes mitgewirkt hatte; es habe sich, hatte Maloney

unter Eid erklärt, um einen innerfamiliären Racheakt gehandelt.
Cutler wußte, was zu tun war. Er wedelte mit dem Vorstrafenregister Maloneys in der Luft und quetschte aus dem Zeugen das Eingeständnis heraus, daß dieser sein halbes Leben hinter Gittern verbracht hatte.
»Sie sind also mit mir der Ansicht, mein Herr, daß Sie eine Gefahr darstellen und immer dargestellt haben – oder nicht?«
»Nein.«
»Waren Sie eine Gefahr für die Gesellschaft, als Sie in Juwelengeschäfte eindrangen und mit geladener Waffe Leute bedrohten?«
»Ja«, räumte Maloney ein.
»Darf ich Ihre Erinnerung daran auffrischen, daß Sie von der Regierung insgesamt 52 000 Dollar bekommen haben – oder lassen Sie es mich so ausdrücken, Mister Maloney: daß es die Vereinigten Staaten von Amerika rund 52 000 Dollar gekostet hat, Ihnen eine neue Identität zu verschaffen, Ihnen ein neues Zuhause, einen neuen Arbeitsplatz zu beschaffen, eine neue Frisur, einen Anzug – und das alles für einen asozialen Taugenichts wie Sie.«
»Einspruch!«
»Stattgegeben.«
Cutler setzte nach: »Sie haben auf den Bändern ziemlich oft Ausdrücke wie Arschficker und Hosenscheißer benutzt, richtig?«
»Ja.«
»Paßt das nicht auch auf Sie?«
»Einspruch!«
»Stattgegeben.«
Maloney schlotterte, als er den Zeugenstand verlassen durfte.
Auch an Frau Giacalones nächstem Zeugen ließ Cutler kein gutes Haar; sein Kreuzverhör war kurz, bösartig und wirksam.
»Crazy Sally« Polisi war ein Straßenräuber, der sich lange mit den Jungs von der *Bergin*-Gang herumgetrieben und sich im Gefängnis an einer Schlägerei beteiligt hatte. Cutler hatte den Exsträfling bald so weit, daß er stotternd eingestand, John Gotti

werde von den Bewohnern von Ozone Park »geliebt und hoch geachtet«. Frau Giacalone hörte in stummer Wut zu.
Dann schien sich das Blatt zu ihren Gunsten zu wenden.
James Cardinali, »Jamesy« im *Bergin*-Milieu genannt, war heroinabhängig und wegen Mordes verurteilt, doch er verstand es, in ruhigem, nachdenklichem Ton zu sprechen und Fragen ausführlich zu beantworten. Seine Aussage schien zu belegen, daß Gotti tatsächlich in die drei ihm zur Last gelegten Morde verwickelt war.
Gotti hatte Jamesy kennengelernt, als beide im Bundesgefängnis von Lewisburg einsaßen. Die Treulosigkeit des ehemaligen Busenfreundes war so eklatant, daß Gotti zu platzen drohte. Er griff nach einem Kugelschreiber und schrieb etwas auf einen Zettel, den auf sein Geheiß seine Anwälte lesen mußten: »Der Kerl muß gegrillt werden!« Gotti meinte es ernst.
Als Jeffrey Hoffman, einer der Verteidiger seines Bruders Gene, zu einem gemächlichen, einkreisenden Kreuzverhör ansetzte, verlor Gotti die Geduld. Er schob Hoffman einen Zettel zu: »Aufhören – oder Du bist ein toter Mann.« Gotti wollte, daß Bruce Cutler Jamesy ins Kreuzverhör nahm.
Cutler enttäuschte seinen Boß nicht. Er ging drohend auf den Zeugen zu und zwang ihn, sich an ein Telefonat zu erinnern, das er aus dem Gefängnis heraus mit ihm geführt hatte. Es war in einer von Jamesys depressiven Phasen gewesen, als ihm Skrupel über den mit der Anklage vereinbarten Kuhhandel gekommen waren.
»Du hast dich mit Frau Giacalone ausgesöhnt, nicht?«
»Ja.«
»Weil sie nicht mehr derselbe Mensch ist, der sie im Mai 1989 war, richtig? Weil sie, anders gesagt, kein Flittchen mehr ist in deinen Augen?«
»Richtig.«
Da Richter Nickerson nicht einschritt, ging Cutler noch einen Schritt weiter. »Sie ist also in deinen Augen nicht mehr ein Mädchen für eine billige Nummer?«
»Richtig.«
»Sie ist keine Lügnerin mehr, richtig?«

»Richtig.«

An diesem Punkt raffte Nickerson sich zu einer Unterbrechung auf. »Entschuldigung, bitte«, sagte er höflich, »vielleicht können Sie Ihren Ton mäßigen.«

»Ja, Sir, tut mir leid, Sir. ... Ich bitte das Gericht um Entschuldigung«, sagte Cutler zerknirscht. Als Cardinali den Zeugenstand verließ, war von seiner Selbstsicherheit nicht mehr viel übrig; Frau Giacalone hörte, wie vom Tisch der Verteidiger mehrere Stimmen etwas herüberzischten: »Die Ratte ist tot.«

Wenn die Verteidiger nicht die Zeugen der Anklage auseinandernehmen konnten, versuchten sie die Anklägerin zu provozieren; draußen auf der Straße würden sie die Sache regeln, ein für allemal.

Als Richter Nickerson die Anwälte zu einer Beratung an seinen Tisch rief, kam es zu einer Zuspitzung. Cutler sagte ohne jede Zurückhaltung: »Mal sehen, ob die Nymphe uns irgendeinen Beweis zu bieten hat.«

Frau Giacalone beschwerte sich beim Richter, doch dessen Ermahnung fruchtete nichts. Cutler erwiderte in einem vor Gift triefenden Tonfall: »Ich schäme mich dafür, daß diese Frau hier in diesem Gerichtssaal die Regierung vertritt. ... Diese Frau ist gefährlich. Sie versucht, mich zu behindern und einzuschüchtern, aber sie wird damit nicht durchkommen. Euer Ehren, ich bitte das Gericht, die Augen offenzuhalten.«

Richter Nickerson, ein weißhaariger Patrizier, riet den streitenden Parteien, sich zu beruhigen. Es war ein aussichtsloser Versuch nach den verletzenden Tiefschlägen.

Als die Anwälte sich beschwerten, Frau Giacalone habe ihnen ein wichtiges Dokument vorenthalten, zeigte sie mit einem drohenden Finger auf einen von ihnen und schrie: »Sie lügen!«

Ein Verteidiger brüllte zurück: »Nehmen Sie den Finger aus meinem Gesicht und stecken ihn sich in den Arsch.«

Die Anklägerin war eine Kämpfernatur, sie hielt den Provokationen stand. Doch dann schien sie doch zu resignieren.

Matthew Traynor war der letzte von der Verteidigung aufgebotene Zeuge, ein untersetzter Bankräuber und Drogenhändler. Im Verlauf seiner Aussage wurde klar, daß die groben Ausfälle

der Gotti-Anwälte gegen Frau Giacalone von Anfang an Teil einer Eskalationsstrategie gewesen waren.
Frau Giacalone hatte einmal in Erwägung gezogen, Traynor als Zeugen der Anklage aufzubieten. Nachdem sie ihn bei einer Reihe von Lügen ertappt hatte, mußte sie ihn fallenlassen und ihm damit auch die Chance auf eine Strafminderung nehmen. Als Traynor in den Zeugenstand trat, brannte er darauf, sich an der Anklägerin zu rächen. Cutler ließ Traynor freie Bahn.
Der Zeuge präsentierte sich als ein Enttäuschter, als ein Mensch, der in seinem Leben mehr Unrecht erlitten als anderen zugefügt hatte. In einem singenden Tonfall schilderte er, wie er von Diane Giacalone ausgenutzt und gedemütigt worden war. Sie habe ihm Drogen eingeflößt und ihn »völlig eingelullt«, um ihn kooperativ zu machen. »Ich war so breit, ich wollte nicht mehr heim.« Er habe Frau Giacalone einmal sogar anvertraut, daß er Lust hätte, sich »einen herunterholen zu lassen«, er sei schließlich auch nur ein Mensch. Wie aber hatte Frau Giacalone, »die Frau mit den strähnigen Haaren«, reagiert? Sie habe »ihre Höschen aus der untersten Schublade« geholt. »Sie hat sie mir gegeben und gesagt, ich sollte mich erleichtern: ›Behelfen Sie sich damit.‹« Ja, er fühle sich mißbraucht, gequält; Frau Giacalone wollte »mich dazu bringen, Mister Gotti und die anderen hineinzureiten«.
Frau Giacalones Hände umklammerten den Tisch. Sie war starr und sprachlos und wirkte wie gelähmt.
Nach sieben Monaten und 90 Zeugen beauftragte der Richter am 6. März 1987 die Geschworenen, sich zur Beratung zurückzuziehen.
»Wir marschieren hier raus«, triumphierte Gotti vor den Journalisten, »jede Wette darauf.«
Das Urteil wurde eine Woche später von dem Geschworenen Nummer 11 verkündet. Am Freitag, 13. März, wurden John Gotti und seine Mitangeklagten in allen Punkten freigesprochen.
»An den Pranger mit ihnen«, rief Gotti und deutete zur anderen Seite des Gerichtssaals, wo Frau Giacalone und ihre Mitarbeiter saßen. »Sie müssen verurteilt werden!«

Der neue Bundesanwalt Andrew Maloney mußte sich der Presse stellen. »Die Geschworenen haben entschieden. Sie hatten offenbar das Gefühl, daß mit den Beweismitteln etwas nicht stimmte«, log er. Es war, wie er später sagte, der schmerzlichste Augenblick seines Lebens. Es blieb ihm jedoch keine andere Wahl. Während er sich mit unverfänglichen Aussagen über die Runden zu retten versuchte, beschwor er innerlich den lieben Gott, ihm noch einmal eine Chance zu geben.

Als George Gabriel von dem Freispruch erfuhr, entschloß er sich sofort, einen Besuch bei Gotti zu machen. Er hatte dem Don in der ersten Prozeßphase ein Versprechen gegeben und wollte es halten.

Er tippte, daß Gotti nach fast einem Jahr hinter Gittern die wiedergewonnene Freiheit nutzen würde, erst einmal auf kürzestem Weg in den *Bergin-Club* zu gehen. »Wie ein Wahnsinniger« flitzte er nach eigenem Bekunden durch Queens, um vor Gotti an Ort und Stelle zu sein.

Als sein Ford in die 101. Straße einbog, tauchte aus der Gegenrichtung gerade der graue Cadillac auf, in dem John Gotti saß. Gabriel sprang aus seinem Wagen und näherte sich dem Don. Sofort stiegen aus dem Cadillac zwei Riesenkerle aus und stellten sich Gabriel in den Weg. Es war ihm gleich. Er war in der Stimmung zuzuschlagen. Doch bevor es zum Zusammenstoß kam, rief Gotti seinen Mannen zu: »Laßt ihn durch, er ist ein Bundesbulle.«

Gotti trat frohgemut auf George zu. »Inspektor Gabriel«, rief er, »wie geht es Ihnen?«

Gabriel ließ nicht mit sich spaßen. »Erinnern Sie sich, John, daß ich Ihnen gesagt habe, wenn Sie auf freien Fuß kämen, würden Sie mich auf dem Hals haben? Ich pflege meine Versprechen zu halten. Ich werde Ihnen von jetzt an im Nacken sitzen.«

In Gottis Augen war dies ein Witz. »Wir leben in einem freien Land«, sagte er achselzuckend und ging in den *Bergin-Club.*

Als er eine Stunde später wieder herauskam, war Gabriel noch immer da. »He, John«, rief er ihm zu, »lange nicht gesehen.« Der Don ging an Gabriel vorbei, als wäre er Luft. Er hatte seine fleischigen Hände zur Faust geballt.

Im *Bergin-Club* hatte der Don eine Ansprache gehalten. Nach allem, was später darüber bekannt wurde, war er in ausgelassener Stimmung. Er hatte den großen Paul eliminiert, er hatte die Unterstützung der Kommission errungen, er hatte ein Jahr im Gefängnis gesessen und war aus zwei Prozessen als freier Mann hervorgegangen. Er hatte viel riskiert und alles gewonnen. Jetzt endlich konnte er seine Herrschaft über die Gambino-Familie antreten.
»Wie ich euch Jungs schon gesagt habe, wir sind die gottverdammt härteste Truppe auf dieser gottverdammten Welt«, rief er. »Niemand kann uns jetzt noch aufhalten!«
Das Treffen, das am nächsten Morgen um neun Uhr in Mouws Büro stattfand, verlief nüchterner. Das gesamte C-16-Team war zugegen, ausnahmsweise waren alle pünktlich da.
Mouw saß mit gekreuzten Armen an seinem Schreibtisch, er wirkte unschlüssig. Am Tag zuvor, nachdem er die Nachricht vom Ausgang des Prozesses erhalten hatte, hatte er unter der Nummer 183-35-07 eine neue Akte angelegt. Es war eine Formalität, aber er hatte das Gefühl gehabt, etwas tun zu müssen. Der Ball war wieder im Feld, er durfte seine Frustration und Wut nicht zur Richtschnur seines Handelns machen. Persönliche Dinge zählten nicht.
»Wir werden nur eine einzige Chance bekommen«, begann Mouw. »Nur eine. Wir werden es also auf unsere Art machen. Auf eigene Faust. Wir werden auf unsere Chance warten, wie lange es auch dauert. Was immer wir tun müssen, werden wir tun. »Es ist unsere wichtigste Mission. *Wir werden John Gotti kriegen.*«

# Kapitel 26

Zwei Monate nach der dritten Operation, ein paar Tage nach der Entfernung des Gipskorsetts, verpaßten sie ihm eine Prothese. Das künstliche Bein war aus einem hautfarbenen Material, aber die Oberfläche war kalt und glatt; wenn er mit den Fingern darauf pochte, gab es einen leeren, hohlen Klang.
Die Chirurgen hatten sein linkes Bein genau dort, wo früher das Kniegelenk gewesen war, zu einem zylindrischen Stumpf geformt. Dieser Stumpf schwoll immer wieder an, es bildeten sich zahlreiche Ödeme; seine Körperflüssigkeiten sammelten sich in dem abgebundenen Glied. Der Stumpf fühlte sich schwer an.
Bevor die Prothese angeschnallt werden konnte, mußte über das, was von seinem linken Bein übrig war, ein Strumpf gezogen werden. Er sollte Abschürfungen und Blasen verhindern. Wenn er das Gewebe des Strumpfs nicht vertragen sollte, werde die Prothese ihm die Haut aufreißen, die Schmerzen würden sich ins Unerträgliche steigern, warnten die Ärzte.
Es gab keine Gurte oder Bänder, mit denen die Prothese festgeschnallt werden konnte. Er mußte seinen Stumpf nach oben strecken und die Manschetten seines künstlichen Beins über den Stumpf stülpen. Wenn er das Bein dann wieder absenkte, war der Stumpf durch eine elastische Spange fest in der Prothese verankert.
Die Ärzte versicherten ihm, die Prothese werde das Gewicht seines Körpers tragen. »Probieren Sie es«, ermunterten sie ihn. »Gehen Sie einen Schritt.«
Es erschien ihm undenkbar, daß er es jemals schaffen werde.
Aber am 3. November 1986, 23 Monate nach jenem regnerischen

Nachmittag, als ein Lieferwagen ihn gegen die Brüstung der Manhattan Bridge gequetscht hatte, meldete sich William Peist zum Dienst bei der Aufklärungsabteilung der New Yorker Stadtpolizei. Er wurde dem Dezernat Organisierte Kriminalität zugeteilt.

William Peist hatte im Februar die Stadt New York auf eine Entschädigung in Höhe von 75 Millionen Dollar verklagt mit der Begründung, sie habe durch Nachlässigkeit dazu beigetragen, daß auf der Brücke so gefährliche Situationen entstehen konnten. Noch war kein Ende des Verfahrens in Sicht. Seine Klage gegen seinen unmittelbaren Arbeitgeber, die New Yorker Polizei, war dagegen äußerst schnell behandelt worden. Er hatte auf die Gewährung einer steuerfreien Pension geklagt. Seine Begründung: In dem Augenblick, da er versucht hatte, seinen auf der regennassen Brücke liegengebliebenen Plymouth mit Blinkleuchten zu sichern, habe er, auch wenn er nicht im Dienst war, als Polizeibeamter gehandelt. Der Pensionsausschuß hatte abgelehnt.

»Die Polizeibehörde hat mich nach Strich und Faden beschissen«, sagte Peist seinen neuen Kollegen. »Was kann man machen?«

Als Detektiv Peist ein knappes Jahr im Dezernat Organisierte Kriminalität hinter sich hatte, geschah etwas, was Bruce Mouw ein Rätsel aufgab. Noch war er nicht sicher, wie die Sache sich in seinen Feldzug gegen John Gotti einfügte. Vorläufig war es nur etwas, das ihm keine Ruhe ließ. »Eine Laus in meinem Pelz.« Mouw hatte erfahren, daß es der städtischen Polizei gelungen war, in einer Parkuhr vor einem Gambino-Treffpunkt an der Myrtle Avenue in Brooklyn ein Mikrofon zu verstecken. Das Mikrofon war erst seit zwei Tagen scharf, als es zu einem Zwischenfall kam. Ein Gambino-Leutnant mit dem Namen Louie Attanasio hatte an seinem Cadillac einen Strafzettel wegen Falschparkens gefunden; daraufhin war er wütend in das Clubheim gelaufen und mit einem Vorschlaghammer wieder herausgekommen. Er schlug eine der am Straßenrand aufgereihten Parkuhren kurz und klein; dummerweise erwischte er ausgerechnet die, in der sich das versteckte Mikrofon befand.

Mouw war zwar in Orange City im Glauben an die Kräfte der Vorsehung erzogen worden, aber in diesem Fall spürte er ein gewisses Unbehagen. Zunächst stellte er fest, daß nach den Unterlagen des Verkehrsdezernats um die fragliche Zeit kein Strafzettel für den Cadillac von Louie Attanasio ausgestellt worden war. Eine Fahrt durch die Myrtle Avenue zeigte ihm, daß es in der Umgebung des Clubs Dutzende Parkuhren gab. Wie groß, fragte er sich, war die Wahrscheinlichkeit, daß ein wutentbrannter Attanasio von allen diesen Parkuhren ausgerechnet die mit dem Mikrofon zertrümmern würde?
Mouw trug den Vorfall in seine Maulwurfsakte ein.

# Teil III

# Drahtlose Schlingen

# Kapitel 27

Der nächtliche Himmel explodierte. Silberne Leuchtkugeln zogen ihre Bahn. Plötzlich ein tiefer Knall, dann füllte ein prächtiger roter Stern den Himmel. Es war genau in diesem Augenblick, nur wenige Minuten vor Mitternacht am 4. Juli 1987, als John Gotti aus dem Eingang des *Bergin* trat und auf die Straße ging. Er war begleitet von acht massigen Männern, und während das Feuerwerk den Himmel füllte, blieb er im Zentrum des Kreises stehen, den seine Leibwächter bildeten.

Es waren mindestens zweitausend Leute da, und sobald die Menschen erkannten, daß der Pate unter ihnen war, verbreitete sich die Nachricht in Windeseile.

Es war John Gottis Abend. Er war Gastgeber und Spender dieses Straßenfestes zu Ehren von Amerikas 211. Geburtstag.

Am Nachmittag hatten sich seine Leute bis auf ihre T-Shirts ausgezogen und, in der heißen Sommersonne arbeitend, mindestens ein Dutzend schwere grüne Kipper in der 101. Avenue in Stellung gebracht. Sechs Häuserblocks waren abgesperrt; eine verkehrsfreie Fußgängerzone führte jetzt zum Eingang des *Bergin Hunt and Fish Club*. Als gegen sechs Uhr ein Schwarm Kinder aus der Gegend die Straße zu bevölkern begann, wurden Würstchen gegrillt und Rouletteräder gedreht. Eine riesige amerikanische Fahne, die locker ein Auto zudecken konnte, hing in feierlicher Pracht quer über der Fassade des *Bergin*.

Als es dunkel wurde und die fröhliche Menge dicht gedrängt die Avenue füllte, begann das Feuerwerk eine lange und aufwendige Vorführung mit Goldregen, Tropfkerzen und leuchtenden

Kometen. Es war eine tolle Feier zum 4. Juli. Es war eine illegale Feier.

Niemand hatte die Stadtverwaltung um die Erlaubnis gebeten, die verkehrsreiche Durchgangsstraße abzusperren. Es gab keine Sondergenehmigungen für die Imbißbuden und die Glücksspiele, es gab keine Erlaubnis für das Feuerwerk. Die Feuerwehr von Ozone Park war nicht einmal gewarnt worden, daß so viele geballte Ladungen am Himmel explodieren würden.

Trotzdem unternahm die Polizei nichts. Die Beamten blieben außerhalb der von den Kippern gebildeten Barrieren. Sie liefen in ihren blauen Uniformen ziellos herum und schauten nur zu.

Andy Kurins, der von seinem improvisierten Überwachungsposten auf einer Hochbahnbrücke schaute, kochte vor Wut. Die Weigerung der städtischen Polizei, dem Gesetz Genüge zu tun, erschütterte ihn. Stand John Gotti über dem geltenden Recht, konnte er nach eigenen Gesetzen leben?

Kurins sah, wie Gotti sich unter die Menge mischte. Hunderte, Tausende jubelten ihm zu. »John-nii! John-nii!« skandierten sie im Chor. Der Pate strahlte über das ganze Gesicht. Er hob leicht seine linke Hand, die Begeisterung schäumte über: »John-nii! John-nii! John-nii!« John Gotti war ein Cäsar, der sich huldigen ließ.

Wenn es je eine Phase in John Gottis Leben gab, die seinen pubertären Phantasien vom harten Burschen entsprach, so war es die unglaubliche Zeit nach seinem Sieg vor Gericht und seiner Entlassung aus dem Gefängnis nach elf finsteren Monaten. Den wichtigsten Erfolg hatte er gar nicht erwartet: Er war zu einer Art Volksheld geworden.

Die Presse hatte längst den Versuch aufgegeben, die Gangstereskapaden der Gambino-Familie zu erforschen. Sie war auf eine journalistische Goldader gestoßen. Hier war ein echter, lebender Don, der mindestens so aufregend war wie jeder Roman-Pate. Was machte es schon aus, daß Gotti wegen Mordes und Drogenhandels angeklagt worden war? Er war aus allen Verfahren als freier Mann hervorgegangen. Aus einem kleinen Ganoven aus Queens war über Nacht ein Don für die Titelseite geworden.

Nachdem Gotti, gemalt von Andy Warhol, auf der Titelseite von *Time* und auf den Frontseiten von *People* und des *New York Times Magazine* erschienen war, wandelte sich in vielen Köpfen der Berüchtigte zum Berühmten. Wenn Gotti und sein Troß bei *Régine's* erschienen, mußten die Leibwächter die Groupies und Autogrammjäger in Schach halten. Gotti genoß es, im Rampenlicht zu stehen. Er polierte sein Image so sorgfältig wie ein Politiker.

Auch hinter den Kulissen war Gotti aktiv. Zum erstenmal hatte er Zeit, seine Macht innerhalb der Familie zu konsolidieren, er handelte mit überraschender Zielstrebigkeit. Nur Tage nach dem Freispruch schickte er drei seiner Leutnants – Joe Butch, Sammy Bull und Frankie Lacascio – auf Tour durch die Stadt; sie hatten den Auftrag, sich mit den zwanzig anderen Bandenchefs zu treffen. Die Botschaft war kurz: Gotti, der seine juristischen Probleme nun los sei, werde sofort damit beginnen, die Familie umzugestalten. Er habe vor, die Gambino-Organisation von den altmodischen Geschäftsmethoden Castellanos zu befreien. Die Zeiten seien vorbei, in denen man »Wagenräder verkaufte«, wie viele von der jüngeren Mafiageneration die überholten Geschäftspraktiken des großen Paul sarkastisch nannten. Die Familie werde jung und hart und gehorsam sein. Die Capos müßten ihm volle Unterstützung geben – oder sie würden zerquetscht.

Als Gotti die Ermordung Castellanos geplant hatte, hatte er Joe Gallo umworben, den alten weißhaarigen Consigliere der Familie. Jetzt, da er selbst der Don war, wollte er keinen angesehenen alten Mann als Rivalen in seiner Führungsmannschaft haben. Gallos Tage in der Familie, entschied Gotti, waren gezählt.

Gallo sah den Schlag nicht kommen. Mit seinen 77 Jahren überschätzte der Consigliere nicht nur seine eigene Stärke, er unterschätzte auch Gottis rücksichtsloses politisches Geschick. Die Sache spitzte sich zu, als Gallo bei einem Treffen der Familie den neuen Boß offen herausforderte und vorschlug, daß nun, nachdem Castellano weg war, alle Capos zurücktreten sollten. Er wollte neue Unterführer auswählen, die ihre Position Joe Gallo verdankten.

»Ich habe recht«, insistierte Gallo mit Nachdruck. »Ich kann die Capos kleinkriegen, ich kann die Unterführer kleinkriegen, wann immer ich will.«

Es herrschte banges Schweigen; alle warteten, wie Gotti auf diese Herausforderung reagieren würde. »Joe«, gab Gotti zurück, »bilde dir nichts ein. Du bist kein Paul.«

»Was redest du da?« fragte Gallo sichtlich verstört.

Gotti lenkte nicht ein. »Ich lasse dich wählen, oder ich lasse dich abwählen«, sagte er kühl. »Joe, glaubst du, du hast es mit einem Deppen zu tun? Ich setze die 23 Capos ab. Morgen früh setze ich 10 neue Capos ein ... Die wählen dich ab, dich. Und du bist die längste Zeit Consigliere gewesen.«

Gallo mußte seine Position als Nummer drei der Familie niederlegen. Gotti berief den Killer Sammy Bull Gravano zum Nachfolger. Das verlieh dem Versprechen Nachdruck, jüngeres Blut in die regierende Hierarchie zu bringen. Sammy war ein jugendlich aussehender Einundvierziger. Das war aber auch eine Warnung, daß Gotti nicht nur knallhart redete. Sammy Bull plagten keine Skrupel, er war der perfekte Killer.

Als der neue Consigliere kurz darauf zu Gotti kam und sich über ein Mitglied beschwerte, das zuviel Heroin spritzte, erließ der Pate ohne Zögern sein Dekret: Leg ihn auf Eis.

Den Mord an Michael DeBatt, einem zum Gangster gewordenen ehemaligen Footballstar, hatte Gravano so angelegt, daß er aussah wie das Ergebnis eines schlecht geplanten Raubüberfalls. DeBatt war befohlen worden, sich in Gravanos *Talis*-Club zu melden. Als er an einem Novemberabend des Jahres 1987 erschien, begrüßten ihn zwei von Gravanos Jungs herzlich, und als er ihnen den Rücken zukehrte, eröffneten sie das Feuer. Als die Polizei kam, waren die Schützen verschwunden; der Barkeeper, ein sehr gewissenhafter Zeuge, erklärte, dieser Kerl sei mit gezogener Pistole hereingestürmt und habe versucht, die Bar auszurauben. »Das wird ihn vermutlich lehren, daß Verbrechen sich nicht lohnen«, sagte er mit ernster Miene.

Gotti strafte nicht nur, er gab auch Verhaltensregeln. Die Kerle im *Bergin,* sagte Gotti, müßten begreifen, daß er nicht mehr einer von ihnen sei. Er sei der Boß der Bosse, nicht Kumpel

Johnny Boy. »Du mußt aufhören, dir diese Freiheiten herauszunehmen. Nimm sie dir heraus, wenn wir allein sind«, ermahnte er seinen Jugendfreund Fat Angelo Ruggiero. »Du mußt deinen Männern klarmachen, wo ihr verdammter Platz ist. Die Kerle müssen lernen, hör mal, niemand redet den Boß an ... Was anderes ist, wenn wir über Baseball reden oder über das Essen oder über Weiber! Ich bin der Boß. Verstanden, was ich meine? Ich muß mich ein bißchen rar machen.«
John Gotti genoß seine Privilegien, er erschien sogar zur Taufe von Sandy Grillos jüngstem Sohn in einer Kirche auf Staten Island. Der Aufforderung des Pfarrers folgend, stand er auf und verkündete mit fester Stimme, daß er die Patenschaft für den Jungen übernehme. Der Junge wurde auf den Namen John jr. getauft.
John Gotti regierte mit fester Entschlossenheit. Er war mit sich und der Welt zufrieden. Es gab nur ein einziges kleines Problem: Die Familie Genovese wollte seinen Tod.

Bevor die Besprechung beginnen konnte, mußte Louie Manna, der Genovese-Capo, die Damentoilette räumen. Er trommelte ungeduldig gegen die verschlossene Tür, bis eine weibliche Stimme rief: »Noch einen Augenblick, okay?«
»Geh' und piss' auf der Straße, Schätzchen. Wir müssen hier eine verdammte Besprechung abhalten«, knurrte er zurück.
Die Jungs hörten die Spülung der Toilette, nach einem kurzen Moment marschierte die Dame mit klappernden Absätzen heraus. Feixend wie Schuljungen sahen die Männer ihr nach.
Dann besprachen sie in der rosarot gekachelten Damentoilette von *Cassellas Restaurant* in Hoboken (New Jersey) den Mord an John Gotti und seinem Bruder Gene.
Der Befehl war Manna vom Chef der Familie, Vincent Gigante (»Das Kinn«) erteilt worden, da dieser überzeugt war, Gotti plane einen Angriff auf die Bauarbeitergewerkschaft New Jerseys, die von der Familie Genovese kontrolliert wurde. Gigante hatte Berichte erhalten, daß Gene Gotti im Auftrag seines Bruders schon im ganzen Staat herumwusle. Gigante hatte sofort überlegt, ob er Gotti zur Rede stellen oder ihn einfach

wegpusten sollte. Da es um Millionen Dollar an Bestechungsgeldern der Gewerkschaft ging, entschloß er sich, kein Risiko einzugehen.

Gigante holte sich Manna, den für New Jersey zuständigen Chef; an einem feuchtheißen Tag im August 1987 nahm der Capo mit Motts Cassella, dem das Restaurant gehörte, mit Frankie Danello und Bocci DeSiscio die Planungen auf: Ein verkleideter DeSiscio sollte, sobald John Gotti und sein Bruder aus dem *Bergin* kämen, aus einem Wagen springen und sofort das Feuer eröffnen. DeSiscio war ein echter Revolvermann, die Sache konnte funktionieren.

Es gab nur einen Haken: Das Newarker Büro des FBI hatte in der Herren- und in der Damentoilette des Restaurants eine Wanze gelegt.

Das FBI hatte mitgehört.

Nicht alle waren mit Mouw einer Meinung.

Es gab Agenten, die sich auf eine höhere operative Priorität beriefen. Es sei unklug, wegen der bloßen Möglichkeit eines Mordes eine so gut placierte Wanze preiszugeben; andere nahmen eine pragmatischere Position ein: »Hört mal, die bösen Buben wollen uns eine Menge Geld und Mühe ersparen, indem sie sich gegenseitig abknallen – um so besser für uns.«

Doch Mouw blieb standhaft. Er hatte sich sofort entschieden, als er den Bericht aus dem FBI-Büro in Newark erhielt: »Das FBI hat die Aufgabe, Leben zu bewahren. Es kommt überhaupt nicht darauf an, wer das voraussichtliche Opfer sein mag.« Er schickte George Gabriel los, den Don zu warnen.

Gabriel, in Begleitung des Beamten Mark Roberts, erklärte dem mit einem Schlafanzug bekleideten Gotti peinlich genau, was das FBI über das Mordkomplott erfahren hatte. Gotti hörte aufmerksam zu; als er antwortete, war seine Stimme belegt: »Keine große Sache.«

»Nun gut«, meinte Gabriel, »sagen Sie hinterher aber nicht, daß ich Ihnen nie was Gutes getan hätte.«

»Also gut«, sagte Gotti mit einem kleinen Lachen, »ich schulde Ihnen was.«

»Nein, John«, korrigierte Gabriel, »ich tue nur meine Pflicht.«

»Recht so«, spottete Gotti, als er die Tür schloß, »tun Sie, was Sie nicht lassen können.«
»Hört mir mal genau zu! Ich will ›das Kinn‹ tot sehen! Bringt den Arschficker um.«
Wenn man John Gotti auf dem falschen Fuß überraschte, konnte er schnell außer Kontrolle geraten. Nach einem Bericht, den das C-16-Team von einem Informanten erhielt, war genau das eingetreten, als er wenige Stunden nach dem Besuch Gabriels ins *Bergin* gestürmt war. Gotti warf Stühle um, schlug mit seiner Faust gegen die Wände und zeterte: »Das verfickte FBI muß zu mir kommen, um meinen Arsch zu retten. Unglaublich. Ich will ›das Kinn‹ tot sehen. Bringt ihn um, bringt ihn um.«
Doch diesmal konnten seine Männer den Befehl nicht ausführen. Gigante hatte Gottis Wut vorausgesehen und sich mit einer Armee von Leibwächtern umgeben. Man brauche wohl, erfuhr Gotti, ein ganzes Bataillon, um Gigante aus dem Weg zu schaffen.
Gottis Erregung legte sich mit der Zeit; geschmeidig wie ein Politiker signalisierte er seine Bereitschaft, einen Kompromiß zu akzeptieren. Ehe die Woche um war, wurde Jimmy Rotondo, Gigantes Unterführer, in seinem Auto erschossen aufgefunden. Auf seinem Schoß fand man eine Tüte faulender Fische.
»Das Kinn« war gewarnt, Gigante streute schließlich die Botschaft, daß sich die beiden Familien aussöhnen sollten. Gotti stimmte zu. Aber seine Männer waren nervös und kampfbereit. William Ciccone mußte dafür bezahlen. Ciccone, ein leicht zurückgebliebener Mann aus der Nachbarschaft, hatte den Fehler begangen, stundenlang auf der Straße gegenüber dem *Bergin* zu stehen und die Eingangstür anzustarren. Sein Interesse für den Club ging einigen der Jungs auf die Nerven. Führte der Kerl etwas im Schilde? Mit Baseballschlägern bewaffnet, stürmten sie aus dem *Bergin*. Ciccone verschränkte seine Hände schützend über dem Kopf und jaulte wie ein verwundetes Tier. Sie schlugen weiter auf ihn ein, bis seine Knochen splitterten und er auf dem Gehweg zusammenbrach. Sie warfen seinen leblosen Körper auf den Rücksitz eines Autos. Später wurde William Ciccone mit einer Kugel im Kopf im Keller eines Süßwarenla-

dens auf Staten Island gefunden. Der Mord wurde nie aufgeklärt.
Der Pate hatte wieder alles unter Kontrolle. Ein philosophisch gestimmter Gotti erzählte seinem alten Kumpel Joe Messina, wie er sich die Zukunft vorstellte: »Gebt mir ein Jahr, und ich baue alles so zusammen, daß keiner es mehr zerbrechen kann, keiner, auch nicht wenn wir tot sind.«
»Das wäre schon eine wahnsinnige Hinterlassenschaft«, sagte Messina.
»Wir haben eine verdammt gute Sache«, sagte Gotti, »wenn wir nur schön drauf aufpassen.«

# Kapitel 28

Während John Gotti seine »Hinterlassenschaft« sicherte, mußte Bruce Mouw sich eingestehen, daß sein Team wieder ganz am Anfang stand. Mit dem Mord an Castellano waren alle früheren Strategien gegen die Gambino-Familie »inoperativ« geworden, wie man das beim FBI taktvoll nannte. Das C-16-Team mußte untätig warten, während das Verfahren gegen Gotti seinem Ende zuging.

Aus schierer Verzweiflung hatte Mouw in dieser Zeit ein kurzlebiges und unpassendes Verhältnis angefangen. Als er es dann abrupt beendete, hatte die Frau sich gerächt und einen kleinen Mafioso geheiratet.

Jetzt aber war Gotti ein freier Mann. Mouw und seine Truppe konnten die Jagd wiederaufnehmen. Sie mußten eine neue Strategie schmieden. »Und wenn es Jahre dauert«, sagte der Chef seinen Männern, »wir werden diese Sache durchkämpfen. Wir haben uns auf ein langes Rennen eingelassen.«

Auf der Suche nach einem Angriffspunkt bewegte sich Mouw an vielen Fronten. Einen Teil seiner Aufmerksamkeit richtete er auf die Untersuchung des Castellano-Mordes. Aber es war eine Sache, das Wort eines anonymen Informanten zu haben, daß Gotti den Mord arrangiert habe; eine andere Sache war es, einem Geschworenengericht dies zu beweisen. Das Team begann in Zusammenarbeit mit den Polizeibeamten des 17. Bezirks nach Zeugen der Schießerei zu suchen.

Die Partnerschaft war von Anfang an gestört. Die Beamten des C-16-Teams hatten keine Lust, gegenüber den Beamten der Mordkommission eine untergeordnete Rolle zu spielen. Das Klima verschlechterte sich weiter, als sie auch noch anfingen,

laut darüber zu klagen, daß die städtische Polizei »vom ersten Tag an kolossale Scheiße gebaut« habe.
In den Polizeiberichten, die im Zusammenhang mit dem Castellano-Mord aufgenommen worden waren, fehlten die Namen und Adressen vieler Leute, die im *Sparks* gewesen waren. Über eine Augenzeugin stand im Bericht lediglich, es handele sich um »eine gutaussehende Frau, die auf ihre Essensverabredung gewartet« habe. Erst nach monatelanger Detektivarbeit gelang es, diese Frau in einer Fotomodell-Schule aufzustöbern. Zum Erstaunen des FBI und der Polizei sagte diese Frau nach Durchsicht der C-16-Fotokartei aus, sie könne sich erinnern, Anthony Rampino auf der Straße gesehen zu haben. »Diese unheimlichen, tiefliegenden Augen«, sagte sie mit Schaudern, als sie auf das Beschattungsfoto schaute, das Kurins vor Jahren geschossen hatte, »wie könnte ich die je vergessen?«
Der Triumph war nur von kurzer Dauer. Das ohnehin stark belastete Verhältnis zwischen FBI und Polizei wurde weiter gestört, als Phil Scala, ein FBI-Mann, der eine literarische Doktorarbeit im Fach Psychologie geschrieben hatte, die Erlaubnis erhielt, eigenständig einer Spur nachzugehen. Scala machte sich in die Karibik auf, um einen Pagen aus dem *Sparks* zu verfolgen, der möglicherweise die ganze Schießerei mit eigenen Augen beobachtet hatte. Die Polizeikollegen erfuhren von dieser Reise erst, als Scala zurückkam und seinen Bericht ablieferte; zu diesem Zeitpunkt waren die Beamten schon so wütend, daß sie den Bericht nicht lesen wollten.
Nach einem Jahr waren die Beweise, die die Sonderkommission zusammengetragen hatte, noch immer so dürftig, daß sie um Hilfe bitten mußte. Eine Gruppe von FBI- und Polizeibeamten mußte in der Umgebung des *Sparks* Handzettel an die Weihnachtseinkäufer verteilen:
»Wenn Zeugen des Mordes sich freiwillig melden, könnten die Mörder ihrer gerechten Strafe zugeführt werden. Wir brauchen Ihre Hilfe bei der Aufklärung dieses Verbrechens. Wir brauchen Ihre Mitwirkung, um die Straßen unserer Stadt für alle Bürger sicher zu machen.«
Um diese Zeit beschäftigte Mouw sich wieder einmal mit der

Möglichkeit, daß es unter den Gesetzeshütern einen Spion Gottis geben könnte. Die Liste der Indizien in seiner streng geheimen Maulwurfakte – von der verratenen Wanze im *Bergin* bis zu den Gerüchten, der Don habe Beziehungen »auf sehr hoher Ebene« – wuchs um ein weiteres Indiz an: Auf einem der Bänder, die eine Wanze in der Küche von Castellanos Haus auf Staten Island aufgenommen hatte, hatte ein verwirrter Tommy Bilotti plötzlich seinen Boß gefragt: »Was heißt eigentlich ›redundant‹?« Pflichtbewußt hatte Big Paul sich um eine Definition des Fremdwortes bemüht und dabei einige Hinweise gegeben, aus denen man schließen konnte, die Familie erhalte über geplante Anklagen in Manhattan vorzeitig Warnungen.
Es war nur ein schwaches Indiz, trotzdem ging Mouw der Sache mit Entschlossenheit nach. Nach einer Aussprache in seinem Büro mit Andy Kurins und Joe O'Brien entwickelte er einen Plan, um den Verräter zu fangen: Eine getürkte Anklage gegen Joe Butch Corrao wegen Wuchers sollte im Gerichtsbezirk Manhattan-Süd eingereicht werden.
Die »Anklage« – deren Fortgang Kurins und O'Brien aufmerksam überwachten – landete schließlich auf dem Schreibtisch von Mildred Russo, einer Gerichtsassistentin in Manhattan. Mildred eine Verschwörerin? – »Eine Oma«, war die abwertende Kurzbeschreibung, die O'Brien durch den Kopf ging, während er einen Karteikasten des Gerichtsarchivs durchblätterte und dabei ein scharfes Auge auf die Person hielt, die gerade die getürkte Anklage bearbeitete.
Zu seiner Überraschung sah er, wie die zierliche, grauhaarige Frau, ohne Unschlüssigkeit zu zeigen, die Anklageschrift in ihrer Schreibtischschublade verschwinden ließ. Augenblicke später bückte sie sich, als ob sie eine heruntergefallene Büroklammer aufheben wollte. Nur, es lag nichts auf dem Boden. »Oma« war dabei, die Anklageschrift diskret in einen großen, braunen Umschlag zu schieben. Dann marschierte sie zum Kopierraum. Am selben Abend noch machte sich Joe Butch Corrao in großer Eile in einem gecharterten Jet in Richtung Florida aus dem Staub. Es war eine überstürzte Flucht vor einer Anklage, die nur inszeniert war.

Mildred Russo verlor ihren Job und wurde angeklagt. Doch dieser Erfolg befriedigte Mouw kaum. Die Gerichtsassistentin Mildred Russo war nur eine kleine Nadel, die die Gambinos ins System gesetzt hatten. Es mußte noch andere geben, einen Maulwurf, auf den sich Gotti verlassen konnte.
Mouw suchte immer noch einen Weg, von dem aus er seinen Angriff auf John Gotti starten konnte. Es gab Diskussionen mit seinen engsten Vertrauten bis tief in die Nacht hinein, es gab Überprüfungen aller bisher gesammelten Unterlagen, Eilsitzungen mit Informanten. Monate vergingen. Als »die Schreibtischhengste« an der Federal Plaza 26 aufmuckten, wies Mouw sie zurecht. »Jede Woche, die vergeht, ohne daß etwas passiert, wird Gotti in Sicherheit wiegen. Und dann wird der Zeitpunkt kommen, an dem er einen Fehler macht.«
Nachdem der Plan, Gottis Organisation mit einem Agenten zu infiltrieren, als zu gefährlich aufgegeben worden war, entschied Mouw sich für die gleiche Strategie, die gegen Ruggiero und später gegen Castellano erfolgreich gewesen war. Er wollte John Gottis Treffpunkte verwanzen.
Sein Plan, »auf die Elektronik zu setzen«, wurde sofort kritisiert. Gotti, so das Argument, werde besonders vorsichtig sein, nachdem er bei seiner Gerichtsverhandlung Abhöraufnahmen gehört hatte. Mouw solle keine Zeit und keine Ressourcen verschwenden – eine einzige Abhöraktion erfordere schließlich den Einsatz einer kleinen Armee.
Mouw gab zu, daß Gotti ohne Zweifel vorsichtig sein würde, setzte sich aber über die Kritiker hinweg. Gotti sei schließlich der Kopf der Gambino-Verbrecherfamilie. Der Boß und seine Führungsmannschaft müßten sich irgendwo und irgendwann über ihre Pläne unterhalten. Die Frage sei doch nicht, ob Gotti rede, sondern wo. Das müsse man herausfinden.
Das C-16-Team ging wieder auf die Straße. Es sollte jenen Winkel in der riesigen Stadt finden, in dem sich Gotti und seine Leute sicher und geschützt fühlten und redeten.

## Kapitel 29

Der rußgeschwärzte, königsblaue Chevrolet-Kastenwagen war schon betagt und ziemlich verbeult. Ein typischer Dienstwagen für alle Fälle. Kurins hatte ihn mit einem langen Rohr – mit Spiegeln an beiden Enden – ausgerüstet, das er bei fest zugezogenen Vorhängen durch das Schiebedach ausfahren konnte. Die Agenten nannten Kurins Wagen »das U-Boot«.

Am Ende einer langen Beschattungsschicht hatte der Spitzname sogar eine ernstere Bedeutung. Tag für Tag im Heck des Wagens eingesperrt zu sein hatte schon Ähnlichkeit mit dem Dienst in einem getauchten Unterseeboot. Kurins schien es trotzdem zu gefallen.

Nachdem die Entscheidung für die »elektronische Schiene« gefallen und das »U-Boot« für das Team zu einer Art Zweitwohnung geworden war, beschwerten sich auch die anderen nicht mehr. Ein neues Gefühl der Entschlossenheit war spürbar. Gotti hatte einen Geschworenen bestochen, nun wollte man es ihm heimzahlen.

Mouw hatte die Bedeutung der Aufgabe in einem streng geheimen Treffen erklärt. Er war, berstend vor Energie, im Zimmer auf und ab gelaufen. »Wir hatten das Gefühl, daß Bruce eine Art Tier sei, das aus seinem Käfig ausbrechen wollte«, bemerkte einer seiner Mitarbeiter.

Mouw hatte mit sanfter, melodischer Stimme gesprochen. Der Auftrag habe zwei Ziele: Zuerst müßten sie genügend Informationen zusammentragen – Namen, Tage und Uhrzeiten von Treffen –, um einen Richter überzeugen zu können, eine Abhörgenehmigung zu erteilen. Das erfordere sorgfältige Arbeit. Sie

müßten alle Treffs von Gotti überwachen und jeden, der hineinging oder herauskam, notieren; sie müßten nachweisen können, daß, wie es im Gesetz hieß, »hinreichende Gründe für die Annahme bestehen, daß die Betroffenen die Örtlichkeit im Zusammenhang mit ihren kriminellen Aktivitäten benutzen«. Berichte von Informanten reichten dazu nicht aus. »Nur was wir mit eigenen Augen sehen, ist glaubwürdig.«
Das war der eine Aspekt des Beschattungsauftrags. Wenn man sich akribisch an die Vorschriften halte, sagte Mouw, werde man auch eine Abhörgenehmigung erhalten. Aber wo eine Wanze plazieren? – »Stellt euch vor, wir verbringen sechs Monate damit, Johnny Boy in seinem Haus abzuhören – und alles, was wir kriegen, sind Mitschnitte, auf denen er sich mit seiner Frau und seinen Kindern herumstreitet.« Wenn die Techniker ihre Wanzen setzten, müsse das am richtigen Platz geschehen. »Wenn uns das gelingt«, sagte er, »werden wir die ersten Teile des Puzzles zusammengefügt haben. Wir werden das Fundament gelegt haben, auf das wir unseren gesamten Fall aufbauen können.« Jetzt gehe es um die Antwort auf die Frage, wo John Gotti sich mit seinen Topleuten treffe.
Mouw selbst gelang der erste große Durchbruch. Zwar hatten die Top-Informanten der Zwillinge, Kurins Spitzel Frankie und auch »Easter« Teile berichtet, doch erst Mouw setzte die Informationen zu einem Ganzen zusammen.
Während das Team einige Häuserblocks vom *Bergin* entfernt im »U-Boot« parkte, hatte Mouw in seinem Büro einen Haufen 209er Berichte durchgearbeitet und eine ziemlich überzeugende Theorie entwickelt. »Meine Herren«, sagte er bei einer Morgenbesprechung, »John Gotti hat seine Operationsbasis verlegt.«
Keine der durch Indizien belegten Theorie: Gotti habe den Sprung in das gleißendere Licht Manhattans gewagt. Das *Bergin,* versteckt in einer Hinterhofgegend von Queens, habe als Stammlokal genügt, als er noch ein Capo gewesen sei und Führer einer Truppe von Mafia-Mitläufern. Jetzt sei Gotti der Boß der Bosse, er brauche ein Hauptquartier, das seiner neuen Stellung entspreche. Der schmucke Don, wie die Boulevardpresse ihn nannte, sei über die Manhattan Bridge ins Herz der Stadt

gezogen. Er arbeite neuerdings in der Zentrale seines alten Mentors Neil Dellacroce in Little Italy – im *Ravenite Social Club*.

Es regnete, als sie zum erstenmal das »U-Boot« neben dem Friedhof in der Princes Street in Little Italy parkten. Die dunklen Türme der alten St.-Patrick-Kathedrale ragten über den verblichenen Grabsteinen in den Abendhimmel. Im Heck des Wagens waren die Vorhänge zugezogen. Die Agenten waren in Feindesland, Stille war geboten.

Schon der erste Abend hatte sich gelohnt. Soldaten und Capos der Gambinos eilten durch die Mulberry Street, niemand bemerkte den blauen Wagen, der einen Block weiter bei Old St. Pat parkte. Die Agenten sahen, wie Gottis schwarzer Mercedes – der Lincoln war längst nicht mehr majestätisch genug – vor dem Eingang des Clubs vorfuhr. Als ein dickleibiger Schläger mit einem Schirm in der Hand vom Vordersitz schnellte, um für seinen Don die Hintertür aufzureißen, sahen sie, wie Gotti durch den strömenden Regen zur Eingangstür lief. Hatten sie den richtigen Platz gefunden?

Bei einer Besprechung am nächsten Tag war man sich schnell einig, daß das *Ravenite* auf schwierigem Terrain lag. In Little Italy wimmelte es von Zivilisten mit Argusaugen. Ein Polizeibericht, der über Mouws Schreibtisch gelaufen war, drückte es so aus: »Die Einwohner dieser Gegend sind hochgradig für die Anwesenheit fremder Menschen und Fahrzeuge sensibilisiert. Die Tatsache, daß sogar gesetzestreue Einwohner der Gegend das Auftauchen von Fremdlingen den Schlüsselfiguren des organisierten Verbrechens melden, ist der Polizeibehörde New Yorks sattsam bekannt.«

Bekannt war auch, daß alle Überwachungsversuche, die man schon zu Zeiten von Dellacroce gegen den Club unternommen hatte, fehlgeschlagen waren. Beispiele gab es noch und noch. Nachdem die Polizei eine Videokamera und ein Parabolmikrophon in einem Appartement mit Blick auf den Club installiert hatte, war ein Zettel unter der Tür hindurchgeschoben worden mit der Drohung, das Gebäude niederzubrennen, wenn »ihr Ratten nicht abhaut«. Später hatte die Polizei versucht, in der

Nacht im Club eine Wanze zu legen. Sie war durch einen geifernden Schäferhund in die Flucht geschlagen worden. Beim nächsten Versuch trafen die Polizisten auf ein halbes Dutzend junger Burschen mit Baseballschlägern. Der Anführer war Mike Cirelli, der Hausmeister des Clubs, der mit seiner Frau ein Appartement in der zweiten Etage des Hauses bewohnte.

Wie gesagt: Das alles war passiert, bevor der sicherheitsbewußte Gotti die Führung der Familie übernommen und das *Ravenite* zu einer Festung umgebaut hatte. Die großen Schaufenster waren herausgerissen und durch eine rote Backsteinmauer ersetzt worden. Die zwei Fenster, die geblieben waren, waren nicht viel größer als Luken und mit Eisengittern gesichert. Die neue Eingangstür, mindestens 15 Zentimeter dick, war aus Stahl. Und was hatte der Don im Innern des Clubs installiert? Bewegungsmelder? Überwachungskameras?

Das Team war bis zur Türschwelle von Gottis Reich gekommen – der Don aber immer noch außer Reichweite.

George Gabriel, der den Antrag zur Vorlage bei Gericht formulieren mußte, erinnerte sich später an die vielen Nachmittage und Abende, die er damit verbracht hatte, die weiße Panzertür des *Ravenite* anzustarren und darüber zu grübeln, ob es ihm je gelingen werde, auch nur ungefähr zu erfahren, was sich dahinter abspielte.

Das C-16-Team mußte weiter im blauen »U-Boot« sitzen und abwarten. Und darauf hoffen, »daß uns irgend etwas in den Schoß fällt«.

Das Team fand bald heraus, daß Gotti, wie jeder andere Vorstädter, das tägliche Pendeln nicht mochte und daher seinen Hofstaat zurück ins *Bergin* verlegte. Das blaue »U-Boot« folgte und postierte sich regelmäßig an einem eher auffälligen Platz unter der Hochbahntrasse in der Nähe des Clubs. Die Beschatter registrierten, daß sich die Familienmitglieder, meistens Johnny Boys langjährige Kumpel, jeden Samstag gegen Mittag trafen. Der Don kam regelmäßig kurz nach drei Uhr.

Aus einem Instinkt heraus entschied Mouw eines Samstags, Gotti schon beim Verlassen seines weißen Bungalows in Howard Beach beschatten zu lassen. Er stellte für die Aufgabe nur einen

Wagen ab. Als der Beamte gegen 12.30 Uhr über Funk meldete, Gottis Mercedes habe ihn abgehängt, löste das nur eine schwache Resonanz aus. Als Gottis Wagen aber nach zwei Stunden immer noch nicht im *Bergin* vorgefahren war, überlegte Mouw, ob der Don noch einen anderen geheimen Wochenendtreffpunkt in der Stadt unterhielt.

Am darauffolgenden Samstag setzte Mouw in Howard Beach Dutzende Wagen ein. Die Operation war – im Jargon des FBI – »absolute Topklasse«: Ersatzautos, Parallelverfolgung, kein Blaulicht. Gotti fuhr kreuz und quer, konnte aber seine Verfolger nicht abschütteln. Der schwarze Mercedes rollte durch die schmiedeeisernen Torflügel eines Friedhofs.

Durch Ferngläser beobachtete ein Team, daß der Don alleine aus seinem Wagen stieg und – mit einem Strauß Rosen in der Hand – zum Grab seines Sohnes Frank ging. Er ordnete die Blumen sehr sorgfältig und saß dann eine halbe Stunde lang mit eingezogenen Schultern auf einer Steinbank gegenüber dem Grab. Von Zeit zu Zeit sagte er etwas mit leiser Stimme. Die Agenten konnten nur raten, ob Gotti mit sich selbst oder zu seinem Sohn sprach. Endlich stand er auf und schlurfte lustlos zu seinem Wagen.

Zwanzig Minuten später jedoch, als der Mercedes vor dem *Bergin* vorfuhr, war der Don wieder der alte. Kühl und majestätisch schritt er über das Trottoir zur Eingangstür.

Nachdem dieses kleine Geheimnis aufgeklärt war, konzentrierte das Team seine Wochenendeinsätze wieder auf das *Bergin.* Die Techniker müßten hier ein leichtes Spiel haben, dachte Mouw, als die Beschattungsberichte über geschäftige Freitag- und Samstagnachmittage im Club sich häuften. Das *Bergin* war mit dem scheinbar uneinnehmbaren *Ravenite* nicht zu vergleichen. Das Viertel in Queens war nachts ziemlich menschenleer. Und die Leute von der New Yorker Sonderkommission Organisiertes Verbrechen hatten dort bereits 1985 Wanzen gesetzt.

Eine Zeitlang bezog das »U-Boot« nachts auch Stellung in der Nähe des *Tali,* Sammy Bull Gravanos Hauptquartier in Brooklyn. Und auch das lohnte sich.

Der Club war gut besucht, vor allem dienstags nachts, wenn

Gravanos Truppe den Befehl hatte, sich einzufinden. Trotzdem mußte Mouw bald eine Grundsatzentscheidung treffen. Er hatte nur eine begrenzte Anzahl Leute zur Verfügung, und das Team arbeitete schon doppelte Schichten. Er konnte es sich nicht leisten, seine Leute in der ganzen Stadt einzusetzen. Und da John Gotti sich noch nie in Gravanos Club hatte blicken lassen, zog er das »U-Boot« vom *Tali* ab. Er verstärkte den Einsatz am *Ravenite*. Hier lag nach Mouws fester Überzeugung immer noch der Schlüssel zum ganzen Fall.

Eines Nachts stellte ein Überwachungsteam fest, daß es im blauen »U-Boot« gefangen war. Gegen vier Uhr nachmittags hatten die Agenten Posten vor dem *Ravenite* bezogen; am Abend, als Gotti sich zu seinem Bummel durch die Stadt aufgemacht hatte, wollten sie nach Queens zurückkehren. Doch sie kamen nicht weg. Irgend jemand hatte sein Auto in der zweiten Reihe direkt neben ihrem Wagen geparkt und war verschwunden.

Stunden vergingen. Waren sie in einer Falle? Die Beamten überprüften ihre Waffen. Sollten sie Verstärkung anfordern? Das hätte die Operation gefährden können. Auf die Hupe drücken? Die Beamten warteten und warteten.

Sie sahen, wie die Lichter im Club gelöscht wurden und der letzte Mann die Tür abschloß. Der Mann mit dem Schlüssel war ihr alter Bekannter Norman DuPont; er war Ende Zwanzig, breitschultrig, gutaussehend wie ein Filmheld und ein Neffe von Mike Cirelli, dem Hausmeister des *Ravenite*. Tagsüber arbeitete er bei der Müllabfuhr, nachts war er der Barkeeper des Clubs. Er erschien regelmäßig um 16 Uhr, um den Club aufzuschließen, er war immer der letzte, der ging. Der Job schien Vorteile zu haben: DuPont war wahrscheinlich der einzige Müllmann der Stadt, der einen goldfarbenen Jaguar fuhr.

Die Beamten, noch immer eingeschlossen, beobachteten, daß DuPont gegen zwanzig Uhr mit einer Frau zum Club zurückkam. Er steckte den Schlüssel ins Schloß und zog die Frau schnell ins *Ravenite*. Die Agenten warteten, aber die Lichter gingen nicht an. »Vielleicht hat er nur etwas vergessen«, meinte einer. Es vergingen zehn Minuten, fünfzehn Minuten. Der Club blieb dunkel. Was war los? War DuPont dabei, den Club zu bestehlen? Verwanzte er den Club? Für wen? Für die New Yorker Polizei, für die Drogenfahndung, für eine andere Familie? Es wurde eine lange Nacht.

Das Pärchen kam erst gegen ein Uhr morgens aus dem Club. Sie hielten sich an der Hand. Eine Stunde später kam der Fahrer des Wagens, der sie blockiert hatte. Das »U-Boot« konnte endlich zu seiner Garage beim FBI-Hauptquartier am Queens Boulevard fahren.

In der folgenden Nacht blockierte niemand den Wagen, aber die Beobachter blieben trotzdem auf ihrem Posten. Gegen zehn kehrte DuPont wieder mit einer Frau zum Club zurück. Es war eine andere Frau. Sie hatte schwarze Haare und eine gute Figur, sie war jünger, quicklebendig und sehr sexy.

Auch dieses Paar blieb stundenlang im stockdunklen Club. Die Agenten spekulierten: Was trieb DuPont in John Gottis Hauptquartier?

In der nächsten Nacht geschah nichts. Dann kam das Wochenende, das Team zog zum *Bergin.* Am Montag stand der Wagen wieder in der Mulberry Street. DuPont hatte wieder eine Frau dabei, eine Rothaarige, die bei weitem nicht so hübsch war wie ihre Vorgängerinnen.

Als das Paar im Club verschwunden war, warteten sie diszipliniert fünfzehn Minuten; dann schlich einer der Beamten aus dem Wagen.

Zunächst schlenderte er die Straße hinunter am Club vorbei. Er hörte ein dumpfes Geräusch. Was war los? Der Beamte kehrte gegen alle Einsatzregeln nicht zum Wagen zurück, sondern ging zur Eingangstür.

Er öffnete seinen Hosenschlitz. Das sollte ihm die perfekte Ausrede geben, wenn jemand vorbeikäme. Es war Mitternacht, er hatte zuviel getrunken, jetzt pinkelte er eben in einen Hauseingang.

Der FBI-Agent hörte wieder das dumpfe Schlagen, er hörte Geflüster und Gestöhne, er hörte einen Schrei. Es gab keinen Zweifel mehr, was Norman DuPont nachts mit seinen Frauen in John Gottis Hauptquartier trieb.

# Kapitel 30

Bingo!

Die ganze Zeit über hatte Mouw gepredigt: »Sucht mir die Schwachstelle.« Jetzt hatten sie sie gefunden.

Das *Ravenite* war zwar ein geselliger Club, aber beileibe kein Liebesnest. Wer auch immer sich herausnahm, nach Dienstschluß im Hauptquartier des Don herumzubumsen, ging ein erhebliches Risiko ein. Gotti verstand keinen Spaß.

Keinem Team-Mitglied kam jemals das Wort »Erpressung« über die Lippen. Sie zogen es vor, von »Druck« zu sprechen. Als Mouw den aufgeregten Bericht der Überwacher gehört hatte, stand daher sein Angriffsplan fest. Er wollte dafür sorgen, daß Gotti ein paar Hochglanzfotos der liebeshungrigen Pärchen erhielt, die sich nachts in den Club schlichen – wenn sie nicht zur Zusammenarbeit mit dem FBI bereit waren. Entweder/oder.

Mouw rannte indes nicht sofort los; er hatte zwar keine Skrupel, ihm ging es nur um die richtige Taktik. Wen von den Nachtschwärmern sollte er ins Visier nehmen?

»Quetschen« war immer eine schwierige Sache. Man konnte nie voraussagen, wer plötzlich den Helden spielen und wer – so Mouw – »wie ein Pfannkuchen« einknicken würde. Wenn Gotti herauskriegen würde, daß das FBI sich Fragen über das *Ravenite* stellte, würde er im Club nicht einmal mehr vom Wetter reden. Das Team stünde wieder am Anfang. Wir müssen, sagte Mouw, unserer Sache sehr sicher sein, bevor wir den ersten Kontakt aufnehmen.

Es gab vier Kandidaten. Auf Mouws Befehl konzentrierte das Team sich zunächst auf Norman DuPont. Ein Szenario für eine

Kontaktaufnahme wurde durchgespielt: Man würde DuPont ein Angebot machen, das er nicht ablehnen konnte. Sie würden ihm einige kompromittierende Fotos unter die Nase halten und ihn vor die Wahl stellen: Entweder tun, was wir verlangen – oder der Don wird die Fotos auf dem Rücksitz seines Mercedes finden. Wenn Gotti sehe, wie der Barkeeper sein Vertrauen mißbraucht habe, könne Norman sich von seinem Job und seinen Zukunftsaussichten in der Familie verabschieden.
Der Plan hatte eine Schwachstelle. DuPont war ein ziemlich sturer Typ. Es würde schwer sein, ihn zu führen. Vielleicht würde er glauben, bei seinem Paten bessere Chancen auf Milde zu finden als beim FBI. Er war ein Neffe von Mike Cirelli, diese Blutsverwandschaft könnte ihm helfen, mit einer strengen Verwarnung durch den Don davonzukommen.
Das Risiko war zu groß. Das Team wollte lieber unter den Frauen suchen.

Um diese Zeit war John Gotti dabei, mit hohem Zeitaufwand und eiserner Hand die Familie zu säubern, wie er sagte. Er mußte nicht auf subtile Methoden der Erpressung zurückgreifen. Sein Ansatz war direkter.
Gottis erster Verdacht fiel auf Tommy DeBrizzi, einen Leutnant in der Truppe von Tommy Gambino in der Bronx. Der Junge war bei einem Prozeß, in dem ihm eine längere Freiheitsstrafe drohte, überraschend mit einem »Klaps auf den Hintern« davongekommen. Gotti sah nur zwei Möglichkeiten: Entweder hatte Tommy einen sensationell guten Anwalt – oder er hatte ausgepackt. Von dem Anwalt hatte der Pate noch nie etwas gehört.
Als DeBrizzi aus dem Gefängnis kam, hatte er es nicht eilig, in die Bronx zu fahren und sich bei seinem Capo, Tommy Gambino, zu melden. Er redete sich heraus: Die Bewährungsauflage verpflichte ihn, sich ständig in seinem Heimatstaat Connecticut aufzuhalten. Gotti ließ das nachprüfen, es stimmte. Aber warum ein Risiko eingehen? »Legt ihn auf Eis«, befahl der mißtrauische Gotti.
Die Kugeln erwischten DeBrizzi in seinem Wagen in Connecti-

cut. Schon die erste hatte ihn direkt ins Auge getroffen; danach war er so gut wie tot. Die Kugel in den Mund, die durch den Hinterkopf wieder ausgetreten war, wäre eigentlich nicht mehr nötig gewesen.

Das C-16-Team hatte kaum damit begonnen, sich DuPonts Freundin mit den grellroten Haaren – »Miss Punk« – näher anzugucken, da schrillten auch schon die Alarmglocken. Das Fräulein hatte ein Strafregister. Als Teenager war sie einige Male wegen Besitzes von Amphetaminen und Kokain hochgenommen worden; später war eine Anklage wegen Heroinhandels hinzugekommen, die allerdings fallengelassen wurde, als sie in eine Methadonbehandlung einwilligte. In jüngerer Zeit schien sie sich mit Prostitution zufriedenzugeben. Sie war 24 Jahre alt, sah aber mindestens eine Dekade älter aus.

All das zusammen machte sie zur fast perfekten Kandidatin für Druck. Sie war eine Verliererin, eine Frau, die es gewöhnt war, manipuliert und mißbraucht zu werden. Mit ein paar sanften Hinweisen auf ihre Eskapaden im *Ravenite*-Club mit dem Barkeeper würde sie schnell zusammenklappen.

Aber konnte man ihr trauen? Das Problem war, daß »Miss Punk« ein Junkie war. Ihre Versprechen würden auf wackeligen Füßen stehen. In einem Augenblick konnte sie ihre Seele dem FBI verpfänden, im nächsten DuPont ihr Herz ausschütten. Man konnte einfach nicht voraussagen, was sie anstellen würde. Sie war zu wechselhaft, die Hauptrolle konnte man ihr nicht geben. Sie war nicht erste Wahl. Miss Punk verschwand sang- und klanglos aus den Akten.

Auch Gotti arbeitete an seiner Liste. Als Sammy Gravano, sein neuer *Consigliere,* mit der Beschwerde zu ihm kam, Louie Milito zerreiße sich das Maul über die Leitung der Familie, war das Urteil schnell gefällt. Man könne nie wissen, wohin das lockere Gerede führe. Louie sei ein gefährlicher Bursche, der selbst ohne provozierenden Anlaß wild werden konnte.

Gravano nahm die Sache selbst in die Hand. Es machte ihn nervös, daß ein erprobter Killer ihn hinter seinem Rücken

madig machte und seinen Verstand in Zweifel zog. Gravano witterte persönlichen Verrat.
Das wiederum bereitete dem Don Kopfzerbrechen. Sein neuer *Consigliere* nahm eine rein geschäftliche Angelegenheit viel zu persönlich. Gotti hielt nicht viel von Vendettas. Er gab Gravano die Anweisung, seinen Bruder Gene und seine Getreuen mit der Aufgabe zu betrauen.
Doch Gene hatte Verständnis für Gravanos Motive. Bei einem Spaziergang der beiden Männer in der Mulberry Street bot er Kumpel Bull einen Kompromiß an. Er, Gene, werde, wie der Boß befohlen habe, den Schützen zur Verfügung stellen und die Leiche beseitigen. Sammy könne Milito in die Falle locken und zusehen. Damit würde doch wohl sein Ehrgefühl befriedigt.
Gravano, ganz eiskalter Engel, war instinktiv vorsichtig. Er befahl Militos Capo Lou Vallario, Milito zu sich kommen zu lassen und ihm zu sagen, daß die Liquidierung von Johnny Gammarano geplant sei.
Als Milito an einem Dienstagabend in Lou Vallarios Club an der 17. Avenue in Brooklyn erschien, stand der große Lou freundlich grinsend hinter der Bar. Sammy, Gene und Arnie Squitieri saßen in einer Ecke und pokerten. Johnny Carneglia lag mit geschlossenen Augen auf dem Sofa und holte Schlaf nach.
»He, Louie«, begrüßte Big Lou den Neuankömmling, »was zu trinken?«
Milito, der ziemlich unbekümmert durchs Leben ging, schlenderte zur Bar. Johnny Carneglia schreckte auf und ging ins Nebenzimmer. Als er wieder herauskam, hatte er einen Revolver mit Schalldämpfer dabei.
Milito unterhielt sich mit dem großen Lou, als Johnny Carneglia abzog. Er schoß einmal, die Kugel traf Milito in den Hinterkopf. Milito, ein kräftiger, feister Mann, schlug auf den Boden, als habe ihn der Schlag getroffen. Carneglia, immer noch still, drückte die Mündung der Waffe gegen das Kinn des Sterbenden. Der Schuß riß Militos Schädel in Stücke.
Als die Uhr halb neun zeigte, war Militos Leiche im Kofferraum eines Chevrolet verstaut, Gene und Sammy waren auf dem Weg ins *Tali*. Sammy trieb sich absichtlich einige Zeit auf der Straße

vor der Bar herum; er wußte, daß das FBI den Laden überwachte, und dachte sich, für einen Killer könne es keinen besseren Alibizeugen geben als die Regierung der USA.

Nach einer kurzen, aber sorgfältigen Prüfung schien die Frau, die das Team in der ersten Nacht mit DuPont beobachtet hatte, eine sehr gute Kandidatin zu sein. Sie war 34, ein reifes Alter: Sie würde sich der Vernunft nicht verschließen. Sie war geschieden, von Beruf Sekretärin, also eine Frau, die es gewohnt war, Anweisungen auszuführen.

Als das Team sich dann mit ihrem Umfeld beschäftigte, entdeckten Mouws Mitarbeiter etwas, das sie veranlaßte, die Sondierungen abrupt zu beenden. Die Frau hatte Beziehungen. Ihr Vater war ein gemachter Mafioso, ihr Lieblingsonkel, der Bruder ihrer Mutter, war sogar ein Capo. Man müßte von ihr also verlangen, nicht nur DuPont oder gar Gotti ans Messer zu liefern, sondern die Welt, in der sie aufgewachsen war. Das wäre wahrscheinlich zuviel verlangt.

Nach dieser Entdeckung meinten einige, man habe schon zuviel Zeit verloren. Man solle DuPont eine Frau zuführen, vielleicht das Mädchen mit dem Decknamen »Easter« oder gar eine gutaussehende Agentin. DuPont sei nicht gerade wählerisch, man müsse jetzt vorankommen.

Mouw erwog den Vorschlag ernsthaft, lehnte dann aber ab: zu unappetitlich. Auf der Liste gebe es ja noch eine letzte Kandidatin.

John Gotti sah sehr schnell ein, daß die Oliveris – der Vater und die beiden Söhne – sterben mußten. Johnny Gambino, ein Leutnant aus Brooklyn, hatte dem Don erzählt, daß die Oliveris einen seiner Soldaten, Giuseppe Gambino, umgelegt hatten. Es komme nicht darauf an, so Gotti, ob sie einem Gebot der Gerechtigkeit oder der Rache genügt hätten. Was zähle: Giuseppe war ein Gemachter, ein Freund. Und wer ohne Erlaubnis ein Mitglied der Familie töte, müsse sterben. Das war Regel, Tradition, basta. »Sie sind Vergangenheit«, sagte Gotti kurz zu Johnny Gambino, »puste sie weg.«

Die Oliveris umzubringen war eine ziemlich heikle Sache.

Schließlich waren sie zu dritt. Und Johnny Gambino war ein Spieler, kein eiskalter Killer. Zwei Wochen nach der ersten Zusammenkunft war er wieder im *Ravenite* und gestand seinem Don verlegen, daß er bei der Erledigung des Geschäfts einige Schwierigkeiten habe.
Gotti war ungehalten und gab den Auftrag an seinen eiskalten Engel. Er befahl Sammy Gravano, sich aus der Truppe in New Jersey Bobby Cabert zu holen. Bobby sei ein starker Typ.
Am nächsten Tag fuhr Gravano nach Queens, um die Lage zu sondieren. Er war gerne auf alles vorbereitet und wollte genau wissen, mit wem er es zu tun hatte. Er ging in den Friseursalon, in dem die beiden Oliveri-Jungs arbeiteten, und sagte, er suche einen Blumenladen. Ein Kerl wie ein Schrank, der um zehn Uhr morgens so tat, als wolle er ein Dutzend Rosen kaufen. Etwas seltsam, dachte Gravano. Aber die Brüder schienen keinen Verdacht zu schöpfen.
Später traf Gravano sich mit Bobby Cabert. »Ich hätte es auf der Stelle erledigen können. Der Laden war leer.« Er verstand nicht, was so schwierig daran sein sollte, zwei Friseure zu erledigen.
Doch nun gab es Komplikationen. Johnny Gambinos Jungs waren der Ansicht, die zwei Brüder hätten nichts mit dem Mord an Giuseppe zu tun gehabt. Der Vater, klar, war schuldig. Da gab es keinen Zweifel. Aber die Söhne?
Okay, entschied Gotti, dann beschränken wir uns auf den Alten. Das paßte auch Gravano in den Kram. Es machte weniger Arbeit, einen Mann umzubringen als drei.
Gravano und Cabert fuhren nach Queens, um Stellung vor dem Wohnblock zu beziehen, in dem der alte Oliveri lebte. Die zwei Killer saßen in Wagen, die am Abend zuvor von Johnny Gambinos Truppe gestohlen worden waren, und hielten per Funkgerät Verbindung miteinander. Es war gegen sechs Uhr morgens. Sie wollten warten, bis Oliveri wegen der Parkvorschriften herunterkäme, um seinen Wagen zu bewegen. Wer ihm am nächsten war, sollte schießen. Sie warteten bis gegen Mittag, Oliveri erschien nicht. »Vielleicht hat er was gemerkt«, funkte Gravano an Cabert, bevor er Anweisung gab, zum *Ravenite* zurückzukehren.

Sie überlegten, was schiefgelaufen war. Einer der Jungs, die im Club herumlungerten, lieferte die Antwort: Man schrieb einen jüdischen Feiertag, der die Parkvorschriften außer Kraft setzte. »Vielleicht sollte ich mich in Zukunft bei einem Rabbi schlau machen, ehe ich meine Geschäfte erledige«, scherzte Gravano.
Zwei Tage später fuhren die beiden Killer erneut zum Häuserblock in Queens. Kurz vor sieben kam Francis Oliveri aus seinem Haus, um seinen Wagen auf die andere Straßenseite zu fahren. Es war ein kühler Morgen im Mai, aber er trug über seinem Hemd nur einen Pullover mit V-Ausschnitt. Er lief die Straße in Richtung Cabert. Gravano konnte sehen, wie Cabert unauffällig aus seinem Wagen ausstieg. Cabert trug eine Lederjacke, Gravano sah, wie er eine Waffe zog. Dann blitzte Mündungsfeuer auf. Einmal, zweimal. Oliveri war zu Boden gegangen und kroch auf einen dünnen Baum zu. Vielleicht glaubte er, wieder auf die Beine kommen zu können. Doch diese Chance bekam er nicht. Cabert schoß noch einmal, der alte Mann war tot. Seine Hände reckten sich ins Leere. Am Abend, beim Bummel vor dem *Ravenite,* teilte Gravano Gotti mit, er könne einen weiteren Namen von der Liste streichen.

Im FBI-Quartier am Queens Boulevard stellte sich ein Gefühl des Optimismus ein. Das Team kam zu der Ansicht, daß es sich das Beste bis zum Schluß aufgehoben hatte. Kaum war die Überprüfung der letzten Frau – genannt »die Stelze« wegen ihrer Beine – auf der Liste abgeschlossen, da waren sie sich alle einig. Selbst der vorsichtige Mouw mußte zugeben, daß diesmal wohl die Götter auf ihrer Seite waren.
Das Mädchen war jung, gerade dreiundzwanzig, und damit, aus der Sicht des Teams, leicht formbar. Sie war spanischer Abstammung, es konnte also mit Sicherheit keine Mitglieder der Familie in ihrer Ahnengalerie geben. Außerdem – und das gab den Ausschlag – war sie Sachbearbeiterin beim Finanzamt in der Church Street in Manhattan: Sie arbeitete also bereits für den Staat.
Nachdem die Entscheidung gefallen war, die »Stelze« zu rekrutieren, gab es eine lange Diskussion, wie man sich ihr nähern

sollte. Einige plädierten dafür, sie zu überrumpeln: An die Tür ihres Appartements trommeln, ihr die Ausweise unter die Nase halten, sie zur Federal Plaza 26 schleppen und ihr dort, gestärkt durch die sichtbare Macht des FBI, das Angebot unterbreiten. Andere meinten, es sei besser, sie sich frühmorgens auf ihrem Heimweg von einer Nacht mit DuPont zu schnappen. Nach einem Schäferstündchen im *Ravenite* würde sie am »druckanfälligsten« sein. Mouw, von Haus aus ein Gentleman, meinte, wenn einer vorhabe, einen Heiratsantrag zu machen, schade es nichts, vorher ein wenig Brautwerbung zu betreiben.

Zum ersten Rendezvous schickte er nur einen Mann: George Gabriel, groß, gutaussehend und, wenn er es darauf anlegte, sehr charmant. Es sollte alles sanft ablaufen. Eine Vorgesetzte wurde zum Arbeitsplatz der »Stelze« geschickt, um ihr zu sagen, sie möge sich in einem Zimmer im oberen Stockwerk melden. Jemand wünsche sie zu sprechen.

Das Zimmer war klein, fensterlos und hatte einen bürokratischgrauen Anstrich. Es gab einen Schreibtisch aus Metall, an dem bei anderen Gelegenheiten wahrscheinlich ein Steuerprüfer saß, während ihm gegenüber auf dem harten Stuhl ein unglücklicher Steuerzahler um Nachsicht bettelte. Gabriel hielt es in diesem Fall für besser, auf Statussymbole zu verzichten.

Als die »Stelze« hereinkam, stand er an der Wand und stellte sich mit seinem jungenhaften Grinsen vor. »Bitte«, sagte er zu ihr, »setzen Sie sich an den Schreibtisch.« Ihm genügte der Stuhl. Sie bedankte sich mit einem strahlenden Lächeln; das war der Augenblick, in dem Gabriel der Gedanke kam: Norman DuPont, du bist ein Glückspilz.

Nach Berichten des FBI war das erste Treffen und das zweite am gleichen Abend in einem Hotel in der Stadtmitte ein Erfolg. Nachdem Gabriel ihr sein Angebot gemacht hatte, erklärte die »Stelze« sich bereit, mitzumachen und Mouw zu treffen. War sie durch Georges Höflichkeit beeindruckt, faszinierte sie die Zusammenarbeit mit dem FBI? Oder wollte sie DuPont, den sie einen »Bastard« nannte, eins auswischen? Die Aussicht auf Beförderung und Gehaltserhöhung – beides wurde angeboten – trug wahrscheinlich zum Erfolg der »Brautwerbung« bei.

Als erstes hatte sie eine Skizze der Lage der beiden Zimmer angefertigt, aus denen das *Ravenite* bestand. Zweitens hatte sie einem staunenden Mouw den genauen Standort des Tisches im Hinterzimmer eingezeichnet, an dem, wie sie beteuerte, John Gotti immer saß.
Wie konnte sie das wissen? Weil, erklärte sie mit einem Anflug von Verlegenheit, Norman es jedesmal betone. »Wir lieben uns immer auf diesem Tisch. Ich glaube, das macht Norman geil. Verstehen Sie: bumsen auf dem Tisch des Paten.«
Als nächstes zeichnete sie in die Skizze eine Hintertür; sie befand sich im Zimmer mit Gottis Tisch und führte auf einen Gang, den der Club mit dem Rest des Wohnblocks teilte.
Wie war die Tür gesichert? Gab es ein Schloß? Eine Alarmanlage? Überwachungskameras? Nein, antwortete sie leicht amüsiert. Es gebe nur einen Riegel. Ehe sie nachts weggingen, sehe Norman immer nach, um sich zu vergewissern, daß er vorgeschoben sei. Er sage jedesmal, sie würden ihn umbringen, wenn er es je vergessen sollte.
Mouw verfügte nun über eine Quelle im *Ravenite,* auf die Gotti wohl nie kommen würde. Er befahl Gabriel, den Genehmigungsantrag für einen Lauschangriff unterschriftsreif zu machen.
Dem kurzen Bericht eines Top-Informanten, der in diesen Tagen auf seinem Schreibtisch gelandet war, schenkte Mouw keine besondere Beachtung; der Bericht war nur wenige Tage nach Mike Cirellis Beerdigung eingegangen. Nach der Totenmesse für den langjährigen Hausmeister des *Ravenite* sei, so der Informant, John Gotti auf Cirellis Neffen zugegangen und habe ihm gesagt, er solle die Schlösser zu der Wohnung seines Onkels über dem *Ravenite*-Club sofort austauschen.
Erst ein ganzes Jahr später erfuhr Mouw, daß auch die »Stelze« an der Trauerfeier teilgenommen hatte.

# Kapitel 31

Irgend etwas stimmte nicht. John Kravec, Leiter des Technikerteams, saß zusammengekauert in der Verpackungskiste für einen Kühlschrank und lauschte. Irgend jemand ging um sein Versteck herum …

Er spürte einen leichten Tritt gegen den Karton und griff nach dem Neun-Millimeter-Revolver, den er in einem Halfter am Knöchel trug.

Wo zum Teufel war seine Deckung? Waren die Burschen eingeschlafen? Oder hatten Gottis Leute sie bereits erledigt? Kravec entsicherte seine Waffe.

Am Morgen bei der Lagebesprechung, bei der er seinen Plan für das Eindringen ins *Ravenite* vorgelegt hatte, war er noch zuversichtlich gewesen. Natürlich, hatte er den versammelten Agenten gesagt, sei der Einstieg immer der gefährlichste Teil einer Wanzen-Mission. »Aber wir haben uns diesen Fall ziemlich gut überlegt.« Die Aktion werde folgendermaßen ablaufen:

Irgendwann nach ein Uhr morgens werde ein Wagen der städtischen Müllabfuhr routinemäßig vor dem Haus Mulberry Street 247 vorfahren. In der Nähe des Treffpunkts der Gambinos wohne zwar ein Dutzend italienische Familien, aber warum sollten sie bei dem Lärm bemerken, daß ein Verpackungskarton für einen Kühlschrank vom Wagen zum Bürgersteig getragen wurde? Das verdammte Ding passe nicht auf den Wagen, würden die Müllmänner schimpfen, und dann weiter die Straße entlangfahren, von Haus zu Haus.

Währenddessen werde John Kravec – er sprach von sich in der dritten Person – in der Kiste langsam bis 500 zählen. Wenn er

es bis 499 geschafft habe, ohne über Funk gewarnt zu werden, werde er das Klebeband entfernen und sich direkt an der Eingangstür mit dem Schloß beschäftigen.
Kravec war zum Meister im Aufbrechen ausgebildet worden, er würde, sagte er sich, viel Zeit haben.
Sobald die Eingangstür geöffnet war, sollte Kravec gemeinsam mit zwei der besten Wanzenspezialisten des Teams, die im richtigen Moment aus einem wartenden FBI-Auto steigen würden, im Hauseingang verschwinden und sich nach rechts wenden. Und siehe da: sie würden direkt vor der Hintertür zum *Ravenite*-Club stehen. Und die Tür würde unverschlossen sein. Mouw persönlich hatte das scheinbar Unmögliche garantiert; die entscheidende Rolle der »Stelze« erwähnte er nicht. Kravec hatte keine Ahnung, wieviel davon abhing, daß »die Stelze« den richtigen Augenblick abpaßte, er hatte keine Ahnung von ihrem stillen Gebet, DuPont möge das leise Geräusch nicht hören, wenn sie den Riegel zurückzog.
Kravec verließ sich darauf, daß die Hintertür zum *Ravenite* entriegelt sein würde. Um für den unwahrscheinlichen Fall gerüstet zu sein, daß die Gotti-Jungs in jener Nacht auf der Lauer lägen, hatte Kravec Vorkehrungen getroffen. Ein Dutzend Scharfschützen waren über die Mulberry Street verteilt.
Nun, eine Stunde nach Mitternacht in einer eisigen Nacht im Februar 1988, schien die ganze Aktion zu platzen. Kravec kauerte mit gezogener Waffe in seinem Käfig. Was war schiefgegangen?
Just in diesem Augenblick sickerte Wasser in den Karton, ein stechender Geruch breitete sich aus. Ein streunender Hund hatte sich an dem Karton gerieben und das Bein gehoben.
Kravec löste die Rückwand des Kartons und arbeitete an dem Schloß. Dann drehte er am Türgriff und spazierte in den neonbeleuchteten Hausgang der Mulberry Street 247.
Ohne auf ein Zeichen zu warten, sprangen die zwei Abhörspezialisten des technischen Teams aus dem Wagen und schlossen sich ihrem Chef an. Sie gaben sich keine Mühe, besonders leise zu sein. Es galt die Faustregel, daß morgens um zwei Uhr ein zufälliges, wenn auch lauteres Geräusch weniger Aufmerksam-

keit errege als ein anhaltendes leises. Ihre Kleidung – Rollkragenpullover, Anoraks und Turnschuhe – war ganz alltäglich.
Im Gänsemarsch gingen sie den Gang entlang. Kravec war in Gedanken schon Dutzende Male diesen Weg gelaufen. Jetzt war er heller erleuchtet, als er sich das vorgestellt hatte.
Der Korridor gabelte sich, sie wandten sich nach rechts und fanden, was sie erwartet hatten – eine Metalltür mit tiefbraunem Anstrich, die Hintertür des *Ravenite*.
Kravec sah, daß eine Brechstange nicht nötig sein würde. Die Tür hatte einen Griff. Ein Zug, die Tür würde sich öffnen – wenn alles nach Mouws Plan ging. Kravec zögerte. Es gab nun kein Zurück mehr. Würden Alarmglocken schrillen, würden Gottis Leute im Club das Feuer eröffnen, wußten sie von dem Plan?
Kravec streckte die Hand nach dem Griff aus und zog. Die Scharniere quietschten, die Tür öffnete sich, Stille. Kravec stand im Hauptquartier John Gottis.
Es war ein »hartes Zimmer«, der Alptraum eines jeden Abhörexperten, stellte Kravec mit kurzem Blick fest. Der Getränkeautomat in der Ecke, der selbst tief in der Nacht vor sich hinsummte, war ein Problem: Wenn Gotti flüsterte, konnten die Mikrofone fast nichts aufnehmen.
Kravec hatte schon genügend Klempnerjobs hinter sich; er wußte, daß es nur zwei Arten gab, ein Zimmer erfolgreich zu verwanzen.
Er konnte die drahtlose Alternative wählen, einen an ein Minimikrofon angeschlossenen Funksender. Diese Art war am leichtesten und schnellsten zu installieren. Anschalten, verstecken, abhauen! Das Problem mit Funk war jedoch, daß auch die technisch besten Mikros – es gab leistungsstarke Typen in der Größe eines Streichholzkopfs – auf einen batteriegespeisten Sender angewiesen waren. Der Batteriesatz für einen Quarzsender des FBI war so klein, daß er in einen Walkman paßte, hatte aber nur eine Lebensdauer von 72 Stunden. Das bedeutete: er würde einmal pro Woche ins *Ravenite* schleichen müssen, um den Batteriepack auszuwechseln.
Die andere Möglichkeit war, über Draht zu gehen und das zu nutzen, was es im Zimmer schon gab: die normalen Stromquel-

len der Elektrizitätsgesellschaft. Er brauchte nur zwei dünne schwarze Drähte aus einem seiner Minimikrofone an die Stromversorgung im Zimmer zu klemmen. Das Funktionsprinzip ließ sich mit dem der Baby-Überwachungsgeräte vergleichen: Man schließt das Mikrofon an eine Stromquelle in dem einen Zimmer an, den Empfänger an eine Stromquelle in dem anderen Zimmer. Der Nachteil beim Draht: Zur Installation brauchte man Zeit. Kravec mußte einen unauffälligen Platz als Versteck für das Mikrofon finden, die Leitung möglichst unauffällig vom Mikrofon zur Stromquelle führen und alle Oberflächenschäden, Kratzer und Schlitze und mehrere Meter verlegte haarfeine Drähte kaschieren. Das war eine anstrengende Arbeit.
Kravec blickte auf seine Armbanduhr. Es waren schon mehr als zwanzig Minuten vergangen, seit er aus der Verpackungskiste gestiegen war. Der Plan sah vor, daß er in einer Stunde wieder aus dem Club herauskommen sollte.
Er richtete seine Taschenlampe auf den Tisch, an dem der Don zu sitzen pflegte. Der Tisch war mit einem weißen Tuch bedeckt. Keine Chance. Er leuchtete die Wand ab und sah ein gerahmtes Porträt: John Gotti und sein Lehrmeister Neil Dellacroce, beide in dunklen Anzügen, beide drohend in die Ferne blickend.
Kravec konnte ein Mikrofon hinter dem Rahmen verstecken, den Draht unter Putz verlegen und dann Huckepack in die Leitung einer nahen Steckdose. Das müßte funktionieren! Aber wer zum Teufel konnte wissen, was passiert, wenn die bösen Buben das Bild abnehmen würden, um abzustauben?
Kravec entdeckte an der Wand, direkt über der Sockelleiste, einen rechteckigen Metallgrill. Er wußte sofort, daß es sich um den Auslaß eines Heizungsrohrs handelte. Er sah, daß der Grill mit Schrauben an der Wand befestigt war. »Helft mir, das Ding abzuschrauben«, befahl er. »Wir werden einen Draht verlegen.«
Sie arbeiteten mit erstaunlicher Geschwindigkeit, aber sehr vorsichtig. Sie wußten, daß der kleinste Kratzer auf einem der Schraubenköpfe auffallen konnte. Kravec führte ein winziges Mikrofon mit Daumen und Zeigefinger in das Schraubenloch in der rechten oberen Ecke ein. Die Farbe stimmte nicht; das Mikrofon war pechschwarz, die Schrauben waren schmutzig-

braun. Kein Problem. Bienenwachs aus der Fugenspritze, Farbe. Kein Mensch würde etwas bemerken.
Ohne weitere Worte begann Kravec einen Draht der Stärke 38 – ungefähr so dick wie ein Haar – hinter dem Heizungsgitter unter den Wandputz zu schieben. Er arbeitete mit einem Drahteinfädler, einem Gerät, das aussah wie eine Pistole, aber viel kleiner war und einen Draht aus einer vorher geladenen Spule »schoß«. Das Gerät war ursprünglich vom CIA entwickelt worden, das FBI hatte es übernommen. Er fädelte den Draht etwa einen Meter weit bis zur Steckdose. Der Rest war einfach. Kravec brauchte nur den Deckel der Steckdose abzuschrauben, den Draht über die richtigen Pole zu drehen und den Kontakt festzulöten.
Als der Heizungsgrill wieder montiert und die bräunliche Farbe getrocknet war, trat Kravec einen Schritt zurück, um seine Handwerkskunst zu bewundern. Er fegte eine Handvoll Staub vom Boden auf und verteilte ihn gleichmäßig über das Mikrofon und die Schrauben.
Als Kravec wieder auf seine Uhr sah, stellte er fest, daß er 34 Minuten gebraucht hatte. Man hatte ihn gewarnt, daß ein Mann aus der dritten Etage Bäcker war und morgens gegen fünf Uhr zur Arbeit ging. Kravec wollte ihm auf keinen Fall in die Arme laufen. Es war Zeit zu gehen. Aber Kravec zögerte, er hatte in seiner Tasche noch eine Funkausrüstung. Er ging auf ein orangefarbenes Sofa zu, legte sich auf den Boden und richtete seine Taschenlampe auf den Fußraum unter dem Sofa.
Kravecs Helfer reichten ihm ein Messer, er begann eine etwa 18 x 18 Zentimeter große Stoffzunge aus dem Boden des Sofas zu schneiden. Er entfernte eine Handvoll Füllung und ersetzte sie durch ein Sendegerät. Normalerweise hätte er jetzt Polsterleim verwendet, er hatte sogar eine Tube davon in seinem Rucksack, aber es war schon nach vier. »Hefter«, sagte Kravec.
Bevor sie den Club verließen, war noch eine Sache zu tun. Kravec ging zur Hintertür und schob den Riegel vor. Sie verließen den Club durch die Eingangstür. Das war der am wenigsten Verdacht erregende Weg, falls es gegenüber zufällig einen Fenstergucker gab. Man hatte ihnen gesagt, sie sollten gemächlich

in Richtung Princes Street gehen. Ein wartendes Auto würde dort ein Lichtsignal geben.

Kravec ging als letzter; er sollte die Eingangstür wieder verschließen.

Die fahle Wintersonne ging auf, Kravec stand eine Weile wie angewurzelt, die Eingangstür des *Ravenite* war weit offen.

»Es war eine lange und anstrengende Nacht«, sagte sein Chef Jim Kallstrom später. »Er muß total fertig gewesen sein.«

Was immer der Grund gewesen sein mag: Kravec riß sich wieder zusammen, zog die Tür zu John Gottis Hauptquartier zu und arbeitete an dem Schloß. Dann ging er die Straße hinauf zu dem wartenden Wagen.

# Kapitel 32

Jetzt, da sie einen Fuß in der Tür des *Ravenite*-Clubs hatten, konnte Mouw den Tag kaum erwarten. Er erschien schon um sechs Uhr in seinem Büro in der Queens Avenue, manchmal sogar noch früher. Er setzte einen starken schwarzen Kaffee an, »Marinegrog« nannten ihn die Teammitglieder abschätzig. Er drehte die Rädchen an dem schwarzen Kombinationssafe und holte das Tonband heraus, das der »Werksleiter« – so wurde der Beamte genannt, der im Abhörraum Dienst machte – gebracht hatte; es war die Arbeitskopie. Das Original, versiegelt und datiert, blieb verschlossen im sogenannten ELSUR-Raum – nach dem FBI-Kürzel für elektronische Überwachung – im Hauptquartier in Manhattan.

Mouw wußte, daß der »Werksleiter« ihn sofort angerufen hätte, wenn das Mikrofon etwas Bedeutsames aufgefangen hätte. Trotzdem faszinierte ihn das Abhören der Bänder. Er war mitten im *Ravenite*.

Morgen für Morgen saß Mouw so in seinem Büro; er hörte sich jedes neue Band mit größter Aufmerksamkeit an. Wenn er das Zuschlagen einer Tür oder die Schritte eines Laufburschen hörte, malte er sich Einzelheiten jeder Szene aus: Wie Gotti einen Espresso bestellte, wie er sich entspannte und wie er Hof hielt. Wie Sammy Bull auf den Tisch seines Chefs zuging, den Kopf hoch erhoben, um größer zu erscheinen, wie er sprach und wie er, eine Angewohnheit, auf Zehenspitzen ging. Und dann die Stimmen! Es gab viele, aber er lernte schnell, einige zu erkennen. Gottis tiefes Gemurmel; Frankie Locascios zaghaftes Gestammel, Sammy Bulls hohes Gequengel. Jeder Morgen brachte

neue Erkenntnisse über den Feind. Und trotzdem mußte Mouw zugeben, daß die Bänder eine herbe Enttäuschung waren.
Ein Teil des Problems war technischer Natur. Kravecs Befürchtungen hatten sich bewahrheitet. Es war sehr schwer, die Aufzeichnungen zu verstehen.
Der Sender im Sofa war ein Totalausfall. Alles, was das kleine Mikrofon aufnehmen konnte, wurde in einem Brei von dissonanten Geräuschen erstickt. Als die Batterien verbraucht waren, wurden sie nicht ersetzt. Die erschöpfte Abhörmannschaft stieß einen Seufzer der Erleichterung aus.
Der Empfang über Draht war besser – marginal besser. Denn wenn sich die uralte Heizanlage des Gebäudes schnaufend einschaltete, hatte man den Eindruck, das Mikrofon im Heizungsschacht befinde sich unter den Düsen einer abhebenden Raumfähre.
Wenn die Mitschreibenden im fensterlosen Abhörraum am Queens Boulevard nicht gerade mißmutig »uv« – für unverständlich – auf ein Blatt schrieben, setzten sie meistens ein »ump« neben das Textfeld – für »unbekannte männliche Person«. Es gab nämlich ein weiteres Problem: In den meisten Fällen wußten sie nicht mit Sicherheit, wer da sprach. An einem ruhigen Abend waren im *Ravenite* vielleicht dreißig verschiedene Stimmen zu hören. Und wenn es hoch herging, war der Club mit fünfzig, vielleicht sechzig durcheinanderredenden Ganoven besetzt. Am Anfang stellten sich die Beamten noch der Herausforderung, dann verlor sich die Lust. Warum sollten sie herausfinden, ob der gerade sprechende Jack nun »Jack der Schauspieler«, »Jack die Nase« oder irgendein anderer »Jack« war? Es war ein Scheißgeschäft.
Aber selbst wenn die Unterhaltungen klar und deutlich zu verstehen waren, hatten die Niederschriften keinen Wert als Beweismittel. Es gab nichts auf den vielen Bändern, was ein Staatsanwalt einem Untersuchungsrichter vorspielen konnte, es gab kein Schuldbekenntnis, das zu einer Anklage führen konnte. Nichts. Obwohl Mouw von der Möglichkeit fasziniert war, Einzelheiten aus dem Leben der Gambino-Familie zu erfahren, rieten seine Vorgesetzten in Washington nach einem

Monat, mit der Aktion Schluß zu machen. Es liege doch auf der Hand, daß Gotti den häßlicheren Teil der Familiengeschäfte an einem anderen, noch unbekannten Ort abwickle. Die Wanze im *Ravenite* bringe nichts.

Mouw blieb stur. Früher oder später, sagte er seinen Vorgesetzten an der Federal Plaza 26, werde Gotti oder einer seiner Leute leichtsinnig werden; die Heizung werde aus sein; das Mikrofon jedes Wort aufnehmen. Verdammt noch mal, verteidigte er sich in einer Unterredung mit Jules Bonavolonta, dem Chef des Referats Organisierte Kriminalität, und mit Jim Fox, dem Chef der New Yorker FBI-Sektion, verdammt noch mal, wir sind im Hinterzimmer des Hauptquartiers der Gambino-Familie. Wir können jetzt nicht aufgeben. Mouw stellte den Antrag, in Sichtweite des *Ravenite* einen Beobachtungsposten einrichten zu dürfen. Wenn wir festhalten können, wer jeden Abend in den Club geht, sagte er, wird es für uns leichter, die Stimmen auf den Bändern zu identifizieren.

Ehe die Chefs widersprechen konnten, stand er auf. Er habe viel zu tun, man brauche ihn in Queens. Und es wäre ihm recht, wenn sie ihn ihre Entscheidung in Sachen Überwachungspostens baldmöglichst wissen ließen.

Als Gabriel von Mouws Auftritt erfuhr, dachte er, sein Freund habe unter Druck die Nerven verloren, sei aber wenigstens kämpfend untergegangen. Er wollte ihm sein Mitgefühl zeigen und mit ihm einen drauf machen, wie es die Welt noch nie gesehen hatte.

Doch dazu kam es nicht. Mouw teilte nüchtern mit, daß nicht nur die Abhöraktion verlängert werde, sondern auch der Antrag auf einen Überwachungsposten genehmigt worden sei.

In New York eine Wohnung zu finden ist immer schwierig. Gabriels Anforderungen aber machten die Suche besonders kompliziert. Er benötigte Räumlichkeiten, die groß genug waren, um etlichen High-Tech-Überwachungsgeräten und mindestens zwei Beamten Platz zu bieten. Die Wohnung mußte gut genug gesichert sein, so daß man sich keine besonderen Sorgen um Einbrecher zu machen brauchte. Sie mußte in einem Gebäu-

de sein, das so weit von der Straße zurück lag, daß das Kommen und Gehen von Männern zu jeder Tages- und Nachtzeit kein Aufsehen verursachte. Sie mußte einen ungehinderten Blick auf den *Ravenite*-Club gestatten und – auch das noch – billig sein.
Nach nur einem Monat hatte Gabriel eine Traumwohnung gefunden. Er hatte einen traurig dreinblickenden Werbemann gespielt, der in die Stadt ziehen mußte, weil seine Ehe zerbrochen war, eine finanzielle Katastrophe, viel zu schmerzlich, um darüber zu reden. Er bekam das ein Schlafzimmer, zwei Bäder und ein Wohn-/Eßzimmer umfassende Appartement für 1500 Dollar Monatsmiete.
Die Wohnung roch nach frischer Farbe und Gipsplatten, aber als Beobachtungsposten ließ sie nichts zu wünschen übrig. Sie lag im Haus Mulberry Street 298, einem kastenförmigen Backsteinhochhaus, nur zwei Blocks vom *Ravenite*-Club entfernt.
Nördlich der Houston Street lag ein Stadtteil, den man auf das Akronym NoHo getauft hatte; hier wohnten Studenten der New York University und Yuppies aus der Werbeszene. Es war eine Gegend, in der man Zimmergenossen hatte; kein Mensch achtete darauf, wenn die Gesichter ständig wechselten. Das Haus Mulberry Street 298 zeichnete sich durch eine Besonderheit aus, wie man sie nur in besseren Gegenden findet: es gab einen Türsteher. Aus Wohn- und Schlafzimmer der Eckwohnung im sechsten Stock konnte man auf die Mulberry Street und den Vordereingang des Hauses Nr. 247 sehen.
Das Team zog in der ersten Woche im April 1988 ein. Sie brachten zwei Videokameras, Nachtsichtgeräte, Kameras und Tonbandgeräte mit. Alles war in braunen Kartons mit der Aufschrift »Hausrat« verpackt. Aber selbst wenn irgendein Nachbar die High-Tech-Anlagen bemerkt hätte, hätte das kaum für Aufregung gesorgt. Wer hier hatte keine HiFi-Anlage? Niemand hier fand es außergewöhnlich, als zwei sehr professionell aussehende Schlosser erschienen und die Eingangstür des Appartements mit einem Alarmsystem ausrüsteten, bei dem man eine Geheimzahl eintippen mußte, um die Tür zu öffnen.
In der Nähe der Wohnung gab es, wie die Beamten bald entdeckten, eine Spielhalle und viele freie Parkplätze. Gabriel hatte

passende Möbel gemietet – ein grellgelbes Sofa, ein paar schmale Betten mit steinharten Matratzen und einige Tische. Der einzige Mißton kam von Doug Grover, einem Vertreter der Justizbehörde, der die Aufgabe hatte, die Finanzen des Teams zu überprüfen. Er warf einen Blick auf die Ausgaben für die Jalousien im Wohn- und Schlafzimmer und ging an die Decke. Er und seine Frau hatten vor kurzem für den gleichen Betrag sämtliche Fenster eines Einfamilienhauses in Brooklyn Heights erneuern lassen. Gabriel, der den jugendlichen Grover nicht nur als Mitstreiter, sondern auch als Freund ansah, war erschüttert. Geduldig erklärte er, daß die beiden Fenster außergewöhnlich groß und daß senkrecht angebrachte Lamellen einfach notwendig seien. Er könne nicht jedesmal, wenn er mit der Videokamera aus dem Fenster zielen müsse, erst die Jalousien hochziehen. Die Kritik an den Kosten der Jalousien erledigte sich nach der Vorführung der ersten Videobänder. Es war eine erstklassige Show. Die Klarheit der Bilder war phänomenal.

Der neue Beobachtungsposten zahlte sich schnell aus. Schon vor längerer Zeit hatte das Team Berichte erhalten, daß Gotti, immer in Angst vor Wanzen, viele seiner Unterredungen auf der Straße vor dem Club führte. Jetzt hatte das Team die »Spazier-Gespräche« auf Videofilm. Man sah Gotti, wie er, weit nach vorne gebeugt, mit einem aufmerksamen Gravano sprach; man sah Gotti und Joe Butch Corrao, wie sie die Mulberry Street entlanggingen und sich vor Lachen schüttelten. Man sah Gotti, wie er einem verwirrten Frankie Locascio einen Vortrag hielt. Und jedesmal bildeten zwei schrankbreite Knüppler die Nachhut.

Mouw war so ermutigt, daß er trotz der weiterhin enttäuschenden Ergebnisse der Abhöraktion im Club Ende Mai beschloß, eine weitere Wanze zu setzen. Er schickte Kravec ins Hinterzimmer des *Bergin*. Vielleicht war Gotti an Wochenenden etwas gesprächiger.

Diesen Club zu verwanzen war ein Kinderspiel. Die Gegend in Queens war nachts menschenleer, die Schlösser konnten leicht geknackt werden. Kravec war innerhalb einer Stunde wieder draußen. Das Mikrofon ging am 5. Juni auf Sendung, die Tonqualität war viel besser als auf den Bändern aus dem *Ravenite.* Aber auch hier gab es wenig, was ein Gericht interessieren könnte. »So ungefähr das einzige, was wir diesen Kerlen nachweisen können«, beschwerte sich ein Agent, »ist ihre schlechte Grammatik.«

Auch der Chef war frustriert. »Wir bekamen diese wirklich brillanten Aufnahmen«, sagte Mouw später, »nur war nichts drauf, was einen Schuß Pulver wert war. Wir waren so nahe dran und trotzdem so weit weg. Alles, was uns fehlte, war ein einziger glücklicher Zufall. Jeden Morgen, wenn ich ins Büro ging, tat ich es in dem Glauben, daß dies der große Tag sein würde.«

George Gabriel war in Kravecs Büro, als der Anruf kam. Es war ein heißer Julinachmittag, fünf Wochen nachdem das Team das *Bergin* verwanzt hatte; die beiden Männer unterhielten sich, was als nächstes geschehen solle. Gabriel wollte die Techniker noch einmal ins *Ravenite* schicken. Wenn es gelänge, an einer anderen Stelle im Club ein Mikrofon zu legen, würde der Empfang vielleicht besser werden.

Unmöglich, sagte Kravec. Es werde überall das gleiche sein in diesem schrecklichen Zimmer. »Du kannst genausogut von mir verlangen, eine Blechdose zu verwanzen. Und obendrein ist der Laden ein einziges Minenfeld. Das Risiko ist zu groß.«

Gabriel schwieg. Er hatte gelernt, daß es besser war, Kravec ausreden zu lassen. Es war die typische, pessimistische Vorrede, bevor er sich besann: »Na ja, vielleicht gibt's da etwas, das wir versuchen könnten.«

Gabriel machte sich keine Gedanken, als Kravec seinen Monolog unterbrach, um ans Telefon zu gehen. Er sah, daß Kravec bleich wurde. »Wir sind aufgeflogen«, sagte Kravec. Der Anrufer sei der Horchposten von der Federal Plaza 26 gewesen. Gotti habe die im *Bergin* versteckte Wanze gefunden.

»Logisch, sicher doch«, gab Gabriel zurück. Er glaubte an einen Scherz.

»Dann ruf ihn doch selber an«, sagte Kravec und reichte Gabriel das Telefon.

Die erste Frage war: Nachdem das Mikrofon im *Bergin* aufge-

flogen war, mußte Gotti auch im *Ravenite* eine Wanze vermuten. Oder?
Am Montag nachmittag, als das Heizungsgrill-Mikrofon im *Ravenite* wieder auf Sendung gehen sollte, warteten Mouw und seine Männer mit Sorge auf einen Anruf. Endlich, gegen vier Uhr dreißig, meldete sich die »Werksleitung«. Das Mikrofon war aktiv. Man hatte es nicht entdeckt.
Gegen fünf Uhr kam ein weiterer Anruf: »Es kommen Störgeräusche über das Mikrofon.«
»Störgeräusche?« fragte Mouw.
»Also genaugenommen«, sagte der »Werksleiter«, »hört es sich wie ein Wasserfall an.«
»Ruf mich an, wenn du Genaueres weißt.«
Kurz vor sechs kam die Mitteilung, daß vor einigen Minuten das Wasserfallgeräusch aufgehört und das Mikrofon klar und deutlich gesendet habe; sie hätten eine tiefe Baritonstimme gehört: »Laß verdammt nochmal das Scheißband wieder von vorn laufen.« Sekunden später habe es wieder geklungen, als befinde sich das Mikrofon direkt unter den Niagarafällen.
Mouw warf den Hörer auf die Gabel. Es war egal, völlig egal, ob Gotti das Mikrofon gefunden habe oder finden werde. Nach der Entdeckung im *Bergin* werde der Don kein Risiko mehr eingehen und jede Unterhaltung im *Ravenite* durch Störgeräusche übertönen.
Es gab noch einen weiteren Rückschlag. Fast sechs Wochen nach der Entdeckung des Mikrofons im *Bergin*-Club, um sieben Uhr früh am 29. August 1988, war Willie Boy Johnson auf dem Weg zu seinem Wagen erschossen worden.
Willie Boy war, wie die Anklage im Gotti-Prozeß enthüllt hatte, fünfzehn Jahre lang Informant über die Gambino-Familie gewesen, zuerst für die Polizei, dann für das FBI. Im Prozeß hatte Gotti sich eiskalt verhalten und seinem langjährigen Spezi versprochen, er werde die Vergangenheit auf sich beruhen lassen, wenn Willie Boy sich weigere, vor Gericht gegen ihn auszusagen.
Johnson war auf das Angebot eingegangen. Er hatte Gotti mit keinem Wort belastet. Als die Verhandlung vorbei war, kehrte

er in seinen Job bei einer unter der Kontrolle der Gambino-Familie stehenden Gewerkschaft zurück. Er kungelte auch wieder mit den Jungs im *Bergin.* Man hatte ihm verziehen, so schien es. Aber Vergangenes ungeschehen zu machen ist nun einmal nicht möglich. Am 29. August umringten vier Männer Willie Boy und eröffneten das Feuer. Der Leichenbeschauer fand 19 Einschüsse in der Leiche.

»Na ja«, sagte Gotti später mit einem Achselzucken zu einem Reporter, »wir müssen alle irgendwann abtreten.«

Das Zitat war am folgenden Nachmittag in der *New York Post* erschienen, ein Beamter hatte Mouw die Zeitung gezeigt. Er las den Artikel, bedankte sich bei dem Beamten, stürmte aus dem Büro und kam nicht zurück. Keiner der Agenten wußte, wohin er gegangen war, keiner traute sich zu fragen.

# Kapitel 33

Für John Gotti wurde das Leben immer angenehmer. Das Geld strömte nur so, er brauchte nicht einmal danach zu fragen.
Die Leutnants und ihre Soldaten lieferten routinemäßig die Hälfte ihrer Einnahmen bei ihren Capos ab, die Capos leiteten das Geld – eigentlich Kleingeld im Vergleich zu den Gewinnen der großen Geschäfte – weiter an die Leitung. Die Gambino-Familie zählte ungefähr dreitausend Mann, jeder von ihnen schaffte für John Gotti an. Es summierte sich.
An einem Sonntag im Monat wurde das große Geld eingesammelt; diese Aufgabe fiel dem älteren Bruder des Don zu. Pete Gotti war ohne Zweifel wegen seiner Loyalität ausgewählt worden, obwohl er auch wegen seiner langen Erfahrung gute Noten verdient hätte. Pete hatte wie sein Vater für die städtische Müllabfuhr gearbeitet, seine Karriere war mit einer Invalidenrente zu Ende gegangen, als er mit dem Kopf an einen Müllwagen geschlagen war. Der Unfall wurde kaum zur Kenntnis genommen. »Wozu die Aufregung! Der Kopf hat ja auch vorher nicht besonders gut funktioniert.«
Das war kein Scherz. Pete hatte eine gewisse dämliche, abgehobene Art. Er sprach langsam und verwirrt. Aber dank seines jüngeren Bruders war er wieder im Gewerbe. Er brachte die Moneten herbei.
Pete zog an den Sonntagen sehr früh los und versuchte, wieder in Gottis Haus in Howard Beach zu sein, bevor das Spiel zu Ende war, das sich der Don am großen Fernseher ansah. Oft schaffte er es nicht. Es gab einfach zu viele Sammelstellen.
Pete kassierte bei Sammy Bull, der für die Bauaktivitäten der

Familie – Bauunternehmen und Gewerkschaften – zuständig war; bei Jimmy Brown, der in der Stadt die private Müllabfuhr und ihre Gewerkschaften kontrollierte; bei Sonny Ciccone, der für die Docks und die Hafenarbeitergewerkschaft verantwortlich war; bei Tommy Gambino, der die Familie im Konfektionsdistrikt vertrat; bei Tony Pep, der im Öl- und Gasgeschäft war.

Pete besuchte auch, wenn sich nennenswerte Summen angesammelt hatten, kleinere Einnahmequellen: Joe Butch, der eine Menge Geld im Kreditwuchergewerbe in Umlauf hatte, Tony C., der das Glücksspielgeschäft der Familie in Connecticut überwachte. Alle zahlten in bar und übergaben das Geld in Schuhkartons oder Plastiktüten. Die Capos durften 20 Prozent für sich behalten, der Rest ging an den Chef.

Wieviel Geld kam eigentlich herein?

Von Sammy Bull, einem Großverdiener, erhielt Gotti ungefähr 100 000 Dollar im Monat, also 1,2 Millionen cash im Jahr. Der Spieler Ralphie Bones brachte der Familie in einem normalen Geschäftsjahr 60 000 Dollar. Dann gab es noch die Tributzahlungen, die der Don an seinem Geburtstag und an Weihnachten von seinen Capos erhielt.

Die Buchhalter des FBI versuchten einen Gesamtbetrag zu ermitteln, nachdem sie die Informantenberichte des C-16-Teams und die Bankunterlagen durchgegangen waren, die sie im Zuge einer Untersuchung gegen Tommy Gambino in die Hand bekommen hatten. Sie schätzten, daß Gotti jedes Jahr etwa zehn Millionen in bar erhielt; diese Summe sei vielleicht zu hoch gegriffen, wahrscheinlich aber zu niedrig. Es könnten auch 20 Millionen im Jahr sein.

Auch Gotti wußte nicht so genau, wieviel Geld jede Woche hereinkam. Im Gegensatz zu Tommy Gambino, der gleichzeitig Capo und hochkarätiger Geschäftsmann war, verdiente Gotti seinen Lebensunterhalt als Vollzeit-Mafioso; er hatte keine anderen legalen Einkünfte – außer den 75 000 Dollar jährlich, die er für Jobs als Verkäufer von Installationszubehör und als leitender Angestellter in der Reißverschlußfirma eines Freundes bezog, ohne dafür einen Finger zu krümmen. Gotti hatte keine Möglichkeit, Gelder auf ein Sparkonto oder bei einer Altersversorgung einzuzahlen. Er konnte seinen Kindern kein Haus und keine Stiftung hinterlassen. Die Behörden warteten nur darauf, daß er anfing, größere Investitionen zu tätigen. Sie würden sofort zur Stelle sein und alles beschlagnahmen, was sie kriegen konnten. Er mußte sich ohnehin schon seit längerem mit dem Finanzamt herumschlagen. Er hielt die Steuerbehörde hin, indem er sich einfach weigerte, Steuererklärungen abzugeben. Auf diese Weise – so seine Logik – könnten sie ihn wenigstens nie bei einer Lüge erwischen.

Gotti gab das Geld mit vollen Händen aus, weil er nichts auf eigenen Namen anlegen konnte. Er kaufte sich ein Rennboot, das er in einem Anflug von Humor auf den Namen *Unschuldig* taufte; er hatte eine Eigentumswohnung mit Meerblick in Montauk auf Long Island und eine in Fort Lauderdale; sie liefen auf Namen von Verwandten.

Viel Geld mußte er für Anwälte ausgeben. 300 000 Dollar Verteidigerhonorare in einem einzigen Fall ärgerten ihn zwar, aber er zahlte.

Gotti verlor an einem einzigen Football-Wochenende 200 000 Dollar, weil er auf alle Spiele Wetten abgeschlossen hatte. Er lud seine Gorillas mit ihren Amüsiermädchen zum Essen und anschließend ins *Regine's* ein; er kaufte Juwelen für seine Freundinnen und ein Restaurant in Manhattan. Er fuhr in schwarzen Mercedes-Limousinen. Pete brachte ihm das Geld, der Don gab es aus. Er war ein Ganove der alten Schule. Ihm kam nie in den Sinn, das Vermögen seiner Familie in institutionelle Macht umzuwandeln. Die Soldaten verdienten, warum sollte er für schlechte Zeiten sparen?

Mouw war wieder einmal am Nullpunkt. Obwohl im *Bergin* ein Mikrofon aufgeflogen war, obwohl im *Ravenite* nach wie vor das Rauschen eines Wasserfalls jedes Wort verschluckte, bestand er darauf, die Wanze noch weitere zwei Monate im Club zu belassen. Dann setzte er durch, daß das Ende September abgeschaltete Mikrofon im *Ravenite* während der Feiertage, von Thanksgiving bis Weihnachten 1988, wieder scharf gemacht wurde. Als auch das nichts brachte, wurde die Kritik an ihm lauter. Die Fronten verhärteten sich. Nur noch Jules Bonavolonta und Jim Fox hielten zu ihm. Doch wer konnte wissen, ob nicht sogar ihre Jobs wegen Erfolglosigkeit gefährdet waren?

Einfach aufzugeben und den Laden dichtzumachen erschien Mouw idiotisch. Er glaubte fest daran, daß Geduld am Ende belohnt werde.

Mouw hatte noch einen Grund für seine Hartnäckigkeit. Er wollte seinen langgehegten Verdacht beweisen, daß es in den Reihen des FBI oder der Polizei einen Verräter gab. Er sah die Gelegenheit, aus zweimal Minus ein Plus zu machen.

Nach der Entdeckung der Wanze im *Bergin* hatte Kravec sofort mit der Untersuchung zur Schadensbegrenzung begonnen. Er las die Berichte von Informanten, hörte auf den Bändern, was sich im *Bergin* getan hatte, unmittelbar bevor das Mikrofon aus der Wand herausgerissen worden war. Er kam zu einer beruhigenden Schlußfolgerung: die FBI-Wanze war wahrscheinlich gar nicht »entdeckt« worden.

Kravec schrieb einen bitteren Bericht für einen begrenzten Personenkreis: die vom Staat New York eingerichtete Sonderkommission Organisiertes Verbrechen habe den Rückschlag zu verantworten, nicht das FBI.

Bei einer routinemäßigen Reparatur der Telefonleitungen im Club war, so Kravec, eine längst aufgegebene Wanze entdeckt worden, die die Sonderkommission vor Jahren dort zurückgelassen hatte. Nachdem diese gefunden worden war, hatten die Gambinos damit begonnen, allen Telefondrähten nachzugehen und die Wände aufzureißen; dabei seien sie auf das Mikrofon des FBI gestoßen. Vor dieser radikalen Art der Überprüfung gebe es keinen Schutz. Es sei nicht ein Fehler der Technikertruppe gewesen, der dazu geführt habe, daß die Operation aufgeflogen sei. Es habe an der Inkompetenz einer Schwesterorganisation gelegen.

Mouw wollte dieser Analyse glauben: Wenn das Telefon nicht hätte repariert werden müssen ...; wenn das Sonderkommando die alte Wanze entfernt hätte ...

Aber war es so? – Es gab zu viele Zufälle, zu viele geplatzte Aktionen.
Vielleicht, spekulierte Mouw, war es gar kein echtes Telefonproblem gewesen, das zur Entdeckung der Wanze im *Bergin* geführt hatte. Vielleicht hatte ein kundiger Verräter Gotti etwas ins Ohr geflüstert. Vielleicht waren die Telefonreparatur und die Suche nach der Wanze mit Vorschlaghämmern nur eine Schau gewesen, um das FBI irrezuführen und Gottis Maulwurf zu schützen.
Aus diesem Verdacht entwickelte Mouw einen Plan. Er wollte die Wanze ins *Ravenite* so lange wie irgend möglich aktiv und dem Spion aufreizend vor die Nase halten. Er wollte abwarten, ob Gotti – rein zufällig – einen Wartungsmann zur Reparatur der Heizungsanlage im *Ravenite* bestellen würde. Er wollte abwarten, ob jemand – rein zufällig – den Grill neben der Hintertür abschrauben würde mit den Worten: »Seht mal, was hier zum Vorschein kommt.«
Dann hätte er einen Beweis, daß jemand auf höchster Ebene dem Don zuarbeitete.
Der Plan schlug fehl. Vielleicht hatte Gotti sich überlegt, daß das ständige Störgeräusch schon ein Eingeständnis war, daß er informiert war. Warum das Risiko erhöhen und auf das für den Gegner ohnehin nutzlose Mikrofon losgehen?
Mouw war die Zeit davongelaufen. Er ließ die Wanze im *Ravenite* entfernen. Drei Jahre nach dem Mord an Paul Castellano und John Gottis Krönung war Mouw dem Abschluß seines Falles nicht einen Schritt näher gekommen. Sollte er aufgeben?

# Kapitel 34

Während Bruce Mouw darüber nachdachte, was er als nächstes unternehmen könne, wurde John Gotti auf Veranlassung der Staatsanwaltschaft von Manhattan wegen gefährlicher Körperverletzung verhaftet. Städtische Polizeibeamte stürmten an einem kalten Abend im Februar 1989 ins *Ravenite* und führten den Don in Handschellen ab. Wenige Tage zuvor hatte Mouw seine Wanze stillgelegt.

Die Anklage der Staatsanwaltschaft wurde auf einer Pressekonferenz verkündet. Selbst in der trockenen Prosa der Anklageschrift wirkten die Vorwürfe wie Episoden einer Fernsehserie. Nach den Erkenntnissen der Ankläger war John O'Connor, Vizepräsident und Geschäftsführer der Gewerkschaft der Zimmerleute, im Februar 1986 auf einer Restaurant-Baustelle erschienen. Er hatte laut spekuliert, es könne »ein Problem« geben, weil die Arbeiter nicht gewerkschaftlich organisiert seien. Die Eigentümer des Restaurants waren erfahrene Leute. Sie boten O'Connor 5000 Dollar an. Doch das war offenbar nicht genug. Noch in der gleichen Woche erschien ein mit Brechstangen bewaffneter Trupp und schlug alles kurz und klein. In knapp einer Stunde entstand ein Schaden von mehr als 30 000 Dollar.

Das Restaurant hatte einen stillen Teilhaber – die Gambino-Familie. Nachdem Angelo Ruggiero dem neuen Don den Vorfall gemeldet hatte, blieb Gotti nicht lange untätig. »Macht ihn fertig! Steckt ihm eine Rakete in den Arsch!«

Der Befehl wurde von einer Wanze aufgenommen, die die Sonderkommission Organisierte Kriminalität der New Yorker

Staatspolizei im *Bergin* versteckt hatte. (Es war dieselbe Wanze, die nach Kravecs Bericht Mouws Operation scheitern ließ.)
Der dicke Angelo hatte den Mordauftrag an die Westies weitergegeben, eine irische Gang, die gelegentlich Jobs für die Familie übernahm. Im Mai umstellten vier Revolverhelden O'Connor. Sie hatten nicht vor, ihn zu töten, sie wollten ihm nur eine Lektion erteilen. O'Connor bekam je eine Kugel in die Hinterbacken und in beide Beine. Nachdem er sich einen Monat lang im Krankenhaus erholt hatte, erzählte er der Polizei, er sei von »puertoricanischen Banditen« überfallen worden. Warum, das wisse er nicht.
Die Staatsanwaltschaft kannte den Grund. Sie war überzeugt, die Geschworenen von ihrer Version überzeugen zu können. Michael Cherkasky, der Sonderstaatsanwalt, der die Anklage leitete, sah aus wie ein zerknautschter, weltfremder, sich ständig in den Haaren wühlender Student, der über die Dichter der Romantik nachgrübelte; im Gerichtssaal aber war er ein harter Brocken. Er konnte eine persönliche Erfolgsbilanz von 40 Verurteilungen vorweisen, denen nur ein einziger Freispruch gegenüberstand. Als Verstärkung hatten die Ankläger auch das FBI auf ihrer Seite – das nahmen sie zumindest an.
Als die Anklage bekanntgegeben wurde, saß ein strahlender Jim Fox links neben Robert Morgenthau, dem Chefankläger des Gerichtsbezirks Manhattan. Um sicherzugehen, daß Gotti sich nicht wieder an die Geschworenen heranmachen konnte, lud Morgenthau, ein Meister im Weben von Beziehungsgeflechten, Jim Fox zum Mittagessen ein. Bei Pasta und Martini im *Forlini's* in Little Italy holte er sich die Zusicherung, das FBI werde »alles tun, damit es zu keiner Geschworenenbestechung kommen könne«. Morgenthau, dessen Vater ein angesehener Finanzmakler und US-Finanzminister gewesen war, zeigte sich großzügig. Er bezahlte die bescheidene Zeche.
Trotz der Beweislage schien die Gambino-Familie nicht besonders verunsichert. Nur der dicke Angelo hatte, als die Behörden seiner habhaft wurden, ein schweres Problem: Er lag im Sterben. Sein Leib war vom Krebs zerfressen. »Du steckst bis über beide Ohren in Schwierigkeiten, Angelo«, sagte Inspek-

tor John Gurnee. Der Gangster antwortete mit dem müden Achselzucken eines Häftlings, der weiß, daß er bereits verurteilt ist.
John Gotti hingegen strahlte seine übliche »Zeigt-doch-mal-was-ihr-könnt«-Zuversicht aus. »Ich wette drei zu eins, daß ich diesen Fall gewinne«, protzte der Teflon-Don.
Bruce Mouw durchlebte ein Wechselbad der Gefühle. Ihm war klar, daß er den Staatsanwalt unterstützen mußte. Er wollte den Sprecher der Geschworenen »Schuldig« sagen hören, ja, er wollte erleben, daß der Richter den Don einsperrte, dreimal ja.
Es gab jedoch einige, die meinten, Mouws Kampf gegen Gotti sei inzwischen so sehr zu einem persönlichen Kreuzzug geworden, daß er es nicht zulassen werde, daß ein anderer den Don besiege. Aus dieser Meinung wurde eine sehr plausible These, die Bob Morgenthau und Mike Cherkasky, zwei illusionslose Männer, später voll unterschreiben sollten.

Das Verfahren der Staatsanwaltschaft gegen Gotti nahm seinen Gang; Mouws Operationen stockten, er wirkte wie ein geschlagener Mann. Der lange Winter 1989/90 schien eine Zeit der Waffenruhe, wenn nicht gar des Winterschlafs. Erst viel später sollte Mouw ihn als »den Wendepunkt« bezeichnen.
Mouw wurde nicht so sehr vom Haß auf einen mächtigen Gegner getrieben, sondern von der Abscheu vor den gewissenlosen Methoden seines Feindes: der bestochene Geschworene, die rachsüchtigen Morde, der Maulwurf. Mouw hätte nicht kapitulieren können, auch nicht auf Befehl. Er fing noch einmal bei »Null« an.
Er saß allein in seinem Büro und las noch einmal jedes Blatt in seinem Archiv, er studierte Verhandlungsprotokolle, die Spitzelberichte, die Abhörprotokolle. Er sah sich stundenlang die alten Überwachungsvideos an.
Als er damit durch war, zog er ein beruhigendes Fazit. Er hatte die ganze Zeit über recht gehabt. Seine Taktik, den Don abzuhören, war nicht nur unter operativen Gesichtspunkten richtig, sie war auch effektiv. Informanten, verdeckte Ermittler, Be-

schattung genügten nicht. Aber jetzt war ihm auch klar, daß sein Team die Wanzen an den falschen Stellen gesetzt hatte. Also mußte er sein Material noch einmal gründlich durchgehen. Er machte sich Notizen auf Schreibblocks und hoffte, einzelne Erkenntnisfetzen neu zusammensetzen zu können.

Zunächst gab es da den 209er-Bericht aus dem Dezember 1988 von Frankie, Kurins langjährigem Top-Informanten. Frankie hatte es zu etwas gebracht, er war Stammgast im *Ravenite* und berichtete, der dünnhäutige Gotti weigere sich, im Winter Spazier-Gespräche auf der Mulberry Street zu führen. Also ging Mouw noch einmal die Bänder aus dem *Ravenite* durch. Und da fand er schließlich etwas, was er vorher wohl überhört hatte. Gotti flüsterte Sammy Bull etwas zu. Das Geräusch eines Stuhles, Schritte, das Quietschen einer Tür. Gotti gab eine scheinbar unwichtige Regieanweisung, die bei den Niederschriften weggelassen worden war: *»Abgang nach links hinten.«*

Mouw vertiefte sich in die von der »Stelze« gelieferte Beschreibung des *Ravenite*-Clubs. Dann war er sich seiner Sache sicher. Die Hintertür des Clubs, die die »Stelze« für Kravec entriegelt hatte, führte zu dem abgeschirmten Korridor; hier traf sich Gotti mit seinen Leuten, um diskret die wichtigen Geschäfte der Familie zu besprechen.

Doch Mouw war noch nicht zufrieden. Er las noch einmal die Akte der »Stelze« und griff dann nach der Akte über Norman DuPont. Er las einen Spitzelbericht, der nach Mike Cirellis Beerdigung eingegangen war: Gotti habe noch in der Kirche DuPont die Anweisung gegeben, die Schlösser zum Appartement des Toten im Stockwerk über dem *Ravenite*-Club auszuwechseln. Was war an diesem Appartement denn so wichtig?

Mouw fand, einmal auf der Spur, einen zweiten Bericht, den er früher übersehen hatte: Gotti habe einen Ort, wahrscheinlich eine Wohnung, an dem er wichtige Besprechungen abhalte, irgendwo in Little Italy.

Nachdem Gotti zum Don aufgestiegen war, hatte er sich mit Vertretern der Bruno-Familie aus Philadelphia getroffen. Das Treffen, so hatte ein Top-Informant berichtet, habe in einer Wohnung mit unbekannter Adresse stattgefunden. Mouw war

bisher davon ausgegangen, daß es sich um eine Wohnung in Philadelphia gehandelt habe. Jetzt war er sich nicht mehr sicher. Vielleicht doch in Little Italy?
Noch etwas fiel auf: Am 26. April 1989, an dem Tag, an dem Tommy Gambino im Zuge eines vom Staat New York betriebenen Strafverfahrens verhaftet worden war, hatte Frankie berichtet, Gambino habe sehr schnell eine Kaution aufgetrieben und sich dann beeilt, seinen Don aufzusuchen. Das Treffen habe irgendwo in einem Appartement stattgefunden.
Mouw nahm sich das Überwachungsvideo vom *Ravenite* von eben jenem 26. April vor. Und siehe da: Tommy Gambino, dürr wie ein Bleistift, betrat den Club durch die Vordertür – und ward nicht mehr gesehen. Das Überwachungsprotokoll vermerkte ebenfalls Tommy Gambinos Ankunft im Club, nicht aber seinen Weggang.
Mouw begriff jetzt den Grund. Gambino hatte den Club in Begleitung Gottis durch die Hintertür verlassen; sie waren eine Treppe höher in Cirellis Appartement gegangen. Nach Ende der Besprechung mußte Gambino das Gebäude durch das Treppenhaus des Wohnblocks verlassen haben. Deswegen hatte die Kamera, die auf den Eingang des *Ravenite* gerichtet war, ihn bei seinem Weggang nicht erfaßt.
Nach diesem Fund verspürte Mouw wieder Zuversicht: Er wußte endlich, wo Gotti seine geheimsten Treffen abhielt.

Im Sommer 1989 kam das C-16-Team wieder auf Touren. Es war höchste Zeit. In einer vertraulichen Besprechung in seinem Büro hatte Mouw bekanntgegeben, er wolle sich noch einmal das *Ravenite* vornehmen. Diesmal, versprach John Kravec, werde er ein paar neue Dinge ausprobieren, um die Tonqualität zu verbessern. Sie würden den Gang verwanzen und irgendwie auch das Cirelli-Appartement.
Zuvor mußte jedoch der Richter überzeugt werden, daß es hinreichende Gründe gab, John Gotti und seine Leute an den genannten Orten zu belauschen. Das Team machte sich an die Aufgabe, mußte aber schnell feststellen, daß das nicht so einfach war. Mike Cirellis achtundsiebzigjährige Witwe Lena wohnte

nach wie vor in dem Zwei-Zimmer-Appartement. Sie war zwar grauhaarig und gebeugt, aber immer noch hellwach und energisch. Und sie verließ fast nie ihre Wohnung.
»Moment mal«, fragte Mouw irritiert, »geht sie denn nicht einkaufen?«
George Gabriel übernahm die Überprüfung und erstattete nach einer Woche Bericht. Er habe gute und schlechte Nachrichten, erzählte er seinem Chef. Die schlechte Nachricht sei, daß die alte Dame kaum rausgehe.
»Und die gute?« fragte Mouw und stopfte seine Pfeife.
»Weißt du, wer oft für die alte Dame einkaufen geht? Die Stelze!«

# Kapitel 35

Als John Kravec zum erstenmal die knarrende Treppe zum Cirelli-Appartement hinaufschlich, schaute er sich nur kurz um und blies dann die ganze Aktion ab.

Die Stille im Gebäude war beruhigend, Lena Cirelli nahm an der Hochzeit einer Nicht in Philadelphia teil. Was sollte schiefgehen? – Kravec musterte die Tür zu Appartement Nr. 10 für einen kurzen Moment und flüsterte dann: »Nichts wie raus hier.«

Erst als er zusammen mit Jim Kallstrom im Auto auf dem Rückweg zum Federal Plaza 26 war, erklärte er den Grund für den Abbruch der Aktion.

Die vom Richter unterschriebene Abhörgenehmigung lautete auf ein Appartement im zweiten Stock des Gebäudes. Die Cirelli-Wohnung befand sich zwar zwei Etagen über dem Club, laut üblicher Zählung war das aber die dritte Etage des Gebäudes. Hätte Kravec weitergemacht, so hätte daraus, wie er später sagte, »eine monumentale Scheiße« entstehen können: »Selbst wenn wir gehört hätten, wie Gotti drinnen einen Schuß abfeuert, hätten wir nichts tun können. Ohne Tüpfelchen auf jedem i hätten Gottis Anwälte alle unsere Beweise aus dem Verfahren hinausgepustet. Mir blieb also keine andere Wahl, als schnell davonzulaufen.«

Dieses Fiasko war Kravec noch in frischer Erinnerung, als er sich, mit einer korrigierten Genehmigung, in der Nacht zum 22. November 1989 zum zweitenmal zum Appartement Nr. 10 über dem *Ravenite*-Club aufmachte.

Kravec kannte den C-16-Chef seit Jahren, er schätzte ihn als

einen unerschütterlichen Recken. Aber bei der letzten Besprechung vor dem zweiten Versuch war Mouw ihm wie ein flatterndes Nervenbündel vorgekommen.
»Es hängt so viel davon ab«, hatte Mouw fast flehentlich zu ihm gesagt, »ich verlasse mich darauf, daß du uns diese Tür aufmachst.«
Kravec wußte nicht, was er davon halten sollte. Er war zwar von Haus aus Pessimist, aber das Team war doch vorangekommen. Woher die Nervosität Mouws?
Kravec war mit sich und seiner Techniker-Truppe zufrieden. Ende September waren sie erneut ins Hinterzimmer des *Ravenite* eingedrungen und hatten diesmal das Mikrofon an die Telefonleitung angekoppelt. Der Ton, der aus dem Club kam, war nun klar und deutlich.
Mitte Oktober war Kravec noch einmal in das Gebäude zurückgekehrt, um zu versuchen, den Gang zu verwanzen. Es war ein Alptraum gewesen: Blechdecke, gefliester Fußboden und eine Metalltür – »der härteste aller harten Räume«. Kravec bohrte in einer Ecke neben dem Hintereingang zum *Ravenite* ein kleines Loch in die Fußbodenleiste, klemmte ein schwarzes Mikrofon in die Höhlung und führte dann – ein genialer Einfall – die zwei haarfeinen Drähte unter der Türe zurück in den Club. So waren die Drähte nicht nur schwer auszumachen, er konnte dieses zweite Mikrofon auch wie das erste an die Telefonleitung anschließen. Die Übertragungen aus dem Gang waren bemerkenswert klar.
Schließlich hatte Kravec mit Hilfe der Spezialisten aus Quantico Mittel gefunden, um auch die Spazier-Gespräche in der Mulberry Street abhören zu können. »Deep Street« hatten sie das Projekt im Labor der Spezialtruppe getauft.
Von allen Zielen, auf die Mouw seine Techniker angesetzt hatte, war eigentlich nur eins zu einem wirklichen Problem geworden. Es handelte sich um ein Büro in der West 36th Street im Textilviertel New Yorks. Kravec war mit seinem Team in drei verschiedenen Nächten im Oktober dort eingedrungen, aber jedesmal hatte er sich für einen Abbruch der Aktion entschieden. Die Scorpio Marketing Company war durch Alarmanlagen,

Bewegungsmelder und Überwachungskameras geschützt. Das Risiko war zu groß.
Alles andere war gelungen, und Mouw, der Marineveteran, sagte seinen Beamten, nach langer Reise sei nun Land in Sicht. Es gab zwar nur einen kleinen Stoß Abhörprotokolle, aber sie waren voll von Indizien. Tag für Tag tippten die Männer des C-16-Teams Zusammenfassungen.

SDNY-1988
RAVENITE, KORRIDOR
27. Oktober 1989
Uhrzeit: 18:48

JOHN GOTTI und JOHN GAMBINO sprechen über einen Mord, in den offensichtlich TOMMY PATERNA, ein Soldat von BONANNO LCN, involviert ist. Anscheinend sprechen GOTTI und GAMBINO auch über einen beabsichtigten Angebotsbetrug bei einem Auftrag in Long Island.

1. November 1989
Uhrzeit: Etwa 18:28

JOHN GOTTI und VINNIE ALOI (COLOMBO-Familie LCN – Capo) teilen anscheinend Geld auf, das beiden LCN-Familien gehört. GOTTI bemerkt, CARMINE sollte jemanden namens VANUZZI (phon.) ausschalten (töten), der Zeuge der Anklage in einem Bundes- oder Staatsverfahren sein könnte und im Gefängnis sitzt. ALOI deutet an, TONY habe jemanden umgebracht, und GOTTI scheint über den Mord Bescheid zu wissen. Deutet an, das würde die Anklage gegen jemanden zunichte machen.

7. November 1989
Uhrzeit: Etwa 19:24

GOTTI sagt: Diese Wanzen, diese verdammten Wanzen, die werden alle und jeden kriegen. Diese verdammten Polizeiratten und Ankläger. GOTTI scheint besorgt darüber, daß Aufzeichnungen aus der elektronischen Überwachung ihn und andere ins Gefängnis bringen könnten.

Auf den Bändern fanden sich auch Hinweise, daß das Cirelli-Appartement von zentraler Bedeutung war. Das Team hörte, wie Gotti dem großen Lou Vallario im Gang zuflüsterte: »Laß uns raufgehen, Lou«; an einem anderen Tag sagte Gotti: »Gebt mir fünf Minuten oben.«

Kravec, von Mouw stets informiert, begriff, wie wichtig es nun war, Ohren in dem Appartement zu haben. Er mußte in Gottis geheimes Refugium eindringen.

Mouw hatte noch einen Grund für sein Drängen. Am Abend des 1. November hatte Gotti George Helbig, der nicht einmal ein gemachter Mafioso war, gefragt, ob er nicht versuchen könne, etwas über eine bevorstehende »Verhaftung herauszufinden«. Mouw glaubte zu wissen, worum es hier ging: Gotti befahl Helbig, sich mit dem Maulwurf in Verbindung zu setzen!

Als Kravec sich gegen Mitternacht am 21. November anschickte, mit einem lässig über die Schulter geworfenen schwarzen Sack die Mulberry Street zu überqueren, hatte er Sorgen. Der Termin für den Einstieg war gewählt worden, weil Lena Cirelli nachmittags abgereist war, um Thanksgiving bei ihrer Schwester in Staten Island zu verbringen. So hatte es die »Stelze« dem C-16-Team gesagt.

Der Beobachtungsposten hatte jedoch nicht gesehen, daß die alte Dame das Haus verließ. Vielleicht war sie früher als geplant abgereist. Das vom C-16-Team geschaltete Wählimpuls-Register ihres Telefons schien diese Annahme zu bestätigen: Sie hatte den ganzen Tag nicht telefoniert.

Als Mouw gegen 19.00 Uhr den Zwillingen befahl, alles liegen und stehen zu lassen und das Haus der Schwester in Staten Island zu beobachten, hatte er die Hoffnung, daß sie durchs Fenster ein bekanntes Profil entdecken würden. Das Ergebnis war nicht eindeutig. Kravec mußte weitermachen ohne Gewißheit.

Kravec verzichtete auf Tarnungsmanöver. Die Mulberry Street war nach Mitternacht ziemlich ausgestorben, Kravec wollte sich nicht verstecken, sondern einfach auf den Wohnblock zugehen, als komme er gerade nach Hause. Nach FBI-Lehrmeinung war Unauffälligkeit noch immer die beste Tarnung. Er würde nur wenige Augenblicke benötigen, um das Türschloß aufzukriegen. Doch als er seine Mini-Taschenlampe auf das Schlüsselloch richtete, sah er sofort, daß das Schloß ausgetauscht worden war. Warum?

Die verschiedensten Erklärungen schossen ihm durch den Kopf. War Gotti ihm auf die Schliche gekommen, hatte er einen Hinterhalt gelegt? Warteten die Killer im Treppenhaus auf ihn?

Er atmete tief durch. Vielleicht, machte er sich Mut, hatte nur jemand aus dem Haus seinen Schlüssel verloren und das Schloß austauschen lassen. Er machte sich an das neue Schloß und öffnete die Tür.

Korridor und Treppenhaus waren leer. Seine zwei Drahtleger kamen schnell nach. Das Schloß zum Appartement 10 mußte Kravec nicht aufbrechen. Er hatte einen Schlüssel, den die »Stelze« benutzte, wenn sie für Frau Cirelli einkaufen ging. »Du kannst die Türe selber aufschließen, Schatz«, hatte die alte Dame zur »Stelze« gesagt. »Ich mache nachmittags gerne ein Schläfchen.« Das alles wußte Kravec in diesem Augenblick allerdings nicht.

Er steckte den Schlüssel ins Schloß, es knackte. Er warf einen Blick auf die beiden Drahtleger, nickte ihnen zu und drehte den Türgriff.

Das Appartement bestand aus zwei Zimmern, die durch eine kleine Kochnische getrennt waren. Das Schlafzimmer lag links, Kravec leuchtete hinein. Im Licht sah man ein Bett mit geblümtem Plumeau und einer Tagesdecke mit Rüschen. Das Bett war gemacht.

Als Kravec das Wohnzimmer betrat, war er sicher, daß dies der Raum war, in dem Gotti seine Besprechungen abhielt. Er konnte sich den Don nicht mit Frankie Loc und Sammy Bull auf einem Bett sitzend vorstellen. Er überlegte, ob er die Deckenleuchte Marke Kaufhaus-Tiffany anschalten sollte, unterließ es aber und leuchtete mit seiner Taschenlampe herum.

An der einen Wand stand eine kakaobraune Couch. Ihr gegenüber, rechts und links von einem schmalen offenen Kamin, standen zwei Sessel in Art-Deco-Manier, bezogen mit einem braun-weiß-karierten Stoff. Der Eßtisch war aus Kirschholz, die Stühle waren aus Bambus. Eine Vase mit Plastikblumen versperrte fast den Zimmereingang. Auf der anderen Seite des Zimmers, zwischen den Fenstern, standen ein Fernseher und ein Videorecorder auf einem fahrbaren Metallgestell. Kravec suchte nach der idealen Stelle für sein Mikrofon. Er wollte auf jeden Fall über Draht gehen, weil er sich nicht darauf verlassen konnte, daß die Witwe häufig genug das Appartement verließ, um ihm den Austausch der Batterien zu ermöglichen. Das Mikrofon sollte auf Frau Cirellis Telefonleitung aufgeschaltet werden. Es würde nicht einmal nötig sein, im Keller des Wohnblocks nach dem Telefonschaltkasten zu suchen. Ein Kumpel vom Sicherheitsdienst der New Yorker Telefongesellschaft hatte ihm nach Prüfung der richterlichen Genehmigung den Standort des Telefonmastes verraten, an dem die Leitung von Appartement Nr. 10 »auftauchte«, wie der Telefonmann sagte. Kravec konnte seine komplizierten Verdrahtungen viele Häuserblocks vom »Tatort« entfernt vornehmen. Zunächst aber mußte er das Mikrofon im Appartement installieren und scharf machen.

Es gab in dem Wohnzimmer viele Möglichkeiten. Der Tiffany-Lampenschirm über dem Eßtisch war zu nahe am Kühlschrank. Warum das ständige Summen in Kauf nehmen? Die Klimaanlage unter dem Fenster würde zu viele Straßengeräusche aufnehmen. Der Fernseher?

Kravec entschied sich für den Videorecorder. Er brauchte nicht lange, um eine der Schrauben zu lösen, die das Metallgehäuse zusammenhielten, und Mikrofon und Anschlußdrähte anzubringen. Appartement Nr. 10 war damit abhörbar gemacht.

Aber Kravec war noch nicht fertig. In einem Anflug von Übermut hatte er sowohl Mouw als auch Gabriel erklärt, es werde nicht allzu schwer sein, im Appartement eine Fernsehkamera zu installieren: »Würde genau so laufen wie bei ABSCAM.« ABSCAM war das FBI-Kürzel für eine Lauschaktion gewesen, bei der das FBI geheime Treffen in Hotelzimmern aufgenommen hatte, bei denen Kongreßabgeordnete Deals ausgehandelt hatten.

Kravec hatte in seinem schwarzen Sack eine Mini-Videokamera mit einem sehr lichtstarken Viertelzollobjektiv mitgebracht; er brauchte nur noch ein gutes Versteck für sie. Hinter der Kochnische befand sich ein kleines Fenster. Das eröffnete eine Möglichkeit: Er könnte die Kamera in einer Lampe verstecken und das dünne Kabel zum Fenster hinaus und an der Außenwand hoch zu einem Sender auf dem Dach führen. Das würde eine Menge Verputzen und Tarnen bedeuten. Viele Stunden Arbeit, schätzte er.

Es war inzwischen beinahe vier Uhr, Kravec wurde langsam unruhig. Er leuchtete noch einmal im Zimmer umher. Der Lichtkegel fiel auf den offenen Kamin, und im gleichen Augenblick wußte er: Das war es. Er würde die Kamera vom Dach aus durch den Schornstein herunterlassen bis zur Oberkante der Kaminöffnung. So würde es keine Kabel geben, die versteckt werden mußten. Alles wäre tip-top sauber. Das einzige Problem: Er mußte in den Kaminsims ein Loch für das Objektiv bohren und den Apparat so justieren, daß die Kamera die Couch und die Sessel erfassen konnte.

Plötzlich wurde seine Konzentration unterbrochen. In einem anderen Appartement im Haus, so die Meldung über Funk, sei gerade ein Licht angegangen. Es könne jemand sein, der nur aufs Klo gehe; es könne aber auch jemand sein, der etwas gehört habe und die Nummer der Polizei wähle, um einen Einbrecher zu melden.

Kravec mußte eine Entscheidung treffen. Er konnte bleiben und die Kamera installieren. Und dabei alles aufs Spiel setzen. »Zeit einzupacken«, sagte er zu seinen Männern und steckte die Videokamera in seinen Rucksack.

Manchmal kam es Kravec so vor, als verbringe er das halbe Leben auf Telefonmasten. Nachdem er Frau Cirellis Appartement verwanzt hatte, war er – in der Uniform eines Monteurs – auf einen Mast geklettert, der in der Nähe einer Feuerwache stand, einige Häuserblocks vom *Ravenite*-Club in der Mulberry Street entfernt. Kravec öffnete den Deckel des Schaltkastens, in dem sich mindestens dreihundert Anschlußpaare befanden; jedes verband ein Telefon mit der nächsten Vermittlungsstelle. Sein Freund bei der Telefongesellschaft hatte ihm die Codenummern der Kabel genannt, die zum Cirelli-Appartement führten. Er fand die roten und grünen Drähte und die gelben und schwarzen, die die Drahtleger das Ersatzpaar nennen. Normalerweise wird das Ersatzpaar eingesetzt, wenn ein Kunde ein zusätzliches Telefon oder eine Zweitleitung haben will. In diesem Fall hatte das FBI das Ersatzpaar für das Cirelli-Appartement von der Telefongesellschaft gemietet.
Kravec schloß zunächst die gelben und schwarzen Drähte an die roten und grünen an. Dann klemmte er an das Ersatzpaar ein kleines Relaiskästchen an. Alles, was die Kollegen von der »Werksleitung« jetzt noch tun mußten, war, die Nummer des Ersatzpaares anzuwählen, und schon waren sie mit dem aus dem Videorecorder heraus sendenden Mikrofon verbunden. Es war im Grunde genommen die gleiche Technik, die bei Audio-Einbruchsmeldern verwendet wird, die es besorgten Vorstädtern ermöglichen, vom Urlaubsort aus ihre Wohnung anzuwählen und zu lauschen, ob verdächtige Geräusche zu hören sind.
Bevor Kravec vom Mast stieg, tätigte er einen Anruf. Mouw wartete in seinem Büro und nahm schon beim ersten Klingelzeichen den Hörer auf.
»Ich hab's vermasselt«, sagte Kravec mit Enttäuschung in der Stimme. »Die Zeit hat nicht gereicht, um die Kamera zu instal-

lieren.« Mouw glaubte, die ganze Operation sei schiefgelaufen. Er wollte schon auflegen, als Kravec – immer noch sehr zurückhaltend – sagte: »Aber abgesehen davon ging alles wie geschmiert. Du wirst jedes Wort, das in Appartement Nr. 10 gesagt wird, mithören können.«

# Kapitel 36

Das Mikrofon im Appartement Nr. 10 ging um 16.35 Uhr am gleichen Nachmittag zum erstenmal auf »Sendung«. Viereinhalb Stunden später, gegen 21 Uhr, rief der Beobachtungsposten aus der »Werksleitung« an: »Nummer Eins ist weg.« Das war das Codewort für die Mitteilung, daß Gotti das *Ravenite* verlassen hatte. Das Mikrofon im Appartement wurde sofort abgeschaltet.

Werksleiterin war in dieser Nacht Carol Kaczmarek. Sie war eine gedrungene, dunkelhaarige Frau, seit 25 Jahren beim FBI. Sie wußte, was auf dem Spiel stand. Das Appartement, hatte Mouw gesagt, werde der Schlüssel sein. Sie hätte diese Nacht jedoch genausogut eine Illustrierte lesen können. Die Zusammenfassung des Berichts, die sie in den schwarzen Tresor in Mouws Büro legte, lautete:

> SDNY-2005
> Appartement 10
>
> 22. November 1989
> Keine Zielperson am Ort
> Keine relevanten Gespräche

Mouw nahm es mit Gelassenheit. »Man kann nicht erwarten, daß Gotti das Appartement jeden Abend benutzt«, sagte er zu Gabriel. »Wir haben so lange gewartet. Wir können noch eine Weile länger warten.«

23. November 1989
Keine Überwachung
(Thanksgiving)

24. November 1989
Club geschlossen
Keine Zielperson am Ort
Keine relevanten Gespräche

25. November 1989
Keine Überwachung

26. November 1989
Keine Überwachung

27. November 1989
John Gotti nicht im Club
Keine Zielperson am Ort
Keine relevanten Gespräche

Als diese knappen Zusammenfassungen sich wiederholten, wurden Mouw und Gabriel allmählich nervös. Es war ein Gefühl wie beim Warten auf den Anruf eines Chirurgen, der die Ergebnisse einer Gewebeuntersuchung mitteilen soll. Gabriel ertappte sich dabei, wie er einer heimlichen Befürchtung nachhing: Waren sie wieder am falschen Ort? War das Cirelli-Appartement eine »Deckadresse« für das Versteck, in dem die Unterredungen wirklich stattfanden? War es deswegen so einfach gewesen, hatte es deswegen nicht einmal eine Alarmanlage an der Tür gegeben?
Gabriel sagte Mouw nichts von seinen Gedanken. Er war sich nicht sicher, welche Konsequenzen sein Chef ziehen würde.

28. November 1989
Keine Zielpersonen am Ort
Keine relevanten Gespräche

29. November 1989
Keine Zielpersonen am Ort
Keine relevanten Gespräche

Als Mouw am Morgen des 30. November die Bänder vom Vorabend durchhörte, war er plötzlich wie versteinert. Für jeden anderen Zuhörer, selbst für die Beamten in der Werksleitung, waren die Worte unverständlich, für Mouw aber waren sie weitere Teilchen eines Puzzles.

Es handelte sich um eine Unterhaltung zwischen John Gotti, Joe Butch Corrao und George Helbig. Mouw hörte, wie die Tür zum Gang geöffnet wurde und die drei Männer fast fünf Minuten lang miteinander flüsterten.

An seinem Schreibtisch sitzend, die Kopfhörer fest auf die Ohren gepreßt, strengte sich Mouw an, die Worte mitzubekommen. Verzweifelt fummelte er an dem Lautstärkeregler. Es half nichts. Doch Mouw konnte sich denken, weshalb Helbig gekommen war. Er wollte die Informationen über die »bevorstehende Festnahme« bringen, um die Gotti vor Wochen gebeten hatte.

Der Don hatte seine Unterredung mit Helbig und Corrao kaum abgeschlossen, da rief er einen seiner Anwälte, Gerald Shargel, zu sich auf den Korridor hinaus. »Wir haben hier gerade über etwas gesprochen«, begann Gotti mit einer sehr gespielten Lässigkeit, »und da fiel mir was ein. Angenommen, der Staat New York will …«

Einen Moment entfernte sich Gottis Stimme, dann, genauso plötzlich, war sie wieder voll da.

»… wegen Mord anklagen. Aber die Bundesheinis lassen das nicht zu. Wär' doch dieselbe Sache. Macht das Sinn, daß sie es gleichzeitig tun? Die gleiche Anklage, aber an zwei verschiedenen Orten?«

Shargels Antwort kam sofort: »Sie haben es getan. Tatsache. Ich weiß, daß sie es getan haben.«

Shargel erläuterte die Rechtslage; es war eine beeindruckende Vorstellung, und unter anderen Umständen hätte Mouw Shargels Kenntnisse mit Anerkennung zur Kenntnis genommen. Aber jetzt zog ihn die wachsende Spannung in Bann, die in

Gottis Stimme lag, als er begann, den Anwalt auszufragen. In seinen Worten schwang Selbstmitleid mit, ein wenig Humor und ein wenig Kraftmeierei. Mouw konnte sich lebhaft vorstellen, was Gotti durch den Kopf ging.
Zuerst hatte Helbig die Nachrichten vom Maulwurf überbracht: Sowohl die New Yorker wie die Bundesankläger hatten vor, Gotti wegen des Mordes an Castellano vor Gericht zu bringen. Wenig später hatte Shargel ohne Zögern bestätigt, daß zwei voneinander unabhängige Anklagen wegen ein und desselben Verbrechens zulässig waren. Gotti war also unter Druck. Er mußte seine Quellen anzapfen.
Wir sind ganz nahe dran, dachte Mouw, ganz nahe. Seine Emotionen waren völlig außer Kontrolle. Er redete sich ein, daß es das nächste Mal kein Geflüster im Gang mehr geben würde. Gotti würde irgendwohin gehen, wo er frei sprechen konnte.

Carol Kaczmarek war eine strenggläubige Katholikin. Mehr als ein Vierteljahrhundert lang hatten ihre Bindungen an ihre Kirche und an das FBI mit fast gleicher Inbrunst nebeneinander bestanden. Jetzt bemerkte sie zum erstenmal in ihrer Laufbahn, daß ihre Arbeit ihr zuzusetzen begann. Es fiel ihr immer schwerer, ihre Aufgabe als »Werksleiterin« mit ihren Vorstellungen über das Leben eines Katholiken in Einklang zu bringen. Die langen öden Stunden in dem fensterlosen Raum im 26. Stock des Hauptquartiers an der Federal Plaza konnte sie ertragen, das Abhören der Unterhaltungen im *Ravenite* aber wurde für sie zu einer ekelerregenden, oft peinlichen Angelegenheit. Der ständige Gebrauch ordinärer Ausdrücke verletzte nicht nur ihre Vorstellungen von zwischenmenschlichem Anstand, sondern auch ihre religiösen Gefühle. Sie fühlte sich schmutzig.
Als sie am Abend des 30. November 1989 ihren Dienst antrat, beschäftigte sie wieder das Unbehagen an ihrem Job. Es war ein geschäftiger Abend im *Ravenite,* die Gespräche flossen ungehemmt. Ihr Ekelgefühl steigerte sich. Dann, ganz plötzlich, begann um 19.38 Uhr eine Übertragung, die für einen völligen Umschwung sorgte. Einen Moment später hätte sie mit keinem FBI-Beamten auf der Welt mehr den Job tauschen mögen.

»Carol«, rief ihr einer der abhörenden Kollegen zu, »hier haben wir vielleicht etwas.«
Die Unterhaltungen im Zimmer verstummten. Carol eilte zu der Kabine am anderen Ende des Raums, wo der Beamte saß, und stülpte sich einen Kopfhörer über, um mithören zu können.
Sie hörte das Geräusch einer sich langsam öffnenden Tür, Schritte, dann, laut und wunderbar klar, eine vertraute Stimme.
»Sie ist noch nicht zu Hause«, sagte John Gotti.
»Doch, sie ist da«, korrigierte Sammy Bull.
»Zu Hause?« fragte Gotti überrascht. »Gut, dann vergiß nicht, mich an das Geld zu erinnern, das ich ihr geben muß.«
Carol Kaczmarek hörte, wie das Oberhaupt der Gambino-Familie und sein *Consigliere* über das Geld sprachen, das sie an Lena Cirelli für das Appartement zahlen mußten.
Carol hörte, wie eine Flasche entkorkt wurde. Fein, dachte sie, macht es euch gemütlich.
Die Tür ging noch einmal auf, und Gotti entbot einen sanften, traurigen Gruß: »Mike.«
»Ja, John«, sagte Mike.
Die Beamten in der Werksleitung kannten Mike nicht, sie hatten keine Ahnung, warum er so niedergeschlagen war. Ruft beim Beobachtungsposten an, befahl Carol. Die sollen die Anwesenheitsliste durchgehen, wir müssen »Mike« identifizieren.
Die Unterhaltung ging ohne Pause weiter. »Zunächst mal, du weißt, daß uns das leid tut«, sagte Gotti.
»Danke.«
»Ich muß dir nicht sagen, wie leid uns das tut.«
Der Beobachtungsposten war am Telefon. Bei »Mike«, er sei sich ziemlich sicher, handele es sich um Michael Coiro, einen Anwalt. Und der habe allen Grund, erschüttert zu sein; er sei von einem Bundesgericht in Brooklyn im Zuge einer RICO-Anklage im Zusammenhang mit den Heroingeschäften der Gambino-Familie schuldig gesprochen worden. Er habe eine Gefängnisstrafe von zehn oder mehr Jahren zu erwarten.
Coiro war also, noch bevor er zu seiner Familie fuhr, direkt zu John Gotti gegangen.

Carol Kaczmarek setzte den Kopfhörer ab und drückte einen Kurzwahlknopf am Telefon. In seinem Häuschen in der Nähe der Oyster Bay nahm Brouce Mouw den Hörer ab.
»Es ist das Appartement. Wir sind auf Empfang«, meldete Frau Kaczmarek aufgeregt. »Gotti hat einen Gast – Mike Coiro.«
»Bin schon unterwegs«, sagte Mouw. Sein Herz raste, als er den Hörer auflegte und zu seinem Wagen lief.
Die Unterhaltung am 30. November – »Appartement Nr. 10, Band #1«, wie sie in den Fallunterlagen später hieß – war eine Fundgrube.
Bei dem Gespräch zwischen dem Don und Coiro war die gesamte Führungsmannschaft der Familie zugegen: der amtierende Stellvertreter, der langsam sprechende, unterwürfige Frank Locascio; der *Consigliere,* der eiskalte Engel Sammy Bull Gravano. Die Unterredung dauerte über eine Stunde, die Lauscher in der Werksleitung mußten zwischendurch ein neues Band einlegen. Sie fühlten sich, als seien sie mit von der Partie im Wohnzimmer des Cirelli-Appartements. Sie tauchten in Gottis Welt ein, sie waren Mafia-Lehrlinge, hörten Geschichten und mußten manchmal lachen. Der Don war ein ziemlich witziger Erzähler.
An diesem Abend erregte sich der Don darüber, daß alle Schwierigkeiten der Familie damit begonnen hätten, daß das FBI Angelo Ruggieros Haus verwanzt habe. »Wißt ihr, wie die eure Privatsphäre verletzen? Du hörst ein Kind schreien, eine Frau weinen. Und du sagst: Das könnte ja mein Haus sein, mein Kind, meine Frau. Wo kommen wir denn da hin, verfickt noch mal? Vielleicht willst du im Bad einen Furz lassen, und als nächstes hörst du den im Gerichtssaal. Die hören alle zu, wie du einen Furz läßt. Wie bei dem armen Frankie. Er hatte ein Telefon im Bad. Er sitzt beim Scheißen und telefoniert. Das ist eine verdammte Schande ... Dann macht er Pfpfpffft! Ping! Dann sagt er. ›Jetzt geht's mir besser. Ich konnte mich kaum rühren.‹«
Sammy Bull explodierte vor Lachen. Das Team in der Werksleitung, mit Ausnahme der versteinerten Carol Kaczmarek, lachte mit.

»Mitten im verdammten Gerichtssaal«, wiederholte der Don und klatschte in die Hände. »Madonna, da kriegst du einen Herzanfall.«
Später am Abend kam der Don noch einmal auf die Unanständigkeit der Abhöraktionen des FBI zurück und belehrte seinen *Consigliere:* »Man muß doch wenigstens in seinem eigenen verdammten Haus locker sein können. So wie wir jetzt hier locker sind.«

Nach dem Überfliegen des ersten Bandes aus dem Appartement begann George Gabriel in Gedanken eine Anklageschrift zu skizzieren. Er war überzeugt, daß die Beweise gegen Gotti und seine Leute für eine RICO-Anklage wegen Bildung einer kriminellen Vereinigung reichen würden, vielleicht sogar wegen Irreführung der Justiz bei der Aufklärung des Mordfalles Castellano.
Mouws hörte die Bandaufzeichnungen mit anderen Ohren. Natürlich suchte auch er nach belastendem Material gegen Gotti, aber er wollte noch mehr. Er suchte nach dem Maulwurf. Mit einem Anflug von Selbstzufriedenheit erkannte Mouw, daß er Gottis Züge präzise vorausberechnet hatte. Wenige Tage nach dem Gespräch mit Helbig und Shargel war der Don auf der Suche nach weiteren Informationen über die Mächte, die gegen ihn in Stellung gingen.
»Also, der Grund, warum wir dich hierher geholt haben«, hörte er Gotti zu Coiro sagen, »ist, daß wir jetzt ein bißchen eigennützig werden müssen. Denk dir, du hättest erfahren, daß du Krebs hast. Ich sag dir, vergiß deinen Krebs, reden wir lieber über meine Kopfschmerzen.«
»Ich tue, was ich tun muß, John«, antwortete Coiro.
Nach einigen belanglosen Sätzen kam Gotti auf sein Problem zu sprechen. »Ich hab aus einer Quelle erfahren, daß da eine Verhaftung bevorsteht. Es wird eine doppelte Verhaftung sein.« Er brauche mehr Informationen, er wolle genau wissen, wer angeklagt werden solle und wann. Coiro müsse das »eigene Herzeleid« endlich beiseite schieben. »Was du tun mußt? Du mußt dir diesen Kerl vorknöpfen. Du mußt ihm sagen: ›Jetzt hör

mal genau zu: Du gibst uns sofort die Namen von diesen Arschfickern!‹«
Nach einer kurzen Pause wurde Gotti konzilianter: »Mike, wir waren immer gut zu ihm. Wir werden auch in Zukunft gut zu ihm sein. Gib uns die Namen. Kannst du den Kerl sofort erreichen?«
»Morgen«, sagte Coiro.
»Okay«, sagte der Don.
Mouw rätselte, ob Gotti mit diesen Worten Coiro den Auftrag gegeben hatte, sich mit dem Maulwurf in Verbindung zu setzen. Oder war etwas ganz anderes gemeint? Hatte Coiro womöglich seine eigene Quelle?
Je länger sich Mouw mit dieser Frage beschäftigte, desto plausibler wurde seine Theorie. Gotti hatte sich zuerst an Helbig gewandt, Coiro war nur Reservespieler. Ein weiterer Beweis: Nachdem Coiro das Appartement verlassen und Sammy Bull seinem Chef suggeriert hatte, er brauche sich keine Sorgen zu machen, griff Gotti ihn sofort an: »Du hast wohl vergessen, was der verfickte Penner uns gesagt hat. Gestern abend wollte ich ihm den Hals umdrehen, verstehst du? Der findet es noch komisch, wenn er uns schlechte Nachrichten bringt, dieser Ficker Georgie.«
Gotti sprach von George Helbig, da war Mouw sich sicher; George war der Kurier, der die Verbindung zum Maulwurf hielt. Mouw spielte sich immer wieder einen kurzen Wortwechsel zwischen Gotti und Gravano vor: »Wir werden ihnen den Arsch aufreißen, Sam. Wir haben diesen kleinen Vorsprung, weißt du … Die können uns mal. *Wir wissen alles.*«

# Kapitel 37

Und wieder überraschte der Don seine Gegner. Er tauchte nicht mehr im Cirelli-Appartement auf.
Mouw vermutete, Gotti sei zu sehr mit dem gegen ihn anhängigen Verfahren wegen Körperverletzung beschäftigt. Aber wo war er, mit wem redete er? Hatte Gotti Verdacht geschöpft? Hatte der Maulwurf etwas über das Mikrofon im Appartement Nr. 10 erfahren? War die Operation gefährdet?

SDNY-2005
Appartement 10

4. Dezember 1989
Keine Zielpersonen am Ort
Keine relevanten Gespräche

5. Dezember 1989
Keine Zielpersonen am Ort
Keine relevanten Gespräche

6. Dezember 1989
Keine Zielpersonen am Ort
Keine relevanten Gespräche

7. Dezember 1989
Keine Zielpersonen am Ort
Keine relevanten Gespräche

Konnte es sich bei der Unterredung vom 30. November um einen Zufall gehandelt haben? Mouw wußte nicht, was er davon halten sollte. Hätte er nicht das Band mit eigenen Ohren gehört, hätte er nicht die Niederschrift immer wieder gelesen …
Vielleicht war die These vom Appartement Nr. 10 als Geheimtreff nicht mehr haltbar, ein Tip nur, im ersten Moment vielversprechend, aber letztlich unbrauchbar. Mouw erinnerte sich, wie es an Bord der *Lapon* gewesen war: Ein kriegerisches Geduldsspiel unter dem Meeresspiegel, ein langes Warten, bis der Befehl kam, das Feuer zu eröffnen.

8. Dezember 1989 bis 11. Dezember 1989
Keine Zielpersonen am Ort oder keine Überwachung
Keine relevanten Gespräche

Plötzlich erschien Gotti wieder. Um halb acht Uhr am Abend des 12. Dezember traf sich der Don mit seinem amtierenden Stellvertreter Frankie Locascio im Wohnzimmer des Appartements Nr. 10. Das Mikrofon im Videorecorder registrierte jedes Wort.
Gotti präsentierte sich in angespannter, verärgerter Stimmung. Frankie Locs dumpfe, aufreizende Passivität reizte ihn schließlich so, daß er sich zu unbedachten Äußerungen hinreißen ließ.
Der eigentliche Anlaß für den Zorn des Paten war Sammy Bull. Gotti hatte begriffen, daß der eiskalte Engel »grüne Augen« hatte: er sah nur Dollars. Der *Consigliere* war so habgierig und so rücksichtslos, daß Gotti fürchtete, die Familie könnte sich in feindliche Flügel spalten.
»Verdammt noch mal, wo kommen wir eigentlich hin?« tobte Gotti und ereiferte sich über das geschäftliche Gehabe von Sammy Bull. »Jedes verfluchte Mal, wenn ich mich umdrehe, ist da 'ne neue Firma aus dem Boden geschossen. Bau, Beratung, Beton. Und jedesmal, wenn wir einen Geschäftspartner haben, der nicht so will wie wir, legen wir ihn um. Du gehst zum Boß, und der Boß legt ihn um. Er legt sie alle um. Er gibt grünes Licht. Sagt in Ordnung, gut so. Wo kommen wir denn hin,

Frankie? Wer sind wir denn, verdammt noch mal? Was kommt bei all dem eigentlich für mich heraus?«
Locascios Antwort war kaum zu verstehen. Gotti tobte weiter: »... Sammy, hau die Bremse rein, hau die Bremse rein. Du hast dir fünfzehn Firmen zugelegt. Um Gottes willen, du machst in ... Beton. Du machst in Fliesenlegen. Hochbau. Asbest. Teppichverlegung. Was denn noch alles, verflucht noch mal? Neulich ... sagt doch Sammy zu mir: ›Ich mach' jetzt auch Anstrich ...‹«
Gotti spielte seine ungläubige Reaktion nach: »›Du hast 'ne Malerfirma?‹ sag ich zu ihm. Sagt er: ›Na ja, vor sechs Wochen haben wir 'ne Malerfirma aufgemacht. Erinnerst du dich nicht, ich hab's dir doch erzählt?‹ Ich erinnere mich, verflucht noch mal, an nichts dergleichen. Was bin ich denn, ein verdammter Trottel? Willst du, daß ich glaube, ich wär ein verdammter Trottel? Wann hast du mir erzählt, daß du 'ne Malerfirma hast? Als ich grade weggeguckt habe?«
Gotti seufzte, dann sagte er, verdrießlich und ohne den geringsten Anflug von Ironie: »Vier verdammte Jahre. Und *ich* habe keine Firmen!«
Hatte nicht er, John Gotti, eine tragende Rolle beim Aufbau von Gravanos Imperium gespielt? Hatte nicht er, Gotti, jeden, der dem eiskalten Engel im Weg stand, umbringen lassen?
In seiner Wut vergaß Gotti alle Vorsicht: »Als es darum ging, Dibby zu erledigen, haben sie mir ein Märchen erzählt. Ich war im Knast, als ich ihn ausgeknipst habe. Ich wußte, warum sie es so haben wollten. Ich hab's trotzdem gemacht.«
Er habe es aus dem gleichen Grund getan, aus dem er sich von Gravano auch zum Mord an Louie Milito habe überreden lassen.
»Du hast mir gesagt, der Kerl hätte hinter meinem Rücken gelästert. Und Dibby, hast du ihn jemals hetzen hören?« fragte er Locascio.
»Niemals.«
»Ich hab' mich auf Sammys Wort verlassen, daß er hinter meinem Rücken über mich hergezogen ist. Louie – hat Louie jemals mit einem von euch geredet?«
»Nein.«

»Und ich hab' Sammy geglaubt«, sagte Gotti mit einem gequälten Seufzer.

Er hatte begriffen, daß man ihn zum Narren hielt. Er hatte Robert DiBernardo und Louie Milito umbringen lassen, nur weil Sammy Bull sie wegen angeblich respektlosen Verhaltens bei ihm angeschwärzt hatte. Und jetzt? Jetzt gehörten Dibbys Bauunternehmen und Militos Firma Gem Steel dem eiskalten Engel.

War er zum Spielball Gravanos geworden? Gotti verscheuchte den Gedanken. Er plane jetzt die Ermordung Louie DiBonos, sagte er seinem Stellvertreter. »Willst du wissen, warum er stirbt? Er wird sterben, weil er sich geweigert hat, zu kommen, als ich ihn gerufen habe. Sonst hat er nichts verbrochen.«

Gottis Wut verebbte allmählich, er wurde sentimental. »Ich will doch gar nichts für mich. Ich könnte längst Milliardär sein, wenn ich ein Boß wäre, der nur an den eigenen Vorteil denkt ... Alles, was ich will, ist ein gutes Sandwich. Siehst du dieses Sandwich hier? Dieses Thunfisch-Sandwich? Mehr brauche ich nicht – ein gutes Sandwich.«

»Weißt du, was für einen Auftrag ich für dich habe, Frank?« fragte er dann. »Wir müssen uns beide mit dem Geld, das ich habe, eine Chemotherapie kaufen.«

Das schriftliche Protokoll dieser Szene fand sehr schnell seinen Weg vom C-16-Hauptquartier nach Washington:

»Die nachfolgende längere, von uns abgehörte Unterredung zwischen GOTTI und LOCASCIO dauerte etwa eine Stunde. Dabei besprachen GOTTI und LOCASCIO eine Vielzahl von Themen, einschließlich der Struktur der GAMBINO-Familie; Befehlshierarchie und Befugnisse innerhalb der Mannschaftsränge, Morde und Mordkomplotte; kriminelle Gewerkschaftsgeschäfte in der Bauindustrie; die Wechselbeziehungen zwischen den LCN-Familien; Kontrolle über die Bauarbeitergewerkschaft; Kontrolle über das Transportgewerbe.«

Als Bundesanwalt Andrew Maloney sich das Band angehört hatte, meinte er, es sei mindestens so belastend wie ein Ge-

ständnis; es würde ausreichen, »den Don durch seine eigenen Worte zu Fall zu bringen«.
Mouw aber erinnerte sich in den folgenden Wochen immer wieder an Gottis traurige, fast verzweifelte Klage gegen Ende der Unterredung. Gotti war für ihn ein Monument des Bösen, aber er war eben auch nur ein Mensch.

George Gabriel war zum Feiern zumute. Er kaufte eine Flasche Champagner. Seine Frau Maureen hatte sich immer wieder darüber beklagt, daß er dem Fall Gotti zu viel Zeit widme: »Wir vermissen dich.« Jetzt wollte er ihr endlich ein stilvolles Versöhnungsgeschenk präsentieren. Er marschierte in die Küche ihres Bungalows und hielt die Flasche wie eine Trophäe. »Wir sind fast am Ziel«, verkündete er, »wir haben ihn.«
Maureen war skeptisch. »Laß uns lieber warten, bis der Fall abgeschlossen ist. Legen wir die Flasche bis dahin auf Eis.«
»Einverstanden«, sagte Gabriel. »Es wird nicht mehr lange dauern. Dann werde ich nur dir gehören.« Er war überzeugt, daß Gotti in den nächsten zwei Monaten verhaftet werden konnte.

Auch Bruce Mouw hielt das für realistisch. Aber genau das machte ihm auch Sorgen. Ihm war klar, daß es im FBI und im Justizministerium viele Leute gab, die auf eine baldige Verhaftung Gottis drängen würden. Der Don war der Al Capone der heutigen Generation; so manche Karriere in der amerikanischen Justiz hatte mit dem Fang kleinerer Fische begonnen ...
Mouw wußte, daß eine Verhaftung, selbst eine Anklage noch keine Verurteilung bedeutete. Gotti hatte schon mehrere Male seinen Kopf aus der Schlinge gezogen. Auch diesmal könne Gotti wieder gewinnen, wenn es ihm, Mouw, nicht gelinge, den Maulwurf zu fangen.
Mouw meldete sich im Büro von Jim Fox, um den Fortgang des Verfahrens gegen Gotti zu besprechen; auch Jules Bonavolonta war anwesend. Mouw überkam plötzlich der Gedanke, daß jetzt alles vorbei war. Alle Gründe sprachen für die Beendigung der Operation. Die drei Mikrofone im Hause Mulberry Street 247

verschlangen ein Vermögen, die Telefonrechnung für die »Ersatzpaar«-Leitung, die die Signale übertrug, summierte sich schon auf einen sechsstelligen Betrag. Warum noch mehr Mittel verschwenden, wenn das bisher Erbrachte für eine Anklage ausreichte?

Mouw trug seine Argumente vor: »Wir haben jetzt diese einmalige Chance. Wer weiß, was wir noch alles aufpicken, welche Anklagepunkte wir noch finden.« Er erinnerte seine Vorgesetzten daran, daß das FBI ja nicht ausschließlich hinter John Gotti her sei. Das Mikrofon in Appartement Nr. 10 könne die ganze Gambino-Familie zu Fall bringen. »Wir sind an der richtigen Stelle. Wir haben nichts zu verlieren und alles zu gewinnen, wenn wir weitermachen.«

Den Maulwurf erwähnte er nicht.

Als Mouw gesprochen hatte, trat für einen Moment Schweigen ein. Er sah, wie Fox Bonavolonta kurz zunickte; die Entscheidung war wohl schon getroffen, bevor er gesprochen hatte. Er kam sich verloren vor. Doch dann sagte Bonavolonta ohne den leisesten Anflug eines Lächelns: »Es ist deine Show, Bruce. Wir stehen zu hundert Prozent hinter dir.«

Durch diese Rückendeckung ermuntert, begann Mouw zu überlegen, wie er Gotti dazu bringen konnte, Informationen über den Maulwurf preiszugeben. Mit dem Einfallsreichtum eines Drehbuchautors entwickelte er ein halbes Dutzend Szenarien, durch die er Gotti provozieren wollte, verwarf sie dann aber wieder. Er hätte sich die Mühe sparen können. Die Falle wurde von anderer Seite gestellt.

Am 1. Januar 1990, knapp drei Wochen nach Aufnahme des Bandes #2 im Appartement Nr. 10, trat Elizabeth Holtzmann von ihrem Posten als Bezirksstaatsanwältin von Brooklyn zurück, um Stadtkämmerin zu werden. Ihr Nachfolger war Joe Hynes, ein Mann, den sie nicht mochte. Sie hatte seine frühere Kritik an ihr nicht vergessen. Die sauertöpfische Elizabeth verabscheute die joviale, anbiedernde Art von Hynes. Mit der Rachsucht einer Witwe, die einen unwürdigen Erben ausgrenzt, entschied sie, daß Hynes die Kronjuwelen ihres Amtes nicht

übernehmen sollte: die fünf aktiven Mikrofone, die ihre Drahtleger in Sammy »Bull« Gravanos Hauptquartier in der Stillwell Avenue in Brooklyn und im *Tali's* plaziert hatten.
In einer ihrer letzten Amtshandlungen, zehn Minuten nach elf am Morgen des 30. Dezember, ließ die Staatsanwältin die aktiven Wanzen von einem Richter der höchsten Brooklyner Gerichtsinstanz auf die Sonderkommission Organisierte Kriminalität des Staates New York übertragen.
Die richterliche Verfügung war versiegelt, aber trotzdem gab es Leute, die den Inhalt kannten.

# Kapitel 38

Ich brauche Leute, die mehr können, als Leute umzubringen«, sagte John Gotti ruhig.

Sammy Gravano stimmte zu. Die Familie brauche Geschäftsleute, Männer mit der Fähigkeit, »hinauszugehen und etwas auf die Beine zu stellen«. Und natürlich sei Loyalität gefragt. Ein Mafioso müsse zur Stelle sein, wenn er gerufen werde.

»Das ist es, was man verlangt. Man verlangt sonst nichts, nur das«, schaltete sich Frankie Locascio ein. Er war bereits im Alter von 23 Jahren geweiht worden, vor mehr als vier Jahrzehnten, und er war der Meinung, er wisse, was wichtig sei.

»Da stimme ich zu«, sagte Gotti.

Die Wahl neuer Mitglieder war nur ein Punkt auf John Gottis Tagesordnung, als er am Abend des 4. Januar 1990 eine Besprechung im Wohnzimmer des Appartements Nr. 10 abhielt. Seine Gerichtsverhandlung wegen schwerer Körperverletzung sollte in drei Wochen beginnen, er war entschlossen, seine Familie in Ordnung zu bringen, bevor er »total unter Beschuß« geriet.

Gotti wußte, daß die Anklage eine Bandaufnahme besaß, auf der zu hören war, wie er dem dicken Angelo den Befehl gab, John O'Connor »eine Rakete in den Arsch zu stecken«. Es gab noch ein Problem: James McElroy, ein Westy, der eine Strafe nach Bundesrecht wegen krimineller Geschäfte absaß, würde in den Zeugenstand gehen und gegen ihn aussagen. Trotzdem glaubte Gotti, er werde den Prozeß ungeschoren überstehen. Er hatte einen feinen Plan.

Sorgen bereitete ihm nur, daß der Richter ihn vielleicht für die Dauer des Verfahrens in Untersuchungshaft nehmen würde.

Oder daß man ihn – was auch denkbar war, wenn Helbigs Informationen zutrafen – wegen Mordes an Castellano anklagen und ihm eine Freilassung gegen Kaution verweigern würde. Das hatte die Regierung schon bei seinem letzten Prozeß vor einem Bundesgericht getan; er hatte fast ein Jahr lang seine Geschäfte aus der Gefängniszelle führen müssen. Das war eine harte Zeit gewesen. Die Familie war verunsichert worden, einige Leute waren sogar auf dumme Gedanken gekommen.

Gotti wollte jetzt »eine Liste aufstellen«. Die Aufnahme neuer Mitglieder in die Familie sollte eine Botschaft sein: Die Geschäfte laufen normal weiter, selbst wenn das Oberhaupt der Familie in Untersuchungshaft sitzt.

Bei einer weiteren Unterredung im Appartement versuchte er Frankie Locascio zu überzeugen. »Ich wollte nur, daß es nicht so aussieht, als ob wir Trottel wären. Die ganze Kampagne gegen uns, der Prozeß und so – darauf scheißen wir. Wir haben gerade die Liste 'rausgegeben. Verstehst du, was ich sagen will?«

Gotti war nicht überzeugt, daß der einfältige Locascio fähig sei, die Geschäfte zu führen, wenn der Boß im Gefängnis saß. Es war eine Sache, einen solchen Mann als Stellvertreter zu haben, wenn er selbst am Kopfende des Tisches thronte. Es war eine andere Sache, wer ihn vertrat, wenn er im Gefängnis saß.

Gotti setzte Frankie Loc ohne ein Wort der Entschuldigung ab. Er tat es schnell, brutal und, wie immer, berechnend. An Franks Stelle rückte Sammy Gravano. Gottis Klagen über Sammys »grüne Augen« waren vorübergehend vergessen.

Als er Gravano an jenem Abend im Wohnzimmer des Appartements gegenübersaß, gab er seine Entscheidung bekannt. Er versuchte seinen Worten den Ton eines königlichen Dekrets zu geben: »Es ist mein Wunsch, daß, wenn ich in dem verdammten Knast sitze, diese Familie von Sammy geführt wird. Ich bin immer noch der Chef. Wenn ich fünfzig Jahre bekomme, weiß ich, was ich zu tun habe. Aber wenn ich im Loch bin, hat Sammy das Sagen.«

Gravano war damit der zweite Boß der Familie; Locascio sollte der amtierende *Consigliere* der Familie sein.

Gotti hatte kein gutes Gefühl, wollte sich mit seinen Bedenken gegen Sammy aber erst auseinandersetzen, wenn die Probleme mit der Justiz behoben waren. Jetzt brauchte er einen eiskalten Engel.

»Allein die Tatsache, daß du da bist«, sagte Gotti im Ton eines Verschwörers zu seinem neuen Stellvertreter, »daß du mitten in der Nacht rausschleichen und jemandem mit einem Beil den verfluchten Schädel spalten könntest. Kannst du mir folgen? Verstehst du, Sammy?«

Sammy verstand.

Mouw hörte sich das Band am nächsten Morgen, am 5. Januar, in aller Frühe an. Dann kreuzte er mit einem großem X einen Kommentar eines übereifrigen Auswerters durch, der versucht hatte, aus Gottis Bemerkungen etwas Belastendes zu destillieren. Der Don, erklärte Mouw dem Kreis der Beamten, spreche in Metaphern.

»In Metaphern?« fragte Andy Kurins, als höre er den Begriff zum erstenmal.

Gotti, sagte Mouw, habe Sammy Bull nicht einen konkreten Befehl erteilt; es sei nur eine Redensart, es sei Gottis Art, seinem neuen Stellvertreter zu sagen, daß dessen Ruf genüge, um jeden einzuschüchtern, der sich gegen den Boß stellen wollte.

»Ach ja«, sagte Kurins, »ich verstehe. Er befiehlt Sammy nicht, ein Beil zu nehmen ...«

»Genau«, sagte Mouw.

»... Es wäre Johnny Boy genauso recht, wenn er eine Pistole nähme. Oder einen Strick. Oder gar einen Eispickel.«

Die Beamten brachen in Gelächter aus, doch Mouw war an diesem Morgen nicht zu Scherzen aufgelegt. Das Band »Appartement #3« hatte ihn enttäuscht. Es schien darauf hinzudeuten, daß Gotti – wenigstens vorübergehend – einen Gang zurückschalten wollte.

Gotti hatte den Rest des Abends damit verbracht, in einigen Routinebereichen sein Haus zu bestellen, ehe er sich voll seinem Prozeß zuwandte. Wenn der Don sich vorübergehend zurückzog, blieb Mouw keine Wahl: er mußte dasselbe tun. Gottis und

Mouws Leben waren aufs engste miteinander verwoben. »Keine Zielpersonen am Ort«, diese Feststellung werde, so Mouw, für den nächsten Monat zur Litanei der Abhörmannschaft werden. Er werde aber dafür sorgen, daß die »Werksleitung« nicht einschlafe. Es sei ja gerade eine vierte Abhöraktion angelaufen – »Deep Street«.

Kravec hatte nach Beratungen mit Mouw einen weiteren Hasen aus seinem Zylinder gezaubert: Er hatte eine Wagenflotte mit Richtmikrofonen ausgerüstet. Das Team konnte jetzt die Spazier-Gespräche der Familie in der Mulberry Street belauschen. Diese Möglichkeit konnte aber wohl erst im Frühjahr getestet werden, wenn die Mafiosi auf die Straße zurückkehrten.

Mouw war kein Spieler, eher ein »Gürtel-plus-Hosenträger-Mann«, wie Frankie Spero gelegentlich sagte. Er hortete Alternativpläne.

Während Gotti sich einigelte, blieb das C-16-Team einsatzbereit. Die Beamten waren auf ihren Gefechtsständen, auch wenn sie keine Kampfhandlungen erwarteten. In der Marine nennen die Kommandanten von Atom-U-Booten diesen Zustand ständiger Bereitschaft »kriegerischen Frieden«.

Es kam, wie so oft, anders. Mouw hatte nicht die Intrigen innerhalb der Unterwelt einkalkuliert, die Elizabeth Holtzmanns Abneigung gegen ihren Nachfolger auslösen sollten.

Am Abend des 17. Januar, als Gottis Prozeß in die zweite Woche ging, wurde Mouw jäh aus seiner besinnlichen Ruhe gerissen. Zunächst kam ein Anruf vom Überwachungsposten: Ein Spazier-Gespräch sei im Gang.

Auf der Mulberry Street promenierten, wie sich herausstellte, Sammy Bull Gravano und Joe Butch Corrao. Hinter ihnen, die Hände tief in den Taschen, trottete George Helbig. Sie gingen direkt auf die Mikrofone von »Deep Street« zu.

Mouw war sich sicher, daß Helbig, der Kurier, gerade die letzten Maulwurfsnachrichten überbrachte. Er wollte es, er mußte es mit eigenen Ohren hören. »Komm aus dem Schatten heraus, zeige dich«, beschwor er den Unbekannten in stiller Verzweiflung; aber »Deep Street« blieb an diesem Abend stumm. Die Mikrofone fingen kein einziges Wort auf.

Als Mouw schon alle Hoffnungen aufgegeben hatte, kam am späten Abend ein Anruf von der Werksleitung. Gotti, vorläufig noch gegen Kaution frei, und seine Führungsmannschaft hätten sich im Appartement getroffen und Besuch von Joe Butch Corrao und George Helbig gehabt.

Das Band, das Mouw am nächsten Morgen seinem inneren Kreis vorspielte, beseitigte alle Zweifel. Helbig hatte sich im Wohnzimmer des Appartements Nr. 10 niedergelassen und mit flüsternder Stimme Bericht erstattet: Sammy Bulls Büro in der Baufirma und der Club seien verwanzt. Die Staatsanwaltschaft von Brooklyn habe die Mikrofone gelegt, aber seit dem 1. Januar habe die New Yorker Staats-Sonderkommission Organisierte Kriminalität die Wanzen übernommen.

Gotti stöhnte wie ein verwundetes Tier. Er hatte einen langen Tag im Gerichtssaal hinter sich. Er wußte, daß sowohl der Staat New York wie die Bundesbehörden darauf aus waren, ihn wegen des Mordes an Castellano anzuklagen; jetzt eröffnete ihm Helbig auch noch, daß auch sein Stellvertreter im Visier der Strafverfolger war. »Das kann doch nicht wahr sein! Der Staat? Jesus Christus!«

Gottis Bedürfnis, den Dingen einen Schritt voraus zu sein, verführte ihn an diesem Abend dazu, sich zu verraten. Er befahl Helbig, vom Maulwurf weitere Informationen zu besorgen: »Sag' ihm, Georgie, er soll dir einen Gefallen tun ... Sag' ihm, er muß mir einige – ein paar Einzelheiten .... Auch wenn er ein paar Dollar kriegen muß, wir geben sie ihm .... Er kann dir genau die Stunde sagen, wenn er so tief in der Untersuchung drin ist. Er kann dir die Stunde sagen, Georgie.«

Gotti kämpfte um sein Leben. »Ich sag dir nur«, fuhr er fort, »jetzt kommt's für uns darauf an, verstehst du, was ich meine? Verflixt noch mal, das ist unser Leben! ... Glaub mir, keiner will hier der Klugscheißer sein, keiner hat Selbstmitleid. Aber wir sind in schweren Zeiten. Was ich sage, ist: Wenn's um Geld geht, *minchia* ... Soll er meinetwegen die Bank sprengen.«

»Ich schicke noch heute nacht 'ne Botschaft«, sagte Helbig, bevor er das Appartement verließ.

Nachdem Mouw am nächsten Morgen das Band noch einmal abgespielt hatte, breitete sich in seinem Büro eine lähmende Stille aus. Es mußte unter ihnen einen Verräter geben! Wieviel von ihrer Arbeit war verraten, vertan, vergeudet worden?
Mouw unterbrach die Stille: »Wir werden den Verräter finden. Und wenn wir ihn gefunden haben, werden wir ihn und Gotti an die Wand nageln. Für immer.«

# Kapitel 39

Es waren zwei Schecks. Der eine stammte von der Versicherung des Fahrers des Lieferwagens, der ihn auf der Manhattan Bridge erwischt hatte. Er belief sich auf 145 000 Dollar. Der andere kam von der Versicherung der Stadt New York und der Aetna Casualty & Surety Company. Er lautete auf 1 600 000 Dollar.

William Peist erhielt die Schecks im Februar 1990, fünf Jahre nach dem Unfall, bei dem er so schwer verletzt worden war, daß ihm sein linkes Bein amputiert werden mußte. Er hatte den Fahrer wegen grober Fahrlässigkeit und die Stadt wegen Verletzung der Aufsichtspflicht verklagt und zu guter Letzt gewonnen. Nachdem er seinen Anwälten das Erfolgshonorar gezahlt hatte, verblieben ihm 1 345 000 Dollar. Er zahlte 845 000 auf sein Anlagekonto ein und investierte den Rest in eine Rentenversicherung.

Das Geld war, sagte Peist seinen Freunden, kein Ausgleich für die Schmerzen, unter denen er nach wie vor litt. Die Polizei hatte nichts für ihn getan. Der Rentenausschuß hatte seinen Antrag auf Zahlung einer steuerfreien Pension abgelehnt: Er habe an dem Unglückstag dienstfrei gehabt und sei privat unterwegs gewesen.

Als William Peist mit seiner Prothese gehen konnte, stellte die Polizei ihn jedoch wieder ein. Er arbeitete im Rang eines Inspektors im Bereich der Aufklärung. Sein Fachgebiet war die Organisierte Kriminalität, seine Sicherheitsstufe war »weltweit«. Das bedeutete, daß er Einblick in fast alle laufenden Operationen der Behörden gegen die Mafia hatte. Er arbeitete mit

Staatsanwälten, der Sonderkommission des Staates New York und mit dem FBI zusammen.
In der Woche, in der er die beiden Schecks erhielt, die ihn zum Millionär machten, hatte er einen Sondereinsatz. Er war zum Dienst in einem Gerichtssaal in Manhattan eingeteilt. Die Anklage der Staatsanwaltschaft lautete: tätlicher Angriff auf einen Gewerkschaftsfunktionär. Inspektor Peists Aufgabe war es, die Geschworenen zu beschützen. Der Angeklagte hieß John Gotti.

# Kapitel 40

In der Mulberry Street drängten sich die Menschen: Väter, die kleine Kinder auf den Schultern hielten, Jungen, Mädchen. Alte Frauen guckten aus den Fenstern und schwenkten amerikanische Fahnen.

Als der schwarze Cadillac, in dem John Gotti saß, sich näherte, schwoll der Lärm zu einem anhaltenden Jubel an. »Du hast's ihnen gegeben.« – »Bravo!«

Der Wagen hielt vor dem *Ravenite,* der Don stieg aus und lächelte breit und winkte lässig. Dann eilte er in den Club.

Die jubelnde Menge wollte nicht gehen. John Gotti hatte das Unmögliche vollbracht.

Der Staatsanwalt hatte Gotti einen »Rabauken« genannt; er hatte behauptet, der Don habe für einen Schieß-Überfall auf einen Gewerkschaftsfunktionär »eine Meute brutaler, gewissenloser Killer aus Hell's Kitchen« (einem Viertel in Brooklyn) angeheuert; er hatte in öffentlicher Verhandlung das Band vorgespielt, auf dem man hörte, wie er seinen Leuten befahl: »Schlagt ihn zusammen! Steckt ihm eine Rakete in den Arsch!«

Und dennoch: John Gotti hatte zum dritten Mal vor Gericht gesiegt! Der Teflon-Don schien über dem Gesetz zu stehen, keiner konnte ihm etwas anhaben.

Beim Einbruch der Nacht an diesem 9. Februar 1990 verlief sich die Menge, die Siegesfeier im *Ravenite*-Club aber kam erst richtig in Schwung. Die Familie wollte feiern. Als man Gotti sagte, draußen warteten Reporter, befahl er, sie hereinzulassen.

»Herzliche Glückwünsche, Mister Gotti«, begrüßte einer der Reporter den Don.

»Sie haben es ihnen aber gezeigt«, sagte ein Mitarbeiter einer Fernsehanstalt.
»Warum, glauben Sie, ist die Regierung hinter Ihnen her?« fragte die Frau von Kanal 7. »Ist das ein Rachefeldzug?«
»Hört mal her«, sagte der Boß der Bosse, »ihr wart während der Verhandlung großartig. Ohne eure Hilfe – wie ihr die Wahrheit zurechtgerückt habt und so – wer weiß, was die sonst mit mir angestellt hätten.«

Das war auch die Einschätzung des C-16-Teams. Das Mikrofon im Heizungsschacht war während der ganzen Feier auf Sendung, Mouws Mitarbeiter hörten jedes Wort mit. Als vom Beobachtungsposten der Anruf gekommen war, die Leute auf der Straße jubelten dem Don zu, als habe er in der Meisterschaftsrunde das entscheidende Tor geschossen, waren sie betreten und wütend.
Matty Tricorico, der sich brüstete, ein Agent der alten »Bürstenschnitt-Krawatte-und Jacke-Schule« von J. Edgar Hoover zu sein, murrte laut, es sei genau wie während des Vietnamkrieges: Wir auf der einen Seite, die auf der anderen. Dann hörten sie Gottis Dialog mit den Pressevertretern. »Wie die diesem Mörder in den Arsch gekrochen sind«, sagte Andy Kurins, »da muß man annehmen, daß er eine Fünfte Kolonne auf seiner Seite hat.«
Und dazu noch einen Verräter!
Das Team begriff, daß es keine Verbündeten hatte – nur potentielle Feinde. Es gab niemanden, dem Mouws Mitarbeiter trauen konnten. Sie kappten unauffällig die Verbindungen zu den anderen Diensten.
Das bedeutete auch: das FBI verheimlichte allen anderen Behörden die Existenz eines hochrangigen Verräters.
Das FBI entschied außerdem, daß das dem Bezirksstaatsanwalt von Manhattan, Robert Morgenthau, gegebene Versprechen, sein Büro über jeden Hinweis auf einen Versuch der Geschworenenbestechung zu informieren, nicht länger bindend sei. C-16 hatte zwar die Beweise, die der Staatsanwalt suchte, wollte sie aber vorerst für sich behalten.
Der Appartement-Mitschnitt vom 17. Januar – auf diesem Band

hatte sich Mouws Maulwurf-Verdacht bestätigt – hatte eine weitere Offenbarung Gottis enthalten: »Wir haben da einen unter [den Geschworenen], er heißt Hoyle oder so ähnlich. Ein Ire, glaub' ich. Boyle oder so. Er ist Telefonmonteur. Wohnt hier in Grammercy. Arbeitet in der unteren West Side ... Vielleicht können wir den kriegen ...«

Sollte Gotti auch diesen Freispruch genau wie bei dem Prozeß vor dem Bundesgericht der Bestechung eines Geschworenen zu verdanken haben?

Auch dieses Geheimnis wurde streng gehütet. Das Team trat zum entscheidenden Satz des Matches gegen John Gotti an. Es wollte alles hören, nichts sagen, alles tun.

Die jubelnde Menschenmenge, die sich anbiedernden Reporter: das Team fühlte sich verraten, auf dem Kriegsschauplatz und an der Heimatfront. Nun gelte, wie Tricorico sagte: »Wir gegen sie.«

Als Gottis Freispruch verkündet wurde, hatte sich Jules Bonavolonta öffentlich von der Unterstützung distanziert, die das FBI bisher den Justiz- und Anklagebehörden gewährt hatte: »Wir haben bis jetzt noch keine Anklage gegen John Gotti erhoben. Wenn wir ihn aber anklagen, kann er alle Wetten abschließen, die er möchte – er wird ins Gefängnis gehen.«

Bruce Mouw wußte jetzt, daß er kein Pardon mehr kennen durfte. Er mußte ohne Skrupel das tun, was getan werden mußte.

In der Woche nach seinem Prozeß fuhr Gotti in Begleitung von Jack D'Amico, Jack Giordano und Joe Watts nach Miami. Sie saßen in der Sonne, spielten Karten und fischten. Gotti brauchte zwar eine Ruhepause, war aber bester Laune. Einem seiner Anwälte hatte er vor seiner Abreise gesagt: »Fünfzigmal können wir sie schlagen. Und du weißt ja, wie ... laß es mich so sagen – wie es geht. Wenn ich hier sitze, haben wir ... also wir haben den entscheidenden Vorsprung.«

# Kapitel 41

Als die Beamten nach dem ersten Abhören des Bandes vom 17. Januar das Büro verließen, gab Mouw Andy Kurins ein Zeichen: »Du weißt, worum es geht.«

»Ich werde den Bastard finden«, sagte Kurins.

Die nächsten vier Tage verbrachte er im Abhörraum. Er wollte ein vollständiges Wortprotokoll des 48-Minuten-Mitschnitts anfertigen. Aus dem Wohnzimmer des Appartements Nr. 10 waren fünf Stimmen zu hören; die Männer sprachen, bewußt oder aus Gewohnheit, im Flüsterton und in verschlüsselten, unvollendeten Sätzen. Sie hatten gelernt, Dinge niemals beim Namen zu nennen.

Einmal, es war schon nach Mitternacht, war Kurins mit aufgesetzten Kopfhörern eingeschlafen; er träumte, er wäre in einem Kellerraum, der ihm bekannt vorkam. Dies war, fiel ihm ein, der Kellerraum im Hause eines Mafioso, bei dem sie vor vielen Jahren hinter der Deckenverkleidung den handschriftlichen Entwurf des Genehmigungsantrags für die Lauschaktion gegen Ruggiero gefunden hatten.

Kurins war damals dabeigewesen und hatte zugesehen, wie der Einsatzleiter die Abdeckung eines Heizungskanals entfernte und in den Hohlraum griff. Jetzt im Traum war er derjenige, der sorgfältig das meterlange Isolierband abwickelte, das den Heizungskanal zusammenhielt.

Und plötzlich war Mouw da, in der gestärkten Uniform eines Marineoffiziers, seine Pfeife rauchend und jede Bewegung beobachtend. Und auch Sharon, seine Frau, war da. Sie trug eine Schürze und sah sehr schön aus. Kurins griff in den Heizungskanal und zog etwas heraus, einen Schuh, ein Bein, einen Körper. Es war John Gotti. Er war schwarz gekleidet und trug Handschellen.

Kurins schreckte hoch. Was hatte dieser Traum zu bedeuten?

Er nahm die Kopfhörer ab und goß sich eine Tasse starken Kaffee ein. In diesem Augenblick wurde ihm bewußt, daß sein ganzes Leben – seine Familie, seine Arbeit, seine Freundschaften – durch den Maulwurf verraten worden waren. Er fühlte sich hundeelend und unsäglich müde.

Kurins entschloß sich, für diese Nacht Schluß zu machen. Am nächsten Morgen war er schon um sieben Uhr wieder im Büro und stülpte sich die Kopfhörer über. In den folgenden Tagen studierte er wieder und wieder, Seite für Seite, die 114-Seiten-Niederschrift. Er unterstrich mit rotem Stift die wenigen Stellen, die Hinweise auf die Identität des Maulwurfs enthalten konnten. Konnten.

Es gebe vier Anhaltspunkte, sagte er Mouw dann. »Golfspieler, Anwalt, Polizist und Vetter.«

»Nicht einmal eine Handvoll«, scherzte Mouw.

Die beiden Männer wußten, wie nebulös ihre Indizien waren. Sie wußten, daß sie nicht nur vier, sondern 40 oder gar 400 Lebensläufe durcharbeiten mußten, wenn sie ans Ziel kommen wollten.

Sie erinnerten sich an jene Nacht, in der Gotti Helbig bedrängt hatte, sich »sofort« mit dem Verräter in Verbindung zu setzen.

Gotti: »... Du sagst ihm ... hier sein. Es wird nützlich sein, einen Satz Golfschläger oder so was zu kaufen.«

Helbig: »... Er wird dir dankbar sein.«

Als Kurins nach seinem Protokoll-Studium auf diesen kurzen Wortwechsel hinwies, war Mouw überzeugt, daß hier der Schlüssel lag. Er fand in seinen Unterlagen Indizien, die seine These stützten. In rascher Folge vervollständigte er das Puzzle.

Erstens: Es gab einen Stoß Überwachungsberichte, die Ausflüge Gottis in das vorstädtische Westchester County schilderten. Seit einigen Jahren war Gottis schwarzer Mercedes hin und wieder beschattet worden, wenn er aus der Stadt über den Saw Mill River Parkway zu den kurzgeschorenen Rasenflächen von

Westchester hinausfuhr. Ein ums andere Mal hatte Gottis Chauffeur die Verfolger abgehängt; nur einmal war es den Beschattern gelungen, ihn im *Maxim's,* einem französischen Restaurant in Granite Springs, zu beobachten und später mit dem Kellner zu sprechen. Es sei eine Gesellschaft von sechs Personen gewesen, drei Männer und drei Frauen, und Herr Gotti, ein wahrer Gentleman, hatte bar bezahlt und 150 Dollar Trinkgeld gegeben.

Mouw hatte vermutet, die Landfahrten des Don hätten romantische Hintergründe. Vielleicht hatte Gotti irgendwo ein Flittchen sitzen, das gerne herumspielte, wenn ihr Mann nicht zu Hause war. Jetzt wurde Mouw bewußt, daß er seinen Feind wahrscheinlich unterschätzt hatte. Galten Gottis Reisen nach Westchester einem golfspielenden Vorstadtbewohner, dem Maulwurf?

Zweitens: Vor einigen Monaten hatte ein Buchprüfer des FBI, der die Steuererklärungen von Gravanos Firmen bearbeitete, einen ausführlichen 302er-Bericht übersandt. Mouw hatte ihn pflichtbewußt gelesen, aber dann, da er nun mal kein Zahlenmensch war, ebenso pflichtbewußt zu den Akten gelegt. Jetzt erinnerte er sich, und siehe da: Sammy Bulls Baufirma hatte für 2,7 Millionen Dollar einen Country-Club im Westchester County renoviert.

Mouw beauftragte einen Beamten, sofort nach Westchester zu fahren und eine Mitgliederliste des Clubs zu besorgen. Als der Agent, von der Wichtigkeit seiner Mission überzeugt, dort theatralisch seinen Ausweis zückte und die Liste forderte, verlangte der Clubmanager lächelnd die Vorlage eines Durchsuchungsbefehls. Der Streit endete damit, daß der Anwalt des Clubs in seinem Büro in New York angerufen und aus einer Besprechung geholt wurde. Die Mitgliederliste sei, verdammt noch mal, kein Nukleargeheimnis, sagte der Anwalt. Außerdem liege ein Haufen Listen für jedermann zugänglich im Foyer.

Auf der Liste stand kein vertrauter Name; doch Mouw war überzeugt, daß der Maulwurf Clubmitglied sei oder mit einem Clubmitglied spiele. Kurins war sich nicht so sicher.

Im weiteren Verlauf des Gesprächs im Appartement Nr. 10 war der Don kleinlaut geworden. »Wenn er so tief in der Untersuchung drin ist, könnte er dir eine Stunde sagen, Georgie.« Helbig gab eine gewundene Antwort, Gotti schwieg, dann sagte er: »Jeden Bullen kennt er dort. Aber das ist gut so. Weißt du warum? Er ist ein zugelassener Anwalt ... Das macht er wunderbar.«

Nach Kurins Ansicht konnte das bedeuten, daß Gotti einen Mann aus der Anklagebehörde auf seiner Gehaltsliste hatte. Mouw überlegte eine Weile, gab dann aber zu, daß es sich lohnen könnte, die Spur zu verfolgen. Aber wo? In der Staatsanwaltschaft in Brooklyn oder in der Bundesjustiz?

Nachdem sie ernsthaft über diese Möglichkeit nachgedacht hatten, stießen sie – unabhängig voneinander – auf den Namen eines Bundesanklägers aus dem östlichen Bezirk; er fand sich auf vielen Bändern. Gotti hatte ihn erwähnt, Shargel, Sammy Bull.

Bei der ersten Durchsicht der Niederschriften hatte das Team darin nichts Beunruhigendes gesehen. Nach jahrelangen Scharmützeln kannten beide Seiten ihre Gegner und standen mit ihnen auf vertrautem Fuß.

Mit Mouws Wissen begann Kurins, das Leben des Staatsanwalts zu durchforschen. Als Vorwand für sein Interesse streute er das Gerücht, der Anwalt sei als Kandidat für ein wichtiges Regierungsamt ins Auge gefaßt worden. Alle Angesprochenen kooperierten bereitwillig und versprachen, die Befragung durch den FBI-Beamten für sich zu behalten.

Als Kurins fertig war, hatte er nichts Außergewöhnliches festgestellt. Nur eine Sache – vielleicht. Der Mann hatte sich sein Jurastudium selbst finanziert, als Barkeeper im *Studio 54*, das, bevor es vor einigen Jahren geschlossen worden war, als Treffpunkt der Gambino-Familie gegolten hatte. Jackie »die Nase« D'Amico, »der schöne Jack« Giordano, Joe »Butch« Corrao – viele der Mafia-Jungs hatten regelmäßig dort hereingeschaut.

Ohne ein einziges weiteres Indiz stellte Kurins sich vor, wie die Sache sich entwickelt hatte: Der Mann war angeworben worden, während er noch studierte. Er stammte aus einer Arbeiterfamilie, hatte hohe Studiengebühren zu zahlen und war jede Nacht von Kerlen umgeben, die mit dem Geld nur so um sich warfen. Eines Tages bat er einen von ihnen um ein Darlehen, vielleicht boten sie es ihm auch an. Egal wie, man wurde sich einig. Vielleicht unterstützten sie ihn auch noch, nachdem er sein Studium beendet hatte. Vielleicht suggerierten sie ihm, er könne sehr reich werden, wenn er es schaffe, einen Posten im staatlichen Justizapparat zu bekommen. Für die Familie wäre das eine kluge Investition gewesen: einen eigenen Mann im Büro der Bundesanwaltschaft! Ein fiktives Szenario, befand Mouw, aber eines, das man nicht außer acht lassen dürfe.

Der Don war in übelster Laune gewesen, nachdem Helbig und Joe Butch das Appartement verlassen hatten. Er fing an, sich bei Frankie Loc und Sammy Bull über Helbig und den Capo zu beschweren. Er mochte sie nicht, er mochte ihre Freunde nicht, nicht einmal ihre Verwandten. »Wißt ihr, was daran so verdammt erstaunlich ist? Die haben alle einen arschfickenden Bullen, der ihr Vetter ersten Grades ist oder ihr Onkel oder ein verfickter Neffe.«
Meinte Gotti den Maulwurf? überlegte Kurins. Es ergäbe Sinn. Es konnte ein Polizist sein. Allerdings hatten nicht viele städtische Polizeibeamte Zugang zu so hochkarätigen Informationen über das Organisierte Verbrechen. In Gottis Sprachgebrauch konnte jedoch mit »Bulle« jeder gemeint sein, der für den Staat arbeitete.
Für Kurins gab es zwei Möglichkeiten.
Möglichkeit eins: Bei dem Verräter mußte es sich um einen hochrangigen Polizeibeamten handeln, der bis vor kurzem im Bereich Organisierte Kriminalität gearbeitet hatte. Er war dort ausgeschieden und arbeitete jetzt als Ermittler für die New Yorker Sonderkommission Organisierte Kriminalität.
Als Kurins nachforschte, stellte er fest, daß in der Tat ein ehemaliger Polizist nur eine Woche vor der Übereignung der Gravano-Wanzen auf die Staatsjustiz von New York seinen Dienst bei der Sonderkommission angetreten hatte und dem Abhörteam zugeteilt worden war. Das war genau die Sorte

Zufälle, die Kurins nachts wach hielten. Und da gab es noch etwas: Auch der Name des Polizeibeamten war in den Unterredungen im Appartement Nr. 10 gefallen. Gotti und Sammy Bull schienen einen ziemlichen Haß auf den Mann zu haben. Frage: Abneigung oder Tarnung?
Möglichkeit zwei: Der Mann, den sie suchten, konnte auch ein FBI-Beamter sein. Unmöglich war nichts. Kurins Gedanken sprangen hin und her. Und immer dann, wenn seine Suche ihm vergeblich vorkam, griff er auf einen Bericht über ein Gespräch zurück, das knapp einen Monat vor dem Helbig-Mitschnitt stattgefunden hatte.

> Ravenite-Club
> 22. Dezember 1989
> Uhrzeit 19:02
> Teilnehmer:
> JOHN GOTTI, BRUCE CUTLER (Anwalt)
>
> ... CUTLER berichtet GOTTI über Treffen mit ehemaligem FBI-Agenten RICHARD TAUS. (TAUS war vom FBI entlassen worden, als aufgrund einer Anzeige und anschließender Untersuchung herauskam, daß TAUS mehrere Knaben sexuell belästigt hatte. TAUS steht wegen dieser Anschuldigungen zur Zeit unter Anklage. Davor war TAUS als Abhöragent bei der gerichtlich genehmigten elektronischen Überwachung des GAMBINO-Soldaten ANGELO RUGGIERO eingesetzt.)

Es war ein Bericht, gespickt mit Zufällen, die Kurins Phantasie erregten.

Als Helbig und Joe Butch in jener Nacht das Appartement verlassen hatten, hatte Sammy Bull zu seinem Boß gesagt: »Denk mal, ich kenne den Kerl, von dem du sprichst, Pete.«
»Wirklich?« fragte Gotti. »Das ist sein Vetter ersten Grades.«
Der Dialog verwirrte Kurins. Wollte Gotti sagen, der Maulwurf

sei ein Vetter ersten Grades? Wenn ja, wessen Vetter? Helbigs? Petes?

Und wer war Pete?

Das einzige, was Kurins sicher wußte, war, daß Helbig seinem Boß versprochen hatte: »Ich schicke noch heute nacht 'ne Botschaft.« Kurins entschied sich, erst einmal alles über den großen George herauszufinden. Wer konnte wissen, wo das hinführen würde? Er hoffte, Antwort auf die Frage zu finden, wer der Empfänger der Botschaft des großen George war.

Golfspieler. Anwalt. Polizist. Oder Vetter?

# Kapitel 42

Beim Studium des FBI-Dossiers über George Helbig fiel Kurins auf, daß der »Sensenmann« überall seine Finger drin hatte.
Helbig hatte einen deutschen Vater; er war kein gemachter Mafioso und würde nie einer werden. Trotzdem redete er überall mit. Warum? Er war Partner von Joe Butch im Kreditwuchergeschäft, er war an einer Reihe von Firmen beteiligt.
In New Jersey gab es die Disco *Cloude Nine,* die dem Finanzamt schon aufgefallen war. Auf Long Island betrieb er den Club *Plaza Disco* und die Immobilienfirma J & G Realty; in Brooklyn war er an der Tri-State Petroleum beteiligt, an der Strandpromenade von Coney Island an Imbißbuden.
Trotzdem brauchte Joe Butch Corrao nur zu pfeifen, und der große George kam angerannt. Wenn der Gambino-Capo irgendwo hinfahren mußte, saß meist George am Steuer. Er war ein treuer Freund – oder die Firmen gehörten in Wirklichkeit Joe Butch und damit der Familie. Die ganze Sache sei, so Kurins zu Mouw, »so koscher wie ein Schinkenbrot«.
Kurins beschloß, die Firmengruppe unter die Lupe zu nehmen. Es bestand immerhin die Möglichkeit, daß der Maulwurf mit Helbig zusammenarbeitete oder stiller Teilhaber war.
Da Helbig und der Maulwurf sofort untertauchen würden, wenn sie vom Interesse des FBI Wind bekamen, mußte der Angriff über die Firmen gestartet werden. Daß das FBI eine Schwarzgeld-Fährte aufnahm, war in der Gangsterwelt ein alltäglicher Vorgang.
Helbig war ein schwerfälliger, langsam sprechender Koloß, er

hatte die Umgangsformen eines Raubtiers. »Ganz und gar nicht der Typ, mit dem man sich anlegen will«, hatte sein Anwalt einmal über ihn gesagt.
Kurins wollte auf Helbigs Geschäftspartner Druck ausüben, sie »ins Bockshorn jagen«, etwa mit Fragen nach gewaschenen Geldern und verschwiegenen Einkünften. Er wollte sie von einem Bundesgericht vorladen lassen, um ihnen Handschriftenproben abzunehmen; er wollte bei ihnen zu Hause anklopfen und vor den Augen der Nachbarn und Ehefrauen mit seiner Dienstmarke herumfuchteln. Vielleicht, dachte Kurins, werden sie dann aus Angst leichtsinnig und geben einen Namen preis.

Als Kurins am frühen Morgen auf dem Shore Parkway fuhr, wurde sein kleiner Chevrolet von den heftigen Märzwinden gebeutelt. Er hatte Mühe, den Wagen in der Spur zu halten. Trotzdem fiel ihm das helle Licht auf; es versilberte das aufgewühlte Wasser und die graziöse, elegant geschwungene Verrazano Bridge. Zu seiner Rechten, halb verdeckt durch eine Wolke, sah er die Freiheitsstatue. Er war auf dem Weg nach Brooklyn, um einem ehemaligen Polizisten eine Vorladung zuzustellen.
Das Haus lag in Bay Ridge, es war ein bescheidener roter Backsteinbau, eingefriedet mit einem kniehohen, schmiedeeisernen Zaun. Kurins zückte seine Marke, noch ehe er anklopfte. Er vergewisserte sich, daß sein Mantel offen und sein Revolver griffbereit war. Er wollte die Begegnung zwar ruhig ablaufen lassen, aber man konnte nie wissen.
Steve Iken öffnete selbst. Als er die Dienstmarke sah und das Wort »richterliche Anordnung« hörte, wurde er blaß. »Können wir draußen sprechen?« fragte er. »Es gibt keinen Grund, meine Frau aufzuregen.«
»Kein Problem«, sagte Kurins.
Iken schloß die Tür zu und ging die Treppen hinunter. Kurins beobachtete ihn genau, er versuchte sich vorzustellen, was Iken durch den Kopf ging.
Kurins wußte, daß Iken vier Jahre bei der Polizei gewesen war und als verdeckter Ermittler bei der Drogenfahndung gearbeitet hatte, dann aber ausgeschieden war. Jetzt arbeitete er als

Privatdetektiv für die Anwälte der Mafia. Er war ein Freund von Joe Butch Corrao.
Butch war der Capo, der ihn zu einem Pokerspiel mit John Gotti mitgenommen hatte; auf den Bändern aus dem Appartement hatte der Don sich beschwert, Joe Butch hätte ihm sagen müssen, daß Iken, »dieser verfickte, vergammelte Wichser«, ein ehemaliger Bulle war.
»Ich habe gehört, Sie seien ein Freund von John Gotti«, begann Kurins.
»Nein ... Nicht wirklich.«
»Nein?«
»Ich bin ihm nie begegnet. Weder in diesem Leben noch in einem anderen«, sagte Iken mit Bestimmtheit. »Ich erledige gerade etwas für einen seiner Anwälte. Für Barry Slotnick. Detektivarbeit. Nichts Großartiges. Ich versuche meinen Lebensunterhalt zu verdienen.«
»Verstehe«, sagte Kurins.
»Schauen Sie, ich möchte kooperativ sein.«
»Gut«, stieß Kurins hervor. Er hatte es nicht eilig.
»Also, sagen Sie mir, was ich tun kann. Will sagen, worum geht's denn überhaupt?«
»Es geht um das *Cloude Nine.*«
»He«, sagte Iken aufgebracht, »bei der Sache hab' ich Geld verloren. Das war ein geschäftliches Projekt. Da ist doch nichts dabei. Oder?«
Kurins spielte seine zweite Karte aus. Er sei in Wirklichkeit nicht so sehr an der Diskothek interessiert, sondern an dem Geld, das angeblich aus dem *Cloude Nine* in die J & G Realty geflossen sei. Der Zweck der richterlichen Verfügung sei es, eine Handschriftenprobe zu nehmen. Das FBI wolle Unterschriften auf den Schecks vergleichen, die von der Immobilienfirma ausgestellt oder angenommen worden seien.
Iken blieb die Spucke weg. »Sie belämmern mich wegen J & G?«
»Schauen Sie«, sagte Kurins entschuldigend, »es ist nichts Großartiges. Keiner behauptet, Sie hätten irgend etwas Illegales getan.«
»Schön. Ich hab' ja auch nichts getan.«

»Aber Sie wollen kooperieren, richtig?«
»Das schon, aber ich sage Ihnen, über J & G weiß ich nicht die Bohne.«
»Sind Sie sicher?« fragte Kurins.
»Wissen Sie«, sagte Iken nach kurzer Überlegung, »ich habe mit J & G nichts zu tun. Beim *Cloude Nine* bin ich wegen Georgie und Pete hineingezogen worden.«
Kurins schwieg. Er betete, daß Iken fortfahren möge.
»Das sind Freunde aus meinem alten Viertel. Wir sind zusammen aufgewachsen. Ich kenne George Helbig und Pete Mavis, seit wir Kinder waren.«
»Wie gesagt, es ist keine große Sache«, beruhigte Kurins; er hatte es eilig, wegzukommen.
Als er in seinem Auto saß, schlug er in seinem Notizblock eine neue Seite auf und schrieb in großen Buchstaben »PETE MAVIS« darauf, eine Zeile darunter: »Pete??? – Petes Vetter???«

Kurins blickte auf die andere Straßenseite, verglich noch einmal das Straßenschild mit der Adresse, die er aufgeschrieben hatte. Einer der Sachbearbeiter von der Federal Plaza 26 muß einen Bock geschossen haben, dachte er. Nach seinem Gespräch mit Iken hatte er im Hauptquartier angerufen und gebeten, im Handelsregister die Gründungsakte der Firma J & G Realty zu überprüfen. Am nächsten Tag erhielt er die Adresse: East Brandis Avenue 20 in Staten Island.
Doch dies hier war ein Wohnviertel. Das Anwesen Nr. 20 war ein Zweifamilienhaus aus Backstein mit vorgebautem Treppenaufgang, eines in einer langen Zeile gleich aussehender Häuser. Doch dann sagte Kurins sich, klingeln könne ja nicht schaden.
An der Tür gab es kein Namensschild; es dauerte eine Weile, bis eine Frau aufmachte. Sie hatte ihr dunkles Haar hoch aufgetürmt und trug einen Bademantel.
Kurins zeigte seine Dienstmarke und erklärte, er führe Ermittlungen über die Firma J & R Realty.
»Oh«, antwortete die Frau unbekümmert, »wir nehmen für die nur die Post entgegen. Wir tun es jemandem zu Gefallen.«

Kurins fragte höflich, ob sie ihm sagen könne, wer dieser Jemand sei.
Sie überlegte eine Weile. Dann lächelte sie freundlich. »Darüber sollten Sie besser mit Pete, meinem Mann, sprechen.«
»Sie sind also Frau Mavis?«
»Ann Mavis«, sagte sie.
»Nun denn«, sagte Kurins und gab ihr seine Visitenkarte. »Wenn Sie Mr. Mavis bitten würden, mich anzurufen, wäre ich Ihnen sehr dankbar.«
Pete Mavis rief nie an. Kurins besorgte sich per Gerichtsbeschluß das Gebührenregister der Telefongesellschaft für die letzten sechs Monate; er wollte feststellen, mit wem Pete Mavis zu telefonieren pflegte.
Die Gebührenlisten des Telefonanschlusses in der Brandis Avenue 20 ließen den großen Stapel weiter anwachsen. Kurins hatte nämlich schon früher entsprechende Listen für Helbigs Wohnung in New Jersey und für die Firma Tri-State Petroleum angefordert.
Es waren fast zweihundert Seiten mit Telefonnummern, die durchgesehen werden mußten, fünftausend Anrufe. Es dauerte Wochen und brachte Kurins keinen Schritt weiter. Er hatte die Liste auf etwa zwei Dutzend Namen und Nummern reduziert, aber auf den ersten Blick erschien nichts vielversprechend.
Noch frustrierender war das Piepser-Problem. Tri-State Petroleum hatte zehn Cityrufgeräte geleast, und die waren zusammen jeden Monat mehrere tausend mal angewählt worden. Kurins hatte lange genug mit Mafiosi zu tun gehabt, er wußte, wie gerne sie die Piepmätze benutzten. Kurins konnte sich vorstellen, daß der Maulwurf Helbig anpiepste, wenn er Verbindung aufnehmen wollte; es war aber auch möglich, daß der Verräter einen Piepser benutzte, den Helbig ihm gegeben hatte. Doch was nutzten diese Theorien? Es gab keine Möglichkeit, den Benutzer eines bestimmten Cityrufgeräts zu identifizieren. Die Gebührenregister wiesen nur Nummern aus, keine Namen.

# Kapitel 43

Ich habe vier Lincolns Continental und drei Cadillacs notiert. Genau wie gestern. Den ganzen Tag über kommen und gehen hier die Luxusschlitten.«
Seit vier Tagen war der Beamte dabei, die Kennzeichen aller Autos zu notieren, die in die Garage der Tri-State Petroleum fuhren.
»Du weißt, wie's läuft«, sagte Kurins. »Laß sie von der Zulassung überprüfen, und dann schauen wir mal, was wir haben.«
Das Bürogebäude der Treibstoffhandlung, eine langgestreckte Lagerhalle, lag in Red Hook, einer heruntergekommenen Ecke von Brooklyn. Vor den Fenstern waren Metallgitter, in der Nähe führte eine laute Schnellstraße vorbei. Unter der auf Pfeilern stehenden Autobahn verlief eine verdreckte, dunkle Straße, in der der Beamte an einer mit Graffiti verschmierten Säule parkte. Er hieß John Meadows. Einen Monat zuvor hatte er noch im Gebäude Federal Plaza 26 als Buchhalter Dienst getan. Dann hatte Kurins ihn geholt, um seiner Einschüchterungskampagne mehr Biß zu verleihen. Dies war John Meadows erster Einsatz in Sachen Organisierte Kriminalität und sein erster Beschattungsauftrag.
Meadows, ein freundlicher Mann mit den hausbackenen Manieren des Südstaatlers, stellte sich voll der neuen Herausforderung. Er hatte viele Jahre im Hauptquartier mit dem Taschenrechner nach Beweisen gesucht und fühlte sich nun wie neugeboren. »Ich sag dir, Andy, das hier ist wirklich toll: Wir haben es geschafft, daß die Mafiatypen sorgenvoll in eine Rich-

tung gucken, und wir greifen hier aus einer ganz anderen Richtung an. Ich bin begeistert.«

Kurins nannte seinen enthusiastischen Juniorpartner bald »John Boy«.

Meadows machte seine Entdeckung am späten Nachmittag, als er gerade die Namen, die er von der Kraftfahrzeug-Zulassungsstelle bekommen hatte, in seinen Computer eingab. Tri-State schien eine erstaunliche Anziehungskraft auf »stadtbekannte Glücksspieler« auszuüben. Zwei der glitzernden Lincolns gehörten Männern, die unter der polizeiamtlichen Kategorie SG registriert waren.

Ein Name fiel John Boy besonders auf, der Name einer in Queens wohnenden Frau. Nach Auskunft des FBI-Computers war sie sauber: keine Verurteilungen, keine Festnahmen, nicht mal ein Knöllchen für zu schnelles Fahren. Trotzdem war da was. Meadows rief Kurins an, doch der wußte nichts. »Nie von der Dame gehört, John Boy.«

Auf dem Weg nach Hause fiel es Meadows ein: das Dossier über J & G Realty! An der nächsten Abfahrt verließ er die Autobahn. Es war Feierabendverkehr, er brauchte fast eine halbe Stunde für den Weg zurück ins Büro. Als er dann die Akte durchging, strahlte er. Fast ein Dutzend Schecks von J & G, jeder über ungefähr fünfhundert Dollar, waren auf die Dame ausgestellt und an ihre Adresse in Queens geschickt worden. Wie paßte das zusammen?

Er rief bei Kurins zu Hause an, aber dessen Frau sagte ihm, er sei nicht da und sie rechne mit seiner Rückkehr erst in Stunden. »Sie kennen doch Andris.«

Meadows kannte ihn gut genug. Er wußte, daß Kurins wütend sein würde, wenn er auf eigene Faust loszog! Es war also sinnvoll, bis zum nächsten Tag zu warten.

Andererseits: er hatte eine Entdeckung gemacht. Meadows fuhr noch am gleichen Abend nach Queens und klingelte an ihrer Tür. Sie war eine dicke Frau, beinahe so breit wie der Türrahmen.

Als sie seine Dienstmarke sah, bat sie ihn sofort herein. Sie saßen fast zwei Stunden lang im Wohnzimmer zusammen, und die ganze Zeit über redete fast nur die Frau. Sie kochte vor Wut. Mehr aus Höflichkeit als aus einem Instinkt heraus ließ Meadows sie erzählen. Die ganze Zeit über lümmelte ihre siebenjährige Tochter auf der anderen Seite des Zimmers vor dem Fernseher. Meadows fiel auf, daß das Kind nicht ein einziges Mal vom Bildschirm aufblickte.

Die Wut der Frau richtete sich gegen ihren geschiedenen Mann. Er war derjenige gewesen, der ihr jeden Monat einen Scheck über 512 Dollar geschickt hatte. Es handelte sich um das Unterhaltsgeld für sie und das Kind. Sie habe keine Ahnung, sagte sie, warum die Schecks auf das Konto der Immobilienfirma J & G bezogen waren.

Meadows fragte, ob ihr Mann für J & G arbeite. Sie lachte. »Arbeiten? Die Kerle arbeiten doch nicht. Die sind viel zu beschäftigt, um zu arbeiten.« Die Schecks seien bis vor sechs Monaten mit der Regelmäßigkeit eines Uhrwerks gekommen. Dann sei ihr geschiedener Mann verschwunden. »Der hockt wahrscheinlich mit einer Nutte irgendwo in Florida.« Meadows ertappte sich bei dem Gedanken: Mein Gott, ich könnte ihn nur zu gut verstehen.

Wenn sie nicht ihren Job als Telefonistin bei Tri-State hätte, sagte die Frau, wären sie und ihre Tochter schon längst verhungert.

Als Meadows fragte, wie sie zu der Arbeitsstelle bei der Treibstoffirma gekommen sei, lenkte sie ab. »Ich hole uns einen Kaffee.«

Als sie mit Kaffee und Donuts zurück war, schilderte sie noch einmal jede einzelne Demütigung, die sie durch ihren geschiedenen Mann erfahren hatte. »Dieser Ratten-Bastard-Penner«. Sie wiederholte das so oft, daß Meadows nach einer Weile in Gedanken in ihren Refrain einstimmte, sein Gesicht drückte jedoch Mitgefühl aus.

Nachdem sie den letzten Donut aus der Schachtel verspeist hatte, sah sie Meadows direkt in die Augen. »Können Sie mir helfen?« fragte sie. »Kann das FBI meinen Mann aufspüren? Können Sie ihn zwingen, zu zahlen? Er ist uns das schuldig, dieser Ratten-Bastard-Penner.«

Meadows erwiderte ihren offenen Blick. Er versuchte, nicht auf den weißen Schnurrbart aus Puderzucker zu starren, der sich auf ihrer Oberlippe gebildet hatte. Er setzte sein nettestes Lächeln auf. »Nun, gnädige Frau, wenn Sie bereit sind, dem FBI bei einer Kleinigkeit zu helfen, können wir sicher etwas arrangieren.«

Drei Tage später übergab John Boy seinem Chef Kurins ein fotokopiertes Blatt Papier. Es war ein Briefbogen der Tri-State Petroleum. In der linken Spalte standen zehn Namen, in der rechten die Rufnummern ihrer Cityrufgeräte.

Die Telefonzelle stand direkt an der Cropsey Avenue in Brooklyn. Einige Schritte entfernt war eine kleine unbebaute Parzelle, auf der ein Haufen zerrissener Matratzen lag. Auf der anderen Straßenseite in Richtung Autobahn war eine Bodega; in der entgegengesetzten Richtung schien die Gegend besser zu werden: rote Backsteinhäuser, mit schattigen, kleinen Terrassen aus den sechziger Jahren.

Kurins stand vor der Telefonzelle und überlegte, was er tun sollte. Nach dem Gebührenregister war Helbigs persönlicher Piepser Dutzende Male von einem Telefonanschluß in Brooklyn angerufen worden, von einem Münzapparat.

Hier war die Telefonzelle, hier im Niemandsland. Wohnte der Mann, der ständig Helbigs Piepser anwählte, in der Nähe, parkte er hier nur und telefonierte und spazierte dann zu einem der Wohnhäuser an der Cropsey Avenue? Kurins schlenderte die Straße hinauf zum nächsten Gebäude.

Die Glastür zum Treppenhaus war abgeschlossen, aber es gab eine Sprechanlage mit vier Reihen von Namen und Wohnungsnummern. Kurins studierte die Liste, obwohl er nicht einmal wußte, nach welchem Namen er suchen sollte. Er klingelte beim Hausmeister.

Der Hausmeister war spanischer Abstammung und von Kurins' Ausweis stark beeindruckt. »Ich hab' schon Cops gekannt, klar. Aber nie einen Eff-Bii-Eii-Agent. Ihr Kerle seid die besten, hab' ich recht?«

Kurins nickte.

»Nun, Mister Eff-Bii-Eii, womit kann ich dienen?«
Kurins erklärte, er suche nach einem Mann, dessen Namen er nicht kenne. Und er wisse auch nicht recht, wie der Mann aussehe.
»Sie wollen mich doch nicht veralbern?« fragte der Hausmeister, jetzt skeptisch geworden. »Sind Sie wirklich vom Eff-Bii-Eii oder was?«
Kurins suchte seine Würde zu wahren und zeigte dem Hausmeister ein Foto von Georg Helbig. »Haben Sie diesen Mann jemals hier in der Gegend gesehen?« fragte er.
Der Hausmeister musterte das Foto. »Es ist ein großes Haus, wissen Sie.«
Kurins zeigte ihm eine Aufnahme von Peter Mavis. »Und wie ist es mit dem?«
Das Gesicht des Hausmeisters hellte sich auf. »Appartement 5C. Jetzt verstehe ich – Sie untersuchen die Party, hab' ich recht?«
Nach Auskunft des Hausmeisters wohnte in Appartement 5C niemand, es diente nur als Party-Absteige. »Sie sollten mal die Señoritas sehen, die da ein- und ausgehen«, sagte er. »Meine Frau sagt, ich soll meine Nase nicht in Sachen reinstecken, die mich nichts angehen, also tue ich's nicht. Aber ich beobachte Dinge.«
Als Kurins bei der Hausverwaltung nachfragte, erhielt er die Auskunft, Appartement 5C sei von der Firma J & G Realty gemietet worden; der Name des Mannes, der den Mietvertrag unterschrieben habe, sei nicht mehr festzustellen. Kurins überlegte, ob er sich die Unterlagen durch Gerichtsbeschluß beschaffen sollte, entschied sich aber, es nicht zu tun. Das könnte den Maulwurf erschrecken.
Kurins hatte inzwischen herausgefunden, daß es in Appartement 5C ein Telefon gab, das auf den Namen von Pete Mavis zugelassen war. Er ließ sich sofort die Gebührenregisterauszüge kommen. Die am häufigsten angewählte Nummer war die von George Helbig in New Jersey; es gab aber auch eine Menge Anrufe bei einer Nummer, die einer gewissen Constance Peist zugeteilt war. Der Name sagte Kurins im Augenblick nichts, wahrscheinlich eine Señorita, dachte er.

Mouws Krieg wurde an vielen Fronten geführt, seine Truppen waren über die ganze Stadt verteilt. Er hatte Agenten, die das Cirelli-Appartement abhörten, die in Beobachtungsposten saßen, die Informanten ausfragten und nach dem Maulwurf suchten. Wenn er gewinnen, wenn er den Don zu Fall bringen wollte, mußte sein Sieg vollständig sein. Der Eckstein war für ihn die Suche nach dem Maulwurf.

»Warum braucht Andy so lange?« fragte er. Und am Ende jeder Besprechung in seinem Büro gab er immer wieder denselben Tip. »Es ist der Golfspieler, da liegt der Schlüssel.«

Kurins war sich nicht so sicher, mußte aber zugeben, daß er ebensowenig Beweise hatte wie Mouw. Während der letzten zwei Monate hatte er viele Einzelteile des Puzzles gefunden, er wußte nur nicht, wie sie oder ob sie überhaupt zusammenpaßten. Er sah eigentlich nur die Möglichkeit, weiterhin herumzustochern. »Wo immer wir hinlangen«, sagte er zu Meadows, »scheinen wir auf J & G zu stoßen. Hör' mir mal zu, John Boy. Das ist eine Spur, die wir bis zum Ende verfolgen müssen. Wir bleiben an J & G dran, wo immer uns das auch hinführt.«

An einem kalten Morgen gegen Ende des Winters verschlug es die beiden Agenten nach Staten Island, in die Wohnung von Pete Mavis' Schwiegereltern. Kurins hatte sich vorgenommen, das Ehepaar zu interviewen, weil die Hypothek auf das Gebäude Brandis Place Nr. 20 auf sie eingetragen war – die Wohnung ihrer Tochter und ihres Schwiegersohns und gleichzeitig die Postadresse der Firma J & G Realty.

Kurins merkte bald, daß er wieder in eine Sackgasse geraten war. Warum belästige ich diese Leute?, fragte er sich. Er saß zusammen mit Meadows in ihrem Wohnzimmer, trank ihren Kaffee, knabberte ihr Gebäck und fühlte sich schuldbewußt. Sie waren beide pensionierte städtische Angestellte, lebten von ihren Renten und hatten versucht, ihrer Tochter das Leben zu erleichtern. Kurins wollte sie nicht einschüchtern.

Der Ehemann erzählte, er habe noch eine Tochter, die FBI-Agentin werden wolle.

Kurins fühlte sich noch unwohler. Das sind nette Leute, dachte er. Ich sollte aus ihrem Leben verschwinden.

»Komm, John«, sagte er zu Meadows, »laß uns ins Büro zurückkehren.« Er bedankte sich bei den Leuten dafür, daß sie sich Zeit genommen hatten, und bevor er ging, half er der Frau, die Kaffeetassen und die Gebäckteller in die Küche zu tragen. Plötzlich fiel ihm etwas ein. »Sie kennen nicht zufällig eine gewisse Constance Peist?«

»Oh doch«, sagte die Frau, »das ist Peters Cousine. Kennen Sie vielleicht ihren Mann? Billy.«

»Billy Peist? Kommt mir bekannt vor«, log Kurins.

»Dachte ich mir«, sagte sie, während sie das Geschirr ins Spülbecken stellte. »Er ist nämlich Inspektor.«

»Richtig«, sagte Kurins. »Er arbeitet hier in Staten Island, nicht?«

»Nein«, korrigierte sie ihn, »ich spreche von dem Billy Peist, der ein Bein verloren hat.«

»Oh, *der* Billy Peist.«

»Richtig, den, der in Manhattan arbeitet. Bei der Aufklärung.«

Mouw saß an seinem Schreibtisch, rauchte seine Pfeife und war gerade am Telefon, als Kurins hereinkam.

»Leg auf«, sagte Kurins zu seinem Chef.

Mouw warf ihm einen bösen Blick zu, sagte aber ins Telefon: »Ich muß Schluß machen.«

Kurins überreichte ihm eine Karteikarte. Gleich nach Verlassen des Hauses in Staten Island hatte er die leere Karte aus seiner Tasche gezogen und einen Namen darauf geschrieben: »Insp. William Peist«.

»Kennst du diesen Burschen?«

Mouw überlegte einen Augenblick. »Natürlich«, sagte er dann. »Er arbeitet bei Organisierte Kriminalität in der Aufklärungsgruppe. Er ruft mich dauernd an und stellt Fragen.«

»Nun denn«, sagte Kurins, »ich hoffe, du hast ihm nichts gesagt.«

Mouw sah Kurins mißtrauisch an. Die ganze Richtung paßte ihm nicht.

»Das ist nämlich unser Maulwurf. Bruce, ich bin mir ganz sicher.«

# Kapitel 44

Kurins hatte jetzt eine Person im Visier, die zu Gottis Kennzeichnung »Petes Vetter« paßte, auch wenn es sich – genaugenommen – um den Ehemann von Petes Cousine handelte. Doch er mußte äußerst behutsam vorgehen.

Peist war Polizeibeamter und zugleich, wenn Kurins Schlußfolgerung stimmte, Spion und Verräter, ein Mann also, der von Ausbildung und Instinkt her mißtrauisch sein mußte. Das Risiko für Kurins war groß, seine Annahmen waren nur auf Indizien aufgebaut. Es gab aber noch einen anderen Grund, der ihn antrieb. Er wollte verstehen, was einen Mann dazu bringen konnte, seinen Treueeid zu brechen und zum Feind überzulaufen.

Kurins erster Weg führte in das Polizeihauptquartier im unteren Manhattan. Kaum hatte er Inspektor Peists Personalakte durchgesehen, da fragte er sich schon, ob er nicht einen Fehler gemacht hatte. Peist konnte eigentlich nicht der Maulwurf sein. Er war nicht nur Polizist, er war nach seinen erfolgreichen Klagen auch Millionär. Warum sollte ein reicher Mann Informationen an Gotti verkaufen?

Kurins entschloß sich, Steve Arniotes aufzusuchen, den Anwalt, der Peist in beiden Verfahren vertreten hatte. Vielleicht hatte er ein paar Antworten parat. Kurins wollte dem Anwalt weismachen, er führe eine routinemäßige Überprüfung durch, wie sie für alle städtischen Polizisten vorgeschrieben sei, die regelmäßig dem FBI zuarbeiteten.

Die Kanzlei des Anwalts befand sich im ersten Stock eines

Bürogebäudes an einer lebhaften Geschäftsstraße in Bay Ridge, Brooklyn. Eine enge, kaum beleuchtete Treppe führte in das Büro. Kurins wurde von Arniotes' Sekretärin empfangen. Arniotes war bei Gericht, aber die Sekretärin erwies sich, nachdem sie Kurins Dienstmarke gesehen hatte, als sehr hilfsbereit. Es gebe über Billy Peist eine Akte, nein, korrigierte sie sich, eigentlich ein Sammelalbum. Sie habe ihrem Chef geholfen, es zusammenzustellen, als es so aussah, daß es zu einem Verhandlungstermin vor Gericht kommen würde. Arniotes habe die Geschworenen beeindrucken wollen, sie sollten sehen, was Peist alles hatte durchmachen müssen. »Geschworene mögen so etwas«, sagte die Sekretärin. Er könne sich das gerne ansehen.

Ein paar Minuten später saß Kurins in einem besenkammergroßen Zimmer voller Aktenschränke und blätterte die Seiten des ledergebundenen Albums durch.

Geboren und aufgewachsen in Brooklyn, war William Peist 1965 von der Food and Maritime High School abgegangen und hatte im *Waldorf-Astoria* eine zweijährige Ausbildung als Kochlehrling begonnen. »Jedes Jahr werden nur wenige junge Männer aus der Vielzahl der Bewerber ausgewählt«, wurde der Geschäftsführer des Hotels in einem vergilbten Zeitungsausschnitt zitiert. Auf den folgenden Seiten wurden Peists Leistungen als Koch aufgeführt: bester Konfekt-Lehrling, erster Preis für Gelatine, ein blaues Band für klassisches Kochen. Das *Waldorf* hatte ihm nach Abschluß der Lehre eine Stellung als Bankett-Chef angeboten, Peist hatte akzeptiert.

Kurins blätterte weiter: Hochzeit mit einem Mädchen aus Bay Ridge in einer griechisch-orthodoxen Kirche, Geburt eines Sohnes ein Jahr später.

Im September 1974 hatte sich Peist entschieden, zur Polizei zu gehen. Kurins konnte über die Gründe nur Mutmaßungen anstellen. Vielleicht war es die Erfüllung eines Jugendtraumes gewesen. Vielleicht hatte er vom Kochen genug gehabt. Wenn er aber nur auf einen sicheren Arbeitsplatz aus gewesen war, hatte er einen Fehler begangen. Neun Monate später war er entlassen worden, Opfer einer Finanzkrise der Stadt New York.

Aus einem Artikel der *New York Times* vom 26. Dezember 1977 ging hervor, daß Peist eine neue Stelle als Koch bei der Strafvollzugsbehörde gefunden hatte. Ein Weihnachtsessen für die Häftlinge des Gefängnisses von Rikers Island und dem neugewählten Oberbürgermeister Ed Koch war unter Leitung von William Peist, 30, einem Koch mit *Waldorf-Astoria*-Vergangenheit, zubereitet worden.

Ein Artikel auf der folgenden Seite überzeugte Kurins, daß er doch auf der richtigen Fährte war. Die Geschichte in der Brooklyn-Ausgabe der *New York Daily News* trug die Überschrift: »Entlassener Polizist bei Festnahme vermutlicher Brandstifter beteiligt.« Ein 28jähriger ehemaliger Polizist und sein Vetter, so hieß es in dem Artikel, hätten gegen 3.30 Uhr morgens beim Verlassen eines Restaurants in Bay Ridge zwei Männer bemerkt, die einen Haufen Sperrmüll anzündeten, der direkt vor dem Eingang eines Wohnblocks aufgetürmt war. Die zwei Vettern hätten das Feuer ausgetreten und nach kurzem Kampf die beiden Brandstifter überwältigt. »Man vergißt eine sechsmonatige Ausbildung nicht so schnell«, habe der ehemalige Polizist William Peist gesagt, berichtete der Reporter. Sein Vetter wurde als Pete Mavis identifiziert.

Ab 1979 wurden die Eintragungen brisanter. Peist war wieder in den Polizeidienst übernommen worden. Er wohnte in einem kleinen Zweifamilienhaus in Bay Ridge, war jetzt Vater von vier Kindern; in seiner Freizeit trainierte er ein Team der Baseball-Jugendliga und war Präsident der örtlichen Sektion des Elk-Clubs. Außerdem arbeitete er nach wie vor an manchen Abenden – und auch an vielen Wochenenden – als Bankett-Chef im *Waldorf*. 1983, nach zwei Jahren Dienst im Sittendezernat, wurde er zum Inspektor ernannt.

Dann kamen Zeitungsmeldungen über den Unfall auf der regennassen Manhattan Bridge am 3. Dezember 1984, über den Verlust seines linken Beins und über seine 75-Millionen-Dollar-Klage gegen die Stadt. Kurins las, daß Peists Antrag auf Gewährung einer steuerfreien Rente von der Polizeibehörde abgelehnt worden war. Peist war nach einer vorübergehenden Invalidität in den Polizeidienst zurückgekehrt und einer Aufklärungsein-

heit zugeteilt worden. Sein Spezialgebiet: Organisierte Kriminalität.
Die letzte Eintragung in dem Album war ein erst wenige Monate alter Artikel aus dem *Brooklyn Spectator*. Peist sei eine Entschädigung von 1,4 Millionen Dollar zugesprochen worden. »Anwalt Arniotes sagte, das Geld werde es seinem Mandanten ermöglichen, trotz seiner Behinderung angenehm zu leben.«

In den folgenden Wochen suchte Kurins nach weiteren Informationen über William Peist; für jede neue Situation mußte er sich eine neue Tarngeschichte einfallen lassen.
Ein Koch im *Waldorf* erinnerte sich, daß Peist immer mit großer Begeisterung über seine Tätigkeit als Polizist erzählt habe. »Nach seinen Aussagen war Polizeiarbeit immer sehr aufregend. Er stellte es so dar, als sei er ein wirklich wichtiger Bulle, so eine Art Superdetektiv. Er erzählte uns immer von Lauschangriffen.«
Ein pensionierter Polizeikollege erzählte von einer Überwachungsaktion. »Es war die schlimmste, die längste Nacht meines Lebens. Nicht weil es so kalt oder so gefährlich war. Eigentlich war es eher eine Routinesache. Wir warteten auf einen Zuhälter, der eines seiner Mädchen bedroht hatte. Was die Nacht so nervig machte, war, daß Billy Peist ununterbrochen von Kuchen erzählte. Also, er fing an, diese monumentale Schokoladentorte zu beschreiben, die er am Wochenende gebacken hatte, und mir lief das Wasser im Mund zusammen. Plötzlich war ich am Verhungern. Da war ich für den Rest der Nacht in diesem Wagen gefangen, und die ganze Zeit konnte ich in Gedanken diese Schokoladentorte schmecken. Es war die reinste Folter.«
Andere Kollegen, die mit Peist zusammengearbeitet hatten, nannten ihn »den Bäcker«. Einer von ihnen, ein spindeldürrer, bleichgesichtiger Kämpfertyp, wurde fast lyrisch, als er die Kreationen beschrieb, die Peist zum Dienst mitgebracht hatte. »Wenn einer der Jungs seine goldene Dienstmarke bekam, machte Billy Peist einen Kuchen, der wie eine Marke aussah, mit gelbem Zuckerguß oben drauf. Wissen Sie, er verstand es,

den Kuchen schön leicht zu machen, und der Guß war cremig wie geschmolzene Butter.«

Nach einigen Gläsern Bier mit einigen von Peists Kumpeln und Durchsicht der vertraulichen Personalakten entdeckte Kurins, daß der Mann es zwar genoß, die beiden so unterschiedlichen Seiten seines Lebens vor der jeweils anderen Zuhörerschaft auszubreiten, darüber hinaus aber insgeheim auch weitere Rollen spielte. Unter Verstoß gegen die polizeiinternen Vorschriften sammelte er Waffen. Nach Berichten von Augenzeugen hatte Peist in seinem Keller inzwischen Berge von Gewehren und Revolvern und sogar Maschinengewehre gehortet. Außerdem, sagte einer, spioniere er seinen Kollegen nach.

Den Mitgliedern seiner Dienststelle war nicht bekannt, daß Peist insgeheim als »Innenbeobachter« der Behördenleitung tätig war. Er hatte sich freiwillig erboten, die Aktivitäten seiner Kollegen zu überwachen. Kurz nachdem Peist an einer wilden Weihnachtsfeier im Hinterzimmer einer Bar in der Nähe des Polizeihauptquartiers teilgenommen hatte, waren ein Sergeant und seine ebenfalls im Polizeidienst arbeitende Geliebte, beide gute Freunde von Peist, in andere Dienststellen versetzt worden. Es gab keine offizielle Begründung, Billy Peist aber kannte den Grund.

Nachdem der Unfall auf der Manhattan Brücke ihn nicht nur sein Bein gekostet, sondern auch seiner bisherigen Lebensweise ein Ende gesetzt hatte, investierte er in seine neue Tätigkeit viele, viele Überstunden. Mit einer stoischen Entschlossenheit hinkte er zu den über die ganze Stadt verteilten Abhörposten. Er telefonierte ständig, suchte Kontakt zu Kollegen, FBI-Agenten und Ermittlern der staatlichen Sonderkommission. Er bezahlte sogar aus eigener Tasche ein Flugticket für die Teilnahme an einer nationalen Konferenz der Strafverfolgungsbehörden in Las Vegas, um Kollegen aus anderen Staaten kennenzulernen. Peist war, darüber waren sich die Kollegen einig, ein ziemlich toller Hecht.

Kurins ließ sich nicht täuschen. Er durchschaute, was Peist trieb. Nachdem er zwei weitere Indizien aufgedeckt hatte, war er endgültig davon überzeugt, daß Peist der Maulwurf war.

Da war zunächst die Seite 155 des Logbuchs der Aufklärungsgruppe. Am 17. Januar 1990 hatte sich Inspektor Peist für eine Fahrt zur Staatsanwaltschaft in Brooklyn abgemeldet. In der gleichen Nacht war Gotti im *Ravenite* zugeflüstert worden, daß Gravanos Wohnwagen und sein Club im Auftrag der Brooklyner Staatsanwaltschaft verwanzt worden seien. Und am gleichen Abend hatte Helbig Gotti versprochen: »Ich werde eine Botschaft schicken, heute nacht.«
Nach den Telefonregisterauszügen, die Kurins angefordert hatte, hatte Pete Mavis am 17. Januar 1990 um 20.10 Uhr die Nummer 718-375-0987 angerufen. Diese Nummer war auf William Peists Frau Constance eingetragen.
Unter Berücksichtigung der neuen Erkenntnisse über Peist, seinen Vetter Mavis und George Helbig hörte sich Kurins noch einmal das Band aus dem Appartement an; alles war jetzt leichter zu entschlüsseln, Gesprächsfetzen fügten sich zu einem Bild. Kurins erkannte, daß die Verschwörung sich eigentlich fast zufällig entwickelt hatte; angestiftet hatte sie Peists Vetter Mavis.
Aus dem Bandmitschnitt konnte Kurins rekonstruieren, daß Mavis, ein kleines Würstchen, zwei große Probleme hatte: Erstens: Er hatte beim Zocken ein Vermögen – gemessen an seinen Verhältnissen – an Helbig verloren. Zweitens: Er hatte sich bei einem von Sammy Bulls Zinswucherern Geld geliehen, um einen Teil seiner Schulden bei Helbig begleichen zu können. Er schuldete also beiden Männern Geld und hatte keine Chancen, irgendwelche Mittel aufzutreiben.
Mavis muß das als eine bedrohliche Situation empfunden haben, vielleicht sogar als eine lebensgefährliche. In seiner Not kam ihm ein Einfall: Er könnte vertrauliche Informationen, die er von seinem gut informierten Vetter, dem Inspektor, erhielt, an die Gambino-Familie verkaufen.
Der Rest fügte sich nahtlos zusammen. Billy Peist traf sich zur Nachrichtenübergabe mit seinem Vetter Pete Mavis. Mavis leitete die Meldungen an Helbig weiter. Der »Sensenmann« und Joe Butch Corrao rannten dann direkt zu Gotti. Die Nachrichtenkette funktionierte hervorragend.

Aber warum machte Peist das? – Das war die erste Frage, die Mouw stellte, nachdem Kurins Bericht erstattet hatte. Die Geheimbesprechung fand in Mouws Büro statt, Gabriel war der einzige Kollege, der dabei war.
Genau diese Frage war auch Kurins in den letzten Wochen ständig durch den Kopf gegangen. Ein Teil der Antwort, sagte er Mouw, heiße Rache. Peist nehme es der Polizei übel, daß sein Antrag auf eine steuerfreie Pension nach dem Unfall abgelehnt worden sei. Er war verbittert, daß sich seine 75-Millionen-Dollar-Klage gegen die Stadt jahrelang dahinschleppte.
Und dann natürlich Geldgier. Peist konnte nicht wissen, daß seine Klage irgendwann positiv entschieden und ihn zum Millionär machen würde. Der Lohn aus Gottis Taschen hatte ihm zu Geld verholfen; er konnte sich ein größeres Haus auf einem Eckgrundstück mit einem Schwimmbad für die Kinder leisten; er sah in seiner Beziehung zur Mafia eine lohnende langfristige Partnerschaft. Er wollte auch nach seiner Pensionierung vom Polizeidienst weiterarbeiten – als Privatdetektiv, spezialisiert auf Fälle der Mafia.
Gab es noch andere Motive? – Vielleicht! – Peist brauchte für seine Spionagetätigkeit kein Risiko einzugehen. Er mußte keine Dokumente entwenden, keine Akten durchschnüffeln, keine Verdacht erregenden Fragen stellen. Er arbeitete im Aufklärungsdienst. Es gehörte zu seinen Pflichten, über möglichst alles Bescheid zu wissen. Es war ein geniales Arrangement. Peist glaubte fest, er werde nie auffliegen.
Kein Zweifel: Peist genoß jeden Augenblick in seinem verdeckten Leben. Der glücklose Bäcker war plötzlich eine bedeutende Figur: ein wichtiger Polizist, ein wichtiger Spion. Der einbeinige, übergewichtige Inspektor, der die Geschworenen im Verfahren gegen Gotti schützen sollte, war der Mann, der den Teflon-Don unbesiegbar machte.
Mouw ging daran, alle Indizien abzuwägen. Er hatte so lange mit einem Rätsel gelebt, daß er an die einfache Lösung nicht glauben mochte. Ein einbeiniger Polizist mit dem Spitznamen »der Bäcker«! Mouw wußte nicht, ob er lachen oder weinen sollte.

Der Chef versuchte es auf die leichte Art. Es gebe da noch eine Ungereimtheit, sagte er. »Welchen Nutzen hatte ein Satz Golfschläger für Peist?«

»Nun«, erwiderte Kurins, »man hat schon Einbeinige Ski fahren gesehen.«

»Genau«, mischte sich Gabriel ein. »Vielleicht hat er jemanden, der für ihn den Schläger schwingt.«

Die Zeit für Späße war schnell vorbei. »Wir haben unseren Maulwurf gefunden«, verkündete Mouw. »Jetzt müssen wir es beweisen.« Er entwickelte einen Plan, der große Ähnlichkeit mit dem Trick hatte, mit dem sie Mildred Russo gefangen hatten, die Gerichtssachbearbeiterin, die vertrauliche Informationen an die Familie weitergeleitet hatte.

Dieses Mal wollten sie eine »entscheidende« Information über eine FBI-Aktion – vielleicht über eine bevorstehende Festnahme im Mordfall Castellano – dem Aufklärungsdienst der Polizei zukommen lassen. Das C-16-Team sollte Peists Telefone im Büro und zu Hause überwachen – und, nicht zu vergessen, den Münzfernsprecher an der Ecke in der Nähe seines Büros in der Hudson Street. Das Team sollte warten, bis er Verbindung zu Mavis aufnahm. Sie wollten ihn auf frischer Tat ertappen.

Wenige Tage später, als die Truppe die Anträge für die Überwachung von Peists Telefonanschlüssen vorbereitete, kam Kurins mit einer schlechten Nachricht in Mouws Büro. »Er hat etwas gemerkt«, sagte er. Zwei Kontaktleute bei der Polizei hätten sich telefonisch gemeldet und berichtet, Peist wolle wissen, warum das FBI so viele Fragen über ihn stelle. »Was machen wir jetzt, Bruce?« fragte Kurins.

Mouw überdachte die Optionen. Er konnte einfach weitermachen. Die »Nachricht« über Verhaftungen im Fall Castellano war eine Information, für die Gotti ein Vermögen zahlen würde. Vielleicht würde Peist unvorsichtig sein.

Aber je länger Mouw über diese Möglichkeit nachdachte, desto größer wurden seine Zweifel. Peist war Millionär und hatte Frau und Kinder. Für ihn stand viel auf dem Spiel.

Nein, sagte Mouw sich, wir werden Peist vorladen und ihm eine Höllenangst einjagen; vielleicht würde er seine Komplizen verraten, zumindest wäre er aus dem Geschäft raus.
»Laß uns ihn holen, Andy«, sagte Mouw zu Kurins. »Vielleicht kippt er um.«

Mouws Männer schnappten sich Peist nach Feierabend. Es war kurz nach fünf Uhr an einem Abend im April 1990. Peist ging die Hudson Street entlang, er war auf dem Weg zu seinem Wagen. Kurins war dabei, aber es war Captain John Haggarty vom Internen Kontrolldienst der Polizei, der die Sache durchführte. Er hatte eine steife, militärische Art und sprach in knappen Sätzen.
»Ich hätte gerne Ihre Dienstwaffe«, sagte der Captain.
Peist übergab seinen Revolver ohne ein Wort des Protestes. Sein rundes Gesicht war blutleer. Er wurde zum Wagen des Captains geführt und auf den Rücksitz neben den Captain gesetzt, Kurins und ein Leutnant vom IKD saßen vorn. Sie erklärten Peist, er sei im Zusammenhang mit einer »internen Untersuchung« vorläufig festgenommen.
Das Hauptquartier des IKD befand sich im Stadtzentrum von Brooklyn, in einem alten, tristen Gebäude mit Gittern vor den Fenstern. Sie führten Peist in einen Vernehmungsraum im ersten Stock. »Sie werden vorläufig vom Dienst suspendiert«, begann der Captain.
Als die Vernehmung sich stundenlang ohne Ergebnis hinzog, schien Peist wieder Mut zu schöpfen. Er stritt ab, jemals mit dem Vetter seiner Frau, Pete Mavis, über vertrauliche polizeiliche Angelegenheiten gesprochen zu haben. Er beteuerte, er habe nie etwas von einem George Helbig gehört und nie mit einem John Gotti gesprochen.
Auch Mavis gestand nicht, wie das FBI am nächsten Tag feststellen mußte. Als die Vernehmung nach einem Vorgeplänkel auf seinen Vetter William Peist gekommen war, hatte er geschwiegen. Das FBI hatte keine Beweise für eine Straftat, es mußte ihn laufen lassen.
Und als George Helbig einige Wochen später wegen eines betrü-

gerischen Hypothekengeschäfts angeklagt wurde, sagte er dem FBI: »Versucht nur euer Bestes. Ich habe nichts zu sagen.«
Was nun? – Das FBI konnte keinen Druck ausüben, ohne die Existenz eines Mikrofons im Appartement Nr. 10 einzugestehen.
Das aber wollte Mouw auf keinen Fall. Gotti würde zwar dämmern, daß das FBI seinem Maulwurf auf die Spur gekommen war; aber er konnte nicht wissen, daß die Hinweise auf die Verdächtigen aus mitgehörten Unterhaltungen in Frau Cirellis Appartement stammten. Mouw informierte nicht einmal die Polizei über den Mitschnitt vom 17. Januar.
Nach einigen Wochen reichte Peist seinen Abschied ein. Solange er nicht förmlich angeklagt war, stand ihm als Inspektor eine jährliche Rente in Höhe von 24 000 Dollar zu. Einige Mitglieder der Truppe erinnerte Mouw an sein Versprechen, »den Pelz des Verräters an die Wand zu nageln«: »Du kannst es einfach nicht zulassen, daß er ungeschoren davonkommt.«
Mouw verstand. Der Gedanke, Peist werde für den Rest seines Lebens Jahr für Jahr 24 000 Dollar aus Steuergeldern erhalten, machte ihn rasend. Er ging für längere Zeit joggen. Als er zurückkehrte, sagte er zu Kurins: »Wir haben unser wichtigstes Ziel erreicht. Wir haben den Maulwurf ausgeschaltet. Er kann Gotti nicht mehr helfen.«
Eine Weile schwiegen beide, dann sagte Mouw: »Eigentlich ist es ja noch nicht vorbei. Wir werden unsere Chance, ihn an die Wand zu nageln, noch einmal bekommen. Irgend jemand wird umfallen.«
Kurins zweifelte. »Peist lacht immer noch über uns, Bruce«, sagte er mit bebender Stimme, »und wir können, verdammt noch mal, nichts dagegen machen.«

# Kapitel 45

Worauf noch warten?

Diese Frage stellte Mouw sich wieder und wieder. Es gab genügend Gründe für die nächste Phase der Operation. Der Maulwurf konnte keinen Schaden mehr anrichten, die Mikrofone hatten seit Monaten nichts Interessantes mehr aufgeschnappt, die Cirelli-Wanze war, genaugenommen, tot. Gotti war seit dem 20. Januar, seit vier Monaten, nicht mehr im Appartement Nr. 10 gewesen. Er hatte offensichtlich Verdacht geschöpft, daß das Wohnzimmer der alten Dame abgehört wurde.

War dies der richtige Zeitpunkt, die vom C-16-Team gesammelten Informationen einer Anklageerhebungsjury vorzulegen, fragte Mouw sich. War dies der richtige Zeitpunkt, John Gotti zu verhaften?

Mouw zögerte. Und wenn Gotti doch noch einmal in das Appartement Nr. 10 zurückkehrte? Und wenn der Don dort die Chefs der vier anderen Familien treffen würde? Mouw mußte im Spiel bleiben, wenn er die Bank sprengen wollte. Und es gab noch einen zwingenden Grund: »Deep Street«.

Der Frühling war gekommen, es würde mit Sicherheit auf den Bürgersteigen Little Italys viele Spazier-Gespräche geben. Mouw konnte seine Flotte rollender Aufnahmestudios noch einmal in den Kampf schicken.

Auch Mouws Mitarbeiter sahen dem Abschluß der Ermittlungen mit Bangen entgegen. Natürlich wollten sie gewinnen, aber sie wollten die Jagd nicht aufgeben. Ein grimmiger John Gotti starrte seit fünf Jahren von der Wand in Mouws Büro. Viele

vermuteten, daß Mouw dem Bild »Gute Nacht« sagte, bevor er das Licht ausknipste.
Kurins und die Zwillinge waren schon seit jenen Tagen auf Gottis Spur, als er noch ein kraftmeiernder kleiner Capo war, der im *Bergin*-Club seine Soldaten herumkommandierte. Es war eine kleine Ewigkeit her, daß Gabriel seinen ersten Zusammenstoß mit dem neuen Don gehabt hatte, 1986 in einer Verhandlungspause in Gottis erstem Verfahren vor dem Bundesgericht. Und es war sechs Monate her, seit seine Frau den Champagner für die Siegesfeier auf Eis gelegt hatte. Den Mut zur letzten Schlacht hatten diese Männer – aber was dann? Was sollte aus ihnen werden?
Am 22. Juni 1990, nach mehr als fünfhundert Stunden Bandmitschnitten aus dem *Ravenite*-Club, nach sechs bedeutsamen Konferenzen im Appartement Nr. 10, nach einem Monat »Deep Street«, rang Mouw sich zu der Einsicht durch, daß es Zeit sei, die Abhöraktionen einzustellen. Allein die ständig geschaltete Anzapfleitung vom Telefonanschluß des *Ravenite*-Clubs hatte das Bureau schon mehr als eine Million Dollar gekostet. »Genug ist genug.«
Mouw hoffte, das Justizministerium werde ihn innerhalb von zwei Wochen ermächtigen, Gotti zu verhaften. Die Festnahme des Don und seiner Führungscrew würde der alljährlichen Feier zum 4. Juli vor dem *Bergin*-Club einen Dämpfer aufsetzen.
Mouws Hoffnungen erfüllten sich nicht.
»Weißt du, warum die nicht gewinnen werden, Sammy?« fragte Gotti. Der Don saß mit Gravano im Wohnzimmer von Frau Cirellis Appartement und dozierte. »Die haben verfickt nochmal keinen Zusammenhalt. Die sind sich nicht einig.«
Der Sommer 1990 schleppte sich endlos dahin. Mouw las immer wieder die Niederschrift des Mitschnitts vom 4. Januar 1990. Gottis Einschätzung zeugte nicht nur von Einsicht, sie war geradezu prophetisch.
Mouw hatte sein sorgfältig aufbereitetes Beweismaterial kaum im Justizministerium eingereicht, da wurde er von einer Meute rivalisierender Staatsanwälte buchstäblich überrannt. Jeder wollte ein Stück vom Kuchen des Gotti-Verfahrens haben. Wenn

die umfassende, vielseitige Anklage aber auseinanderfiel, wenn das Justizministerium in seiner beschwichtigenden Art eine Aufteilung auf die jeweils zuständigen Justizorgane zuließ, dann konnte nur ein Desaster herauskommen. Wenn zum Beispiel ein Ankläger in Manhattan Gotti wegen des Mordes an Castellano anklagte, während ein anderer in Brooklyn das Verfahren um den DiBernardo-Mord führte, bestand die Gefahr, daß zwei verschiedene Geschworenenjurys die Einzelteile des Gemäldes bei weitem nicht so überzeugend finden würden wie das Gesamtbild. Schon die Vorstellung, daß Gotti und sein Troß von Anwälten siegreich aus zwei verschiedenen Gerichtssälen der Stadt herausstolzieren könnten, machte Mouw wahnsinnig. »Es war«, sagte er später, »eine häßliche, häßliche Sache, als die Politik dazwischenfunkte.« Der Sommer 1990 sei »der absolute Tiefpunkt« gewesen.

Entsetzt mußte Mouw mitansehen, wie die rivalisierenden Ankläger in den Ring stiegen. In der ersten Runde trat Andy Maloney, Bundesstaatsanwalt für den östlichen Bezirk, gegen Ron Goldstock an, den Chef der Sonderkommission Organisierte Kriminalität des Staates New York. Es war kein ebenbürtiger Kampf.

Maloney hatte eine Scharte auszuwetzen; er erinnerte sich noch an die Pressekonferenz am Ende der ersten Gotti-Verhandlung vor dem Bundesgericht, als er verschweigen mußte, daß der Sprecher der Geschworenen bestochen worden war. Für Maloney sprach, daß das FBI nicht bereit war, die Ergebnisse seiner Abhöraktionen Goldstock zugänglich zu machen. Das Bureau fürchtete, Goldstock werde sofort seine Wanze aus Gravanos Baufirma abziehen, wenn er erfahre, daß seine Aktion längst ruchbar geworden war. Mouw bestand jedoch darauf, daß nichts geschehen dürfe, was Sammy Bull mißtrauisch machen konnte. Der New Yorker Sonderkommission mußte daher jeder Zugriff auf die Überwachungsprotokolle verwehrt werden.

Maloney, der Kämpfer, bot Goldstock, dem Intellektuellen, einen Kompromiß an: Er, Maloney, wolle den Gotti-Fall verhandeln, aber einer von Goldstocks Assistenten könnte mit am Tisch der Anklage sitzen. Goldstock, ein redegewandter Mann,

ging »durchs Dach«: Er werde sich mit der Staatsanwaltschaft in Queens zusammentun und den Gotti-Fall in deren Zuständigkeit übertragen lassen.
Maloney machte sich deswegen keine Sorgen. Er wußte, daß das Justizministerium eine Verlegung der Gotti-Anklage nach Queens nie zulassen würde – nicht nach der langen Vorgeschichte undichter Stellen bei den dortigen Justizstellen.

Runde zwei fand in der Woche statt, in der Mouw die Wanze aus dem Appartement Nr. 10 entfernen ließ. Schauplatz des Geschehens war das Büro Otto Obermaiers, des neuen Bundesanwalts für den südlichen Bezirk.
In dem sonnenhellen Besprechungsraum im unteren Manhattan saßen Bob Morgenthau, Chefankläger von Manhattan, und sein Assistent Michael Cherkasky; Walter Mack, ehemaliger Chef der Sonderkommission und seit kurzem im Büro des Bundesanwalts von Manhattan; Andy Maloney und sein erster Assistent für Strafrechtsfälle, John Gleeson; dabei war auch der Mann, den alle überzeugen wollten: Paul Coffey, stellvertretender Chef des Referats Organisierte Kriminalität und Wirtschaftskriminalität im Justizministerium.
Im ersten Teil des Meetings hielt sich Maloney zurück.
Mack war ein Hüne; wenn er sprach, schien seine Stimme aus den Tiefen seines Bauches zu kommen. Seit sechsunddreißig Monaten, argumentierte er, sei er damit beschäftigt, für eine Anklageerhebungsjury in Manhattan Beweismaterial im Mordfall Castellano zusammenzutragen. Mehr als zweitausend Zeugen seien gehört worden. Es gehe nicht nur um »gerechten Lohn für die Mühe«: »Ich habe Zeugen, die Gotti am Tatort gesehen haben. Ich kann einen Schuldspruch herbeiführen.«
Morgenthau stützte seine Argumente auf das Tatortprinzip. Castellano sei in Manhattan erschossen worden, der *Ravenite*-Club befinde sich in Manhattan. Der Fall gehöre demnach in seine Zuständigkeit. Morgenthau dozierte in seiner sanften, professoralen Art, Mike Cherkasky hielt ihm die Daumen. Cherkasky wollte die Scharte seiner Niederlage in seinem letzten Prozeß gegen Gotti auswetzen.

Maloney verfügte weder über Macks laute Redekunst noch über Morgenthaus Gelehrsamkeit. Doch er stürzte sich, tapfer seiner Neigung trotzend, über die eigenen Gedanken zu stolpern, mit Leidenschaft in den Kampf. Er hatte allen anderen Anwesenden eines voraus: Er kannte die FBI-Bänder.

»Gott segne Sie«, begann er mit einer Handbewegung in Macks Richtung. »Ich will den Mordfall Castellano eigentlich gar nicht. Das ist der schwächste Teil der ganzen Anklage.« Aber wenn die Regierung den Fall aufteilen wolle, werde das nicht nur eine Verurteilung wegen Mordes fraglich machen, sondern auch die RICO-Anklage gefährden. Er sei für eine einzige, eine zusammengefaßte Anklage.

Zwei Wochen später rief Robert S. Mueller, stellvertretender Justizminister mit der Zuständigkeit für die Strafjustiz, die Ankläger an und informierte sie, daß Justizminister Dick Thornburgh entschieden habe, es werde nur eine Anklage gegen John Gotti geben. Wer mit dieser Anklage betraut werde, wisse er noch nicht.

Andy Maloney wies Gleeson sofort an, »Volldampf voraus« zu fahren; er begann, Beweise aus den Bändern des C-16-Teams der Anklageerhebungsjury vorzulegen. Maloney wollte »schon so weit in Führung sein, daß sie mir den Fall übergeben müssen«.

Während die Ankläger intrigierten, lief John Gotti als freier Mann herum. Als Sammy Gravano mit einer Information über Eddie Garafolo zu ihm kam, hörte der Don interessiert zu. Sammy gefiel nicht, daß Garafolo wegen eines ziemlich kapitalen Delikts nur zu einer leichten Strafe von ein paar Monaten verurteilt worden war. »Der Kerl muß irgendeinen von uns in die Pfanne gehauen haben«, meinte Sammy; er bitte um Erlaubnis, Garafolo ausschalten zu dürfen.

»Du hast sie«, sagte Gotti.

Ein Team von Killern aus Sammys Mannschaft erschoß Garafolo am 8. August 1990. Eine der Kugeln traf ihn ins Auge, fast in die Mitte der Pupille, eine andere in den Mund. Die Killer wollten allen zeigen, was einen Verräter erwartet.

Mouw wartete, sechs Wochen nach Abschluß seiner Ermittlungen, noch immer darauf, daß das Justizministerium einen Ankläger bestimmte.
Das Klima zwischen den Anklägern wurde immer giftiger; alle hofften auf den Fall Gotti. »Über Nacht«, sagte Maloney, der eine Vorliebe für Metaphern aus den Kampfsportarten hatte, »artete der Boxkampf in eine Straßenschlacht aus.«
Als Mack darum bat, alle Bänder anhören zu dürfen, die sich auf den Mordfall Castellano bezogen, lehnte Mouw ab. Mack explodierte. Er fühlte sich vom FBI verraten. Maloney bezeichnete ihn als »paranoid«. Mouw blieb bei seiner ablehnenden Haltung. Er wollte nicht, daß das Justizministerium seine Entscheidung für eine einheitliche Anklage gegen Gotti revidierte. Mack legte verbittert sein Amt nieder.
Der nächste in der Reihe der Beleidigten war Goldstock. Es sei ihm völlig unverständlich, wetterte er, daß das FBI ihm nicht gemeldet habe, daß seine Gravano-Wanzen aufgeflogen seien: »Wie konnten Sie mir mißtrauen?«
Am tiefsten saß die Wut bei Morgenthau. Als er erfuhr, daß das FBI die Zusage, ihn über jeden Versuch einer Geschworenenbestechung zu informieren, nicht gehalten hatte, war er erbost. »Die glauben, sie seien ein Staat im Staate«, beschwerte er sich über das FBI.
Cherkasky, der die Verhandlung geführt hatte, machte seiner Empörung mit einer eher sachlichen Feststellung Luft: »Indem das FBI uns Informationen vorenthielt, handelte es in einer Weise, die den Ausgang des Verfahrens erheblich beeinträchtigt hat.« Das war ein schwerer Vorwurf. Morgenthau verbreitete überall, das FBI habe gegen Ehre und Anstand verstoßen und ihn belogen. Er war entschlossener denn je, um die Zuständigkeit für die Anklage gegen Gotti zu kämpfen.

Je länger die Mühlen der Justiz mahlten, desto mehr Zeit blieb Gotti, seinen Geschäften nachzugehen. Auf dem Mitschnitt vom 12. Dezember hatte Mouw gehört, wie der Don versprach, sich um Louie DiBono zu kümmern.
»Weißt du, warum er stirbt?« hatte Gotti Frankie Locascio

gefragt. »Er wird sterben, weil er sich geweigert hat, zu kommen, als ich ihn rief.«
Es dauerte eine Weile, bis Gotti DiBono erwischte. Zunächst hatte Patsy Conte den Auftrag erhalten, aber DiBono war wie vom Erdboden verschwunden. Dann erfuhr Sammy Bull, daß »Gelatinebauch«, wie die Jungs DiBono nannten, im World Trade Center arbeitete. Gotti schickte am 4. Oktober 1990 ein Team los. DiBono war auf dem Weg zu seinem Lincoln in der Tiefgarage, als er den harten Druck einer Pistole an seinem Hinterkopf spürte. Seine Leiche wurde einige Tage später im Kofferraum seines Wagens gefunden.

Die Runde drei der Ankläger wurde an einem kühlen Novembertag, zwei Wochen vor Thanksgiving, in Washington ausgefochten.
Bob Mueller saß am Kopfende des langen Konferenztisches in einem holzgetäfelten Besprechungszimmer des Justizministeriums. Er war flankiert von einem halben Dutzend grimmig dreinblickender Ministerialbeamter. Am anderen Ende des Tisches, nahe der Türe, saßen die Bittsteller: ein nervöser Morgenthau, ein mißmutiger Cherkasky, ein rotbäckiger Maloney, ein leichenblasser Gleeson und schließlich Obermaier, der ein sorgloses Pokergesicht zur Schau trug.
Den Hauptkampf bestritten Morgenthau und Maloney. Morgenthau holte sehr weit aus. Er brachte die altbekannten Argumente über tatortbezogene Zuständigkeiten vor und fügte einige neue hinzu. In Manhattan könne man mit besser qualifizierten Richtern und niveauvolleren Geschworenen rechnen, in Brooklyn seien die Gerichte erfahrungsgemäß anfälliger für Geschworenenbestechung.
Für Maloney war das Maß voll: »Die Entfernung zwischen dem Gerichtsgebäude von Manhattan und Brooklyn entspricht genau der Länge der Brooklyn Bridge. Ich denke, wenn die bösen Buben den Weg nach Brooklyn finden können, werden sie ihn auch nach Manhattan finden.«
Als das Gelächter sich gelegt hatte, schoß Morgenthau zurück: Er könne nur einen einzigen Grund dafür erkennen, daß Brook-

lyn beteiligt werde: das Trinkwasser, das in New York aus den Hähnen laufe, sei dasselbe wie in Brooklyn. Castellano sei in Manhattan ermordet, die Abhörmitschnitte seien in Manhattan aufgenommen worden.

»Sie haben wirklich Chuzpe«, entgegnete Maloney wütend. Er schilderte detailliert, wie sein Büro das FBI bei der Durchsetzung der Überwachungsverfügungen unterstützt hatte. Während er sprach, kam ihm der Gedanke, daß Obermaier und Morgenthau sich schon geeinigt hatten. Deswegen schwieg Obermaier, deswegen lachte Morgenthau so zuversichtlich. Oder?

Als das Meeting zu Ende war, packte Maloney seine Sachen in der Überzeugung zusammen, daß er keine Chance hatte.

Der Anruf kam eine Woche später um sieben Uhr morgens. Maloney nahm im Schlafzimmer seines Hauses in Westchester den Hörer gleich nach dem ersten Klingelzeichen ab. Er wollte nicht, daß der Anruf seine Frau aufweckte.

»Sie haben den Fall«, hörte er Bob Mueller ohne Vorrede sagen. Maloney brüllte vor Freude so laut, daß seine Frau aufwachte.

Am gleichen Tag erhielt Bruce Mouw die Weisung, alle Vorkehrungen für eine Verhaftung der Beschuldigten zu treffen. Höchste Zeit, dachte Mouw. Vor sechs Monaten hatte er seine Ermittlungen abgeschlossen, Gotti hatte seither zwei weitere Männer liquidieren lassen.

»Laß uns das jetzt schnell hinter uns bringen«, sagte er zu Gabriel; ausgerechnet in diesem Moment, da er versuchen mußte, den Aufenthaltsort der Zielpersonen festzustellen, kamen die Zwillinge mit einer schlechten Nachricht ins Büro.

»Es geht um Sammy Bull«, sagte Frankie Spero. »Er ist verschwunden.«

# Kapitel 46

Mouw wollte die Gambino-Familie durch trügerische Ruhe in den Schlaf wiegen. Er wußte freilich, daß er nicht ganz untätig bleiben durfte. So entschloß er sich, seinen Zielpersonen Vorladungen zur Abgabe von Handschriftenproben zustellen zu lassen. Das würde Gotti zeigen, daß das FBI nicht untätig war, ihm aber nur ein müdes Lächeln entlocken. Das FBI hatte offensichtlich nichts in der Hand.

In der letzten Novemberwoche 1990 machten sich die Mitglieder des C-16-Teams auf den Weg, um die Vorladungen zuzustellen: an Gotti, an *Consigliere* Frankie Locascio und an Tommy Gambino, den millionenschweren Capo, der die Interessen der Familie im Textildistrikt vertrat. Die einzige Person, die sie nicht finden konnten, war Gottis Stellvertreter Sammy Gravano.

Im Dezember stimmte die Jury der Anklageerhebung zu, aber Sammy Bull war noch immer nicht aufzufinden.

Frankie Spero und Matty Tricorico hatten es mehrfach bei ihm zu Hause versucht, in seinem Büro, im *Tali's,* sogar in der Turnhalle in Brooklyn, wo er sein Boxtraining machte. Ein Top-Informant erzählte, Sammy Bull halte sich geschäftlich in Pennsylvania auf; ein anderer meinte, Sammy sei in Miami und genieße die Sonne. Anwalt Gerry Shargel beteuerte, er wisse nicht, wo sein Mandant sich aufhalte.

Mouw fragte sich, warum Sammy Bull untergetaucht war. Seine Phantasie schlug Purzelbäume. Wußte Sammy von den bevorstehenden Verhaftungen? Wenn das der Fall war, wußte auch Gotti Bescheid. Stellten sie seinem Team eine Falle? Oder sah er, Mouw, Gespenster?

Es gab nur zwei Möglichkeiten: Mouw konnte losschlagen und seine Verhaftungen durchführen. Sammy würde dann irgendwann später ins Netz gehen. Oder er konnte warten, bis Sammy wieder auftauchte, und dann die ganze Führungsmannschaft der Gambino-Familie einsacken. Nach einem Jahrzehnt kam es auf ein paar Tage mehr nicht an.

An einem Sonntagmorgen – Mouw war dabei, seine Jogging-Schuhe und sein Marine-Sporthemd anzuziehen – klingelte das Telefon. Gerry Shargel war am Apparat.
Mouws erster Gedanke war: Wie zum Teufel hat er meine Privatnummer herausgefunden? Die Wut verflog schnell, als der Anwalt den Grund seines Anrufs erklärte: Sein Mandant Salvatore Gravano sei von seiner Geschäftsreise zurückgekehrt und stehe für die Entgegennahme der Vorladung zur Abgabe einer Handschriftenprobe bereit. Ob eine Übergabe der Vorladung am Donnerstag morgen in Mr. Gravanos Büro genehm sei? Das wäre also am 13. Dezember, sagte Mouw. Wenn er es mit Anwälten zu tun hatte, nahm er alles sehr genau.
Richtig, sagte Shargel und witzelte, sein Mandant sei nicht abergläubisch.
Vielleicht täte er gut daran, wollte Mouw sagen. Er verkniff es sich und dankte Shargel für den Anruf.
Mouw wählte George Gabriels Nummer: »Sammy ist zurückgekehrt.« Mouw fühlte sich locker wie seit Monaten nicht mehr.

Gegen halb vier Uhr am darauffolgenden Nachmittag war fast die ganze Truppe in Mouws Büro versammelt; jetzt wollten sie endlich wissen, was Mouw tun wollte.
Der Anruf kam gegen 18.00 Uhr. Mouw ließ das Telefon mehrmals klingeln, ehe er den Hörer aufnahm. Er hörte, nickte und legte wieder auf. »Sammy ist gerade ins *Ravenite* gekommen«, sagte er dann.
Alle schwiegen. Kurins sah, wie die Augen seines Chefs über die Fotogalerie an der Wand glitten und bei Gottis Bild verweilten. »Macht euch morgen fein, Jungs«, sagte er. »Wir nehmen sie hoch.«

Während er die Einsatzbefehle ausarbeitete, dachte Mouw darüber nach, ob er Bonavolonta um zusätzliche Männer und zusätzliche Feuerkraft bitten sollte, vielleicht sogar um eine SWAT-Spezialeinheit. Wenn Gotti ein Zeichen gab, konnte alles mögliche passieren. Die Aktion konnte zu einem Feuergefecht ausarten.
Dann entschied er sich aber doch, es bei seiner eigenen Truppe zu belassen. Seine Männer hatten den Fall bis hierher gebracht, sie sollten auch den Schlußpunkt setzen. Zehn FBI-Beamte mußten in der Lage sein, es mit dreißig Ganoven aufzunehmen.
Am nächsten Morgen weihte Mouw seine Leute in seine Planungen ein: Dienstag, 11. Dezember 1990. »Es darf nichts schiefgehen«, sagte er. Das C-16 werde sich um 15.30 Uhr im Hauptquartier im unteren Manhattan treffen; ab 16.30 Uhr werde ein halbes Dutzend Zivilfahrzeuge in Little Italy herumfahren. Sobald der Beobachtungsposten melde, daß Gotti, Gravano und Locascio im *Ravenite* seien, werde das Team den Club stürmen. »Zieht eure kugelsicheren Westen an.«

Dienstag nachmittag, 15.30 Uhr: George Gabriel ist immer noch in Brooklyn, er ist wütend. Er hat Maureen gesagt, sie solle abends die Fernsehnachrichten einschalten, dann werde sie ihn vielleicht sehen. Und vielleicht hätten sie dann auch Grund, die Flasche Champagner zu öffnen, die er vor einem Jahr etwas voreilig gekauft habe.
Hat er die Lage schon wieder falsch eingeschätzt? Mouw hatte ihn und Mark Roberts losgeschickt, um einen Durchsuchungsbefehl zu besorgen. Da sie ohnehin in das *Ravenite* eindringen mußten, wollten sie gleich versuchen, Adreßbücher und Telefonlisten zu ergattern. Nun war er im Gerichtsgebäude von Brooklyn. Gleeson hatte Probleme, einen zuständigen Richter zu finden. Wenn das so weitergeht, dachte Gabriel, werden wir die Festnahme verpassen.

16.00 Uhr: Mouw fährt durch die Houston Street, als sich der Beobachtungsposten über Funk meldet: »Nummer zwei ist da.« Das bedeutet: Frankie Loc ist im Club. »Verstanden«, sagt

Mouw über die verschlüsselte Frequenz. »Keiner geht rein, bis ich den Befehl gebe.«

17.00 Uhr: Gabriel und Roberts lungern immer noch im Gerichtsgebäude von Brooklyn. Gleeson hat endlich einen Richter gefunden. »Jetzt dürfte es nicht mehr lange dauern«, sagt er.

18.00 Uhr: Der Beobachtungsposten meldet: »Nummer drei ist da.« Das ist das Codewort für Gravano. Zwei von vier, denkt Mouw, sieht gut aus. Wieder aktiviert er sein Funkgerät: »Denkt daran, keiner geht ohne meinen Befehl rein.«

18.30 Uhr: Gabriel hat endlich den Durchsuchungsbefehl in der Tasche und rennt zusammen mit Roberts zum Wagen. Wenn sie mit Blaulicht und Signalhorn lospreschen, denkt Gabriel, werden sie es gerade noch schaffen. Es sei denn, auf der Brücke wäre ein Stau.

18.40 Uhr: Mouw und seine Mannen sitzen immer noch in ihren Wagen. Wo bleibt Gotti? Der Don kommt normalerweise gegen 18 Uhr in den Club. Wo zum Teufel steckt er?
Vielleicht steht er im Stau. Vielleicht liegt er mit einer Grippe im Bett. Vielleicht sitzt er in einem Flugzeug nach Südamerika ...

Gabriel schafft die Brücke in wenigen Minuten. Er biegt gerade in die Mulberry Street ein, das Signalhorn hatte er ausgeschaltet, als der Beobachtungsposten meldet: »Nummer eins ist da.« Es ist 18.52 Uhr.
Gabriel tritt aufs Gas. »Perfektes Timing«, sagt er zu Roberts. Er rast den Block entlang, bremst den Wagen am Bürgersteig und stürmt mit gezogener Waffe ins *Ravenite.*
»FBI«, ruft er den Ganoven zu. Sie starren ihn an, keiner rührt sich. Gabriel starrt zurück und sagt sich: Die Kavallerie ist schon unterwegs. Beiß dich durch, Georgie, beiß dich durch.
Es kommt ihm gar nicht in den Sinn, daß der Rest der Truppe noch auf Mouws Einsatzbefehl wartet.

»Alle ruhig bleiben«, sagt Gabriel. »Wir sind hier, um bestimmte Personen zu verhaften.« Zwei Mann gegen dreißig.
»Alle Mann an die Wand«, befiehlt Gabriel.
Keiner rührt sich.
Gabriel tritt an Gotti heran. »John«, sagt er, »Sie können Ihren Männern sagen, sie sollen mitspielen; sonst machen wir es auf die harte Tour.«
»Wie geht es Ihnen, Agent Gabriel?« fragt Gotti.
»Versuchen Sie nicht, mit mir rumzuarschen, John. Wir nehmen Sie und Frankie Loc und Sammy mit.«
»Wir?« fragt Gotti.
In diesem Augenblick stürmt der Rest des C-16-Teams durch die Tür. Gotti wirft einen Blick auf die bewaffneten Agenten. »Keine Panik«, sagt er seinen Leuten. »Tut, was die euch sagen.«
Die Beamten dirigieren das *Ravenite*-Fußvolk auf die Straße. Gotti, Locascio und Gravano sollen bis zur Fahrt ins Hauptquartier getrennt voneinander »aufbewahrt« werden. Doch Gotti geht zu seinem Stuhl zurück. »He«, fragt er, »ich hab' doch noch Zeit, meinen Kaffee auszutrinken, oder?«
»So wie ich die Dinge sehe«, sagt Mouw, »ist das so ziemlich alles, was Sie den Rest Ihres Lebens tun werden.«

»Man muß bei diesen Leuten nicht immer den starken Mann heraushängen«, erklärte Frank Spero später. »Sie sind ihr ganzes Leben lang mit harten Männern groß geworden. Wenn man ihnen mit ein bißchen Respekt begegnet, wissen sie das zu schätzen.«
Frank und Matty Tricorico benahmen sich nicht wie Hauruck-Polizisten, als sie Sammy Bull zur erkennungsdienstlichen Behandlung vom Club zum Gebäude Federal Plaza 26 chauffierten; außerdem stammte Sammy aus Staten Island und kannte die Zwillinge seit Jahren. Wozu also Häme?
»Möchten Sie, daß wir Ihre Frau anrufen?« fragte Frank. »Wir würden das für Sie tun.«
Kurz vor dem Aussteigen, in der Tiefgarage unter dem Hauptquartier, wandte Spero sich wie beiläufig an Gravano. »Sammy, hör mal, wenn du einfach mal reden willst, wenn du dich mal

mit uns zusammensetzen willst – du weißt ja, wie du uns erreichen kannst.«
Frankie nannte diese Taktik »ein Saatkorn ausstreuen«.

Jim Fox, Chef der New Yorker FBI-Niederlassung, war auf einer internen Weihnachtsfeier, als einer der Assistenten kam und ihn in eine abgelegene Ecke führte: »Sie sind alle im Sack. Es gab keine Zwischenfälle, sie sind alle auf dem Weg hierher.«
Fox bat die Feiernden einen Augenblick um Ruhe. »Meine Damen und Herren«, sagte er, »ich habe für uns alle eine Weihnachtsüberraschung. Heute abend wurde John Gotti von Beamten des FBI festgenommen.«
Jubel, Bravorufe, Applaus. So etwas hatte Fox in seinem Leben noch nicht gehört.
Den weiteren Teil des Abends verbrachte Fox in der 28. Etage, wo die drei führenden Köpfe der Gambino-Familie registriert wurden. Mouw wollte Fox Gelegenheit geben, mit eigenen Augen die Männer zu sehen, hinter denen das FBI seit so vielen Jahren her war. Er fühlte sich wie ein Jäger, der seinem Jagdherrn seine schwer erkämpften Trophäen zeigt.
Mouw führte Fox in das Zimmer, in dem Gotti behandelt wurde. »Schämen Sie sich«, knurrte der Boß der Bosse in Handschellen den Direktor der New Yorker FBI-Sektion an.
Frank Locascio, der *Consigliere*, drehte sich um, als Fox das Zimmer betrat; er wollte den FBI-Boß nicht sehen.
Sammy Bull saß mit den Zwillingen in einem kleinen Raum in der Nähe des Fahrstuhls. »Sammy«, sagte Mouw, »das ist James Fox, er ist hier der Boß.«
»Mr. Fox«, sagte Sammy und streckte seine gefesselten Hände aus, »ich freue mich, Sie kennenzulernen.«

# Kapitel 47

Drei Tage später saßen die Häupter der Gambino-Familie in einem Gerichtssaal in Brooklyn und lauschten den Tonbandaufnahmen, die über zwei große Lautsprecher wiedergegeben wurden. Der Staatsanwalt hoffte, er werde Richter Leo Glasser überzeugen, daß den drei Männern keinesfalls eine Haftverschonung gegen Kaution gewährt werden dürfe.

Als die Mafiabosse ihre eigenen Stimmen hörten, begriffen sie zum erstenmal, was das FBI in der Hand hatte und welche Probleme nun auf sie zukamen. Kernstück war das Band vom 12. Dezember mit Gottis wütenden Klagen gegenüber Locascio. Gravano hörte mit Erstaunen, was seine beiden Freunde hinter seinem Rücken über ihn gesagt hatten.

»Ich frage dich, wo kommen wir denn hin?« grollte Gottis Stimme vom Band. Gravano saß zusammengekauert auf seinem Stuhl, seine halb geschlossenen Augen auf die Lautsprecher gerichtet. Er trommelte mit den Fingern auf die Tischkante.

»Wo, wo ist mein Anteil an diesen Firmen?« donnerte Gotti. »Ich sag' dir, Frankie, es gibt ... und es gibt ... Jetzt paß mal auf, Frankie. Willst du deinen Arsch auf die Seite von diesem verdammten Sammy schlagen? Dazu bist du doch viel zu gescheit.«

Gravano starrte jetzt Gotti an, der Don aber spielte mit seinen Manschettenknöpfen.

»Es macht mir nicht mal was aus, wenn er sechs, sieben Firmen hat, Firmen für sich allein ... Ich sag' dann zu ihm: ›Sag mir Bescheid, wenn du meinst, daß du daran erstickst‹ ... Aber das ist es ja nicht! Da entsteht doch eine verdammte Armee in der Armee. Verstehst du, was ich damit sagen will, Frankie?«

Jetzt war die Stimme von Locascio zu hören, schrill und nach Zustimmung heischend: »Entsteht zum Schluß noch eine neue Fraktion.«
»Genau!«
»Du, du drückst es noch milde aus.«
Der Don hatte das letzte Wort: »Und das wirst du nicht tun. Ich werde das nicht zulassen.«
Gotti drehte sich um, um Gravano einen Blick zuzuwerfen; er zuckte entschuldigend mit den Schultern. Gravano fixierte seinen Boß mit matten Augen, erst ballte er seine rechte Hand zu einer Faust, dann seine linke.
Der Richter ordnete für alle drei Männer bis zum Abschluß ihrer Verfahren wegen Mordes, Kreditwuchers, verbotenen Glücksspiels, Strafvereitelung, Steuerhinterziehung sowie wegen Vergehen nach dem RICO Act Untersuchungshaft im Metropolitan Correctional Center in Manhattan an.
Als man sie aus dem Gerichtssaal führte, explodierte Gravano. Er drehte sich unvermittelt um und drückte den Don an die Wand. Er reckte sein Kinn hoch, um Gotti direkt in die Augen sehen zu können.
»Verfickt noch mal, wie konntest du solche Sachen über mich sagen?« brüllte er.
»Das war nur Gerede, Sammy«, sagte Gotti, »das hat nicht die Bohne zu bedeuten.«
»Ja, Gerede«, wiederholte Gravano, während ein Polizist ihn wegzog. »Was für ein verficktes Gerede.«
Als Gabriel erzählte, wie Gravano den Don gestellt hatte, war Mouw zufrieden. Es lief alles genau so, wie er es geplant hatte.

Es war nicht leicht, im MCC in Haft zu sitzen. Warten, warten, warten. Auf das Gerichtsverfahren, auf die Strafe, auf das Gefängnis.
Zur Verbüßung der Strafe würde man sie vermutlich nach Marion bringen, in das Bundes-Hochsicherheitsgefängnis in Illinois. Gravano und Gotti hatten gleich nach ihrer Verhaftung darüber gesprochen. 23 Stunden in Einzelhaft, einmal in der Woche duschen.

Nach der ersten Anhörung sprachen die beiden Männer kaum noch miteinander. Der Don ließ seinen Stellvertreter wissen, er dürfe nicht mit einem Anwalt sprechen, ohne daß er, Gotti, dabei sei. Gravano war außer sich.
Gotti saß im Nordflügel des Gefängnisses, Gravano »im Süden«, wie die Häftlinge sagten. Das machte die Sache für Gravano etwas einfacher. Eine Zeitlang hatte er an Ausbruch gedacht und verschiedene Szenarien durchgespielt: Ein paar Jungs aus seiner Truppe sollten ihn zum Ende der Besuchszeit hinausschmuggeln, ein Hubschrauber sollte während des Hofgangs auf dem Dach landen ...
Gravano nahm seine Pläne nicht besonders ernst, er wollte träumen, die Zeit totschlagen.
Sammy hielt sich auch geschäftlich auf dem laufenden. Er hatte eineinhalb Millionen auf der Straße laufen und fürchtete, einige seiner Kunden könnten meinen, sie brauchten jetzt ihre wöchentlichen Raten nicht mehr zu zahlen. Er schickte Vinnie »Oil« Rizzuto eine Warnung. Einer seiner Männer hielt Vinnie einen Revolver direkt an den Kopf. »Du hast die Wahl: Entweder du zahlst fünfhundert pro Woche, oder du bekommst eine Kugel.« Vinnie zahlte weiter, und die anderen taten es ihm nach.
Im August 1991, nach acht Monaten Untersuchungshaft und Studium der Wortprotokolle aus dem Cirelli-Appartement, schickte Gravano eine Nachricht an seine besten Kunden. Er sei bereit, einen Abschlag zu akzeptieren, eine einmalige Zahlung zur Ablösung der Schuld. Sammy wollte soviel Geld wie möglich kassieren, solange er noch die Möglichkeit hatte.
Seine Zukunft, das hatte er begriffen, sah düster aus. Die Bundesanwaltschaft hatte den Ausschluß der drei Staranwälte der Gambino-Familie – Bruce Cutler, Gerald Shargel und John Pollok – erreicht. Diese Anwälte – vor allem Cutler und Shargel – seien, wie auf den Bändern zu hören sei, »Zeugen einer Reihe signifikanter Ereignisse« gewesen.
Als diese Entscheidung des Richters bekanntgegeben wurde, fühlte Gravano sich endgültig in die Ecke gedrängt. Ohne die Aussicht auf die Verteidigungs-, Beschwörungs- und Manipula-

tionskünste Cutlers und ohne die schützende Präsenz Shargels glaubte er sich verloren. Zur Verbesserung seiner Stimmung trug auch nicht bei, daß Gotti bei den Besprechungen mit dem neuen Anwalt, Ben Brafmann, immer nur von »meinem« Fall sprach.

Es ist unser Fall, wollte Gravano schreien. Aber es hatte keinen Sinn, eine Szene zu machen. John Gottis Strategie war klar. John wollte in der Sache Castellano einen Freispruch erreichen, und an ihm, Gravano, sollte die Verantwortung für die Morde an Louie Milito, Robert DiBernardo und Louie DiBono hängenbleiben.

Seit dem ersten Tag im MCC hatte Gravano an einer Namensliste gearbeitet. Er notierte zunächst die Leute, die er umbringen mußte, wenn er je wieder freikommen sollte. Nachdem er das Band vom 12. Dezember gehört hatte, war klar: Er mußte Gotti töten. Das war nicht so sehr eine Sache der Ehre als eine des nackten Überlebens. Wenn er aber Gotti liquidierte, mußte er auch den Bruder des Don, Pete, beseitigen. Und John jun. Der Junge war inzwischen Capo und würde mit Sicherheit versuchen, ihn abzuknallen. Dann mußte er auch Frankie Loc loswerden, schon aus Gründen der Sicherheit.

Als Gravano die Liste der Todeskandidaten komplett hatte, schrieb er noch einmal zwölf Namen auf. Ein Scheißleben, sagte er sich. Er hätte nichts anderes zu tun, als Leute zu jagen.

Er war 44 Jahre alt. Er hatte eine Frau, einen 19jährigen Sohn und eine 16jährige Tochter. Er war Millionär. Er war in Gefahr, alles zu verlieren. In der ersten Oktoberwoche, nach zehn Monaten Haft, bat er seine Frau Debra, eine bestimmte Telefonnummer anzurufen.

Frankie Spero saß an seinem Schreibtisch im FBI-Büro in Staten Island, als der Anruf kam. »Hier ist Debbie Gravano«, sagte sie. »Können wir miteinander reden?«

Spero fragte nicht, worum es gehe: »Wie dringend?«

Sie sei bereit, wann immer er Zeit habe. Tricorico, der mithörte, schwang die Faust auf und nieder.

»In fünfzehn Minuten bei Ihnen zu Hause?«

»Ich bin sicher, Sie kennen die Adresse«, sagte Debra und legte auf.
Bevor die Zwillinge das Büro verließen, riefen sie Mouw an.
»Worum könnte es gehen?« wollte er wissen.

Zuerst servierte sie den beiden Beamten einen Kaffee, dann, nachdem sich alle im Wohnzimmer niedergelassen hatten, begann sie: »Ich habe eine Nachricht von Sammy. Er möchte mit Ihnen reden.« Sie wisse nicht, worüber er reden wolle. Er habe allerdings eine Bitte. »Er will Sie ganz vertraulich sprechen.«
»Wir werden das schon schaukeln«, sagte Tricorico; sein Herz klopfte bis zum Hals.
Von Gravanos Haus fuhren sie direkt zu Mouws Büro auf dem Queens Boulevard. Der Chef saß an seinem Schreibtisch, rauchte Pfeife und wartete.
»Nimm die Pfeife aus dem Mund«, scherzte Spero. »Wir wollen nicht, daß du dir die Zunge abbeißt, wenn du das hörst.«
Tricorico trat dicht an Mouws Schreibtisch heran. »Sammy hat um ein ganz vertrauliches Gespräch gebeten.«
»Ist es ernst gemeint?«
Wenn es nicht ernst gemeint war, war es eine Falle. Das war klar.
Die Familie hatte vielleicht einen perfekten Plan entworfen: Sammy Bull sollte der neue Maulwurf sein! Er würde die Ankläger bespitzeln, er würde die Regierung mit Halbwahrheiten füttern, er würde die Vernehmer aufs Glatteis führen und ihre Verhandlungsstrategie erkunden.
Und dann, wenn er in den Zeugenstand ging, würde er plötzlich an Gedächtnisschwund leiden. Nein, kann mich nicht erinnern. Und Gotti würde grinsen. Und die Geschworenen würden sich überlegen, mit was für schmutzigen Machenschaften die Regierung den Teflon-Don aufs Kreuz legen wollte.
Ja, so könnte es sein, dachte Mouw. Aber wenn es ernst gemeint war?
Gravano war die Nummer zwei in der Familie. Er war für das Tagesgeschäft verantwortlich. Er konnte helfen, nicht nur den Don zu Fall zu bringen, sondern die ganze Familie. Er konnte

auch die vier anderen Familien beschädigen. Es wäre der wichtigste Frontenwechsel in der Geschichte des organisierten Verbrechens.

Wenn es ernst gemeint war, wenn, wenn, wenn ...

Bonavolonta war von Anfang an dagegen. Das FBI habe den Fall unter Dach und Fach, warum also ein Risiko eingehen?

Fox schien der gleichen Meinung zu sein, auch Gabriel war sich nicht sicher. »Der bloße Gedanke daran bereitete mir Bauchschmerzen«, sagte er.

Mouws Meinung schwankte. »Eine Falle«, sagte er sich, »ein Trojanisches Pferd.« Oder doch »die reinste Goldader«?

Die Zwillinge waren sich sicher, daß es kein Trick war: »Wir kennen Sammy.« Er habe sein Leben lang alle Karten ausgereizt, jetzt spiele er die letzte aus, die er noch habe.

Es gab noch eine weitere Überlegung. Keiner zweifelte, daß Gravano ein Mörder war. War es nicht unappetitlich, mit einem Mörder ein Abkommen zu treffen? Alle dachten darüber nach, keiner hatte Skrupel. Sogar ein Pakt mit dem Teufel wäre gerechtfertigt, um Gotti zu erledigen.

Das FBI kam zu dem Schluß, die Möglichkeit sei zu verlockend. »Laßt uns mal hören, was er anzubieten hat«, sagte Mouw zu seinem Team. »Dann sehen wir weiter.«

»Es dürfte nicht lange dauern«, sagte Gravanos neuer Anwalt Ben Brafmann zu seinem Mandanten, als sie am Morgen des 27. Oktober 1991 im Gerichtssaal in Brooklyn saßen. Handschriftproben, erklärte er, seien eine Routineangelegenheit.

Brafmann sah, wie Gravano seinen Namen schrieb. Das S war groß und fließend, die folgenden Buchstaben zeigten ebenfalls Charakter. Aber das G war nicht mehr als ein Halbkreis, und der Rest war ein stilisiertes Gekraxel. Gravano signierte neunmal.

Nachdem die Blätter eingesammelt waren, stand Brafmann auf und verabschiedete sich. Er sah, wie die Wärter Gravano zu einer Tür neben der Richterbank führten. Er eilte zu seinem nächsten Termin.

An diesem Morgen wurde Gravano nicht in seine Zelle, sondern in ein Beratungszimmer für Geschworene geführt. Dort warteten Gabriel, die Zwillinge und John Gleeson, der stellvertretende Bundesanwalt, der die Verhandlung im Fall Gotti führen sollte. Als Gravano hereinkam, verstummte die Unterhaltung im Zimmer. Gravano taxierte die vier Männer.

Gleeson unterbrach die Stille. »Nun«, begann er, »ich glaube, wir alle wissen, warum wir hier sind.«

Gravano nickte. Er hatte eine Rede vorbereitet. »Ich mache mir über bestimmte Dinge Sorgen. Ich bin ein wichtiger Mann. Ich habe viel zu bieten. Ich denke, wir können vielleicht zu einer Abmachung kommen.«

Gabriel fragte, was für eine Art Abmachung er sich vorstelle.

»Ich rede, und ihr laßt mich laufen«, sagte Gravano.

Das, antwortete Gleeson, sei nicht möglich. Er würde schon eine Strafe verbüßen müssen.

»Wie lange?« fragte Gravano; er war bereit, von seiner ursprünglichen Forderung abzurücken.

»Zwanzig Jahre«, sagte Gleeson. Das war das Strafmaß, das er laut Maloneys Vorgabe anbieten sollte.

Gravano sagte nicht ja und nicht nein. Allen im Zimmer war in diesem Augenblick klar, daß es zu einer Abmachung kommen konnte.

Gabriel fragte Gravano, welche Informationen er anzubieten habe. Auch darauf war Gravano vorbereitet. Er gab eine minutiöse Schilderung der Ermordung Paul Castellanos. Als er berichtet hatte, wie er am Ende zufrieden die beiden in der 46. Straße liegenden Leichen besichtigt und dann zu Gotti gesagt hatte, er solle losfahren, war keiner mehr dagegen, das Geschäft mit Gravano zu machen.

Ein Handel über das Strafmaß müsse auf höchster Ebene abgesegnet werden, sagte Gleeson zu Gravano, als die Unterredung zu Ende ging. »Wir melden uns bei Ihnen so schnell wie möglich.«

»Macht nur keinen Scheiß«, warnte Gravano.

Jim Moody, Chef der Abteilung Organisierte Kriminalität, traf sich einen Tag später mit FBI-Direktor William Sessions; Bob

Mueller, stellvertretender US-Justizminister, unterhielt sich mit seinem Chef, Justizminister William Barr.
Noch in derselben Woche ging Richter Glasser auf die gegenüberliegende Seite der Pennsylvania Avenue, um an einem Treffen im Büro des Justizministers teilzunehmen.
Bob Mueller rief Andy Maloney an und teilte ihm die Entscheidung mit: Gravano müsse einer umfassenden Vernehmung durch das FBI zustimmen. Man werde von ihm verlangen, daß er in den kommenden zwei Jahren vor Gericht aussage. Er müsse sich in einem Anklagepunkt, der eine Höchststrafe von zwanzig Jahren vorsehe, für schuldig erklären; seine Verurteilung werde am Ende der zwei Jahre erfolgen. Wenn Gravano diese Bedingungen annehme, könne eine Abmachung getroffen werden.
»Es war eine zu gute Chance, die wir uns nicht entgehen lassen konnten«, erklärte Mouw später.

Die Verlegung von Häftlingen vom Metropolitan Correction Center im unteren Manhattan ins Gefängnis von Otisville im Norden des Staates New York erfolgte routinemäßig um Mitternacht. Diese Zeitplanung diente der Bequemlichkeit und der Sicherheit. Es war einfacher, mit einem Bus voller Häftlinge spät nachts durch die fast leeren Straßen der Stadt zu fahren, und es war auch leichter festzustellen, ob der Bus verfolgt wurde.
Einige Minuten nach Mitternacht am 8. November 1991, in einer kalten, regnerischen Nacht, legten Bruce Mouw und George Gabriel einem verschlafenen Pförtner ihre Ausweise vor und betraten das MCC. Gabriel übergab dem Wachhabenden die Überführungspapiere. Der Mann kannte das Verfahren, so etwas kam zwei- oder dreimal in der Woche vor. Dennoch, als er sich die Papiere ansah, pfiff er durch die Zähne. Der Überführungsbefehl trug die Überschrift:

Vereinigte Staaten von Amerika
– gegen –
JOHN GOTTI und andere Beschuldigte

Weiter unten auf der Seite stand der Name des Häftlings, der überführt werden sollte: Salvatore Gravano.
»Ihr seid also gekommen, um den großen Mann zu holen«, sagte der Wachmann.
»Ja«, bestätigte Gabriel abwesend, »den großen Mann.«
Der Wachmann ging fort, die beiden Agenten warteten. Dann führte der Wachmann John Gotti herein …
»Was zum Teufel läuft hier ab?« brüllte Gabriel.
»Nein! Nein!« rief Mouw. »Sie haben den Falschen geholt.«
Gotti begriff sofort: »Jesus! Die verfluchte Ratte.« Er brüllte immer noch, als der Wachmann Gotti zu seiner Zelle zurückführte.
Gravano hörte das Geschrei, als er die Treppe heruntergeführt wurde. »Zum Teufel mit ihm«, sagte er, als sie ihn zur Pforte des Gefängnisses führten.
Gabriel sicherte die Spitze. Mouw ging neben Gravano. Er bemerkte, daß Sammy auf Zehenspitzen ging, um größer zu erscheinen.
»Sie stammen aus Iowa, habe ich recht?« fragte Gravano.
»Stimmt.«
»Mir ist bisher noch nie jemand aus Iowa begegnet«, sagte Gravano. Die beiden Männer gingen auf das Auto zu. Ein Polizist hielt die Hintertür auf.
»Ich denke«, sagte Gravano nach einer Pause, »wenn ich jemandem trauen muß, kann es genausogut jemand aus Iowa sein.«

Eine Stunde später saßen sie in einem Zimmer eines Motels auf Long Island; Gravano wirkte nicht sehr zuversichtlich. »Nach dieser Pleite im MCC, wie kann ich euch Kerlen da mein Leben anvertrauen?«
Frankie Spero erklärte ihm, das Motel werde von einem SWAT-Spezialteam bewacht. »Selbst die dritte Panzerdivision käme ohne unsere Erlaubnis hier nicht rein.«
Gravano schien wenig beeindruckt. Er beschwerte sich, daß der Kaffee kalt sei.
Gabriel explodierte: »Du bist hier, Freundchen. Das ist das

einzige, was verdammt noch mal zählt. Willst du jetzt zurückgebracht werden, oder willst du mitspielen?«

Gabriels Wutausbruch beruhigte Gravano. »Wo fangen wir an?« fragte er lächelnd.

»Erzähl mir etwas über den Polizisten«, befahl Mouw, »über Peist.«

Gravano erzählte die Geschichte in einfachen, aber präzisen Worten. Er war nicht darauf aus, Mouw zu beeindrucken. Er hatte sich entschlossen, zu kooperieren, nun wollte er die Fakten möglichst geradlinig darlegen. Die Sache hatte genauso funktioniert, wie Kurins es sich zusammengereimt hatte: Peist hatte die Informationen an seinen Vetter Mavis gegeben, der an Helbig, Helbig und Joe Butch Corrao an den Don. Für seine Dienste hatte Peist 500 Dollar die Woche bekommen. Und wann immer er mit einer besonders wichtigen Nachricht gekommen war, hatte Gotti ihm zehn Riesen extra geschickt.

Als Gravano fertig war, wußte Mouw, daß er nun endlich genug Beweise hatte, um alle hinter Gitter zu bringen: Peist, Mavis, Helbig und Corrao. Ich wußte, einer würde umfallen, dachte Mouw. Aber daß es Sammy Bull sein würde! Jetzt konnte er endlich die Akte schließen. Der Maulwurf saß in der Falle.

An jenem Morgen lieferte ein FBI-Beamter in Ben Brafmanns Büro im unteren Manhattan einen Brief ab. Er begann mit den Worten: »Ich habe mich entschlossen, einen anderen Anwalt zu engagieren.« Der Brief war von Salvatore Gravano unterzeichnet; in der linken unteren Ecke war vermerkt, Kopien des Schreibens seien an den ehrenwerten Richter Leo Glasser und an Mr. Andrew J. Maloney gegangen.

Brafmann rief sofort bei Maloney an.

»Ich habe hier einen Brief, der angeblich von Salvatore Gravano stammt.«

»Nicht angeblich, Ben«, sagte Maloney.

# Kapitel 48

Der Einsatz war unglaublich hoch: 75 Millionen Dollar hatte es nach einer »groben Schätzung« des Justizministeriums gekostet, »den Fall Gotti vorzubereiten und vor Gericht zu bringen«.

Am Montag, dem 2. März 1992, saßen Mouw und sein Team im Gerichtssaal in Brooklyn und warteten darauf, daß Salvatore Gravano in den Zeugenstand gerufen wurde.

Die letzten vier Monate waren schwierig gewesen. Sie hatten Gravano auf dem Militärstützpunkt Quantico in Virginia untergebracht, in einem »sicheren Haus«, das früher für übergelaufene Agenten des KGB genutzt worden war. Er hatte Handball gespielt und war viereinhalb Meilen pro Tag gelaufen. Jim Fox hatte hin und wieder vorbeigeschaut, um mit ihm Schach zu spielen.

Gravano hatte mit einigen der Beamten aus dem Boxteam der FBI-Akademie trainiert und sich als ausdauernder und oft grausamer Körperboxer erwiesen. Einige der Beamten trugen Rippenprellungen davon. Als Maloney, der vor vierzig Jahren in West Point Box-Lorbeeren geerntet hatte, davon hörte, bot er an, in den Ring zu steigen und Sammy eine Lektion zu erteilen. Das FBI ließ jedoch einen indianischen Agenten aus Illinois einfliegen, der Gravano im Ring so hart zusetzte, daß Gabriel schon befürchtete, Sammy »könne Gedächtnisschwund bekommen«.

Diese Sorge machte sich auch Mouw – aber aus anderen Gründen. Bei einer Überprüfung der Telefonleitungen in Gravanos Haus in Staten Island hatte Kurins zwei Wanzen entdeckt. Als

Mouw davon erfuhr, befahl er, sofort die Schutzwachen für Debra und die beiden Kinder zu verstärken.
Am 22. Januar hatte es einen neuen Anlaß für Aufregung gegeben. Ein Mikrofon des FBI in Boston hatte ein Treffen zwischen zwei Killern der Genovese-Familie und James Martorano belauscht; die drei hatten über Mittel und Wege gesprochen, Sammy Bulls Frau und seine Kinder zu liquidieren.
Gravano war inzwischen immer unberechenbarer geworden. Er sprach in höchsten Tönen über das Leben, das er eines Tages führen zu können hoffte: wiedervereint mit seiner Familie, Inhaber einer Fertighausfirma in Arizona. Im nächsten Augenblick, irritiert durch eine ihn als Ratte darstellende Karikatur in der *Daily News,* verfiel er in tiefe Depression. Stundenlang weigerte er sich dann, zu sprechen oder zu essen.
Mouws Stimmung stand und fiel mit dem Zustand seines Häftlings. Er machte sich klar, daß die Anklage in hohem Maße von der Zeugenaussage eines Mannes abhing, der dem Ehrenkodex eines Massenmörders gehorchte. Gravano hatte neunzehn Menschen umgebracht!

Natürlich gab es noch die Bänder. Sie waren schon in den ersten Prozeßwochen als Beweismittel in das Verfahren eingebracht worden und hatten für Schlagzeilen gesorgt.
»Ihre Aufgabe wird ziemlich leicht sein«, hatte Maloney den Geschworenen in seiner Eröffnungsansprache gesagt. »Sie wird deshalb nicht sehr schwierig sein, weil diese Angeklagten Ihnen in ihren eigenen Worten sagen werden, worum es hier geht ... Wir werden John Gotti mit seinen eigenen Worten ... die Geschichte der Verbrechen erzählen lassen, die in der Anklage aufgeführt sind.«
Als die Geschworenen ihre Kopfhörer aufsetzten und sich die Bänder anhörten, die in Frau Cirellis Appartement aufgenommen worden waren, wirkten sie wie hypnotisiert. Hatte Gotti sich tatsächlich »mit seinen eigenen Worten überführt«, wie Maloney meinte?
Gotti zeigte sich von den Bändern nicht sonderlich beeindruckt. Er weigerte sich, die Kopfhörer aufzusetzen und die amtlichen

Niederschriften mitzulesen. Als Gleeson einmal aufstand, um die Bedeutung eines bestimmten Satzes zu erläutern, demonstrierte Gotti mit einer wegwerfenden Handbewegung, wie wenig er von den Mitschnitten hielt. Sein Anwalt Albert Krieger sagte den Geschworenen: »Wir fürchten uns nicht vor diesen Bändern. Sie werden auf den Bändern hören, daß Mister Gotti bereits zwei Verfahren hinter sich hat, bei denen ähnliche Bänder vorgespielt und von den Geschworenen verworfen wurden, weil sie für die vorgebrachten Anklagen nicht schlüssig waren.«
Mouw wurde bewußt, wieviel von Sammy Bull abhing.

Am Morgen des 2. März wußte keiner, was man von Gravano erwarten durfte.
Nachdem Sammy mit dem Hubschrauber vom Camp Smith bei Poughkeepsie im nördlichen New York eingeflogen worden war, hatte er im Gerichtsgebäude mit Jim Fox gefrühstückt. Die beiden Männer waren Freunde geworden. Fox, der eine liebenswürdige, beruhigende Art hatte, erzählte Gravano von seinen erwachsenen Töchtern, und Gravano berichtete von seinen beiden Kindern. Als das Frühstück zu Ende ging, fragte Fox Gravano, ob er wisse, wie wichtig seine Aussage sei.
»Sie wird der Anfang vom Ende des Organisierten Verbrechens sein«, sagte Gravano stolz.
Eine Stunde später rief Gleeson: »Unser nächster Zeuge ist Salvatore Gravano.«
Gravano brauchte vier Minuten, um sich den Weg zum Zeugenstand zu bahnen. 15 hünenhafte FBI-Agenten – Mitglieder des SWAT-Teams – hatten die ersten beiden Reihen des Zuschauerraums besetzt. Sie hatten ihre Jacken geöffnet. Hinter ihnen saß Gottis Anhang: Bruder Pete, Jackie »die Nase« D'Amico und Joe DeCicco. Und ganz hinten im Gerichtssaal, das Geschehen schweigsam verfolgend, hockte Bruce Mouw; für ihn waren die nächsten Stunden so bedeutsam, daß er von dem Gefühl der Erwartung fast überwältigt wurde.
Gravano wirkte klein, als er sich in den Zeugenstand setzte. Seine Augen waren fast geschlossen, er kaute auf seinen Lippen.

Er trug einen eleganten grauen Zweireiher und eine rote Krawatte.
»Schaut mal«, spottete Gotti fröhlich, »wie fein er sich gemacht hat.« Im nächsten Augenblick stellte Gleeson seine erste Frage, und Gravano antwortete mit leiser, heiserer Stimme: »John war der Boß. Ich war sein Stellvertreter.«
Während Gravano sprach, fixierte Gotti seinen Gegner. Der Don saß gerade, Schultern zurückgezogen, Kopf hoch. Er starrte Gravano an. Aber der ließ sich nicht einschüchtern. Mit sanfter, fast träger Stimme erzählte er, wie Gotti den Mord an Paul Castellano geplant und dann selbst daran teilgenommen hatte.
Als Gotti am Ende des ersten Tages aus dem Gerichtssaal geführt wurde, hatte er die Hände zu Fäusten geballt. Fox ging zu Mouw und wagte eine Prophezeiung: »Wir haben gewonnen.«
Gravano blieb noch weitere sechs Verhandlungstage im Zeugenstand. Er schilderte, wie Gotti zum Boß gewählt worden war; er referierte über die fünf Morde, die der frisch gekürte Don befohlen hatte, über das Geld, das die Familie scheffelte, und über Gottis Maulwurf William Peist.
Am dritten Tag schien Gottis sture, herausfordernde Trotzhaltung zu bröckeln. Er nahm eine neue Pose ein. Er räkelte sich lässig in seinem Stuhl, als stehe er über dem Gerangel. Sein Ehrenkodex erfüllte ihn offensichtlich mit Stärke und Zufriedenheit.
Am letzten Tag, das Kreuzverhör durch Gottis Anwälte hatte Gravano nicht erschüttern können, begann der Don so etwas wie Einsicht zu zeigen. Während die Anwälte mit dem Richter berieten, wandte Gotti sich den Reportern zu, die über die Verhandlung berichteten, deutete auf Gravano und sagte: »Müll.« Dann stach er sich mit übertriebener Gestik mehrmals eine imaginäre Spritze in den Arm. Als Gravano den Zeugenstand verließ, war Gotti immer noch auf Heiterkeitserfolge aus. Mit einem Feixen im Gesicht machte er ein Kreuzzeichen. Dann drehte er sich wieder zu den Journalisten um. Sie sollten sehen, wie er sich seine Krokodilstränen aus den Augen wischte.

Die Schlußplädoyers brachten keine dramatischen Höhepunkte mehr. Gleeson sprach als erster mit ernster, bedächtiger Stimme über die Beweiskraft des vorgelegten Materials: »Ich gebe Ihnen zu bedenken, meine Damen und Herren, wenn Sie es mit dieser Art Verbrecher zu tun haben, dann gibt es nur zwei Möglichkeiten, einen Nachweis zu führen: Erstens, sie dabei zu ertappen, wenn sie über ihre Verbrechen sprechen. Einen Weg zu finden, ihre geheimen Treffen aufzuspüren und diese mitzuschneiden. Und dann gibt es noch eine zweite Möglichkeit: Einen von ihnen dazu zu bringen, herzukommen und über die Verbrechen auszusagen. Wir haben beides getan.«
Gottis Verteidiger Krieger hatte einen schweren Stand.
Er griff, wie zu erwarten, den Handel zwischen den Anklagebehörden und Gravano an: »Neunzehn Morde ... Wo sind wir denn? Ist unser Rechtssystem so tief gesunken? Einem kranken, verrückten Massenmörder die Freiheit zu schenken, und im Austausch wofür?«
Krieger zeigte auf seinen Mandanten, John Gotti lächelte die Geschworenen an. Sein silbergraues Haar saß perfekt. Sein blauer Zweireiher war sorgfältig gebügelt. »Im Austausch wofür?« wiederholte Krieger. »Im Austausch gegen den Kopf dieses Mannes!«

Am 2. April 1992, nach einer Beratung von nur eineinhalb Tagen, kehrten die Geschworenen mit ihrem Urteilsspruch in den Gerichtssaal zurück.
Die Gerichtsdienerin Louise Schaillat las den Urteilsbogen laut und präzise vor: »Anklagepunkt Nummer eins: Verschwörung zur Ermordung Paul Castellanos und Mord an Paul Castellano. Wie haben Sie befunden, schuldig oder nicht schuldig?«
»Schuldig«, sagte die Sprecherin der Geschworenen.
Gottis Kopf fuhr zurück, als habe ihn ein Schuß getroffen. Einen Augenblick später hatte er sich wieder gefangen.
»Anklagepunkt Nummer zwei: Mord an Thomas Bilotti. Wie haben Sie befunden, schuldig oder nicht schuldig?«
»Schuldig«, sagte die Sprecherin.
»Anklagepunkt Nummer drei: Verschwörung zur Ermordung

Robert DiBernardos und Mord an Robert DiBernardo. Wie haben Sie befunden, schuldig oder nicht schuldig?«
»Schuldig«, sagte die Sprecherin.
John Gotti wurde in allen vierzehn Punkten der Anklage für schuldig befunden. Frank Locascio kam nur in einem Anklagepunkt (illegales Glücksspiel) ungestraft davon; in allen anderen Punkten wurde auch er für schuldig befunden.
Als Fox die Nachricht von den Schuldsprüchen erhalten hatte, stieg er in seinen Wagen und fuhr zum Gerichtsgebäude von Brooklyn. »Das Teflon ist ab«, sagte er den Journalisten. »Der Don ist jetzt in Klettband gewickelt.«
Dann ging er zum Telefon. Er hatte Sammy versprochen, ihn anzurufen, sobald das Urteil gesprochen war. »Sammy«, sagte er, »wir haben es geschafft.«
George Gabriel, der auch auf der Pressekonferenz war, schlenderte zu einem anderen Telefon. »Maureen«, sagte er zu seiner Frau, »heute abend machen wir endlich den Champagner auf.«
Bruce Mouw hatte während der Pressekonferenz neben Gabriel gestanden, den Kopf tief gesenkt. Er wollte mit niemandem sprechen. Er wußte nicht, ob er seine Stimme beherrschen konnte. Er hatte es geschafft. Er hatte den mächtigsten Paten Amerikas zu Fall gebracht!
Aber nun wollte er sich nicht ins Licht der Fernsehscheinwerfer stellen und Statements abgeben. Er wollte seine Freude allein genießen. Wo waren all diese Reporter gewesen, als er und seine Männer ihre Nächte vor dem *Ravenite* verbracht, sich mit Informanten getroffen, nach dem Maulwurf gesucht hatten? Das hier war der Sieg seines Teams, und er wollte diesen Triumph mit keinem teilen.
Am Nachmittag besuchte Mouw auf Gabriels Drängen die Abschiedsfeier für Don Storey, einen der stellvertretenden Direktoren der New Yorker FBI-Niederlassung. Die Party fand im Downtown Athletic Club statt und war seit Monaten geplant. Als Mouw in den Saal kam, wurde es still. Plötzlich erhoben sich alle und applaudierten. Mouw stand stocksteif in der Menge.

Später, nach einigen Gläsern Bier, saß Mouw neben seinem alten Freund aus dem *Sun Luck,* Jim Moody. »Nun«, fragte Moody, »was kommt als nächstes?«
Mouw paffte an seiner Pfeife und überlegte sich die Frage. Der ganze Fall, alles, was in den vergangenen sieben Jahren abgelaufen war, ging ihm noch einmal durch den Kopf. Er dachte an Willie Boy Johnson und Louie DiBono, er dachte an die »Stelze«, an die endlosen Stunden der Überwachung, an das Geschick Kravecs und seiner Männer. Er dachte an Verrat, an Peist und an Gravano. Er dachte an die Gewalt, die zur alltäglichen Normalität geworden war, an den Mut seiner Männer, an das Glück, das er und sein Team gehabt hatten.
»Na ja«, sagte Mouw endlich, »es gibt noch einundzwanzig Capos ...«

John Gotti erhielt eine lebenslange Haftstrafe ohne Möglichkeit einer vorzeitigen Entlassung auf Bewährung. Am 24. Juni 1992 wurde er in das Bundesgefängnis von Marion in Illinois gebracht. Dort besucht ihn sein Sohn John jun., ein Capo der Gambinos, zweimal im Monat.
Die beiden Männer sitzen sich dann, durch eine dicke Plexiglasscheibe getrennt, gegenüber und unterhalten sich durch ein Telefon. Es gibt keine Schlitze, durch die man einen Zettel schieben könnte. Trotzdem hofft Gotti immer noch, daß er seinen Sohn als Botschafter benutzen kann. Er will weiterhin seine Familie regieren.
Salvatore Gravano sagte in vier weiteren Verfahren als Kronzeuge aus. Die meisten seiner Tage hat er allein in einer jener speziellen Haftzentren verbracht, die »Rattenkäfige« genannt werden. Sein Urteil sollte im November 1993 verkündet werden. Seine Frau und die Kinder wohnen nach wie vor in dem Haus in Staten Island. Einmal im Monat kommt Pete Gotti zu Besuch und versichert, sie seien nicht für das verantwortlich, was Sammy getan hat.
William Peist erklärte sich nach einer Anklage wegen des Verkaufs vertraulicher Informationen an John Gotti am 26. Februar 1993 für schuldig. Seine Polizeipension in Höhe von 24000

Dollar im Jahr wurde ihm aberkannt; er kann zu einer Freiheitsstrafe von zwanzig Jahren verurteilt werden.
Bruce Mouw erhielt am 13. Dezember 1993 im Rahmen einer feierlichen Zeremonie im Justizministerium in Washington eine Auszeichnung für besondere Leistungen. Am folgenden Tag kehrte er zum C-16-Team und an seinen Schreibtisch am Queens Boulevard zurück.

## Nachbemerkung und Quellenhinweise

Am ersten Tag der Beweisaufnahme in John Gottis Prozeß vor Richter Leo Glasser in Brooklyn rief die Anklage den FBI-Beamten George Gabriel als ihren ersten Zeugen auf. Nüchtern wie ein Scharfrichter schritt Gabriel zum Zeugenstand. Von dort ließ er seine Blicke unruhig durch den Gerichtssaal schweifen. In ihm stritten zwei Gefühle: da war der aus seiner Kämpfernatur resultierende Drang, Gottis hochmütigem Blick zu begegnen und standzuhalten; und da gab es die strikte Weisung, das ganze Augenmerk auf die Geschworenenbank zu richten.
Zum Glück für die Anklage entspannte sich Gabriel nach wenigen Minuten und setzte sogar ein Lächeln auf. Der Anklagevertreter begann ihm eine Serie fachlicher Fragen zu stellen, Fragen, die, wie ich von meinem Platz im hinteren Teil des Zuschauerraums aus erkannte, einen unverhofften Blick auf das heimliche Herzstück der Anklage gegen John Gotti eröffneten.
»Seit wann laufen die Ermittlungen zu diesem Fall?« fragte John Gleeson, der drahtige junge Bundesanwalt.
»Seit März 1987«, antwortete Gabriel knapp und sachlich. Gleeson stockte und warf einen Blick auf seine Notizen; dann trat er einen Schritt näher an seinen Zeugen heran und rechnete: Seit März 1987. Heute war der 13. Februar 1992. Das bedeutete, daß

das FBI fünf Jahre gebraucht hatte, die Anklage gegen John Gotti zusammenzukriegen!

»Können Sie für die Geschworenen kurz beschreiben, welche Ermittlungsmethoden Sie und Ihre Kollegen angewandt haben?«

»Ja«, sagte Gabriel. »Wir haben uns mit kooperationsbereiten Zeugen arrangiert, nutzten vertrauliche Informationsquellen, nutzten Abhörtechniken, führten Beschattungen durch, Methoden dieser Art.«

Gabriel erläuterte den Geschworenen in seiner phlegmatischen Art die Begriffe »vertrauliche Quelle«, »Wanze« oder »physische Überwachung«; in meinem Reportergehirn blieb ein Eingeständnis haften, das Gabriel, wenn auch in unverfänglicher Umschreibung, von sich gegeben hatte.

Die Anklage gegen John Gotti mußte, so schien es mir, einen noch nicht allgemein bekannten Hintergrund haben. Ich begann mir vorzustellen, was das FBI konkret angestellt hatte, Gotti mit »Methoden dieser Art« zur Strecke zu bringen.

Ich hatte den Prozeß gegen Gotti bruchstückweise mitverfolgt, weil ich in meiner Eigenschaft als Reporter für das *New York Times Magazine* für eine Geschichte recherchierte, die später dort unter dem Titel »Der Bulle, den sie den Maulwurf der Mafia nannten« erschien. Nachdem ich mir einige Gedanken über Gabriels ebenso lapidare wie elektrisierende Feststellung gemacht und dann meinen Einblick in diesen brisanten Aspekt des Falles durch eine Reihe von Gesprächen mit beamteten Strafverfolgern vertieft hatte, begann mir klarzuwerden, daß sich hinter dem Fall Gotti eine noch nicht erzählte, aber berichtenswerte Geschichte verbarg. Eine Geschichte, die das, was ich bereits über die FBI-Jagd nach einem Verräter in den Reihen der Justiz wußte, ergänzen und vervollständigen würde. Es ist die Geschichte, die in diesem Buch erzählt wird.

Ich wußte von Anfang an, daß mir die Rekonstruktion dieser Geschichte nur dann gelingen würde, wenn das FBI bereit war, mich in die Akten schauen zu lassen. Und gleichzeitig war mir klar, daß ich, um mir die Kooperation des FBI zu sichern, fast soviel Ausdauer, Geduld und Engagement brauchen würde wie

Bruce Mouw und sein Team für den Kreuzzug gegen John Gotti. Das Bureau offenbart nicht gern, mit welchen Methoden es arbeitet. Nicht daß die Beamten etwas gegen die Presse hätten (oder auch nur eine Scheu vor ihr); sie befürchteten, daß sie den Erfolg zukünftiger Polizeioperationen aufs Spiel setzen könnten, wenn sie zu freimütig Informationen preisgaben. Für eine längere Zeit sah ich mich mit der Aussicht konfrontiert, daß Gabriels vage Formulierung vor Gericht mein einziger Hinweis auf die Arbeitsweise des C-16-Teams bleiben würde.

Nach Monaten, die angefüllt waren mit Telefonaten und Reisen nach Washington, wo ich mein Anliegen vor Beamten des FBI und des Justizministeriums vertrat, erhielt ich ein Schreiben von Inspektor Thomas F. Jones, dem Leiter der FBI-Abteilung für Öffentlichkeitsarbeit, mit der offiziellen Erlaubnis, die Mitglieder des C-16-Teams zu befragen. Eine solche formelle Genehmigung zur direkten Kontaktaufnahme mit Außendienstbeamten wird, wie ich mit Dankbarkeit registrierte, selten erteilt – vielleicht war es sogar das erstemal überhaupt.

Der Brief von Inspektor Jones öffnete mir viele Türen. Einen Spalt weit. Anfänglich wollten mehrere Beamte mit mir nur im Beisein eines Mitarbeiters der Abteilung Öffentlichkeitsarbeit reden. Diese Bedingung wurde im Lauf der Zeit immer seltener gestellt. Andere Beamte knüpften ihre Bereitschaft, mit mir zu reden, an die Bedingung, daß ich ihre Identität nicht preisgeben dürfe – und sie bestanden darauf, daß meine Treffs mit ihnen in sicherer Entfernung vom Sitz des Teams am Queens Boulevard stattfanden. Einige wenige C-16-Männer lehnten es trotz der vorliegenden Genehmigung der FBI-Zentrale höflich, aber bestimmt ab, mit mir zu reden. Sie mißbilligten »die Entscheidung Washingtons, Dienstgeheimnisse der Presse anzuvertrauen«. Freilich war einer dieser Verweigerer auf seinen Beitrag so stolz, daß er im Verlauf eines fast zweistündigen Telefonats, in dem er mir eigentlich nur erklären wollte, weshalb er nicht mit mir reden werde, so viele Details erzählte, daß meine hastig mitgekritzelten Notizen hinterher einen ganzen Schreibblock füllten.

Zu guter Letzt, als in der Presse erste Meldungen über den

Spielfilm erschienen, den Jon Peters und die Firma Columbia auf der Grundlage meines damals noch unveröffentlichten Buchs zu machen planten, meldeten sich einige Beamte von sich aus bei mir, beispielsweise, um mir zu sagen, die Idealbesetzung für »ihre« Rolle wäre Tom Cruise. Oder sie boten für die Dreharbeiten ihre aus praktischer Erfahrung stammenden professionellen Kenntnisse an.

Am Ende hatte ich 19 an den Ermittlungen gegen Gotti beteiligte FBI-Beamte und ihre Vorgesetzten befragt; die Informationen, die ich aus mehreren (zumeist informellen, d. h. nur ohne Quellenangabe zitierbaren) Gesprächen mit einem Beamten destillierte, füllten allein acht Schreibblöcke. Ein anderer C-16-Mann machte sich die Mühe, eine detailreiche (und faszinierende) schriftliche Zusammenfassung seiner Rolle im Ermittlungsverfahren anzufertigen.

Einige Gespräche fielen knapper aus. Selbst die entgegenkommendsten Beamten lehnten es kategorisch ab, mir Informationen anzuvertrauen, die in irgendeiner Weise zur Enttarnung ihrer vertraulichen Informanten hätten führen können. So ist zwar »Easter« tatsächlich der offizielle Deckname einer Informantin, die eine Schlüsselrolle für die Ermittlungen spielte; aber ihre Biographie und einige Angaben über sie wurden auf Bitten ihrer Kontaktbeamten so verändert, daß eine Identifizierung ausgeschlossen ist. Ähnliche Vorsichtsmaßregeln wurden zur Wahrung der Anonymität der Akteure »Frankie«, »Stelze« und »zornige Witwe« ergriffen.

Eine Bemerkung noch zu meinen Beziehungen zu den Männern und Frauen des FBI. Ich muß gestehen, daß ich als einer, der eine liberale Erziehung genossen hat, mich diesen Polizeibeamten anfänglich mit sehr gemischten Gefühlen, ja mit einem gewissen Unbehagen näherte. Ich hatte zu einer Zeit studiert, als das FBI von vielen – nicht ganz unbegründet – als »Feind« betrachtet wurde. Die Beamten des C-16-Teams haben meine Vorurteile widerlegt. In meinen Augen sind Bruce Mouw und seine Männer amerikanische Patrioten, die ihrem Land mit Hingabe, Ehre und Geschick dienen – und unter großer Gefahr.

Dieses Buch ist trotzdem kein autorisierter FBI-Roman über die Heldentaten des Bureau im Kampf gegen die Mafia. Ich zweifle nicht daran, daß in dem Buch Wertungen und Darstellungen enthalten sind, denen einzelne Beamte widersprechen werden; daß ich manche Vorgänge schildere, die, wenn es nach dem FBI ginge, besser verschwiegen worden wären; daß einige Beamte mir vorwerfen werden, ich würde durch eine zu detaillierte Beschreibung gewisser technischer Operationen den Erfolg künftiger Einsätze gefährden. Das mag sein. Mein Anliegen – und letztlich auch meine Pflicht – war es, die Geschichte so wirklichkeitsgetreu wie möglich zu erzählen. Eine noch nicht veröffentlichte Erkenntnis zurückzuhalten oder bewußt und willentlich die Wahrheit zu entstellen, dazu war ich nur bereit, wenn durch Veröffentlichung Menschenleben gefährdet werden konnten.

Zusätzlich zu meinen Gesprächen mit FBI-Beamten führte ich 89 weitere ergänzende Befragungen durch. Darunter waren Unterhaltungen, meist informeller Art, mit Polizeibeamten, die dienstlich mit William Peist zu tun hatten, dem Maulwurf der Mafia. Oder es waren Interviews mit früheren oder noch amtierenden Anklagevertretern, mit Verteidigern, Abhörexperten, Mitgliedern der Gambino-Familie. Ich hatte sogar Gelegenheit, ein faszinierendes Telefonat mit Sammy »Bull« Gravano zu führen, der mich einmal aus einem seiner polizeilich geschützten Zufluchtsorte anrief.

In dem Bemühen, eine anschauliche Vorstellung davon zu vermitteln, wie die Recherchen für dieses Buch verliefen, möchte ich einige der Hindernisse schildern, auf die ich dabei traf.

Ich hätte mich sehr gerne mit Lena Cirelli unterhalten und ihr Appartement besichtigt. Dieses Domizil war schließlich in vielerlei Hinsicht der wichtigste Schauplatz meiner Geschichte: In seinen Wänden lieferte sich John Gotti durch unvorsichtige Äußerungen ans Messer. Ich mußte also das Problem lösen, erstens an Frau Cirelli heranzukommen, und zweitens von ihr in ihre kleine Wohnung über dem *Ravenite*-Club eingeladen zu werden. Ich begann damit, daß ich sie anrief. Ihre Telefonnummer herauszubekommen war kein Kunststück. Ich wußte ja, daß das FBI ihren Anschluß angezapft hatte. Die Nummer mußte also in den der Verteidigung zur Verfügung gestellten Beweisakten zu finden sein. Mit Hilfe eines der Verteidiger konnte ich die Nummer heraussuchen.

Der weitaus schwierigere Teil war, Frau Cirelli so weit zu bringen, daß sie mich in ihre Wohnung einlud. Ich schaffte es mit Glück – und dank einer List. Ich rief sie nämlich von einem Münztelefon in der Mulberry Street an, damit ich, wenn sie es erlaubte, sogleich vor ihrer Tür stehen konnte. Die arme Frau willigte schließlich ein, nachdem ich sie eine Viertelstunde lang inständig beschwatzt hatte. Ehe sie ihre Meinung ändern konnte, klopfte ich an ihre Tür.

Die halbe Stunde, die ich bei ihr saß, war nicht gerade sehr informativ. Sie beteuerte mit Überzeugung, John Gotti sei »einfach nur ein guter Junge« gewesen. »Wenn er sich mal ausruhen will und mit seinen Freunden in meiner Wohnung eine Tasse Kaffee trinken, da helfe ich doch gern.« Die sehr zornige, weißhaarige Witwe, die sich dem achtzigsten Lebensjahr näherte, war von der Angst besessen, das FBI habe ein Mikrofon unter ihrem Bett versteckt. Wie auch immer: Ich konnte mir ein Bild von den Verhältnissen machen, unter denen es den FBI-Spezialisten gelungen war, in der Wohnung ein gut funktionierendes Abhörmikrofon zu installieren.

Dann war da das lange, mit Martinis angereicherte Mittagessen mit einem Mitarbeiter der US-Bundesanwaltschaft nur wenige Tage nach dem Schuldspruch der Geschworenen. Es war mein drittes Gespräch mit diesem Gewährsmann, und bis dahin war er nie sehr entgegenkommend gewesen. Er legte eine augenzwinkernde Zurückhaltung an den Tag und fügte jeder seiner behutsam formulierten Bemerkungen einen Kurzkommentar hinzu, etwa so: »Ich würde Ihnen gern mehr erzählen, aber dann würde Richter Glasser mir den Kopf abreißen.«

Vielleicht war es der noch nachwirkende Rausch des Erfolges, vielleicht waren es auch nur die Martinis – an diesem Mittag hatte der Mann eine Geschichte auf Lager. Er schilderte mir ausführlich, wie sie es geschafft hatten, Sammy Gravano umzudrehen; er berichtete in ungeschminkter Offenheit über das heftige Tauziehen zwischen den verschiedenen Anklagebehörden um die Zuständigkeit für die Anklageerhebung gegen Gotti.

Ich versuchte, mit dem Tempo seiner sprudelnden Enthüllungen Schritt zu halten, und kritzelte unaufhörlich Stichworte auf meinen Schreibblock. Als das lange Mahl endlich zu Ende und die faszinierenden Geschichten erzählt waren, bezahlte ich die Zeche, packte meinen Block ein und eilte zur U-Bahn. Als ich gerade die Rolltreppe betreten wollte, tippte mir jemand auf die Schulter. Ich drehte mich um und stand meinem Essenspartner gegenüber. »Sie werden doch nichts davon verwenden?« sagte er so angriffslustig und vorwurfsvoll, wie er nur konnte.

»Und ob. Sie haben doch gesehen, daß ich Notizen gemacht habe.«

»Naja«, versuchte er es, »ich hätte Ihnen das alles gar nicht sagen dürfen.«

»Ich weiß«, pflichtete ich ihm bei und verabschiedete mich in Richtung U-Bahn.

Nicht nur auf der Seite der Guten kam es vor, daß jemand mir Dinge sagte und es später bereute. Mit Hilfe eines Anwalts erhielt ich die Möglichkeit, mit einem kleinen Mafioso zu sprechen, der Stammgast im *Ravenite* gewesen war. Es war ihm eindeutig anzumerken, daß er auf Gotti neidisch war; und da er ein Mitläufer der Gambino-Familie geblieben und nicht aufgestiegen war, hatte er auch eine Rechnung zu begleichen. Ich hätte mir also keine bessere Quelle wünschen können – eine Quelle freilich, deren Aussagen ich sehr kritisch unter die Lupe nehmen mußte. Ich verwendete seine gehässigen Seitenhiebe gegen Gotti als Katalysatoren in meinen Gesprächen mit jenen FBI-Beamten, die durch jahrelange Beschattung des Don mit seinem Lebenswandel aufs beste vertraut waren.

Meine Beziehung zu dem Mafioso nahm ein abruptes Ende, als er mich eines Nachmittags mit wirklich angsterfüllter Stimme anrief. Er habe einem seiner Freunde erzählt, daß er mit dem Gedanken spiele, mir ein paar Dinge zu berichten – schließlich sollten ein Buch und ein Film herauskommen, und warum sollte der ganze Glanz auf das FBI fallen? Der Freund habe ihm geantwortet: »Du sagst ein Wort zu so 'nem verfluchten Reporter, und du bist ein toter Mann.« Und jetzt müsse er mir etwas sagen: »Sie nennen meinen Namen, und ich reiße Ihnen das Herz raus.«

Vielleicht meinte er das nicht wörtlich, aber ich habe es vorgezogen, seinen Namen im Buch nicht zu nennen.

Ich hatte, wie gesagt, auch Gelegenheit, mit Sammy Gravano zu sprechen. Durch seine sich über zwei Verhandlungswochen hinziehenden Aussagen vor Gericht und die Protokolle seiner Vernehmungen durch das FBI hatte ich schon einen Eindruck von dem Mann gewonnen. Meine Unterredung mit ihm dauerte vielleicht eine Viertelstunde und war informell; nichts kam zur Sprache, was die Substanz der Ermittlungen betraf. Was ich dennoch aus dieser Begegnung mitnahm: Ich konnte Gravanos überraschende Wortgewandtheit, seine berechnende Intelligenz und sein echt wirkendes Sendungsbewußtsein besser einschätzen. Er meint, er sei der Mann, der im Alleingang früher oder später der ganzen Gambino-Familie den Todesstoß versetzen kann. Eine seiner Bemerkungen scheint mir zitierenswert; sie gewährt Einblick in die Vergangenheit, die er abzustreifen versucht, aber auch in die neue Identität, die er zu finden hofft.

»Wenn ich lese, was ihr Reporter so über mich schreibt«, sagte er mit einem kurzen Lachen, »dann muß ich sagen, daß viele von euch schlimmer sind, als ich es je war.« Bevor Gravano zum Kronzeugen der Anklage avancierte, war er ein Killer gewesen – ein Mann, der neunzehn Menschen umgebracht hat.

Abgesehen von den 108 Gesprächen, die ich führte, wertete ich auch stapelweise behördliche Akten und Prozeßunterlagen aus. Einer der Verteidiger erzählte mir, daß allein seine Fotokopierkosten für das Gotti-Verfahren bei über 70 000 Dollar gelegen hätten. Ich halte dies, nachdem ich selbst Zehntausende von Aktenblättern durchgesehen habe, für eine plausible Größenordnung.

Ich arbeitete mich durch einen zimmerhohen Stapel von Protokollen der drei Gotti-Prozesse und stieß auch in einigen anderen Dokumenten auf aufschlußreiche Informationen.

Dann waren da die Abhörbänder. Zusätzlich zu den von C-16 aufgezeichneten Mitschnitten aus dem *Ravenite*-Hinterzimmer und dem Cirelli-Appartement (zusammen fast 600 Stunden Laufzeit) standen mir auch die Bänder aus den Lauschangriffen der New Yorker Sonderkommission Organisierte Kriminalität auf den *Bergin*-Club und auf ein benachbartes Gebäude zur Verfügung. Immer wieder griff ich auf die von FBI-Agent Gabriel ausgefertigten Begründungen für Genehmigungsanträge auf elektronische Überwachung zurück, ebenso auf FBI-eigene 302er-Berichte und auf die amtlichen Rechenschaftsberichte, die das FBI den mit den Anträgen auf Abhörgenehmigungen befaßten Richtern vorgelegt hatte.

Bei der Rekonstruktion der Geschichte der Gambino-Familie und des Aufstiegs von John Gotti waren mir diverse Bücher von Nutzen, darunter vor allem *Mob Star* von Gene Mustain und Jerry Capeci, *Goombata* von John Cummings und Ernest Volkman, *Mafia Dynasty* von John H. Davis und *Boss of Bosses* von Joseph F. O'Brien und Andris Kurins. Ich stützte mich ferner auf die in der Presse erschienenen Berichte über den Fall und den Prozeß. Die täglichen Prozeßberichte in der *New York Times* von Arnold Lubash (der mir während des Prozesses viele Fragen beantwortete) waren ein Muster an prägnantem, erregendem Reportagestil. Die Reportagen von Gene Mustain und Jerry Capeci in der *Daily News* brachten oft Neues. Mike McAlary von der *New York Post* war seinen Kollegen immer eine Nasenlänge voraus, wenn es um Enthüllungen ging. Peter Bowles' Berichte in *Newsday* waren kraftvoll gezeichnet.

Profitiert habe ich von der gut recherchierten Geschichte, die Ralph Blumenthal kurz nach der Verurteilung Gottis in der *New York Times* veröffentlichte: »How Tapes and a Turncoat Helped Win the War Against Gotti«; profitiert habe ich auch von der Reportage von Frederic Dannen über das Tauziehen zwischen den diversen Gotti-Anklägern und dem FBI, erschienen im Januar 1992 in *Vanity Fair*. Mein Wissen um die technischen Aspekte der elektronischen Überwachung konnte ich durch die

Lektüre des Buches *How to Get Anything on Anybody* von Lee Lapin sowie eines aufschlußreichen Artikels erweitern, der in der Maiausgabe 1992 des *Police Magazine* erschien (»The Art and Mystery of the Wireman's Craft«) und den mir ein FBI-Beamter per Fax zugänglich machte. Einblicke in die Biographie Bruce Mouws und seine Jugendzeit in Orange City (Iowa) gewann ich aus den Artikeln über Mouw, die Clifford Hill III. in der Tageszeitung *The Des Moines Register* veröffentlichte, und aus den späteren Recherchen, die er in meinem Auftrag durchgeführt hat.